Kathryn Cushman

Zeit der Vergebung

KATHRYN CUSHMAN

Zeit der Vergebung

SCM Hänssler

SCM

Stiftung Christliche Medien

SCM Hänssler im SCM-Verlag GmbH & Co. KG · 71088 Holzgerlingen
Internet: www.scm-haenssler.de; E-Mail: info@scm-haenssler.de

Originally published in English under the title: A Promise to Remember

Published in English by Bethany House, a division of Baker Publishing Group, Grand Rapids, Michigan, 49516, U.S.A.
Cover design by Koechell Peterson & Associates, Inc., Minneapolis, Minnesota

Übersetzung: Tina Thurner
Umschlaggestaltung: OHA Werbeagentur GmbH, Grabs, Schweiz; www.oha-werbeagentur.ch
Satz: Satz & Medien Wieser, Stolberg
Druck und Bindung: CPI – Ebner & Spiegel, Ulm
Printed in Germany
ISBN 978-3-7751-5232-7
Bestell-Nr. 395.232

Für Ora Parrish – Mutter, Lektorin, beste Freundin

1.

Andie Phelps konnte den Pinsel einfach nicht an die Leinwand setzen. Die blaue Farbe auf den sandfarbenen Borsten schien fehl am Platz zu sein. Helles konnte Dunkles doch nicht decken. Die Dunkelheit war zu stark. Genau wie ihre Trauer und ihr Schmerz. Helligkeit und Licht waren nichts als Lügen.

Und dennoch: Chad hatte sie darum gebeten. Um diese eine Sache. Wenn sie diese Aufgabe erfüllte, würde sie das Andenken ihres Sohnes in Ehren halten.

Kalte Januarluft kam durch die Fenster herein, die sie wegen der Dämpfe geöffnet hatte. Andie atmete tief ein und füllte ihre Lungen mit dem Geruch von Terpentin und Ölfarbe. Später würde sie den Luftreiniger anwerfen, weil ihr Mann diesen Geruch verabscheute, mehr noch als die meisten Leute. Andie nicht. Der Geruch befreite und entspannte sie. Normalerweise.

Doch heute nicht.

Vorsichtig berührte sie mit dem Pinsel die Leinwand. Es musste perfekt werden, aber sie wusste, dass sie dazu nicht genug Talent besaß. Trotzdem musste sie es versuchen.

»Für dich, Chad.«

Ihre Hand zitterte und rutschte von der Leinwand. Sie schob ihren Stuhl zurück.

Konzentrier dich, Andie. Du musst da jetzt durch. Noch einmal schaute sie auf das gelbe Papier neben der Staffelei. Oben auf der Seite standen handschriftlich in blauer Tinte die Worte »Chad – Notizen des Vorsitzenden vom vergangenen Jahr«. Darauf folgten getippte Anweisungen, die von eins bis zwanzig durchnummeriert waren und im Detail beschrieben, wie die Benefizaktion »Wir-waschen-Ihr-Auto – Wir-wachsen-Ihr-Surfbrett« für den Stipendienfonds der Climesdale-Schule durchzuführen war. Nummer fünf – »Schullogo auf Plakate und T-Shirts für Schüler drucken« – war durchgestrichen.

Daneben stand in Chads Handschrift: »Langweilig. Mama kann was Cooles malen.«

Vor zwei Wochen, als sie die Umrisse breit grinsender Oldtimercabrios und Vans gezeichnet hatte, die mit Surfbrettern beladen waren, hatte er gelacht. »Wie kann da jemand widerstehen?« Sie kannte niemanden, der wie Chad mit einer solchen Hingabe liebte. Jetzt hatte sie ihn im Stich gelassen und er war für immer fort.

Sie schaute auf die Termine, die auf dem Papier standen. Die Benefizveranstaltung rückte immer näher. Zeit, endlich anzufangen. *Chad, ich glaube, ich schaffe das nicht.* Sie starrte auf die Zierleiste, die an der Decke entlanglief. *Oh Gott, hilf mir. Hilf mir.*

Vielleicht sollte sie besser mit einer anderen Farbe anfangen. Und ein bisschen Surfmusik auflegen, um ihre Stimmung zu heben. Sie durchquerte den Raum und drückte auf einen Knopf ihres CD-Spielers. Als Dick Dale mit seiner Gitarre den Raum erfüllte, wählte sie einen anderen Pinsel aus und tauchte ihn in das rotbraune Siena ihrer Farbpalette.

Der Caravan mit altmodischer Holzverkleidung, der vorne in der Reihe stand, nahm langsam Gestalt an. Ihr Handgelenk und ihre Finger fanden allmählich zu ihrem eigenen Rhythmus. Sie hatte so lange schon nicht mehr gemalt und sie war überrascht, wie viel Spaß es ihr machte. Wieder einmal wurde ihr bewusst, wie sehr ihr das Malen gefehlt hatte.

Das nächste Lied wurde gespielt. »Surfin' USA.« Andie klopfte mit dem Fuß den Takt, bis die Beach Boys anfingen, ihre Lobeshymne auf Rincon Point zu singen. Dorthin war Chad am liebsten zum Surfen gegangen.

Ihre Augen fingen an zu brennen. Sie rieb das linke Auge mit ihrer Schulter und fing an, das Cabrio auszumalen. Sie trug das Rot auf die Leinwand auf. Der Pinsel glitt ihr aus der Hand und hinterließ eine rote Wunde auf der Tür des Chrysler PT Cruisers.

Ein Bild von Chad stieg in ihrer Erinnerung auf. Sein blasses Gesicht, blutbespritzt, seine zitternden Lider, seine weißen Lippen, die letzte Worte flüsterten: »Ich liebe dich, Mama. Du bist der wundervollste Mensch, den ich je gekannt habe.« Ein röchelnder Atemzug. »Papa ... ich wollte es wieder herausholen.« Und sofort die nächste Erinnerung – seine leeren Augen und seine leblose Gestalt, die sich gegen kaltweißes Leinen abhob in einem Raum, der nach Desinfektionsmittel und Schmerzen roch.

Andie blinzelte und versuchte, sich wieder auf ihre Arbeit zu konzentrieren. Doch das Bild, der Geruch ließen sich nicht abschütteln. Ein Tropfen fiel auf ihren Daumen. Sie schaute auf die herabgefallene Träne. Wie seltsam. Sie hatte nicht einmal gemerkt, dass sie wieder angefangen hatte zu weinen.

Sie wischte sich mit beiden Händen über die Wangen. Dabei stieß der Pinsel an ihren linken Fingerknöchel und hinterließ auf seinem Weg eine weitere, blutrote Wunde.

Sie stieß einen Schmerzensschrei aus, Schmerz, den sie die letzten Tage so sehr versucht hatte zu verbergen. »Es tut mir leid, Chad. Es tut mir so leid.« Sie konnte den Anblick der roten Farbe keinen Augenblick länger ertragen. Sie warf den Pinsel durch den Raum. Er traf das Panoramafenster und fiel klappernd auf den Mahagoniboden.

Sie wischte über ihr Bild. Die fröhlichen Farben vermischten sich und vier lange Streifen tristen Graus zogen sich über die Leinwand. Jetzt konnten diese übergeschnappten, grinsenden Autos nicht weiter so tun, als sei alles in Ordnung. Sie waren sowieso Betrüger und Lügner. Sie waren ja gar nicht glücklich. Nichts konnte je wieder glücklich sein. Andie nahm jetzt beide Hände und schmierte und wischte, bis von dem ganzen Bild nichts übrig blieb als unkenntliche, undurchdringliche Dunkelheit. Ein Spiegel ihrer eigenen Gefühle.

»Sag mal, was machst du denn da?« Das war Blairs Stimme. Die Musik wurde ausgeschaltet. Andie war so verstrickt in ihren Schmerz, dass sie gar nicht gehört hatte, wie er das Haus betrat. Sie drehte sich nicht um.

Sie hörte seine Schritte auf sich zukommen, aber er blieb nicht bei ihr stehen. Seine Schultern streiften ihre, als er in Richtung Fenster ging, sich bückte und vorsichtig den Pinsel aufhob, damit er ja nicht seinen grauen Anzug berührte. Er drehte sich um. »Andie, wenn das trocknet, ruiniert uns das die ganze Versiegelung, die wir gerade erst aufgetragen haben.«

Er ließ den Pinsel in einen Becher voller Terpentin platschen und schnappte sich einen Lumpen. Nachdem er damit einige Zeit den Boden bearbeitet hatte, stand er auf und wischte sich die Hände daran ab. »Der Boden ist sauber, aber das Fenster ist auch voll. Das wirst du nur mit einer Rasierklinge wieder ganz abbekommen.«

Andie betrachtete das attraktive Gesicht ihres Mannes. Sein grau meliertes Haar ließen seine blauen Augen nur noch heller erscheinen. Doch wenn er sie jetzt ansah, wurden sie trübe.

Er hängte den Lappen über den Rand des Eimers. »Was soll das eigentlich?«

Sie wischte sich über die Augen und brachte mühsam hervor: »Das Bild für die Benefizaktion.«

Er brachte ihr ein Tuch für ihre Hände und beugte sich über die Leinwand, um das Bild genauer zu betrachten. »Kein Wunder, dass es dir so schlecht geht. Was denkst du dir eigentlich? Niemand erwartet das jetzt von dir.«

»Chad wollte, dass ich das mache. Es war ihm wichtig.«

Blair kniete sich vor ihr hin. Seine Augen nahmen plötzlich einen sanften Ausdruck an. »Andie, Chad ist nicht mehr da.« Er unterbrach sich und schluckte schwer. »Auch wenn du dich quälst mit Projekten an seiner Schule – einer Schule, auf der wir kein Kind mehr haben –, es wird dadurch nicht besser. Das ist nicht gesund. Du musst damit aufhören.«

»Chad war Vorsitzender des Komitees. Er träumte davon, in diesem Jahr doppelt so viele Spenden wie im vergangenen Jahr einzubringen. Das Mindeste, was ich tun kann, ist doch zu versuchen zu helfen.«

Den Rest brachte sie nicht über die Lippen, aber Chads Worte klangen in ihrer Erinnerung noch nach. *»Ich werde es ihnen allen beweisen – so wie Mama mit ihrer jährlichen Spendenaktion für Krebskranke.«*

»Ach, Süße.« Blair schlang seine Arme um sie und zog sie zu sich heran.

Andie gab sich der Umarmung hin. Sie brach in Schluchzen aus, einer Farbtube gleich, die zerplatzte und ringsum alles verspritzte.

Blairs Arme zitterten und sie merkte, dass auch er weinte. Irgendwann lösten sie sich voneinander. Die Tränen waren versiegt. Blairs Gesicht war voller Entschlossenheit. »Wie viel Geld hat der Stipendienfonds im letzten Jahr eingenommen?«

»20 000 Dollar.«

Blair hob ihr Kinn mit seinen Fingern, sodass sie seinem Blick nicht ausweichen konnte. »Okay, ich sag dir jetzt, was wir tun werden. Morgen gehe ich zum Direktorat und sage ihnen, dass unsere Familie 45 000 Dollar für den Stipendienfonds spendet. Wir tun das in Erinnerung an Chad. Was meinst du dazu?«

Sie schaute auf die verschmierte Szene auf der Leinwand. »Und was ist mit meiner Malerei?«

»Das wird schon wieder. So etwas zieht dich im Moment nur runter. Wir müssen stark sein und weitermachen. Für Chad.«

Andie nickte. Chad hätte sich gewünscht, dass sie weitermachen würde. »Okay. Für Chad.« *Es tut mir leid, dass ich dich wieder im Stich lasse, Chad.*

Melanie Johnston legte den Stapel Briefe auf dem ausgefransten Bettlaken ab und setzte sich auf die ausgebeulte Matratze. Sie schlitzte den ersten Umschlag auf. Die cremefarbene Karte darin war mit einer Prägung versehen, einem glänzenden Kreuz auf einem Hügel, sowie schimmernde Tauben, die im Himmel darüber hinwegzogen. Sie klappte die Karte auf, ohne die fünf oder sechs Verse des abgedruckten Gedichts zu lesen. Warum sollte es sie interessieren, was irgendein Dichter über Trauer dachte? Sie kannte die Trauer, sie lebte darin und sie fand sie überhaupt nicht poetisch. Sie übersprang die Zeilen und las die mit blauer Tinte daruntergekritzelten handgeschriebenen Zeilen.

Jeffs Tod hat eine Lücke in unser aller Herzen hinterlassen. Mein größter Trost ist es zu wissen, dass ich ihn im Himmel wiedersehen werde, eines Tages. Bitte zögern Sie nicht, mich anzurufen oder mich zu besuchen, wenn Sie einmal jemanden zum Reden brauchen.
Mit Gottes Segen,
Jake Sterling

»Schön und gut, Mr Sterling, es mag Sie trösten, dass Sie Jeff eines Tages im Himmel wiedersehen, aber ich will ihn hier haben.« Sie wollte am liebsten die Karte zerreißen und diesem Mann zurückschicken, aber sie wusste, dass seine Worte auch Jeffs Glauben widerspiegelten. Außerdem, wenn sie all die Karten mit ähnlichem Inhalt zerreißen würde, was würde dann aus Jeffs Denkmal werden?

Sie betrachtete die lange Leine, die sie quer durch sein Zimmer gespannt hatte, und die in der Mitte von der Schwere der vielen Karten durchhing.

Jeff hätte sich so gefreut, das zu sehen. Zu sehen, wie sein Leben Auswirkungen auf das Leben vieler anderer hatte. Er hatte nie verstanden, wie sehr er von allen geliebt wurde. »Kannst du das sehen, Jeff?«

Die vergilbte Deckenfarbe antwortete stumm.

Sie betrachtete die Wände. Jeder Zentimeter war vollgehängt mit Postern, auf denen Segelboote mit bunten Segeln zu sehen waren, die einem Halbmond gleich sich im Wind aufblähten; Hängebrücken, die von Tausenden weißer Birnen erleuchtet waren, und Harley Davidsons, die am Meer entlangfuhren. Jeff hatte schon immer eine Vorliebe für Physik und Technik gehabt. Jetzt waren seine Träume verweht, wie die Windstöße, die die Segelboote an der Küste vor sich hertreiben.

Melanie sank zurück auf die Matratze. Sie wollte mit den Karten fertig werden, bevor Sarah von ihrer Übernachtung mit der Mädchengruppe zurückkam. Melanie musste gestehen, dass dieser Haufen aus 15- und 16-Jährigen Sarah gut integriert hatte und dafür sorgte, dass sie immer beschäftigt und umsorgt war. Sie war froh, dass

Sarah Trost und Hilfe fand, obwohl sie wusste, dass Sarah tiefer verletzt war, als sie es je zeigen würde.

Melanie hängte eine zweite Schnur auf, parallel zur ersten, und setzte sich wieder zu ihrem Stapel Briefe. Sie kannte den Namen des nächsten Absenders nicht.

Sehr geehrte Mrs Johnston,
summieren sich Ihre Kosten für die Beerdigung? Benötigen Sie Unterstützung im Kampf gegen das Rechtssystem? Wir von Fraker, Fritz und Krutenat bieten Opfern wie Ihnen umfassende juristische Dienstleistungen an. Wir helfen Ihnen gerne dabei, das Geld zu bekommen, das Ihnen zusteht!
Der erste Schritt ist schnell getan – rufen Sie noch heute an!

Ganz unten fand sich ein blauer Computeraufdruck, der wie eine handschriftliche Unterschrift aussehen sollte. Wer um Himmels willen verschickte eine derartige Karte?

Dieses Mal hielt sie sich nicht zurück und zerriss den Brief in Stücke. Sie warf die Fetzen in den Mülleimer und wandte sich dem nächsten Brief zu.

Fünfzehn Karten später griff sie einen grauen Briefumschlag aus dem Stapel, der schwer in der Hand wog, beinahe wie Leinen. Es war kein Absender angegeben.

Sehr geehrte Mrs Johnston,
ich möchte Ihnen mein herzliches Beileid aussprechen.
Les Stewart
555-9553

Les Stewart. Irgendwie kam ihr der Name bekannt vor. Dann erinnerte sie sich daran, dass sie den Namen kürzlich in der Zeitung gelesen hatte. Das war irgendein Staranwalt aus Los Angeles, der kürzlich nach Santa Barbara gezogen war, um hier seinen Ruhestand zu verbringen. Warum sollte er ihr seine Telefonnummer zukommen lassen? Seine Kundschaft bestand doch aus Filmstars und einflussreichen Geschäftsleuten.

Melanie wollte die Karte erst an der Leine aufhängen, aber irgendwie hatte sie überhaupt nichts mit Jeff zu tun. Sie steckte sie zurück in den Umschlag und warf sie in den Mülleimer.

Nachdem sie den ganzen Stapel geöffnet hatte, ging sie in die Küche, goss sich einen starken Kaffee ein, griff nach der Schere und setzte sich, die Zeitung in der Hand. Sechs Tage waren seit dem Unfall vergangen. Die Berichte wurden schon weniger und erschienen nicht mehr auf den Titelseiten. Langsam blätterte sie die Seiten um. Sie wollte nichts verpassen.

Hier. Ein paar kurze Zeilen über Jeffs Engagement als Tutor für Kinder aus schwierigen Verhältnissen während seiner Zeit am College in San Luis Obispo. Sie nahm die Schere und begann den Artikel vorsichtig auszuschneiden, bemüht, ja exakt zu schneiden. Nicht ein Buchstabe einer Geschichte über ihren Sohn sollte ihr entgehen.

Als sie damit fertig war, griff sie sich das Album, das sie mit sämtlichen Erinnerungen an Jeff füllte und das immer auf seinem leerem Stuhl am Tisch lag. Sie klebte den Artikel hinein. Eine weitere Seite, die an ihn erinnern würde. Sie las die Zeilen noch einmal durch. Mühsam unterdrückte sie ein Schluchzen, als sie die Worte eines Jungen las, dem Jeff geholfen hatte: »Er war der Einzige, der sich um mich gekümmert hat.« Dann schloss sie das Buch und legte es auf seinen Platz zurück.

Erst dann blätterte sie die restliche Zeitung durch, um zu sehen, ob sich noch etwas Interessantes fände. Der Artikel fand sich auf der letzten Seite. Es war ein halbseitiger Artikel mit Bild über den Jungen, der Jeff das Leben genommen hatte.

Ihre Nackenmuskeln verkrampften sich, sodass sie Mühe hatte zu atmen. Sie las die große Schlagzeile unter dem Foto: *Familie Phelps spendet 45 000 Dollar an Stipendienfonds im Gedenken an ihren Sohn.*

Der Kaffee brannte in Melanies Magen. Wie konnten sie es wagen? Diese Familie hatte kein Recht, ihren Sohn zu glorifizieren. Er hatte Jeff umgebracht. Jeff sollte derjenige sein, den man damit ehrte, dass man einen Stipendienfonds nach ihm benannte. Schließlich hatte er sich seine ganze Collegezeit selbst finanziert, hatte Teilzeit gearbeitet, Kredite aufgenommen. Der Phelps-Sprössling hatte vermutlich noch nie auch nur einen Tag in seinem Leben hart gearbeitet.

Der Artikel rühmte die Großzügigkeit der Familie Phelps. Großzügigkeit. Großzügig genug, ihrem Sohn einen nagelneuen BMW zu spendieren, während Jeff gearbeitet hatte, um sich seine alte Schrottkiste leisten zu können. Großzügig genug, um das Auto ihres Sohnes mit der bestmöglichen Sicherheitsausstattung zu versehen. Hätte Jeff eine solche Großzügigkeit gekannt, dann wäre er vielleicht nicht bis zur Unkenntlichkeit zerquetscht worden.

Melanie warf die Zeitung an die Wand. Solche Dinge sollten verboten sein. Kein Mensch konnte sich einfach so verhalten. Jemand musste doch etwas dagegen unternehmen.

Sie würde etwas dagegen unternehmen.

Sie ging zurück in Jeffs Zimmer, ließ sich auf die Knie fallen und wühlte den Mülleimer durch, bis sie den grauen Umschlag gefunden hatte. Ihre Hände zitterten, als sie den Hörer abhob. Sie hatte einen Anruf zu erledigen.

2.

Andie lud die letzte Tüte auf der Granitarbeitsplatte ab und sank auf einen Barhocker. Zurzeit war alles kompliziert und anstrengend. Die Trauer entzog ihr alle Kräfte und machte selbst einen einfachen Einkauf zum Marathon. Sie ließ ihren Kopf auf ihre überkreuzten Arme fallen und schloss die Augen.

Sobald sie die Sachen verstaut hatte, konnte sie den Rest des Nachmittags im Bett verbringen – oder vielleicht am Design für die bevorstehende Spendenaktion des Krebszentrums arbeiten. Ihr Ehrenamt war das Einzige, was noch zählte.

Reifen quietschen in der Auffahrt. Dieses Geräusch konnte nur eins bedeuten.

Christi.

Sei tapfer, sonst denkt sie, sie müsste länger bleiben. Andie zwang sich, aufzustehen und aus dem Küchenfenster zu sehen.

Christi Baurs knallroter Mercedes Roadster kam rutschend in der Nähe des Hintereingangs zum Stehen. Sie sprang aus dem Auto. Sie trug perfekt gebügelte dunkelblaue Hosen und eine weiße Seidenbluse. Wie immer wehte sie ins Haus, ohne einen Gedanken daran anzuklopfen. »Andie?« Ihre Stimme drang vom Hintereingang zu ihr herüber.

»Ich bin in der Küche.« Andie griff nach dem Salat, um ihn im Kühlschrank zu verstauen. So würde Christi sehen, dass sie auf war und beschäftigt und würde zufrieden sein, dass es ihr gut ging.

»Du solltest deine Eingangstür wirklich abschließen, weißt du.« Christis Stimme kam mit jedem Wort näher.

»Warum denn? Die Auffahrt ist doch eingezäunt. Kein Mensch außer dir benutzt diesen Eingang.«

Christi betrat die Küche mit einem etwas zu breiten Lächeln im Gesicht. »Genau. Du willst doch wohl nicht, dass Leute wie ich einfach ins Haus marschieren, oder?« Ihr Lachen klang gezwungen.

Andie schloss die Kühlschranktür und wandte sich ihrer Freundin zu. Sie war gerade dabei, Andie von Kopf bis Fuß zu inspizieren, und dem Stirnrunzeln nach zu urteilen, hielten ihre verwaschene Jeans und das T Shirt der University of Southern California der Prüfung nicht stand. Andie entschloss sich, den Blick einfach zu ignorieren. »Ich muss kurz die Sachen verstauen. Setz dich.«

Christis Lächeln verschwand ein klein wenig. »Du warst einkaufen? Heute?« Die letzte Silbe klang wie ein Piepsen.

»Mh-hm. Jeder hat mir Auflauf vorbeigebracht, aber manchmal braucht man eben auch Milch und frisches Gemüse, oder?« Andie langte nach der nächsten weißen Plastiktüte und zog eine große Packung Oreo-Kekse hervor – ihre besten Freunde im Kampf gegen die Trauer.

Sie ging in die Vorratskammer und versuchte dabei, die Kekse vor ihrer Freundin zu verbergen. Als sie zurückkam, war Christi herangetreten und hielt eine der Tüten in den Händen. Sie legte sich in übertriebener Erleichterung die Hand auf die Brust.

Andie blieb stehen. »Was denn?«

»Tüten von Safeway! Was für eine Erleichterung! Scott hat mich hergeschickt, um dir zu sagen, dass du Alfords eine Weile meiden solltest.«

Andies Augen fingen an zu brennen. Sie schnappte sich eine Tüte Karotten und eilte zum Kühlschrank. »Ach wirklich? Warum meint er das denn?« Ihre Stimme klang dabei etwas zu hoch, aber Christi merkte es nicht. Christi hasste es, sich mit schwierigen Dingen auseinanderzusetzen, und das kam Andie gerade recht. Sie wollte mit ihrem Schmerz alleine sein.

»*Sie* arbeitet dort. Verstehst du? Die Mutter von diesem jungen Johnston. Scott hat Angst, dass sie es möglicherweise darauf abgesehen haben könnte, schnell an Geld zu kommen.«

Andie dachte an die Frau, von der die Rede war, hatte ihr Gesicht vor Augen. Es war auf eine raue Art attraktiv, kein Make-up. Braunes lockiges Haar, das knapp die Schultern berührte. Sie dachte an ihre kompetenten Antworten und ihr schnelles Lächeln, die heitere Art und Weise, wie sie ihre Tätigkeit unterbrach, um einem Kunden zu helfen, das Regal mit den Süßigkeiten zu finden. »Ich glaube, das würde sie nicht machen.« Melanie Johnstons Augen waren das Einzige, was Andie an ihren eigenen Worten zweifeln ließ. Ihre Augen verengten sich manchmal zu Schlitzen und zeigten die Entschlossenheit einer Frau, die es gewohnt war zu kämpfen. Eine Frau, die nicht klein beigeben würde, wenn sie davon überzeugt war, im Recht zu sein.

»Man weiß nie. Scott meint, du solltest nicht in ihre Nähe kommen, bis sich das Ganze gelegt hat.«

Andie legte ihre Hand über ihren Bauch. »Gelegt hat?« Sie wandte sich von ihrer Freundin ab und begann energisch den Inhalt einer weiteren Tüte im Kühlschrank zu verstauen. »Wie lange dauert es denn, bis sich der Schmerz über den Tod eines Kindes ›gelegt hat‹?«

»Oh, Andie. So habe ich das doch nicht gemeint, das weißt du doch. Aber du musst das einsehen. Ein falsches Wort zur falschen Person und schon hast du einen Prozess am Hals.«

»Ja klar. Danke für den Tipp.« Andie wusste, dass ihr Tonfall ihre höflichen Worte Lügen strafte. Gut. Vielleicht würde es Christi dann kapieren. *Nicht, dass das je der Fall ist.*

Christi griff nach einem Laib Brot. »Ich helfe dir.« Sie ging in die Vorratskammer. Kurz darauf kam sie zurück, kopfschüttelnd, das Brot immer noch in der Hand. Sie warf das Brot auf die Arbeitsplatte, wühlte unter dem Spülbecken herum und tauchte mit einer Sprühflasche Allzweckreiniger und einem Schwamm wieder auf.

Andie beobachtete sie stumm.

Christi leerte drei volle Regale in der Vorratskammer. Hier und da lagen Krümel und auf einem Regalbrett war ein runder klebriger Fleck zu sehen, wo Sirup zu einer zuckrigen Masse getrocknet war. Zunächst hatte es Christi auf diesen Fleck abgesehen. Dann schrubbte sie die Regalbretter gründlich ab, bevor sie die Sachen wieder einräumte. Nicht alles fand dabei seinen ursprünglichen Platz wieder. Als sie sich herumdrehte und sah, dass Andie sie beobachtete, machte sie große Augen. »Ich wusste nicht, dass du hinter mir stehst.«

»Das hab ich bemerkt.«

Christi hob ihre Hand, die Handfläche nach oben, als würde sie ein neues Gerät präsentieren. »Ist es nicht erstaunlich, wie eine saubere, gut organisierte Küche aufmuntern kann?« Sie fuhr mit der Hand über das oberste Regalbrett. »Schau mal, jetzt stehen alle Getreideprodukte zusammen, die verschiedenen Backwaren und das Kochgeschirr. Besser so, oder?«

Andie betrachtete das Regal. Es sah wirklich besser aus. Aber war das denn wichtig? »Klar, natürlich.« Sie drehte sich um und verließ die Vorratskammer.

Christi folgte. Die Stille wurde langsam bedrückend und Christi sah ständig aus dem Fenster in Richtung ihres Autos. Sie klapperte mit ihren Schlüsseln in der Tasche. »Sollen wir eine Runde drehen? Ich verspreche dir, ich fahr wie eine Oma. Du wirst keine Angst haben.«

Andie schüttelte den Kopf. Sie wollte alleine sein. »Danke, nein. Aber geh du nur. Du solltest an so einem wunderschönen Tag nicht drinnen festhängen.«

Obwohl Christi keine Miene verzog, verriet ein kurzes Aufleuchten ihrer Augen ihre Erleichterung. »Bist du sicher, dass du zurechtkommst? Kann ich noch was für dich tun?«

Lass mich und meine dreckigen Regale in Frieden. »Nein, mir geht es gut.«

Christi nickte. »Also gut. Dann denke ich, dass du nächste Woche wieder beim Tennis dabei bist.«

»Vielleicht.«

Andie begleitete Christi zum Hinterausgang. Sie war eben aus der Tür, als sie sich umdrehte: »Vergiss nicht – halte dich eine Zeit lang von Alfords fern.« Sie nahm die Schlüssel aus ihrer Prada-Tasche. »Es ist schlimm, was aus unserer Welt geworden ist.«

Andies Augen füllten sich mit Tränen, obwohl sie versuchte, sie wegzublinzeln. *Jetzt nicht weinen, damit sie gehen kann.*

Christi schaute nach ihrem Auto, dann wieder zurück. »Ich muss dann los.« Sie trat hastig den Rücktritt zu ihrem Cabrio an, ließ den

Motor aufheulen und winkte zum Abschied, als sie über die Auffahrt entfloh.

Der Lexus kam langsam vor Melanies Haus zum Halten. Der Fahrer stieg aus und betrachtete die Nachbarschaft – ein- und zweistöckige Häuser, saubere Grundstücke, Auffahrten, die bis zur Straße hin zugeparkt waren. Wohl nicht das, was er sonst gewohnt war, aber ganz nett nach gängigen Maßstäben. Er strich sich über die Hosen seines teuer aussehenden Anzugs. Als er etwas aus dem Auto holte, wandte sich Melanie vom Fenster ab und öffnete die Tür.

Sie kannte ihn schon aus dem Fernsehen und von Zeitungsartikeln. In Wirklichkeit war er kleiner, als sie erwartet hatte, und sein Haar war eine Spur grauer. Er ging auf sie zu. Sein selbstgefälliger Gang verriet die Arroganz, die sie so verachtete.

Was hatte sie sich nur dabei gedacht, ihn hierher zu bitten?

»Les Stewart.« Er lächelte und streckte ihr die Hand entgegen, die aussah, als habe sie erst kürzlich eine Maniküre genossen. Der Handdruck war fest, wie sie erwartet hatte, doch war seine Haut so weich, dass sie den Schluss zog, dass dieser Mann in seinem ganzen Leben noch keinen einzigen Tag körperlich gearbeitet hatte.

Auch er schien diesen Unterschied einen Augenblick lang gespürt zu haben. Er schaute auf ihre Hände und zog seine dann beschämt zurück.

Sie würde sich selbst zwingen, diesem aufgeplusterten Gockel gegenüber höflich zu sein. Für Jeff. »Kommen Sie doch bitte herein, Mr Stewart. Möchten Sie Kaffee oder Tee?«

Seine Augen weiteten sich. »Ein Tee wäre ganz wunderbar.«

Sie deutete auf das Sofa mit dem verblichenen blau-orangefarbenen Bezug. »Machen Sie es sich bequem. Ich bin gleich wieder bei Ihnen.« Sie ging in die Küche und lächelte spöttisch, als sie selbst gemachten Eistee in zwei Gläser goss. Sicherlich erwartete er Earl Grey oder

Darjeeling oder einen dieser teuren Tees, die sie in den Auslagen der Coffeeshops gesehen hatte.

Als sie zurück ins Wohnzimmer ging, hatte er eine eindrucksvolle Sammlung offiziell aussehender Dokumente auf dem verkratzten Esstisch ausgebreitet. Sie legte einen Korkuntersetzer auf den Tisch und beobachtete sein Gesicht, als er das Glas mit dem eisgekühlten Tee erblickte, das sie ihm vorsetzte.

An seinen Augenwinkeln zeigten sich kleine Falten, doch ansonsten unterdrückte er jeglichen Ausdruck der Überraschung. Er hob das Glas in Nachahmung eines Prosits und nahm einen kleinen Schluck. Dann riss er die Augen auf. »Das schmeckt köstlich.«

»Den hochnäsigen Teekenner, der meinen eisgekühlten Tee nicht diesem ganzen teuren Zeug vorzieht, muss ich erst noch treffen. Das ist Minze aus eigenem Anbau, und das schmeckt man.«

Er blickte in das Glas, in dem grüne Blätter an der Oberfläche schwammen. »So, so.« Er sah sie an – dieses Mal voll aufrichtigen Respekts. Er hatte wohl zweifellos erwartet, dass eine Frau ihres sozialen und finanziellen Hintergrunds in seiner Nähe völlig eingeschüchtert wäre.

Aber Melanie hatte noch nie viel von Angeberei gehalten. Oder von Small Talk.

»Was denken Sie denn genau, was Sie für mich tun könnten, Mr Stewart?«

»Mrs Johnston …«

»Melanie, bitte. Das Mr und Mrs überlasse ich gerne gesetzteren Leuten – oder den jüngeren, die meinen, sie seien zu wichtig, um sich beim Vornamen ansprechen zu lassen. Wenn Sie mich fragen, dann sind das genau die Art von Leuten, deren Namen mir sofort wieder entfallen.«

Er lächelte und nickte kurz. »Haben Sie die Zeitungsartikel über den Unfall gelesen?«

»Alle, ja. Und die über Jeff habe ich aufgehoben und in ein Album geklebt.«

»Gut. Dann sind Sie auch darüber informiert, dass Chad Phelps gefahren ist, obwohl er seinen Führerschein zeitweilig hatte abgeben müssen.«

»Ja, das habe ich gelesen.«

»Nach kalifornischem Recht haften seine Eltern für sein Verhalten. Sie hätten gewährleisten müssen, dass er keinerlei Zugriff auf ein Auto hatte, ob sie nun zu Hause waren oder nicht.«

»Wer gibt einem Jungen in seinem Alter überhaupt die Schlüssel zu einem BMW?«

»Soweit ich weiß, Mrs Johns – Melanie, war der Wagen ein Geschenk zu seinem 16. Geburtstag.«

Das wusste sie bereits, aber jedes Mal, wenn sie es hörte, ärgerte sie sich erneut. »Welche Eltern schenken ihrem Kind so ein Auto zum Geburtstag?« Sie schwenkte ihr Glas in der Hand und stellte es auf dem Untersetzer ab. »Jeff hat sein Auto selbst gekauft. Zwei Jahre lang muss es noch abbezahlt werden.« Sie verschränkte ihre Finger und drückte sie gegen ihr rechtes Knie. »Ich schätze mal, dass es an diesem teuren Auto lag, dass der Junge lange genug gelebt hat, um sich von seinen Eltern zu verabschieden. Diese ganze Hightechsicherheitsausrüstung.« Sie schniefte und sah weg. »Vielleicht hatten diese Eltern doch die richtige Absicht.«

Er atmete tief ein – ohne Zweifel bereitete er sich auf den eindringlichen Vortrag über seine einzigartigen Kampfqualitäten vor. Sie würde sich zwar zwingen zuzuhören, aber sie wusste auch, dass sie es nicht durchhalten würde.

»Melanie, ich würde mich sehr geehrt fühlen, wenn ich Ihnen in diesem Kampf zur Seite stehen dürfte. Das Leben Ihres Sohnes wurde ausgelöscht – nicht einfach nur durch einen Unfall, sondern vielmehr durch Rücksichtslosigkeit. Wenn Sie jetzt handeln – und wir werden sicherstellen, dass jeder weiß, was wirklich passiert ist –, dann zeigen wir der Welt, dass solch gedankenloses Verhalten nicht toleriert wird.«

Immerhin war er nicht so dreist und erwähnte, wie viel Geld er für sie herausschlagen könnte und welche Auswirkungen das auf Sarahs und ihr Leben haben würde. Ihr Leben war in Ordnung gewesen. Vor dem Unfall.

»Wahrscheinlich retten Sie damit das Leben eines anderen Jungen wie Jeff. Ich meine, dass das für Ihren Sohn doch ein gutes Vermächtnis wäre, oder nicht?«

Vermächtnis.

Das Wort traf sie in ihrem Inneren und sie merkte, dass sie ein wenig zusammenzuckte. Les Stewart war das sicher nicht entgangen, aber das war Melanie egal. Ein Funken Entschlossenheit flammte tief in ihr auf. Jede Geschichte über diese andere Familie erzählte davon, wie sich diese ein Vermächtnis für ihren Sohn einfach kaufen konnte, nur weil sie reich war. Sie konnte das nicht. Sie hatte keine andere Wahl. Die Wäscheleinen voller Karten würden nicht ewig hängen. Ein Album würde nicht ewig halten. Wie sonst konnte sie erreichen, dass wenigstens etwas von Jeff in der Erinnerung der Menschen blieb? Diese Entscheidung würde sie für Jeff treffen. Es ging nur um ihn.

Die Haustür flog auf. Durch die offene Tür kam Sarahs blaue Sporttasche geflogen und purzelte auf den Boden. Quer über die Seite war in strahlend goldenen Lettern »Santa Barbara Volleyball League« aufgedruckt. Sarah rief noch ein paar Abschiedsgrüße nach draußen in Richtung Auffahrt, kam dann herein und blieb fast sofort stehen. Sie starrte Les an.

Er erhob sich und streckte ihr seine Hand entgegen. »Hallo, junges Fräulein. Ich bin Les Stewart.«

Sarah hob ihre Hand, ohne sie ihm jedoch zu reichen. Stattdessen führte sie sie an seiner vorbei zu ihrem modischen Pferdeschwanz. Ihre Augen verengten sich und sie musterte ihn, verschränkte dann die Arme und sah Melanie an: »Wer ist das denn?«

»Süße, er hat ja gerade versucht, sich vorzustellen.« Melanie sah von Sarahs grauem Skater-T-Shirt, den Sporthosen und den Knieschützern, die ihr an den Knöcheln hingen, zu dem exklusiv gekleideten Mann neben ihr. Mit ihren 1,83 Metern war Sarah fast ebenso groß wie er und keine Spur eingeschüchtert. *Großes Mädchen.*

Trotzdem waren Umgangsformen wichtig. »Mr Stewart, ich möchte mich bei Ihnen für Sarah entschuldigen. Ich bin sicher, dass sie das selbst tun wird, wenn sie merkt, wie unhöflich das gerade war.«

Sarah funkelte sie wütend an. »Was hat er hier zu suchen?«

Les trat einen Schritt nach vorne. »Sarah – richtig?«

Sarah wandte sich ihm zu, aber ihre ganze Haltung zeigte ihm deutlich, dass er der Aufmerksamkeit nicht wert war.

»Deine Mutter hat mich eingeladen, um über das Vermächtnis deines Bruders zu sprechen.« Seine Stimme war sanft, einnehmend.

»Das Vermächtnis meines Bruders, hä?« Sarah lehnte sich zurück, um aus der Haustür nach draußen blicken zu können. »Ziemlich krasses Auto da draußen. Ist wohl Ihrs?«

Er zögerte. »Ja.«

»Habe ich mir gedacht.« Sie betrachtete seine Krawatte, dann seine Schuhe. »Sie sind Anwalt, stimmt's?« Sie sah ihm geradewegs ins Gesicht, forderte ihn heraus, ihr zu beweisen, dass sie falschlag.

»Ja, das bin ich. Ich kann deiner Mutter dabei helfen sicherzustellen, dass Jeffs Tod nicht vergebens war. Dass daraus etwas Gutes entsteht.«

»Dass so was Gutes dabei herausspringt wie der neueste Lexus für Sie? Sie tun das doch nicht, um meiner Mutter zu helfen oder dafür zu sorgen, dass mein Bruder nicht vergessen wird.« Sie schüttelte den Kopf. »Ich wette, Sie wollen sich in Montecito ein größeres Haus bauen. Da wohnen Sie doch, oder?« Sie verschränkte die Arme. »Sie rechnen wohl mit einer Menge Kohle, wenn Sie Ihre kostbare Zeit darauf verschwenden, den langen Weg bis ins Getto von Goleta zurückzulegen.«

»Sarah, halt sofort den Mund. Mr Stewart ist Gast in unserem Haus und ich verbitte mir, dass du zu ihm in so einem Ton sprichst.«

Sarah warf ihrer Mutter einen kurzen Blick zu. In ihren Augen sah Melanie nicht den Missmut eines Teenagers, mit dem sie gerechnet hatte, sondern etwas Zerbrechliches, Verletztes. Einen Augenblick lang dachte sie, ihre Tochter würde sogar anfangen zu weinen, aber Sarah verlagerte ihr Gewicht aufs andere Bein, verzog ihren Mund und die Wut in ihren Augen flammte wieder auf.

Les senkte den Kopf ein wenig. »Sarah, wir müssen allen Eltern zeigen, dass sie die Verantwortung für ihre Kinder tragen.«

Sarah zupfte an einer Haarsträhne und starrte den Anwalt drei unangenehm stille Sekunden lang vernichtend an, bevor sie sich ihre Tasche neben der Tür schnappte und durch den Flur flüchtete.

»Ich glaube, sie vermisst ihren Bruder wirklich sehr«, sagte Les, nachdem Sarah die Tür hinter sich zugeknallt hatte.

»Ja, das tut sie. Und sie ist ein Teenager, der die Geduld von praktisch jedem auf eine harte Probe stellt, wenn sie sich etwas in ihren Kopf gesetzt hat. Nehmen Sie das bitte nicht persönlich, Mr Stewart.«

Er zeigte ein kurzes, gekünsteltes Lächeln. »Keine Sorge. Und bitte, nennen Sie mich Les. Ich möchte nur ungern in eine ihrer Kategorien für die Anrede mit ›Mr‹ fallen.« Er machte eine Pause und entspannte seine Gesichtsmuskeln, sodass sie einen ernsten Ausdruck annahmen. »Werden Sie über das nachdenken, was ich Ihnen gesagt habe?«

»Soweit es mich betrifft, gibt es nicht viel nachzudenken. Ich mache mir nicht viel aus arroganten Anwälten …«

»Aber was ist mit …«

»Ich war noch nicht fertig.« Sie sah ihn an und wartete. Er musste ihre Regeln lernen, und zwar jetzt. Hier in ihrem Haus war er kein Staranwalt.

»Verzeihung.«

Sie sah ihn noch eine weitere Sekunde regungslos an. »Wie ich gerade sagte, ich gebe nichts auf Staranwälte, aber diese andere Familie vergibt Stipendien im Namen ihres Sohnes und stellt ihn so dar, als sei er eine Art Held. Und mein Jeff bleibt dabei unbeachtet und wird vergessen. Mein Sohn hat immer davon gesprochen, wie wichtig es sei, etwas in der Welt zu bewirken. Aber er bekam keine Gelegenheit dazu. Und wenn ich das Leben eines anderen jungen Menschen retten kann, indem ich die Sache vor Gericht bringe … wenn so nur ein einziges anderes Kind gerettet werden kann, dann wäre Jeff einverstanden gewesen – und deshalb machen wir das. Wo fangen wir an?«

3.

Melanie legte die Blumen vorsichtig auf Jeffs Grab, bemüht, sie genau in der Mitte abzulegen. Für Jeff musste alles perfekt sein. »So, jetzt ist es besser, hm?«

In den Spalten des frisch verlegten Rollrasens zeigten sich bereits erste neue Grashalme. Schon bald würde beim Vorübergehen keiner mehr erahnen können, dass unter ihm frisches Leid begraben lag.

Melanie schon. Und mithilfe ihrer Klage würden auch alle anderen daran erinnert werden.

Sie legte eine Decke auf den Boden neben den Grabstein, setzte sich und nahm das Tagebuch aus ihrer Tasche. »Also, Jeff, dieser Anwalt, der mir hilft, der sagt, ich soll während der Zeit Tagebuch schreiben über meine Gedanken und Gefühle. Und auch über meine Erinnerungen an dich. Er sagt, das würde den ›Verlust sozialer Kontakte‹ protokollieren und wäre hilfreich für den Prozess. Ich finde, es ist viel mehr als das.

Es ist ganz leicht, sich an dich zu erinnern, Jeffy. Was meinst du: Was soll ich den anderen von dir erzählen?«

Sie sah auf die leeren Seiten und fragte sich, wo sie anfangen sollte. Die Auswahl der ersten Erinnerung schien ihr irgendwie das Wichtigste zu sein. Aber wie sollte sie sich entscheiden? Sein ganzes Leben wollte sie hier auf diesen Seiten festhalten. Jeden einzelnen Augenblick. Nicht nur Bruchstücke. Sonst würde sie ihn verlieren. Dieser letzte Gedanke traf sie wie ein Blitz. Sie schluckte schwer und zwang sich, sich zu konzentrieren. Sie würde nicht vor Jeff in Tränen ausbrechen. Sie musste stark sein.

»Also, dann …« Sie beschloss, einfach das aufzuschreiben, was ihr als Erstes in den Sinn kam. »Schreiben wir doch mal darüber, wie du Sarahs Fahrrad ›repariert‹ hast. Erinnerst du dich daran?«

Jeffs Gesicht stand ihr vor Augen. Das Gesicht eines Achtjährigen, dreckverschmiert und mit einem altklugen Lächeln. *»Keine Angst,*

Sarah, ich reparier das für dich.« Er strich sich mit der Hand über die Nase und setzte seine Baseballkappe verkehrt herum auf. *»Ich bin Mechaniker. Das ist kein Problem.«*

Der Wind strich durch Sarahs blondes Haar. Einige Strähnen blieben an ihren tränennassen Wangen kleben. »Aber ich hab es zu Schrott gefahren.« Sie zeigte auf die zerrissene Kette und den lose herunterhängenden Ständer. »Siehste? Es ist total kaputt.« Ihr Kinn fing an zu zittern.

Er legte ihr die Hand auf die Schulter und schüttelte sie. »Hey, du fährst doch jetzt ein Fahrrad für große Kinder und große Kinder weinen nicht. Jetzt sei ein braves Mädchen und geh und hol mir meinen Schraubenzieher und den Ölkanister.«

Mit den Rehaugen einer Fünfjährigen schaute sie ihn voller Bewunderung an. »Echt?« Ihre Schultern strafften sich.

»Echt. Also los.« Er gab ihr einen sanften Schups in Richtung Garage, sah dann Melanie an und schüttelte den Kopf. »Kinder. Der erste Unfall ist immer der schlimmste.«

Melanie blinzelte hektisch. Nicht weinen.

»Erinnerst du dich daran, Jeff? Du hast das ganze Fahrrad auseinandergenommen. Es hat zwei Tage gedauert, bis du wieder alles zusammengeschraubt hattest. Und ich meine mich zu erinnern, dass am Ende einige Teile übrig blieben und das Rad danach immer so ein lustiges Knacken gemacht hat.« Sie stieß ein Lachen aus. »Erinnerst du dich? Sarah hat dich gefragt, was das für ein Knacken sei, und du hast ihr erzählt, es sei ›Fahrradmusik‹.«

Der Granitstein ragte kalt und unbewegt aus der Erde, augenscheinlich unberührt durch die Erinnerungen. Sie schrieb zu Ende und sah dann zu Boden.

»Das tut uns beiden gut, Jeff. Sich an die guten Zeiten zu erinnern. Wir müssen uns darauf konzentrieren, was wir hatten. Das hilft uns, stark zu bleiben.«

Sie berührte den Rasen mit den Fingern. »Du warst einmalig.« Wieder schnürte ihr das Schluchzen fast die Kehle zu. Sie wollte auf keinen Fall ihre Beherrschung vor Jeff verlieren.

»Morgen gehe ich zum ersten Mal wieder arbeiten. Ich komme also erst am späten Nachmittag wieder.«

Stille. Und tiefe Leere.

Jeff hatte die Stille nie gemocht. Sie konnte ihn so nicht zurücklassen. »Der Job wird jetzt ein bisschen komisch werden. Die Mutter von dem anderen Jungen geht bei uns einkaufen.«

Und wieder diese leere Stille.

»Sie ist wirklich so, wie du es erwarten würdest. Dünn. Hübsch. Langes, welliges Haar. Sie weiß noch nichts von der Klage, aber ich will sie trotzdem nicht sehen.

Weißt du, sie war immer freundlich und dabei ein wenig schüchtern.« Sie bückte sich und hob die Decke auf. »Ich wünschte nur, sie wäre eine bessere Mutter gewesen.«

Am nächsten Morgen fuhr Melanie auf den Parkplatz, bereit für ihren ersten Arbeitstag. Es graute ihr vor dem Tag, der vor ihr lag, vor den unvermeidlichen Mitleidsbekundungen, dem Flüstern hinter ihrem Rücken, wenn die Leute dachten, sie würde es nicht hören. Ihr Tagebuch lag auf dem Beifahrersitz, bereit für einen Nachmittagsbesuch bei Jeff. Sie würde diesen Tag für ihn überstehen.

Sie stieg aus dem Auto und sah hinüber zu Alfords. Das Gebäude beeindruckte sie noch immer, obwohl es bereits ein Jahr alt war. Das Ganze sah mehr wie ein Konzertsaal aus als wie das exklusive Lebensmittelgeschäft, das es war. Ein Kompromiss mit der Baubehörde. Wenn jemand ein Lebensmittelgeschäft am Rande von Hope Ranch bauen wollte, dann musste es der Architektur und dem Stil angemessen sein.

Gerade die Straße hinunter standen Steinsäulen mit einem schmiedeeisernen Bogen, auf dem die Worte »Hope Ranch« standen. Dahinter schmiegte sich der Weiler Hope Ranch an Klippen, die den Blick auf den Pazifischen Ozean freigaben.

Wunderschöne Villen, die versteckt hinter Toren oder importierten Bäumen lagen, prägten das Bild, zusammen mit Zuchtpferden und Arabern, die in beheizten Ställen schliefen.

Die Welt der Familie Phelps. Eine Welt, in der Söhne mit Geschenken wie einem BMW überhäuft – und dann ohne Aufsicht freigelassen wurden. Ob wohl die Phelps-Familie eine beheizbare Scheune hatte?

Würde Mrs Phelps heute ins Geschäft kommen? Man erwartete von Melanie, dass sie die Kunden mit Respekt behandelte, aber wie konnte sie das? Am besten war es, eine Konfrontation zu vermeiden. Sie würde die Eingangstür immer im Auge behalten. Vielleicht sollte sie jemanden bitten, sie im Notfall zu warnen.

Sobald sie im Laden war, verstaute sie ihre Handtasche in den Schließfächern für die Angestellten im hinteren Teil des Geschäfts und übte das aufgesetzte Lächeln und die Worte, die sie sich am Morgen unter der Dusche zurechtgelegt hatte: »Mir geht's gut. Das Leben geht weiter. Das hätte Jeff so gewollt.« Vielleicht würde es nicht mehr so wehtun, seinen Namen auszusprechen, wenn sie es ein paar Hundert Mal wiederholt hatte.

»Hallo, Melanie.« Joe Server, Leiter der Metzgerei, legte ihr seine dicke, vernarbte Hand auf die Schulter. Er drückte sie kurz, zog dann seine Hand zurück und ging weiter. Joe war noch nie ein Mann vieler Worte gewesen. In diesem Augenblick schätzte Melanie das mehr denn je. Die unausgesprochenen Worte, die er ihr durch die Berührung mitgeteilt hatte, und dass er das unausweichliche Thema vermieden hatte – das war genau das, was sie brauchte.

Sie ging zum Kundenservice und überflog die Liste mit den Namen der diensthabenden Kollegen. »Morgen, Melanie.« Peggy von der Blumenabteilung stand hinter ihr und warf ihre Arme um Melanies Schultern. »Wie geht's dir, Schätzchen?«

Melanie traten Tränen in die Augen, aber sie blinzelte sie weg und erinnerte sich an ihren Text. »Es geht mir gut. Jeff hätte sich gewünscht, dass das Leben weitergeht.« Sie ahnte, dass sich ihre Worte so hohl und auswendig gelernt anhörten, wie sie sich anfühlten.

Peggy trat einen Schritt zurück und wischte sich selbst eine Träne aus den Augen. »Du bist so tapfer. Jeff wäre so stolz auf dich.« Sie eilte weiter, als wollte sie der Trauer entfliehen.

Wäre Jeff stolz auf sie? Melanie hoffte es. Sie nahm ihren Stapel Sonderangebotsschilder und trat in den Gang, um ihren Arbeitstag zu beginnen.

Es war Freitagnachmittag und Blair Phelps griff nach der nächsten Akte auf seinem Schreibtisch, die seine Aufmerksamkeit verlangte. Der Papierstapel war immer noch bedrohlich groß – und dafür war er dankbar.

Oft schon war es ihm eine Last gewesen, Chef seiner eigenen Firma zu sein. Im Moment war es genau das, was er brauchte. Es war viel besser, seine Zeit in der Firma zu verbringen und beschäftigt zu sein, als in seinem viel zu stillen Haus zu sein, an seinen Verlust erinnert zu werden und zu versuchen, seiner untröstlichen Frau Trost zu spenden. Ja, Arbeit war gut. Es hieß, dass die Zeit alle Wunden heile. Blödsinn. Es waren jetzt schon zwei Wochen vergangen, ohne auch nur einen Hauch Erleichterung zu bringen. Zumindest überdeckte die Arbeit den Schmerz, wenn sie ihn auch nicht linderte.

Vor allem jetzt, wo es um die baldige Übernahme durch Vitasoft ging. Dieser Deal würden ein glänzender Augenblick werden in in diesen dunklen Zeiten. Er musste nur sicherstellen, dass die Dinge nahtlos weiterliefen und höchsten Qualitätsansprüchen genügten, bis alles unter Dach und Fach war.

Die Sprechanlage piepte. »Blair, hier ist jemand, der dich sprechen möchte.«

»Ja, wer ist es denn?«

»Irgend so ein Mr Smith. Hat gesagt, es wäre wichtig.«

Wahrscheinlich ein Vertreter, aber Blair wusste schon, wie man die anpacken musste. »Okay, schick ihn hoch.«

Ein Kerl wie ein Baum erschien in der Tür. Sein zerknitterter, billiger Anzug und seine ungepflegten Haare erweckten den Eindruck, als habe er gerade noch in der Gosse geschlafen. »Blair Phelps?«

Blair stand auf. Seine Muskeln waren angespannt. »Ja, ich bin Blair Phelps. Wer sind Sie?«

»Heiße Smith.« Die Augen des Mannes waren dunkel und hatten einen harten Ausdruck.

»Was kann ich für Sie tun, Mr Smith?« Er blickte nach seinem Telefon, das nur einen Handgriff weit entfernt war, und dann auf den Riesen von einem Mann, der auf ihn zutrat.

Smith lächelte und entblößte dabei gelbe Zähne. »Ich hab hier 'ne Lieferung für Sie.« Er griff in die Brusttasche seines Anzugs und entnahm ihr einen Umschlag, den er auf Blairs Schreibtisch fallen ließ. »Sie, Mr Phelps, dürfen sich jetzt als offiziell verklagt betrachten.«

Der Mann zog einen imaginären Hut und schlenderte pfeifend aus dem Büro.

Blair betrachtete den Umschlag. Eine Klage? Zugegeben, das war nicht unüblich in seiner Branche, aber es hatte in den letzten paar Monaten eigentlich kaum mehr eine Beschwerde von einem Kunden gegeben. Das würde bei den Drahtziehern von Vitasoft einen schlechten Eindruck hinterlassen und er selbst konnte diese Art der Ablenkung gerade schlecht gebrauchen. Wer konnte so etwas Idiotisches anzetteln, ohne ihn vorher wenigstens zu informieren?

Er schlitzte den Umschlag auf, entfaltete das Papier und begann das juristische Fachchinesisch zu überfliegen. Worte wie »Verletzung der Aufsichtspflicht« hoben sich aus dem Buchstabensalat auf der Seite ab. Dann sah er Worte, die ihm den Atem raubten. Er fiel in seinen Stuhl, starrte vor sich hin und wünschte, die verstörende, juristische Floskel einfach löschen zu können. Doch sie blieb unverändert.

Fahrlässige Tötung.

4.

Andie klammerte sich an Blairs Arm, als sie die Kirche betraten. Die »United Church of Montecito« war seit fast zwei Jahrzehnten ihre Heimatgemeinde. Warum war es so schwierig, heute hierherzukommen? Seit sie erwachsen war, hatte sie mit den meisten dieser Leute gemeinsam Gottesdienst gefeiert. Nach dem Unfall hatten sie sie mit Aufläufen überschwemmt, ihr Karten geschickt, sie voll Mitleid umarmt. So viele fürsorgliche, liebe Menschen. So viele Fürbitten. Warum hatte sie jetzt das Gefühl, sie müsste eine heitere Miene aufsetzen und so tun, als wäre alles in Ordnung?

Immerhin wusste noch niemand von der Klage. Wenn ihre Anwälte recht behielten, dann sollte die Zeitung darüber erst am Montag oder Dienstag berichten. Dafür konnten sie dankbar sein.

»Andiiiiiiie … Andie, Liebling …« Der unverkennbare Singsang von Mattilda Plendors Stimme erhob sich über das leise Stimmengemurmel im Foyer. Andie drehte sich um und konnte eine einzelne erhobene Hand über der Menge ausmachen: makellose Fingernägel, knallorange angemalt; Finger, reich geschmückt mit Smaragden und Diamanten, Platin und Weißgold. Hier und da erhaschte man einen Blick auf feuerrotes Haar, als sich die zur Hand gehörende Person einen Weg durch die Menge bahnte.

Andie bewegte sich auf sie zu, in der Hoffnung, dadurch dem einen oder anderen einen Rippenbruch durch Mattilda Plendors spitze Ellenbogen zu ersparen.

»Oh, Andie, Schätzchen.« Mattilda tauchte aus der Menge auf. Sie sah betroffen aus. Sie legte einen Arm um Andies Rücken. »Es tut mir so sehr leid, meine Liebe. Ich wünschte, ich hätte für Sie da sein können. Ich bin seit gestern Abend wieder in der Stadt und hörte da erst die schreckliche Nachricht.« Sie tätschelte sanft Andies Rücken, wie sie das bei einem ihrer preisgekrönten Pudel tun würde.

»Das ist sehr freundlich von Ihnen, Lady Plendor. Aber es gab nichts, was Sie hätten tun können.«

»Aber bitte, meine Liebe, nennen Sie mich Mattie.«

Mattie? Keiner, der nicht das reife Alter von 70 erreicht hatte, wagte es, Mattilda Plendor mit ihrem Vornamen anzusprechen. Erst recht nicht, seit ihr Mann vor einem Jahrzehnt den Adelstitel erhalten hatte. Bis zu dieser Minute hatte Andie noch nie erlebt, dass Mattilda Plendor einen derartigen Verstoß gegen die Etikette vorgeschlagen hätte.

Mattie – allein den Namen zu denken, war schon komisch – kam bis auf wenige Zentimeter an Andies Kopf heran, kniff die Augen zusammen und studierte ihr Gesicht sorgfältig. Sie fing bei der rechten Wange an, blickte über die Stirn zur linken Wange, über die Nase und hinunter bis zum Kinn. Dann trat sie einen Schritt zurück und betrachtete Andie von Kopf bis Fuß, als würde sie ein Auto oder ein großes Haushaltsgerät inspizieren. »Oje, Ihnen ist das Leid wirklich anzusehen. Aber wie könnte es auch anders sein, Sie armes Ding. Ich muss irgendetwas tun, um Sie aufzuheitern. Etwas aus meinem Lädchen vielleicht?«

Lady Plendor war Besitzerin einer Nobelboutique in Montecito, der exklusivsten Wohngegend im Großraum Santa Barbara. Trotz der Tatsache, dass sie auf die 70 zuging, trug sie ein Wollkleid mit wildem Leopardenmuster, ungefähr 7,5 Zentimeter hohe Absätze sowie reichlich Schmuck und Accessoires. Ihr Anblick ließ keinen Zweifel daran, dass sie aus einer Familie mit großem, seit Generationen weitervererbtem Reichtum entstammte.

Ihre Augenbrauen blieben vor Erschütterung hochgezogen, obwohl sie bereits mehrere Minuten bei Andie stand. Was sie wohl so getroffen hatte? Als sie Matties Gesicht eingehender betrachtete, begriff Andie allmählich: Sie war überhaupt nicht erschüttert – sie hatte sich wieder einmal liften lassen.

»Wir sollten uns mal zum Teetrinken treffen und unsere Trauererfahrungen miteinander teilen. Als mein Milton starb, dachte ich, ich würde das niemals überleben.«

»Ich weiß, dass das eine sehr schwere Zeit für Sie war.«

Die Frau nickte und auch wenn ihr Gesichtsausdruck weiter an Ort und Stelle festgefroren blieb, traten ihr Tränen in die Augen. Erst letztes Jahr hatte sie ihren Ehemann, mit dem sie fünf Jahrzehnte verheiratet gewesen war, durch einen Unfall beim Fallschirmspringen verloren. Es war ein schwerer Schock gewesen.

Orgelmusik ertönte aus dem Gottesdienstraum und drang in den Vorraum. Andie kam das gerade recht.

»Ich muss jetzt zu meinem Platz, meine Liebe, aber wir reden noch einmal über eine Kleinigkeit aus meinem Laden, ja?«

Andie nickte und sah zu, wie Mattie den Gang entlang zu ihrem Sitzplatz ging. Mehrere Frauen in der Nähe standen auf und vollführten ihr übliches Ritual von Luftküssen mit Mattie. Jedes Mal aufs Neue verblüfften sie die offensichtlichen Widersprüche in dieser Frau.

Nur weil Andie im Missionsteam war, wusste sie, warum Mattie erst seit Kurzem wieder in der Stadt war: Sie hatte die letzten Wochen in Afrika verbracht, wo sie in einem Waisenhaus, das sie mitfinanziert hatte, gemalt, geputzt und die Kinder betreut hatte. Von ihrer Spende wusste niemand außer Andie und den anderen Mitgliedern des Missionsteams – und sie waren zum Stillschweigen verpflichtet worden. Nur wenige Menschen machten sich die Mühe, hinter die modische Kleidung und die kosmetische Chirurgie zu sehen, aber in Mattilda Plendor steckte mehr, als die meisten Leute glaubten.

Blair legte seinen Arm unter Andies Ellenbogen, als sie gemeinsam den Gang entlanggingen. Seine Schulter berührte ihre und er kam noch näher. Sein Atem wärmte ihr Ohr, als er wisperte: »Deucht es meinen Ohren recht und bot Ihre Ladyschaft dir tatsächlich gerade an, sie Mattie zu nennen?«

Andie sah ihn an und unterdrückte ein Kichern. Das Erste seit Chads Tod. Welche Mutter konnte je wieder an Lachen denken, wenn ihr Sohn für immer fort war? Sie atmete zitternd ein. *Es tut mir leid, Chad. Es wird nicht wieder vorkommen.*

Am Mittwochmorgen stand Andie vor den Mahagonitüren der Anwaltskanzlei Baur, Campbell und Partner und warf einen nervösen Blick über ihre Schulter. Niemand schien sie zu bemerken. Gut. Nachdem die Geschichte heute Morgen in der Zeitung gestanden hatte, würde jeder, der sie erkannte, ihre Anwesenheit hier missverstehen. Santa Barbara war nicht gerade eine Metropole, es bedurfte nicht viel mehr als einem Flüstern und schon blühten die Gerüchte auf. Sie war zumindest dankbar dafür, dass die Anklage erst nach fünf Tagen an die Öffentlichkeit gelangt war. Das hatte ihnen Zeit gegeben, sich in Ruhe damit auseinanderzusetzen. Soweit das möglich war jedenfalls.

Sie zog die Tür auf und trat durch einen warmen Luftstrom, während sie acht darauf gab, ein Lächeln aufzusetzen. Jeder würde sie beobachten. Manche würden voll Betroffenheit schauen, manche voll Faszination – als würden sie gerade ein Zugunglück beobachten – und manche, die tiefer schauten, würden ihr Versagen als Mutter erkennen und selbstgefällig denken, dass ihr jetzt das widerfuhr, was sie verdient hatte.

Vielleicht hatte sie es tatsächlich verdient – aber was war mit Chad? Er hatte es doch nicht verdient, für ihre Fehler zu sterben, oder?

»Guten Morgen, Mrs Phelps.« Diana, die Empfangssekretärin, sah freundlich lächelnd auf.

Andie zwang ihre Gesichtsmuskeln, das falsche Lächeln aufrechtzuerhalten. »Guten Morgen, Diana.«

In Dianas munterer Stimme und ihren strahlenden Augen meinte Andie heute eine gewisse Zurückhaltung zu spüren. Sie fragte sich, ob sich dahinter Mitleid oder Verachtung verbarg. »Mrs Baur wartet im Konferenzraum.«

Andie nickte und ging den Gang hinunter. Sie kannte den Weg.

Seit sechs Jahren traf sich der Vorstand der Wohltätigkeitsorganisation einmal die Woche in dem Konferenzraum. Seit Christis erster Amtszeit als Präsidentin.

Seither war Christi jedes Jahr ohne Schwierigkeiten wiedergewählt worden. Niemand verfügte über das Organisationstalent, die Entschlossenheit und Energie, um es auch nur wagen zu können, sie auszustechen. Sie hielt die Dinge am Laufen. Sie kümmerte sich auch darum, dass der Konferenzraum in der Kanzlei ihres Mannes jeden Mittwochmorgen um elf Uhr reserviert war.

Andie ging den Gang entlang und tat so, als sei sie fasziniert von den Porträts brillanter Anwälte, die an der Wand hingen. Normalerweise rief sie immer mehreren Bekannten, die hier arbeiteten, Grüße zu. Heute nicht. Sie huschte durch die Tür in den Konferenzraum und war froh, niemandem begegnet zu sein.

»Wir müssen zusammenhalten und kämpfen. Nur dann werden solche Sachen jemals aufhören –« Christi stockte mitten im Satz und sprang auf. »Da bist du ja.« Sie ging auf Andie zu, um sie zu umarmen, sah ihr dabei aber nicht in die Augen. Tatsächlich machten sie und Carol den Eindruck, als wären sie gerade während einer Klassenarbeit beim Abschreiben erwischt worden. »Schön, dass du da bist. Wir haben gerade von dir gesprochen.«

Andie schnitt eine Grimasse. Sie konnte sich gut vorstellen, worüber sie gerade gesprochen hatten. »Wirklich?«

»Ja. Andie, die Zusammenstellung der Geschenkkörbe für die Auktion der Stadtmission – du machst das wirklich toll! Letztes Jahr war es eine einzige Katastrophe.« Christi sah zu Carol herüber, die den Wink wohl verstand.

»Ja. Wir finden, dass das von jetzt an deine Aufgabe sein sollte.«

»Also, ich –«

Christi packte Andies Arm und zog sie mit sich. »Tut mir leid, dass ich dich so überfalle. Kaum kommst du zur Tür herein, fange ich an, dir noch mehr Arbeit aufzuhalsen. Hier, stell deine Tasche ab und nimm dir etwas Kaffee und einen Muffin. Susie und Janice verspäten sich, wie immer.«

Andie ging zu der kleinen Bar an der Wand, um sich Kaffee zu holen. Sie spürte förmlich, wie die Blicke der Frauen ihren Rücken durchbohrten. Sie wusste, dass sie es kaum abwarten konnten, wie sie mit der Neuigkeit umging. Wie dem auch sei, sie wollte so tun, als sei nichts vorgefallen. Sie hatte eine Aufgabe zu erledigen und sie war hier, um sie anzupacken. Die Menschen auf den Krebsstationen und in den Entzugskliniken hatten keine Zeit, sich Gedanken zu machen über Andie oder die Klage, die gegen sie eingereicht worden war. Sie erwarteten, dass sie für sie handelte und plante. Es tat gut, an etwas außer Schmerz zu denken – auch wenn es nur für einen Augenblick war.

Susie und Janice platzten herein, die Arme voller Einkaufstüten. »Tut uns leid, Mädels. Wir waren bei Nordstrom und dann führte eins zum anderen.« Die Worte purzelten ohne Atempause aus Susies Mund hervor. Sie hielt kurz inne, stellte ihre Taschen ab und sah sich im Raum um. Ihr suchender Blick blieb bei Andie hängen. Sie legte eine Hand auf ihre ausgehungerte Wange und streckte ihren knochigen linken Arm Andie entgegen, um sie zu umarmen.

»Oh, Andie, meine Liebe. Ich hab heute Morgen die Zeitung gelesen. Ich kann nicht glauben, was diese Frau deiner Familie antut. Wie können wir dir helfen?« Susie hatte noch nie viel Takt bewiesen oder Stillschweigen bewahren können, wo es angebracht gewesen wäre.

Sie warf ihre Arme um Andie und drückte sie so stark, dass Andie um Atem ringen musste. *Sie hat ihr Herz auf dem rechten Fleck. Sei höflich. Zähl bis drei, dann kannst du dich aus der Umarmung lösen. Zieh dieses Treffen durch, dann kannst du nach Hause gehen.*

»Mir geht's ganz gut, Susie. Danke der Nachfrage.« Andie sah zu Christi hinüber mit all der Selbstbeherrschung, die sie aufbringen konnte. »Ich denke, jetzt sind alle da. Sollen wir mit unserer Sitzung anfangen?«

Christi nickte. »Auf die Plätze, meine Damen!«

Als Andie zu ihrem Platz am Tisch ging, sah sie, wie Christi und Carol Blicke austauschten. Worüber sie auch immer geredet hatten, sie würden ihre Unterhaltung später wieder aufnehmen. Andies Anwesenheit hatte sie zwar für einen Moment unterbrochen, aber sobald sie weg war, würden sie ihr Gespräch ausführlich fortsetzen.

Das Geschäft mit der Wohltätigkeit füllte die nächsten 45 Minuten. *Bald ist es herum.*

»Noch eine letzte Sache für dich, Andie.« Christi tippte mit ihrem Finger auf eine Stelle in ihrem Notizbuch. Sie blickte entschuldigend. »Carolyn Patterson vom Krebszentrum … sie hat angefragt, ob der Ausschuss dieses Jahr nicht einen anderen Organisator für den Jahrmarkt ernennen sollte.«

Damit hatte sie Andies volle Aufmerksamkeit wieder. »Natürlich nicht. Warum fragt sie so was?«

Von ihren unzähligen Wohltätigkeitsprojekten lag ihr der Historische Jahrmarkt zugunsten Krebskranker am meisten am Herzen. Sie hatte das Konzept vor drei Jahren entwickelt und hatte erlebt, wie der Event immer populärer und bekannter geworden war. Diesen April rechneten sie mit vielleicht dreimal so vielen Besuchern wie im Jahr zuvor.

Christi hob den Kopf. »Sie hat sich vielleicht nur Gedanken gemacht, ob du nicht ein bisschen mehr Zeit für dich brauchst.« Sie sah Andie scharf an. »Brauchst du das?«

Andie dachte an Chads Notizen über seine eigene Spendenaktion. *»Ich werde es allen beweisen – so wie Mama mit ihrer jährlichen Spendenaktion für Krebskranke.«* Chad und seine Freunde hatten immer darüber gesprochen, wie sehr sie den Jahrmarkt mochten. Dieses Jahr sollte er zu Chads Ehren stattfinden. Es sollte ihr bester werden. »Überhaupt nicht. Der Jahrmarkt ist mein Baby. Ich schaffe das.«

»Also gut.« Christi warf einen Blick in die Runde. »Wenn es sonst nichts gibt, meine Damen, dann ist dieses Treffen beendet.«

Christi Baur lag auf der Veranda hinter ihrem Haus und betrachtete prüfend ihre lackierten Nägel. Sie hatte das schnurlose Telefon zwischen Ohr und Schulter geklemmt und wartete. Endlich, nach dem dritten Klingeln hörte sie das verräterische Klicken am anderen Ende. Sie griff den Hörer mit der rechten Hand und richtete sich auf. »Kaitlyn, hallo. Hast du die Zeitung gelesen?«

Während sie Kaitlyns wütende Worte mit zustimmendem Gemurmel bestätigte, entdeckte sie einen Löwenzahn auf ihrem Rasen. Sie stand auf und ging darauf zu. »Ich habe mit ein paar von den andern gesprochen. Wir werden Alfords boykottieren.« Sie zog das widerspenstige Unkraut mit der Wurzel heraus und trug es zur Mülltonne.

»Alfords boykottieren?« Kaitlyns schriller Aufschrei drang mit einer solchen Lautstärke aus dem Telefonhörer, dass Christi ihn beinahe hätte fallen lassen. »Aber das ist der beste Lebensmittelladen in der Stadt. Sie haben das beste Fleisch, ihr Obst und Gemüse sind am frischsten. Ich wollte die Hotdogs und Hamburger für die Party der Kinder dort holen.«

»Dann musst du dir etwas anderes ausdenken. Ich hatte schon Lachs und Rippchen für das Grillfest von Scotts Firma bestellt. Hab dort heute Morgen angerufen – und alles abbestellt. Ich habe dem Manager gesagt, dass das die letzte Bestellung war, die er von mir gesehen hat, solange bei ihm eine geldgierige, herzlose Angestellte arbeitet. Hab ihm klargemacht, dass viele andere genauso denken.« Sie machte eine Pause, die lange genug war, um ihren Worten Nachdruck zu verleihen. »Ich sagte ihm, dass wir alle zusammenhalten würden.«

»Also … ja … ich denke, du hast recht. Ich möchte natürlich tun, was ich kann, um Andie zu helfen. Ich schätze, wir können auch auf der anderen Seite der Stadt zu Gelson's fahren.«

Christi ballte ihre Hand zur Faust und stieß sie in die Luft. Sieg. Das war leichter gewesen, als sie erwartet hatte. »Wir schaffen das! Ehrlich, das ist doch einfach schamlos, was diese Frau da tut.«

»Ja, irgendwie schon.«

Christi hörte die Zweifel in Kaitlyns Stimme und entschloss sich, diese für immer zum Schweigen zu bringen. »Denk mal an Benjamins kleinen Auffahrunfall letzten Monat. Es hätte genauso gut deine Familie treffen können. Teenager werden einfach in Unfälle verwickelt. Wir müssen ein Zeichen setzen, dass solche Unfälle kein Freischein für schnelles Geld sind.«

Ein Schniefen kam von der anderen Seite der Leitung. »Klar, du hast recht.«

»Ja, das habe ich.«

»Sicher. In Ordnung, du kannst mit mir rechnen. Hm, ich hab eine Verabredung. Ich muss dann mal los.«

»Dann sehen wir uns morgen Abend beim Treffen der Wohltätigkeitsliga. Ah, übrigens, ich habe Andie noch nichts von dem Boykott erzählt, also nichts verraten.« Christi lächelte und legte auf.

Sie wusste, was für eine »Verabredung« Kaitlyn hatte: ihre wöchentliche Massage im Fitnessstudio. Christi hatte gewusst, dass Kaitlyn am schwersten zu überzeugen sein würde und hatte sich genau diesen Zeitpunkt für den Anruf ausgesucht – denn je weniger Zeit Kaitlyn zum Denken und Argumentieren hatte, desto besser. Christi lächelte. Wenn schon Kaitlyn so leicht zu überzeugen war, die doch so stolz auf ihre Kochkünste war und darauf bestand, ihre Einkäufe selbst zu erledigen, dann würde der Rest – von denen viele Köche oder Haushaltshilfen hatten, um ihre Speisekammern aufzufüllen – so leicht zu gewinnen sein wie Sponsoren für eine medienwirksame Wohltätigkeitsgala.

Sie nahm das Telefon in die Hand, um den nächsten Anruf zu tätigen. Am Ende des Tages würde eine ganze Armada von Hope-Ranch-Einwohnern für ihre Einkäufe quer durch die Stadt fahren. Ihr Exodus würde wie ein Vakuum wirken, das Alfords die Lebenssäfte entzog. Das konnte nicht lange unbemerkt oder unbeantwortet bleiben.

5.

Andie zog ihre Hände erschrocken aus dem Spülbecken, das voll mit heißem Wasser war. »Aua! Ist das heiß!«

Mrs Greenfield, die Köchin der Suppenküche, warf ihr einen bösen Blick zu. »Haben Sie die Leute gesehen, die heute da draußen gegessen haben? Also ehrlich, die waren noch dreckiger als Silas an einem schlechten Tag. Ich glaube, eine höhere Temperatur zur Desinfizierung ist da notwendig, deshalb hab ich es so heiß gestellt.«

Da Mrs Greenfield nicht diejenige war, die ihre Hände in das fast kochend heiße Wasser stecken musste, war das leicht gesagt. Andie versuchte es erneut.

Beim dritten Versuch schließlich gelang es ihr, die Hände lange genug im Wasser zu halten, um den ersten Suppenteller aus dem heißen Schaum zu holen, ihn zu schrubben und dann abzuspülen – unter sehr viel kühlerem Wasser. Fünfzig weitere Teller warteten auf den Abwasch.

»Ich wage einmal zu behaupten, dass Sie mehr als erfreut wären, wenn wir ausreichend Spenden für einen Tellerwäscher sammeln würden, oder?«

Andie zuckte zusammen. »Silas, ich habe gar nicht gehört, wie Sie sich hereingeschlichen haben.« *Oder Sie gerochen,* dachte sie, obwohl sie es nicht wollte, und drehte sich um, um ihn zu umarmen.

Irgendetwas an Silas sah anders aus. Die gepflegte Sprache war dieselbe – sie stand immer in merkwürdigem Kontrast zu seinen braunen verfilzten Haaren. Heute jedoch waren seine Kleider in einem einigermaßen sauberen Zustand und sein Gesicht weniger schmutzig als sonst. An seinem Kragen waren Flecken weißer Haut sichtbar. Interessant. Er musste wohl eine Freundin gefunden haben.

Er verbeugte sich in seiner formellen Art. »Ich schlich mich nicht herein, Mrs Phelps. Ich ging nur vorsichtig. Es freut mich, Sie wieder auf Ihrem früheren Posten zu sehen.«

Sie nickte nur, weil sie ihrer Stimme nicht traute. Alle wussten, wo sie die letzten Wochen gewesen war. Sie wollte nicht darüber sprechen.

»Ich muss mich nun der Fensterpflege widmen.« Er verbeugte sich noch einmal und verließ den Raum.

Mrs Greenfield wartete, bis er aus der Küche war. »Haben Sie schon gehört, dass er endlich einmal die Dusche benutzt hat?«

Andie unterbrach den Abwasch und drehte sich um. »Die im hinteren Zimmer? Sie veräppeln mich.«

»Nein, nein. Er hat sich geduscht, bevor er zur Beerdi…« Mrs Greenfields Augen weiteten sich. Schnell schaute sie auf die Tomaten hinunter, die sie gerade schnitt. »Ich meine …«

Andie wandte sich wieder dem Spülbecken zu. Durch den Wasserdampf konnte sie nur noch verschwommen sehen. »Zur Beerdigung?«

»Es tut mir wirklich leid. Ich hatte mir fest vorgenommen, nicht davon anzufangen.«

»Ist schon in Ordnung.« Andie wühlte in ihren verschwommenen Erinnerungen an die Beerdigung, aber konnte Silas' Gesicht nicht finden. »Ich erinnere mich gar nicht, dass ich ihn dort gesehen hätte.«

»Haben Sie auch nicht.«

»Aber Sie haben doch gesagt …«

»Er hat sich fertig gemacht, ging zur Kirche und verlor dann die Nerven. Er erzählte später, dass da jede Menge schicker Leute in schicken Autos gewesen wären und er niemanden in Verlegenheit bringen wollte. Er kam zurück und hat geweint.«

Silas hatte geweint. Alleine. Wegen Chad.

So viel Schmerz. Er schien alles und jeden zu durchdringen. Wie konnten sie nur weitermachen?

Sie schluckte den Kloß in ihrer Kehle hinunter. »Er hat Chad sehr gemocht, stimmt's?«

»Wir alle haben ihn sehr gemocht. Und ja, Silas besonders. Chad war derjenige, der ihm seine Würde zurückgegeben hat.«

»Ich erinnere mich.« Andie schrubbte noch stärker, während sie an dieses Skelett von einem Mann dachte, der sich geweigert hatte, Almosen anzunehmen, der vor der Tür auf seine Kumpels gewartet hatte, hungernd, während sie drinnen aßen.

»Er muss einfach das Gefühl haben, er hätte sich sein Essen verdient das ist alles.« Chads Stimme klang noch so deutlich an ihr Ohr. *»Ich kümmere mich darum.«*

Chad hatte sich eine Flasche Glasreiniger geschnappt und ein paar Papiertücher und war Richtung Tür gegangen. *»Hallo, ich bräuchte ein bisschen Unterstützung beim Fensterputzen. Was würden Sie mir denn dafür berechnen?«*

Von dem Tag an putzte Silas jeden Tag die Fenster, bevor er aß. Monate später dachte sich Chad den Titel eines ›Hausmeisters‹ aus und überzeugte Silas, im Hinterzimmer einzuziehen, das mit Toilette und Dusche ausgestattet war, wobei Silas sich weigerte, die Dusche zu benutzen. Mit einer Ausnahme. Als letzte Ehre für Chad.

»Ich dachte, Sie hätten heute nicht viel Zeit.« Mrs Greenfields Stimme zerstreute die Erinnerungen.

Andie sah auf die Uhr. »Sie haben recht. Ich sollte dann mal lieber los.« Sie musste noch etwas Papierkram für den Jahrmarkt erledigen. Und sie musste sich noch um Blairs Abendessen kümmern, obwohl sie nicht wusste, ob er da sein würde, um es zu essen. Sosehr sie sich am liebsten zusammengerollt hätte und gestorben wäre, türmten sich die Pflichten ihres Lebens um sie herum auf. Mit Ausnahme des Jahrmarktes wollte sie sich ihnen am liebsten nicht stellen.

Blair fuhr auf den Highway und merkte, dass er so in sich zusammengesunken dasaß, dass er nicht einmal in den Rückspiegel sehen konnte. Er versuchte sich aufzurichten, aber fühlte sich so zerschlagen, dass er schließlich einfach den Spiegel neu einstellte. Auf dem Beifahrersitz stapelten sich die Akten, die er noch bearbeiten musste, bevor die Nacht vorüber war. Er tätschelte den Stapel wie einen alten Freund.

Sein Telefon piepste und er drückte auf den Knopf am Lenkrad, während er die Spur wechselte. »Blair Phelps.«

»Hallo, Blair. Ich bin's. Mike Daniels.«

Ein grüner VW schnitt Blair, sodass er scharf auf die Bremse treten musste. *Idiot. Wo lernen solche Leute Autofahren?* Der VW schwenkte weiter nach rechts, über zwei Spuren und in die Ausfahrt, was mit wütendem Hupen quittiert wurde.

Als das Hupen verstummt war, war die folgende Stille um so erdrückender. »Mike, bist du noch dran?«

»Ja, ich bin da.«

Es schien den meisten Menschen unmöglich zu sein, eine normale Unterhaltung mit einem Trauernden zu führen – selbst Freunden, die man ein Leben lang kannte. Sogar der Stimmungskanone Mike. Auch er kämpfte mit der Stille und verlor. Das Schweigen brachte Blair seine Qual stärker ins Bewusstsein als jedes gesprochene Wort. Nicht eine Sekunde länger konnte er das ertragen. »Nun, was kann ich für dich tun?« Er verließ den Highway an seiner Ausfahrt.

»Der Direktor der Bank war heute bei mir.«

Blair bog in den Las Palmas Drive ein. »Echt? Gibt's bald eine Beförderung? Ich hatte mich schon länger gefragt, wann er dich zum Stellvertreter macht. Wirst du dann noch Zeit zum Surfen haben?«

Ein Schlucken war am anderen Ende der Leitung zu hören. »Oh Mann, Blair. Es ging ihm nicht um mich. Es ging um dich. Um deinen Kredit.«

Blair bog in seine Straße ein. »Was ist damit? Der ist doch erst in ein paar Monaten fällig.«

»Ich will mal so sagen: Er macht sich … Gedanken.«

»Gedanken?«

»Wir hatten in der letzten Zeit einige schlechte Erfahrungen mit wichtigen Krediten. Und dann hat er von seinem Schwager aus Seattle einen Anruf bekommen – die beiden hassen sich wie die Pest – und der erzählte ihm, dass die Vitasoft-Typen das große Zittern kriegen wegen der Übernahme.«

»Den Eindruck hatte ich bisher nicht.« Blairs Firma hatte das Produkt, das Vitasoft brauchte – so einfach. Die Übernahme der Phelps GmbH würde ihnen langfristig Millionen einsparen – und Blair kurzfristig Millionen bescheren. Sämtliche Kredite konnten dann getilgt werden und es würde noch reichlich übrig bleiben.

»Ich wollte dir nur sagen, dass man dort oben davon redet, dass die Klage die Jungs nervös macht. Vitasoft streut schon Gerüchte, dass sie nicht bereit sind zu zahlen, solange sie nicht sicher sein können, nicht für weitere Kosten aufkommen zu müssen.«

Blair bremste am Tor zum Grundstück. Ihm fehlte die Kraft, die Fernbedienung für die Türautomatik zu drücken. Wenn Vitasoft sich aus dem Geschäft zurückziehen würde …

»Blair, du weißt noch, dass ich versucht hatte, dir diesen Kredit auszureden, oder? Private Haftung für einen ungedeckten Kredit …«

Blair erinnerte sich an das Gespräch. Mike war auf und ab gegangen und hatte sich lautstark aufgeregt, während Blair die unbegrenzte Haftung unterschrieb. *»Mann, denk nach, bevor du das tust. Wenn irgendwas schiefläuft, dann können sie dir an den Kragen gehen. Du könntest alles verlieren. Dein Haus … alles. Tu das nicht.«*

»Dazu wird es nicht kommen.« Seltsam, wie dieselben Argumente nur ein paar Monate später so fadenscheinig klangen.

Blair drückte die Fernbedienung. Er fuhr die gewundene Auffahrt hoch. Sein Blick schweifte über den Vorgarten, wie er es seit langer Zeit nicht mehr getan hatte. Der gepflegte Rasen, die sauberen Blumenbeete, die riesigen Eichen. All das gehörte ihm. Er würde niemals zulassen, dass ihm jemand all das wegnahm.

»Wie geht es Andie?«

»Wie man es erwarten kann, schätze ich. Sie ist ziemlich am Ende.« Seine Wortwahl war etwas zu milde, um korrekt zu sein, aber es war einigermaßen ehrlich.

»Richte ihr ganz liebe Grüße aus, ja?«

»Klar.«

Blair legte auf, als er das Ende der Auffahrt erreichte. *Dieser Deal darf nicht scheitern. Ich werde dieses Haus nicht verlieren. Es würde das wenige umbringen, was von Andie noch übrig ist. Und mich.*

Das Haus war in Dunkel gehüllt. Andie machte sonst immer das Verandalicht für ihn an, um ihn willkommen zu heißen, nur dann nicht, wenn etwas nicht stimmte. In der Regel bedeutete eine dunkle Veranda, dass sie sauer auf ihn war. Seit dem Unfall konnte es auch heißen, dass sie einen schweren Tag hatte. Er wollte sich im Moment weder mit dem einen noch dem anderen auseinandersetzen.

Er fuhr das Auto in die Garage und blieb regungslos sitzen. Vielleicht hätte er länger im Büro bleiben sollen. *Ich ertrage Andies Heulanfälle nicht. Nicht heute Abend.*

Als Glasfaserkabel und DSL aufgekommen waren, waren die Millionen von Dollars, die er ein paar Jahre zuvor erst in analoge Technologie investiert hatte, nichtig geworden und er hatte zweimal so viel für das Upgrade ausgeben müssen. Bis zur Vorstellung ihrer jüngsten Software war die Firma haarscharf am finanziellen Ruin vorbeigeschlittert. Dann hatte Vitasoft ein Angebot gemacht, hatte mit großem Geld und großen Versprechungen gewunken.

Blair sah auf die Digitaluhr des Armaturenbretts. Zwanzig Uhr. Das war es. Andie hatte wahrscheinlich Abendessen gemacht und war jetzt sauer, weil er weder angerufen hatte noch aufgetaucht war, um es zu essen.

Sie hasste es zu kochen. Obwohl er mindestens einmal die Woche zu spät nach Hause kam und vergaß anzurufen, war sie jedes Mal wütend. Man könnte meinen, dass sie das nach 20 Jahren einfach hinnahm. *Heute Abend wird sie mir wieder Vorhaltungen machen, dass ich sie als »selbstverständlich« hinnehme.* Er atmete tief ein, sammelte seine Akten zusammen und betrat das Haus.

Die Küche war bis auf das Licht über der Spüle dunkel. Doch es stand kein Geschirr auf der Arbeitsplatte, kein Essen wartete auf dem Tisch. »Andie?«

Keine Antwort, doch Blair sah Licht im hinteren Zimmer. Andies Atelier. Er folgte dem Lichtstrahl und fand sie in ihrem Sessel. Sie starrte mit steinerner Miene an die Wand. Eine große Schale stand neben ihrem Sessel. Sie war leer. Nur die braunen Reste auf dem weißen Porzellan verrieten ihm, dass sie Schokoladeneis gegessen hatte – wieder. Ziemlich viel sogar, wie es aussah. Ihr Haar erweckte den Eindruck, als hätte sie es seit dem Morgen nicht mehr gekämmt und auf ihrem weißen T-Shirt waren drei braune Flecken.

Seit Chads Tod hatte Andie angefangen, ihren Schmerz mit Schokolade, Süßigkeiten und fettem Essen zu betäuben. Sie hatte auch aufgehört, Sport zu treiben, und jetzt, nach nur drei Wochen, sah man ihr den Unterschied deutlich an.

Er atmete tief ein. Er war viel zu müde, um sich auch nur etwas Mitleid abzuringen. »Andie, was machst du da?«

Sie sah ihn an. »Ich denke nach.« Sie drehte sich im Sessel, sodass sie ihm den Rücken zukehrte.

Obwohl er versucht war, ihre Körpersprache ernst zu nehmen und zu gehen, so wusste er doch, dass es dadurch letztlich nur schlimmer werden würde. Er setzte seinen Aktenstapel ab. Er wollte unbedingt, nein, er musste diese Papiere durcharbeiten. Und doch war er gezwungen, sich Andies Trauer zu stellen und seine eigene zu ignorieren. Manchmal war es schwer, der Mann im Haus zu sein.

»Worüber denkst du nach?« Er streckte seine Hand aus und legte sie auf die ihre.

Sie zog sie nicht weg, machte aber auch keine Anstalten, seine Geste zu erwidern. »Weißt du, dass sich manche Frauen aus Hope Ranch weigern, wegen der Klage bei Alfords einzukaufen?«

»Scott Baur hat mir davon erzählt. Er meinte, Christi hätte angefangen, die Leute anzurufen.« Er hielt seinen Ton unbesorgt, obwohl er anders fühlte. »Du kennst doch Christi. Sobald sie sich etwas in den Kopf gesetzt hat, führt sie es durch.«

Sie drehte sich um und sah ihn an. »Das klingt, als wärst du einverstanden mit dem, was sie tut. Findest du nicht, dass es falsch ist?«

»Nein. Diese Frauen versuchen dir zu helfen. Warum sollte ich sie dafür verurteilen?«

Sie zuckte mit den Schultern.

Blair stellte mit letzter Kraft klar: »Du weißt doch, wie begeistert alle gewesen waren, als die Baubehörde schließlich ihre Zustimmung zum Bau eines Supermarkts in dieser Gegend gab. Jetzt, kaum ein Jahr nach der Eröffnung, fahren deine Freundinnen wieder quer durch die Stadt zum Einkaufen. Sie nehmen Unannehmlichkeiten auf sich, weil du ihnen wichtig bist. Wie könnte daran etwas falsch sein?«

»Warum wollen sie die Mutter dieses Jungen bestrafen? Sie hat überhaupt nichts Falsches getan.«

Die Anspannung, die sich den Tag über in Blair aufgestaut hatte, entlud sich, noch bevor er daran denken konnte, sie zu kontrollieren. »Andie, sie versucht das kaputt zu machen, was von unserem Leben übrig geblieben ist. Sie verklagt uns doch nur, weil sie reich werden will. Wir haben unseren einzigen Sohn verloren, nicht wahr? Sie sollte dankbar sein für das Kind, das sie noch hat, anstatt unser Leben zu zerstören. Wie kannst du sagen, dass sie nichts falsch gemacht hat? Sie ist egoistisch, ja, das ist sie.«

Andie rang nach Luft. Sie starrte auf ihre Fingernägel und entfernte abgesplitterten Nagellack. »Es tut mir leid.« Ihre geflüsterten Worte waren kaum zu hören.

Blair atmete aus. Er war dankbar, dass sie die Wahrheit so schnell eingesehen hatte. »Schon gut. Ich weiß, dass du gerade nicht an alles denken kannst.«

Sie sah auf. Ihre Augen glänzten und waren rot. »Es tut mir nicht leid, dass ich den Boykott infrage gestellt habe. Bitte verzeih, dass ich dir nicht noch mehr Kinder schenken konnte. Ich weiß, dass du mehr haben wolltest. Tut mir leid, dass du mit so einer fehlerhaften Frau belastet bist.«

Oh nein. Jetzt fängt sie wieder davon an. Blair hatte keine Kraft mehr für ein weiteres Stück Schmerz oder Bedauern. »Andie, es ist doch nicht deine Schuld, dass du keine Kinder mehr bekommen kannst. Du warst Chad eine wundervolle Mutter. Er hatte das Glück, sein kurzes Leben mit dir zu verbringen. Ich habe dieses Glück immer noch.« Er sammelte seine Akten zusammen, um das Gespräch zu beenden.

»Hör mal, Schatz. Ich hab einen ganzen Berg Arbeit. Ich werde mich jetzt im Büro einschließen und diesen Stapel durchackern, in Ordnung? Wir reden später weiter.«

Sie nickte und wandte ihm wieder den Rücken zu. Blair verließ das Zimmer. Als er durch die Küche kam, schnappte er sich zwei Müsliriegel und eine Flasche Wasser. So viel zum Thema Abendessen.

Die Haustür knallte mit solcher Kraft zu, dass das ganze Haus wackelte.

Melanie fuhr herum und ließ den Schöpfer fallen, den sie gerade in der Hand hatte. Er fiel scheppernd auf den weißen Linoleumboden und spritzte dabei alles mit heißem Eintopf voll, inklusive ihrer nackten Füße. Sie schrie auf und griff nach einem Geschirrtuch.

Sarah stürmte in die Küche. »Dein blöder Anwalt hat alles kaputt gemacht!«

Zermürbende Trauer und Erschöpfung überwältigten Melanie. Sie hatte nicht die Kraft, sich diesem Kampf zu stellen. Sie säuberte ihren Fuß und hob den Schöpflöffel auf. Sie atmete tief ein und bemühte sich, ganz wie eine interessierte Mutter zu klingen, um Sarah vielleicht den Wind aus den Segeln zu nehmen, wo immer er auch herkam. »Was hat er kaputt gemacht, Liebes?«

Sie ließ den Schöpflöffel in die Spüle fallen und griff unter die Spüle nach dem Allzweckreiniger. Sie besprühte die rotbraunen Flecken auf dem Boden, zählte bis fünf, richtete sich dann auf und sah Sarah an.

Das hübsche ovale Gesicht war rot vor Verzweiflung. Umrahmt von langen blonden Haaren, die sorgfältig geglättet waren für die große Pizzaparty am Abend, starrten sie strahlend blaue Augen an. Seit Jeffs Tod schienen diese Augen immer blutunterlaufen, von Tränen geschwollen oder vor Wut verengt zu sein und Melanie wünschte sich nichts sehnlicher, als dass sie ihre alte Schönheit wiederfanden und neue Hoffnung und Freude widerspiegelten. Bei ihr selbst war das undenkbar. Doch es gab Hoffnung für Sarah.

Sarah hatte die Sorge auf dem Gesicht ihrer Mutter wohl bemerkt, denn ihr Gesichtsausdruck wurde weicher. Sie drehte sich um und begann im Kühlschrank herumzusuchen. »Der Missionseinsatz. Weißt du noch, unsere Jugendgruppe wollte doch diesen Sommer wegfahren?«

»Was hat Les Stewart damit zu tun, dass ihr Häuser in Mexiko bauen wollt?«

»Ach Mama, wir müssen doch Leute finden, die uns sponsern, erinnerst du dich?«

Sarahs sarkastischer Tonfall rüttelte Melanie aus ihrer Erschöpfung. Sie war zwar todmüde, doch sie war nicht bereit, sich so etwas von einer Sechszehnjährigen anzuhören.

»Sarah, wenn du diese Unterhaltung weiterführen möchtest, dann musst du jetzt einen anderen Ton anschlagen.«

Sarah blickte über ihre Schulter, verdrehte die Augen und wandte sich wieder dem Kühlschrank zu.

Melanie zählte bis zehn. Dann zwanzig. Sie hatte sich so viel Mühe gegeben, Sarah nicht mit ihrem eigenen Schmerz zu belasten. Sie wollte nicht, dass in der Wut jetzt alles aus ihr herausplatzte. Sie riss sich ein Papier von der Küchenrolle ab und kniete sich hin. Die Eintopfflecken, die sich durch die Reinigungslösung in ein blasses Rosa aufgelöst hatten, wurden langsam von dem weißen Tuch aufgesogen. Nachdem sie den Schmutz weggewischt hatte, drehte sie sich zu ihrer Tochter um.

Sarah war auf die Küchenarbeitsplatte gesprungen, saß dort mit überkreuzten Beinen und schälte eine Orange. Sie sah ihre Mutter nicht an.

Melanie hatte sich so weit beruhigt, dass sie ihre Stimme unter Kontrolle hatte, und sagte: »Gut. Dann erklär mir, was Les Stewart damit zu tun hat, dass ihr Sponsoren für eure Reise nach Mexiko finden müsst.«

Sarah konzentrierte sich weiter auf ihre Orange. »Wir haben unsere Spendenbriefe an alle Gemeindemitglieder verschickt. Ich habe heute Abend mitbekommen, dass ein paar Leute, die schon Geld versprochen hatten, jetzt abgesagt haben. Weil du diese andere Familie verklagt hast.«

Melanie spürte, wie ihr die Hitze ins Gesicht stieg. Welche Gemeindemitglieder würden so etwas behaupten? »Süße, die Geschichte von dem Prozess stand erst vor zwei Tagen in der Zeitung. Das ist nur die erste Aufregung. Außerdem, was würde die Klage denn ändern?« Wie konnten es diese Leute wagen, so etwas auch nur anzudeuten? Hatte ihre Familie nicht schon genug ausgestanden?

Aber wahrscheinlich entsprang alles sowieso nur der lebhaften Vorstellungskraft eines Teenagers. »Vielleicht haben diese Leute gerade erst gemerkt, dass sie im Moment kein Geld erübrigen können. Hast du daran gedacht?«

Sarah blickte zu ihr herüber. »Jake Sterling hat es mir aber so gesagt!«

Melanies Hände begannen zu zittern und sie verschränkte die Arme, um es vor Sarah zu verbergen. »Er hat dir vor allen andern gesagt, dass die Absagen wegen unserer Klage kamen?«

»Nein. Er hat nur gesagt, dass wir ein paar unerwartete Probleme hätten.«

Sie steckte sich einen Orangenschnitz in den Mund. »Sally hat mir dann erzählt, dass ihre Mutter gesagt habe, es sei alles meine Schuld. Ich hab's ihr nicht geglaubt, deswegen hab ich Jake angesprochen. Alleine. Vor der Gruppe hat er nichts gesagt. Als würden die sich das nicht auch selbst zusammenreimen können.« Sie wischte sich mit dem Ärmel über die Augen. »Auch wenn sie das nicht tun, ich hab Juanita versprochen, diesen Sommer wiederzukommen. Ich hab ihr gesagt, dass ich ihr einen Volleyball mitbringe. Ich hab ihr versprochen, dass ich dieses Jahr beim Bau ihres Hauses mithelfe. Und was soll ich ihr jetzt sagen?«

Melanie dachte an das dunkeläugige junge Mädchen, dessen traurige Augen von einem Foto an Sarahs Wand starrten. Sie dachte an die vielen bunten Kinderzeichnungen von Herzen, Volleybällen und Sarah. Sie dachte daran, was das für ihre Tochter bedeutete. »Das werden wir ja sehen.« Sie eilte den Gang hinunter in Jeffs Zimmer und durchsuchte die Karten an den Schnüren. Sie nahm die Karte von Jake Sterling von der Leine und ging aus dem Zimmer. Mit Mr Sterling würde sie mal ein Wörtchen reden.

6.

Am nächsten Morgen warf Melanie noch einmal einen Blick auf die Adresse, die sie auf die Rückseite einer alten Einkaufsliste gekritzelt hatte. Sie hielt sie näher ans Fenster, um sie im hellen Sonnenlicht lesen zu können, und sah dann auf die Hausnummer des Gebäudes vor ihr. Das konnte nicht stimmen.

Nachdem sie mehrere Kilometer aus der Stadt gefahren war, hatte sie eine schmale Auffahrt, ein kleines Landhäuschen oder eine Ranch erwartet. Was sie jetzt aber vor sich sah, war ein winziger Parkplatz vor einer riesigen Lagerhalle aus Aluminium, deren große Schiebetür offen stand, um die frische Februarluft hereinzulassen. Keinerlei Schilder markierten das Gebäude auf irgendeine Art und Weise – nur trübe Scheiben und ein rostiges Metalldach.

Sie fuhr ihr Auto auf einen Parkplatz, stellte den Motor ab und ging zögernd auf den Eingang zu. Vielleicht konnten ihr die Leute im Gebäude helfen.

Ein lautes Brummen dröhnte über den Parkplatz. Melanie hielt sich die Ohren zu und ging näher.

Die Halle roch nach Abgasen und heißem Metall. Die beiden Gerüche vermischten sich zu einem berauschenden Duft, der sie an ihr früheres Leben erinnerte, als sie noch jung, sorglos und dumm gewesen war. Der Lärm verstummte für einen Moment.

Sie spähte durch die Tür nach innen. Ein Mann lag auf dem Rücken, über ihm lag ein Motorblock auf einem Gestell. Sie ging zu ihm und kniete sich hin. »Entschuldigung?«

Er sprang auf. Ein Bums, dann ein Stöhnen.

Melanie stand auf und trat einen Schritt zurück. »Tut mir leid.«

»Kein Problem. Hab nur nicht gehört, dass jemand reingekommen ist.« Er schob sich unter dem Motor hervor und rieb sich den Kopf, während er sich aufsetzte.

Er war jung. Sehr jung. Nicht viel älter als 20, wenn überhaupt. Sein Blaumann war voller Schmieröl, wie auch seine Baseballkappe der LA Dodgers und sein Gesicht. Er stieß sich vom Boden ab und stand auf. »Kann ich Ihnen irgendwie helfen?«

»Es tut mir leid, dass ich Sie störe, aber ich glaube, ich habe mir eine falsche Adresse aufgeschrieben. Ich suche Jake Sterling. Wissen Sie zufällig, ob er hier irgendwo in der Gegend wohnt?«

Der Junge lächelte und zeigte dabei eine Reihe ebenmäßiger weißer Zähne. »Das ist schon richtig. Die Adresse, meine ich. Das hier ist Jakes Laden.«

Melanie spürte, wie sich ihr Mund öffnete, aber sie brachte kein Wort heraus. Sie schaute sich in der riesigen Halle um und versuchte zu verstehen. Das musste falsch sein.

»Ich bin übrigens Tony.« Der Junge streckte ihr seine Hand hin.

Melanie griff danach, aber Tony zog sie schnell zurück und wischte sie an seiner Hose ab. »Entschuldigung, ich hab den ganzen Morgen an dem Motor gearbeitet. Hab vergessen, dass sie dreckig ist.«

Melanie hatte es nicht einmal bemerkt. Sie war zu verstört. Das war Jake Sterlings Werkstatt? Hier hatten sich Jeff und sein Hauskreis einmal in der Woche getroffen, um in der Bibel zu lesen? Sie konnte es nicht glauben.

Orte wie dieser standen für schnelle Motorräder, wilde Zeiten und nicht viel mehr. Was für ein Mann war dieser Jake und was hatte er mit einer Motorradwerkstatt vor?

»Jake ist gerade hinten in der Werkstatt. Dort ist es ziemlich dreckig. Wenn Sie möchten, können Sie im Büro warten, und ich sag ihm Bescheid, dass Sie da sind. Wie war noch mal Ihr Name?«

»Melanie. Melanie Johnston.«

Der Junge machte große Augen. »Sind Sie Jeffs Mutter?«

Sie nickte.

Er streckte seine Arme aus und umarmte sie. »Oh, Mann. Das Ganze hat mich echt fertiggemacht.« Er drückte sie an sich und hielt sie fest.

Die Plötzlichkeit seines Gefühlsausbruchs ging ihr durch Mark und Bein.. *Oh, Jeff. Wie sollen wir das ertragen? Wie sollen wir das nur ertragen?* Sie atmete tief ein und hielt den Atem an, bis sie sich sicher war, dass sie sich wieder gefasst hatte. Heute ging es um Konzentration. Heute ging es um Sarah.

Tony löste die Umarmung, seine Augen waren gerötet. Er sah auf seine schmutzigen Kleider, dann auf sie. »Oje, tut mir leid. Da hab ich wohl für einen Moment die Fassung verloren.«

Melanie sah hinunter auf ihr rotes T-Shirt. Es war voller Schmierölflecken, aber das war ihr egal. »Kein Problem. So eine Umarmung ist 1 000 T-Shirts wert, soweit es mich betrifft.« Das war die Wahrheit. Leute wie Tony gaben ihr die Gewissheit, dass Jeff wirklich nicht vergessen werden würde.

»Wo ist Jake, hast du gesagt? Da hinten durch?«

»Ja. Aber Sie sollten wirklich im Büro warten. Ich mein's ernst – da hinten ist es ziemlich dreckig.«

Sie lächelte und schaute auf ihr T-Shirt. »Macht nichts.« Sie ging auf die hintere Tür zu und sah dann zurück über die Schulter. »Danke.«

»Ist das Ihr Ernst? Sehr gerne.«

Melanie ging um mehrere verstreute Chromteile herum, stieg über ein Paar Lenker und bemühte sich, einen Haufen Metallsplitter zu vermeiden. Sie schaffte es durch die Tür ohne größeren Zwischenfall.

Der Geruch, das Aussehen dieses Ortes ließ ihr einen Schauer den Rücken hinunterfahren. Es lag der Nachklang von Abenteuern in der Luft, die sie, so dachte sie, längst hinter sich gelassen hatte. Dieser Ort konnte sie dazu bringen, all ihre Pflichten zu vergessen. Wie konnte Jeff hier regelmäßig gewesen sein, ohne dass sie es wusste?

Sie steckte ihren Kopf durch die Tür und rief: »Hallo?«

Das Geräusch von Metall gegen Beton lenkte ihre Aufmerksamkeit zur hinteren rechten Wand. Ein Mann mit einem grauen Pferdeschwanz bückte sich und hob einen Schraubenschlüssel vom Boden auf. Als er sich aufrichtete, bemerkte Melanie, dass er größer war, als sie gedacht hatte, und ziemlich dünn. Nicht der typische Harley-Davidson-Mechaniker. Als er sich ganz aufgerichtet hatte, blickte er in ihre Richtung.

Er sah sie eine ganze Sekunde lang an, dann weiteten sich seine Augen. »Oh!« Er ließ den Schraubenschlüssel auf eine Arbeitsplatte fallen und eilte zu ihr. »Mrs Johnston. Bitte, kommen Sie doch herein. Ich wünschte, ich hätte gewusst, dass Sie kommen – dann hätte ich auf Sie gewartet.«

Melanie fiel auf, wie das Grau seiner Haare seine braunen Augen noch dunkler erscheinen ließ, ihnen etwas Geheimnisvolles, Gefährliches verlieh. Nun, für keines von beidem hatte sie in ihrem Leben Platz. »Mr Sterling, ich bin gekommen, um mit Ihnen über Sarah zu sprechen und über die bevorstehende Reise.«

Sein Gesicht verdunkelte sich. Seine Finger berührten ihren Ellenbogen leicht, während er mit der anderen Hand eine Bewegung in die Richtung machte, aus der sie gekommen war. »Bitte, gehen wir ins Büro und setzen uns.«

Er führte sie zu einer schmalen Tür in der Mitte der hinteren Wand. Das Innere des Büros überraschte sie.

Es war zwar ein enger Arbeitsplatz, aber penibel sauber. Sie hatte erwartet, einen Schreibtisch vorzufinden, auf dem sich Rechnungen und Motorradzeitschriften stapelten, aber die zerkratzte Metallfläche war fast leer. An der Wand hingen ein paar Poster von Musikgruppen. Melanie erkannte die Namen von christlichen Gruppen. Sie hatte an Weihnachten diese CDs für Jeff gekauft. Melanie schüttelte fast unmerklich den Kopf. Sie durfte es sich jetzt nicht erlauben, in Erinnerungen zu versinken. Sie betrachtete prüfend den Rest des Zimmers.

An der gegenüberliegenden Wand standen mehrere Aktenschränke aufgereiht an der Wand. Eine Wand war voller Bilder von Jungen aus der Jugendgruppe bei verschiedenen Aktivitäten. Jeffs lächelndes Gesicht war auf fast jedem Foto zu sehen.

Sie ging hinüber und berührte zögernd einen der Rahmen. Man erkannte die Gesichter der Jungen kaum unter einer dicken Dreckschicht. Die Sieger der jährlichen Schlammschlacht. Jeff stand grinsend da, einen Arm um den Jungen zu seiner Rechten gelegt, seine linke Hand zum Sieg erhoben.

Warum er? Warum hatte er in dieser Kurve genau an der falschen Stelle sein müssen? Nur zehn Sekunden früher oder später, vielleicht sogar fünf, vielleicht drei, und ihr Sohn würde heute noch leben. Warum?

Warum?

Jake stellte sich neben sie an die Wand. »Es wird nie wieder so sein ohne ihn.« Er räusperte sich. »Möchten Sie sich setzen?«

Sie drehte sich von der Wand weg und ließ sich auf einem mitgenommenen Plastikstuhl nieder. Jake setzte sich in ein gleiches Exemplar, nur ein paar Schritte entfernt.

Melanie machte eine Handbewegung, die das Büro umschloss. »Wissen Sie, in der ganzen Zeit, in der Jeff mir erzählt hat, dass sich die Jugendgruppe in Jake Sterlings Werkstatt trifft, habe ich mir eine Garage bei Ihrem Haus vorgestellt. Ich wusste nicht, dass Sie eine richtige, also ich meine, eine echte *Werkstatt* haben. Kein Wunder, dass Jeff immer Schmieröl an Händen und Jeans hatte, wenn er heimkam.«

Was hatte sie noch im Leben ihres Sohnes verpasst? Es schnürte ihr die Kehle zu. »Verrückt, ich war immer stolz darauf zu wissen, wo meine Kinder waren und bei wem. Es tut weh, wenn man sein Versagen an einem Punkt erkennt, an dem man nichts mehr ändern kann.«

Sie presste ihren Mund zu, bevor sie noch mehr Unsinn von sich geben konnte. Jake Sterling musste sie für einen geschwätzigen Dummkopf halten. Und doch schafften es weitere Worte heraus: »Natürlich gibt es noch Sarah. Eine Chance habe ich noch.«

»Mrs Johnston …«

»Melanie.«

Er lächelte. »Melanie, keine Mutter weiß immer genau, wo ihre Kinder sind oder was sie tun. Sie wussten, dass er sich mit einer Gruppe Jungs in einer Werkstatt trifft, um in der Bibel zu lesen. Ist es denn so wichtig, dass Sie nicht wussten, wie diese Werkstatt aussah?

Sie wussten, was er tat, und die meisten Eltern können nur träumen, dass ihre Kinder so etwas tun.«

Melanie zuckte die Schultern. Doch seine Worte halfen ihr.

Jake fuhr fort: »Es war für uns alle klar, dass Sie für Jeff sehr wichtig waren. Die Jungs haben immer davon gesprochen, wie sie Ihr selbst gemachtes Eis gegessen haben. Sie waren eine ›coole‹ Mutter, weil Sie ihnen nicht nur erlaubt haben, Motocross im Fernsehen zu sehen, sondern sogar mit ihnen geschaut haben. Sie sollten sich keine Vorwürfe machen.«

Eine Erinnerung an ein halbes Dutzend Jungs, die überall im Wohnzimmer herumlagen, Pizza aßen und Enduros im Fernsehen ansahen, kam ihr in den Sinn. Der Geruch von Peperonisalami und Popcorn, schmutzige Füße, die überall auf den Möbeln lagen, die gut gemeinten Beleidigungen und das grölende Gelächter. Es war jetzt alles so kostbar.

Sie merkte, wie sie sich wieder in Erinnerungen verlor, in Zeiten, in denen Jeff noch lachte. Dann fasste sie sich. Es ging bei diesem Besuch nicht um sie. Es ging nicht einmal um Jeff. Es ging um Sarah.

»Sarah erzählte mir, dass die Jugendgruppe ein paar Schwierigkeiten hat, genug Spenden zu sammeln, um den Missionseinsatz zu bezahlen. Sie glaubt, dass ich damit etwas zu tun habe. Haben Sie eine Idee, was sie darauf gebracht haben könnte?«

Jake Sterling betrachtete seine rechte Hand, beugte seine Finger und ballte sie dann zur Faust. Das Gleiche machte er mit seiner linken Hand, ohne etwas zu sagen. Endlich sah er zu ihr auf. »Warum kommen Sie mit dieser Frage zu mir? Warum wenden Sie sich nicht an Sue Jameson, die Leiterin der Mädchengruppe?«

Melanie hatte diese Frage erwartet und war vorbereitet. »Wenn ich ehrlich sein darf, Mr Sterling …«

»Jake. Und ehrlich ist gut.«

»Gut, Jake. Ich habe Sue Jameson schon ein paar Mal getroffen. Mein Bauchgefühl sagt mir, dass sie Konflikte um jeden Preis meidet. Ich möchte meine Zeit nicht mit jemandem verschwenden, der mir nur das sagt, von dem er denkt, dass ich es hören möchte.«

Jake stimmte widerwillig zu, indem er kurz nickte. Melanie packte die Gelegenheit beim Schopf: »Ich las aus Ihrer Beileidskarte auch heraus, dass Sie bereit wären, uns in dieser Zeit zu unterstützen, wenn Sie können. Sie hatten sogar explizit erwähnt, dass ich anrufen oder Sie besuchen kann, wann immer ich jemanden zum Reden brauche. Nun gut, jetzt muss ich reden.«

Er neigte seinen Kopf nach vorne und starrte sie verblüfft an. »Von all den Karten, die Sie sicherlich erhalten haben, haben Sie meine so genau in Erinnerung?«

»Ich erinnere mich noch an alle genau. Ich habe Schnüre quer durch Jeffs Zimmer gespannt und jedes Beileidsschreiben, jedes Gebet, jede Notiz, die Jeff bekommen hat, dort aufgehängt. Ich kann mir keine große Statue auf dem Friedhof leisten, also das ist das Denkmal, das ich ihm widmen kann. Ich möchte nur nicht, dass er vergessen wird.«

Jake beugte sich nach vorne und stützte seine Ellbogen auf den Knien ab. Sein Gesicht hatte einen ernsten Ausdruck angenommen, der Melanie aus dem Konzept brachte. »Melanie, Jeff wird niemals in Vergessenheit geraten. Er ist genau jetzt bei seinem Vater im Himmel. Bei dem Einen, der ihn mehr liebt, als das sogar Sie jemals gekonnt hätten. Er wird in Ewigkeit geliebt werden und man wird von ihm reden und Gutes von ihm sagen wegen des Lebens, das er geführt hat.«

In Melanies Bauch flackerte Wut auf. »Das mag Ihre Sicht der Dinge sein. Meiner Ansicht nach hätte ihm ein ›Vater‹, der ihn so sehr liebt, ein langes Leben geschenkt und ihn erst dann in den ›Himmel‹ geholt.« Sie spuckte die Worte mit mehr Gehässigkeit aus, als sie eigentlich beabsichtigt hatte, aber sie bereute es nicht. Sie sagte die Wahrheit.

Er zuckte zusammen, aber sein Gesichtsausdruck veränderte sich nicht. »Ich weiß, dass das eine schwere Zeit für Sie ist.« Er sah sie an und wartete.

Dieser Mann hatte wirklich Nerven. Wie konnten diese religiösen Leute nur glauben, dass dieses ganze Kauderwelsch tröstlich war?

Jetzt redete er auch noch belehrend, das war noch schlimmer. »Ich bin nicht hier, um mit Ihnen über Jeff oder mich zu sprechen. Ich bin hier, weil Sarah sich Sorgen wegen der Reise macht. Können Sie mir helfen oder nicht?«

»Brauchen Sie Hilfe, um das Problem zu verstehen, oder brauchen Sie Hilfe, um das Problem zu lösen?«

»Beides.«

Er nickte. »Einverstanden. Fangen wir doch mit dem Verstehen an.«

»Ich bin ganz Ohr.«

»In unserer Kirche sind sehr viele junge Menschen und Arbeiterfamilien. Die meisten haben nicht sehr viel Geld übrig. Wenn sie also Geld spenden, um die Jugend auf einen Missionseinsatz zu schicken, dann kann das bedeuten, dass sie ihre Ausgaben für Lebensmittel für ein, zwei Wochen kürzen müssen.«

»Ich habe mein ganzes Leben lang mit einem engen Budget gelebt. Sie erzählen mir da nichts Neues. Was mich aber interessiert: Was das mit Sarah oder mir zu tun hat?«

»Lesen Sie die ›News-Press‹?«

»Ja.«

»Viele unserer Kirchenmitglieder auch. In den ganzen Berichten, die diese Woche über Ihre Klage drinstehen, gab Ihr Anwalt ganz klar zu verstehen, dass er mit einem einfachen Sieg rechnet und damit, Ihnen mit dieser Klage einen ganzen Haufen Geld zu verschaffen.« Er machte eine Pause und schaute sie an, als wollte er sehen, ob sie seinen Worten hatte folgen können.

»Und?«

»Würden Sie bei Ihrer Familie den Gürtel enger schnallen, um eine baldige Millionärin zu unterstützen?«

Melanie durchfuhr es heiß. Sie sprang auf. »Es geht dabei überhaupt nicht um Geld. Es geht darum, Eltern zu zeigen, dass sie für ihre Kinder verantwortlich sind. Hätten diese anderen Eltern getan, was sie hätten tun sollen, dann wäre Jeff heute noch bei uns.«

»Ob es ums Geld geht oder nicht, Tatsache ist, dass dabei eine große Menge Geld fließen wird.«

»Ich kann nicht fassen, was für Heuchler ihr Christen seid. Wie können Sie es wagen, ein Urteil über mich zu fällen, ohne jemals selbst ein Kind verloren zu haben?«

Jakes Kopf fuhr zurück, als hätte sie ihn geohrfeigt. Gut. Das saß. Sie ging auf die Tür zu.

Er sprang auf und versperrte ihr den Weg. Er streckte seinen linken Arm aus und deutete auf den Stuhl. »Bitte. Bleiben Sie doch. Ich wollte nicht wertend klingen, ich will überhaupt nicht beurteilen, was Sie tun.«

Er machte eine Bewegung mit dem Kopf in Richtung des roten Plastikstuhls. »Bitte. Sie wollten das Problem doch verstehen.«

Das konnte sie nicht abstreiten. Widerwillig trat sie einen Schritt zurück, machte aber keine Anstalten, sich hinzusetzen.

Er nahm wieder in seinem Stuhl Platz und verschränkte die Arme. »Wie auch immer, wir haben noch ein paar andere Möglichkeiten.«

Melanie nahm schließlich Platz auf der äußersten Stuhlkante, die Hände auf die Knie gestützt, bereit, jeden Moment aufzuspringen. »Welche anderen Möglichkeiten?«

»Die Jugendlichen müssen doppelt so viele Spenden sammeln wie sonst. Normalerweise machen wir für so eine Reise ein paar Spendenaktionen und die Kirche gibt den Betrag, den wir verdienen, noch einmal dazu. In diesem speziellen Fall werden wir möglicherweise das gesamte Geld selbst auftreiben müssen.«

Melanie lehnte sich im Stuhl zurück. »Ich verstehe das nicht.« Sie streckte die Beine aus. »Es ist ja nicht so, dass Sarah nach Mexiko fährt, um Urlaub zu machen. Sie opfert einen Teil ihrer Sommerferien, um Häuser für Menschen in Not zu bauen. Sie wohnt nicht in irgendeinem schicken Hotel. Sie schläft dabei in einem Zelt mit sechs anderen Mädchen.«

»Das müssen Sie mir nicht erklären. Ich schlafe bei den Jungs im Zelt.« Er fuhr sich übers Gesicht.

Die Falten um seine Augen wirkten mit einem Mal tiefer und in seinen Augen zeigte sich eine dumpfe Erschöpfung. Seine Hände hinterließen einen Schmutzfleck auf seiner Stirn. »Geben Sie dem

Ganzen einfach ein bisschen Zeit, in Ordnung? Sehr wahrscheinlich wird sich alles von selbst finden. Wenn nicht, müssen die Jugendlichen dieses Jahr ein bisschen härter arbeiten. Etwas harte Arbeit schadet niemandem, oder?«

»Nein, ich denke nicht.«

»Ich werde mit Sue Jameson reden und dafür sorgen, dass sie dem Getuschel in der Mädchengruppe ein Ende bereitet. Sarah sollte niemals mit so etwas belastet werden.«

Melanie nickte mit dem Kopf. »Es tut mir leid, dass ich die Beherrschung verloren habe.« Sie stand auf und reichte ihm die Hand.

Er schüttelte sie mit warmem und festem Griff und öffnete dann die Tür. »Ich kann verstehen, warum Sie so aufgewühlt waren. Wie wäre es, wenn wir uns bald einmal wieder treffen? Ich könnte Sie über alles informieren, was ich erfahre, und Sie können mir erzählen, wie es Sarah geht.«

Melanie nickte. »Gerne.«

Ihre Füße waren wie festgewachsen. Ja, es war, als schrie ihr Inneres danach hierzubleiben. Es schien, als hätte Jake Sterling Antworten auf Fragen, von denen sie jetzt noch nicht einmal wusste, wie sie sie stellen sollte. Und was meinte er mit »bald einmal«?

»Danke.« Sie zwang ihre Beine, sie aus der Werkstatt zu tragen. Seit Jeffs Tod hatte ihr sonst so ausgeglichenes Gemüt sie oft mit unerwarteten Reaktionen überrascht, wie zum Beispiel jetzt, als sie nicht gehen wollte. Würde ihr Leben jemals wieder zur Balance finden? Jeffs Leben war für immer ausgelöscht. Da war es doch ganz normal, dass sie etwas aus dem Gleichgewicht geriet.

Tony sah von seinem Platz am Boden auf und lächelte. »Auf Wiedersehen, Mrs Johnston. Kommen Sie doch mal wieder, dass wir noch mal reden können, okay?«

»Auf Wiedersehen, Tony. Ich werd's versuchen.«

Melanie stieß die Schwingtüren auf, die vom Lager in den vorderen Bereich des Ladens führten. Seit sie wieder bei der Arbeit war, war die Zeit in einem Nebel von guten Wünschen, peinlichen Momenten und betäubendem Schmerz vergangen. Heute waren die Gänge überraschend menschenleer. Sie sah auf die Uhr. Neun Uhr. Auch wenn Montag nie ihr umsatzstärkster Tag war und der Vormittag die betriebsamste Zeit, erschien ihr das Geschäft wie ausgestorben.

Bis zur Mittagspause vertiefte sie sich in ihre Arbeit, während eine ständige Unruhe an ihren Nerven zerrte. Irgendwie erwartete sie die ganze Zeit, dass es zu einer Konfrontation mit Andie Phelps oder einer ihrer reichen Freundinnen kommen würde. Sie wünschte sich beinahe, es würde endlich geschehen, sie könnte es hinter sich bringen und dann nicht mehr dran denken müssen.

Sie nahm ihre Tüte mit dem Mittagessen und setzte sich im Pausenraum der Angestellten neben Joe. Sie zog einen Joghurt heraus und pulte den Aluminiumdeckel ab. »Wo sind denn alle? Ich erinnere mich nicht, dass ich jemals so einen ruhigen Montag erlebt habe. Wie sieht es bei dir in der Abteilung aus?«

Joe würgte einen Bissen Sandwich herunter und nahm einen kleinen Schluck aus seiner Dose Red Bull. »Ähm, bei uns ist auch nicht gerade viel los.«

»Die Sonne scheint. Vielleicht haben heute alle ihre Sachen gepackt und sind zum Strand gefahren, was?«

»Ja, vielleicht.« Joe nahm einen weiteren Biss von seinem Sandwich und starrte auf die Brotscheiben, als würde er erwarten, dass sie sich bewegten. Er blickte sich am leeren Tisch um und beugte sich dann nach vorne. »Hör mal, Melanie, da ist etwas, das du vielleicht wissen solltest.«

Eine derartige Einleitung konnte nur schlechte Nachrichten bedeuten. »Was?«

»Es gibt Gerüchte, dass sich die Frauen von Hope Ranch zusammengeschlossen haben und diesen Laden boykottieren.«

»Warum denn das?«

Joe antwortete nicht.

»Wegen mir?«

Joe zuckte mit den Schultern und blickte wieder auf sein Sandwich, das jetzt auf dem Tisch lag. »Nicht gerade wegen dir. Aber wegen der Klage. Verstehst du?«

Diese arroganten, reichen Frauen. »Wie lange geht das schon so?«

Er sah zu ihr auf. »Ende letzter Woche wurde es hier langsam ruhiger. Heute ist noch weniger los.«

»Weiß die Geschäftsleitung davon?«

»Ja, sie wissen Bescheid. Mr Mortensen meinte, sie würden die Situation eine Weile beobachten. Er denkt, dass sich das in ein paar Wochen von selbst erledigt.«

»Von selbst erledigt?«

»Ja, er sagt, dass es den Frauen von Hope Ranch zu anstrengend werden wird, durch die ganze Stadt zu fahren, um Lebensmittel einzukaufen. Sie werden die wertvollen Stunden im Stall und auf dem Tennisplatz nicht gerne missen wollen und deshalb bald aufgeben, meint er.« Seine Worte klangen zwar beruhigend, aber sein Gesichtsausdruck sprach eine andere Sprache.

»Und was, wenn nicht?«

Er starrte auf den Tisch und die Farbe wich ihm aus dem Gesicht. »Möglicherweise kommt es zu Kündigungen, wenn es so bleibt.«

Melanie schnappte nach Luft.

Joe rutschte auf seinem Stuhl herum und sah zur Seite. Er mied Auseinandersetzungen, wenn er konnte, und er hätte auch jetzt nichts gesagt, wenn es nicht wirklich ernst gewesen wäre.

»Wie schlimm ist es?«

»Bei mir wurden mehrere Großbestellungen storniert. Ich weiß, dass auch ein paar unserer regelmäßigen Firmenveranstaltungen gestrichen wurden.« Er fing an, sein fast unberührtes Brot einzupacken. »Du musst dir aber keine Sorgen machen. Ich bin sicher, dass dein Job nicht gefährdet ist. Wenn sie dir kündigen würden, nur weil du eine Zivilklage eingereicht hast, dann würden sie richtig Ärger mit der Gewerkschaft bekommen.«

Sie entschied sich, die letzte Bemerkung zu ignorieren. Joe hatte sich wirklich aus dem Fenster gelehnt, indem er ihr das alles erzählt hatte, und sie würde das nicht kleinreden. »Danke, dass du mir das erzählt hast.«

»Na ja, vielleicht habe ich schon zu viel erzählt. Aber du wirst es sowieso mitbekommen. Es ist besser, alles auf einmal von einem Freund zu hören, als nach und nach durch das Getratsche im Laden.« Er hastete aus dem Pausenraum, als hätte er Angst davor, weiterreden zu müssen.

Was wollten ihr diese Frauen wohl noch antun? Hatte denn keine ein Gewissen oder interessierte sich für irgendetwas anderes außer Geld?

Sie saß auf ihrem Stuhl und kochte vor Wut. Wie konnte sie damit umgehen? Sie musste mit jemandem reden. Doch mit wem?

Sie angelte in ihrer Handtasche nach ihrem Handy. Dann kramte sie ihren Geldbeutel hervor und zog das Stück Papier heraus, das dort verstaut war. Einen Augenblick lang starrte sie auf die Zahlen und drückte dann die entsprechenden Tasten.

Da schlenderte Peggy in den Pausenraum, ihr Brot in der Hand. »Wen rufst du denn an?« Sie ließ sich auf einen Stuhl plumpsen.

Melanie schaltete das Handy aus. »Niemanden.« Der Anruf musste warten.

7.

Andie stellte die McDonalds-Tüte auf dem Couchtisch ab und schleuderte die Sandalen von den Füßen, die sie für die Fahrt zum Drive-in angezogen hatte. Sie hielt die Fernbedienung fest in der rechten Hand, hob den Milchshake mit der linken hoch und streckte ihre Füße auf dem Couchtisch aus. Blair würde durchdrehen, wenn er sie so sähe, aber sie würde die Flecken beseitigen, bevor er nach Hause käme. Er würde nichts davon mitbekommen.

Der Bildschirm vor ihr flimmerte, als sie sich durch Verkaufssendungen, Talkshows und Wiederholungen von »I love Lucy« zappte. Sie blieb schließlich bei einer Dokusoap hängen, sah aber nicht richtig zu. Es war für sie nichts weiter als Geräuschkulisse, um die Stille des Hauses zu füllen.

Das Telefon klingelte.

Das ist vielleicht Christi, die wissen will, warum ich es nicht zum Brunch geschafft habe. Der Anrufbeantworter würde reichen, aber wenn ich nicht antworte, dann ruft sie alle fünf Minuten an, bis ich rangehe.

Andie nahm einen Schluck von ihrem Milchshake und griff über den Beistelltisch nach dem Hörer. »Hallo?«

»Andie, Schätzchen, ich bin's, Mattie. Wie geht's dir heute, du armes Ding?«

Andie war froh, dass Mattie nicht sehen konnte, wie sie die Augen verdrehte. Mattilda Plendor wusste über jeden Einzelnen in der gesamten Kirche Bescheid. Keiner würde sie eine Tratschtante nennen, weil sie nie Gerüchte verbreitete. Man konnte eher sagen, dass sie ihre Nase in jedermanns Angelegenheiten steckte, aber auch hier musste man einschränken, dass sie es mit aufrichtiger Liebe und Interesse tat. Sie fühlte sich einfach »betroffen« – ob man das nun wollte oder nicht.

»Mir geht's gut.« Andie wollte das Gespräch beenden und endlich mit der Tüte Pommes anfangen, die auf dem Couchtisch lag. »Danke, dass du angerufen hast.«

»Also, ich habe dir etwas zu sagen. Mein Fahrer – du hast Rodrigo schon kennengelernt, meine Liebe, oder? Er wird in ein paar Minuten bei dir sein. Du erinnerst dich doch daran, wie wir besprochen haben, dass du ein neues Outfit bräuchtest, um dich aufzumuntern?«

»Oh, Mattie, danke für das Angebot, aber ich glaube, ich kann gerade nichts kaufen.«

»Und du sollst auch gar nichts kaufen. Bei unserer letzten Geschäftssitzung haben wir die Möglichkeit diskutiert, lebende Models einzusetzen.«

Andie hatte keinen blassen Schimmer, wovon Mattie da redete, aber sie schluckte die offensichtlich sarkastische Bemerkung – *Habt ihr bis jetzt tote Models verwendet?* – herunter.

»Wir sind auf der Suche nach drei oder vier Frauen, die sich hier in der Stadt engagieren und bereit sind, unsere Kreationen zu tragen. Sie werden Aufmerksamkeit auf sich ziehen und das wird das Geschäft ankurbeln. Das ist billiger als eine Anzeige im ›Harper's Bazaar‹, weißt du.« Mattie machte eine Pause.

Andie hatte den starken Eindruck, dass von ihr an dieser Stelle ein Freudenschrei erwartet wurde. Sie wollte Matties Gefühle nicht verletzen und rang sich zumindest ein höfliches Wort der Anerkennung ab. »Oh, nun, ich fühle mich geehrt, aber …«

»Kein Aber. Du springst zu Rodrigo ins Auto und tust, was dir gesagt wird.«

»Aber Mattie, ich hab mich noch nicht einmal geduscht.« Andie spürte, wie ihr die Röte ins Gesicht schoss bei diesem Eingeständnis, schließlich war es beinahe Mittag. Vor dem Unfall wäre sie um diese Uhrzeit schon lange wach, hätte Sport gemacht, sich mit dem Komitee getroffen und bis über den Hals in Papierkram gesteckt. Aber in der letzten Zeit fand sie Entschuldigungen für alles außer den wichtigsten Wohltätigkeitsverpflichtungen. Kein gesellschaftliches Ereignis berechtigte den Energieaufwand, den sie betreiben musste, um aus dem Haus zu gehen und ein fröhliches Gesicht aufzusetzen. Oder ein schickes Kleid anzuziehen.

»Das trifft sich gut, meine Liebe. Ich habe im ›Camille Day Spa‹

angerufen. Da gehst du zuerst hin. Du kriegst eine Massage, lässt dich im Whirlpool einweichen, bekommst eine Gesichtsbehandlung und wirst frisiert. Ich dachte, du bräuchtest vielleicht ein bisschen Hilfe, um in Schwung zu kommen.«

Die Sprechanlage des Tores summte.

»Er ist jetzt vor deinem Tor. Beeil dich, sonst kommst du zu spät zu deinem Termin. Mach dir keinen Kopf, was du anziehen sollst. Sobald du im ›Spa‹ fertig bist, bringt dich Rodrigo hierher.«

Andie war zu erschöpft, um weiterzudiskutieren. Sie drückte den Knopf, um das Tor zu öffnen, und machte sich auf die Suche nach einer Bürste. Wenn Mattilda sich einmal etwas in den Kopf gesetzt hatte, konnte sie niemand mehr stoppen, das wusste Andie. Das nächste Problem, mit dem sie sich konfrontiert sah, war die Frage, was sie mit Matties Kleidern machen würde. Sie mochte den Stil nicht, den Mattilda in ihrer Boutique anbot, und fragte sich, wie sie diesen Teil des Angebots auf freundliche Weise ablehnen konnte.

Sie wollte Mattie nicht verletzen. Oder die Frauen, die Alfords boykottierten. Oder irgendjemand von den anderen, die versuchten, ihr zu helfen. Aber sie halfen ihr nicht. Sie machten es noch schlimmer. Warum konnten sie sie nicht einfach in Ruhe lassen?

Melanie ging in eine der hinteren Ecken des Parkplatzes. Sie wollte nicht riskieren, dass irgendjemand mithörte.

Schon beim ersten Klingeln wurde abgehoben. »Les Stewart.«

Sie schüttete ihm ihr Herz aus – die Geschichte des Boykotts, das Gerede von den Kündigungen und all die Wut und Angst, die sich in ihr aufgestaut hatten. Sie hasste es, sich vor ihm die Blöße zu geben. Er mochte vielleicht auf ihrer Seite sein, aber trotzdem war er immer noch einer von denen.

»Genau so etwas hatte ich erwartet.« Seine Stimme klang ermutigend, vielleicht aber auch eine Spur zu eifrig. Genoss er diese zusätzliche Herausforderung? »Ich möchte, dass Sie Ihre Arbeit weiter nach bestem Wissen und Gewissen erledigen. Wenn es zu Kündigungen kommt, müssen wir jede hinreichende Begründung dafür ausschließen, dass Ihr Name auf der Liste erscheint.«

Wenn es zu Kündigungen kommt? Sie hatte gehofft, er würde ihr erzählen, dass das niemals passieren würde. Irgendwie machte die Tatsache, dass er die Möglichkeit tatsächlich in Betracht zog, es noch schlimmer. »Okay.« Sie hasste es, wie ihre Stimme brach.

»Sie gehen heute zurück an die Arbeit, als sei nichts passiert. Ich bin mir sicher, dass Ihr Kollege recht hatte – in ein paar Tagen wird alles wieder seinen normalen Lauf gehen.«

Vielleicht hatte sie überreagiert, als sie ihn angerufen hatte. »In Ordnung.«

»Danke, dass Sie angerufen und mir das erzählt haben. Wenn ich von etwas nicht weiß, dann habe ich keine Möglichkeit zu helfen. Haben Sie bitte keine Hemmungen, mich anzurufen. Einverstanden?«

»Ja, sicher.«

»Machen Sie sich keine Sorgen. Wenn sie es auf die harte Tour wollen, dann müssen sie es mit dem Besten in diesem Geschäft aufnehmen.«

Melanie konnte das Lächeln in seiner Stimme beinahe hören.

Andie betrachtete ihr verwandeltes Äußeres im Spiegel. Sie trug immer noch ihre Jeans und stand in der Umkleidekabine von Matties Geschäft mit dem Namen »Discerning« – anspruchsvoll. Sie musste zugeben, dass der Spa-Besuch gutgetan hatte. Ihre Stimmung war heller geworden jetzt, da sie gepflegt aussah. Doch nicht hell genug, dass sie ihre eigene begrenzte Kraft dafür einsetzen würde, das aufrechtzuerhalten.

»Das wird fantastisch an dir aussehen.« Mattilda schwebte in die Kabine und hielt Andie ein Kleid mit Schlangenmuster hin.

»Ich weiß nicht. Ich trage normalerweise nicht so schrille Sachen.«

Mattildas Augenbrauen zuckten. »Das ist doch nicht schrill – es ist sensationell! Das ist aus Roberto Cavallis neuester Kollektion.«

Andie hatte schon immer schlichtere Kleidung bevorzugt. Sie hatte ihre Garderobe nur deshalb immer wieder variiert, um nicht in die Kategorie »altmodisch« zu fallen. Sie mochte zwar Haute Couture an anderen, aber sie selbst interessierte sich nicht dafür. Sie bevorzugte es, nicht aufzufallen.

Mattilda betrachtete sie eingehend von Kopf bis Fuß. »Hm, du hast ein bisschen zugenommen. Lass mich mal sehen, was wir sonst so haben.«

Andie sah an ihrem Körper hinunter. War ihre mangelnde Disziplin so offensichtlich? Aber was machte das schon aus? Blair sah sie nicht mehr an. Chad war nicht mehr da. Warum sollte es ihr wichtig sein, wie sie aussah? Gutes Aussehen kostete doch zu viel Energie, um es aufrechtzuerhalten.

»Das ist es!« Mit einem Strahlen im Gesicht kam Mattilda zurück. Sie hielt ein Kleid in der Hand, das besser in eine Fernsehserie aus den 70ern gepasst hätte. »Ich kann es kaum erwarten, dich darin am Sonntag in der Kirche zu sehen.«

In genau diesem Augenblick fing Andie an zu beten, sie möge sich vor den Sonntagsgottesdiensten eine Grippe einfangen. Das würde ein Albtraum werden.

Später am Abend kratzte Andie den Lachs vom Teller, den sie kaum angerührt hatte. Weder sie noch Blair hatten viel gegessen. Sie sprachen nicht, aßen nicht, sahen einander nicht an. Sie wagte es nicht, ihn darauf anzusprechen, weil sie Angst vor der scharfen Erwiderung hatte, die folgen würde. Unnötig, weiteren Schmerz herauszufordern.

Sie hob ihre Hand, um sich das Haar hinter die Ohren zu streifen. Die kürzeren Haare fühlten sich fremd an. Blair hatte ihre morgendliche Typveränderung nicht einmal bemerkt. Er hatte sie während ihres stummen Abendessens kaum eines Blickes gewürdigt. Stattdessen hatte er nach fünf Minuten angekündigt, dass er noch zu arbeiten habe, und sich im Büro eingeschlossen.

Sie spülte stumm die Teller ab und räumte die Geschirrspülmaschine ein. Ihr Magen krampfte sich vor Anspannung zusammen. Wenn Blair in dieser Stimmung war, konnte sie ihm nichts recht machen. Am stärksten regte ihn dann ihr Hang zur Unordnung auf. Sie ließ ihren Blick umherschweifen, ob sie noch irgendetwas zurechtrücken musste.

Ihr Magen verkrampfte sich noch mehr. Heute Abend schien die Unordnung besonders hartnäckig zu sein. Warum nur fielen ihr diese Dinge erst auf, wenn Blair – oder Christi – zur Tür hereingeschossen kamen?

An solchen Abenden fehlte ihr das ausgeglichene Wesen von Chad. Seine stummen Umarmungen. Sein mitfühlendes Lächeln. Seine Kommentare wie »Mensch, Papa, sollen wir uns auf unsere Plätze begeben, uns anschnallen und die Tische hochklappen? Sieht so aus, als ob du gerade durch Turbulenzen fliegst«, die Blairs Stimmung jedes Mal gehoben hatten. Chad hatte es immer geschafft, dass alle innerhalb weniger Minuten um das Monopolybrett vereint waren und vergessen hatten, dass jemals schlechte Stimmung geherrscht hatte.

Sie rieb sich die Augen und verstaute den letzten Teller in der Spülmaschine, schaltete sie an und ging ins Wohnzimmer. Sie musste auch hier etwas Ordnung schaffen, bevor Blair aus dem Büro kam und einen seiner Wutanfälle bekam.

Auf der Couch entdeckte sie die neuste Ausgabe des »Artist's-World«-Magazins, die offen dalag. Besser weg damit, und zwar schnell. Blair hielt Kunst für Zeitverschwendung. Sie hatte ihre Leidenschaft größtenteils aufgegeben, doch einmal im Monat warf sie immer noch einen Blick in die Zeitschrift und träumte davon, an einem einsamen Strand zu sitzen, vor sich eine Staffelei, den Pinsel in der Hand und eine leere Leinwand, die auf sie wartete.

Chad war der Einzige gewesen, der sie ermutigt hatte zu malen. Jetzt war er nicht mehr da.

Sie öffnete die Schublade des Beistelltischs, entnahm ihr die Ausgabe des letzten Monats und ersetzte sie durch die neue.

Gut, eine Sache weniger, über die sich Blair aufregen konnte. Plötzlich wurde ihr bewusst, dass es gar nichts ändern würde. Eine Zeitschrift mehr in einer Schublade – was war das schon? Ihre Schwierigkeiten und Blairs Verzweiflung lagen tiefer. Sie wusste, dass im Büro etwas nicht gut lief, aber es war nicht nur das: Sie fühlte, dass Blair unbewusst ihr die Schuld gab. Er gab ihr die Schuld an Chads Tod. Wie sollte er auch nicht?

Sie warf sich auf das Sofa und vergrub ihr Gesicht in den Kissen. Warum hatte sie sich nicht früher um Chads Probleme gekümmert?

Als sie den Kopf wieder hob, entdeckte sie Flecken von ihrem Fast-Food-Mittagessen auf dem Couchtisch. Konnte sie nicht einmal eine Sache richtig machen?

In diesem Moment dröhnte Blairs Stimme aus dem hinteren Teil des Hauses: »Andie, ist es zu viel verlangt, dass du deine Schuhe wieder im Schrank verstaust? Ich bin gerade im Flur über deine Sandalen gestolpert und jetzt liegen meine Papiere überall verstreut.«

»Tut mir leid.« Ja. Sie hatte wirklich auf der ganzen Linie versagt.

8.

Melanies Finger umklammerten den Hörer. »Sie haben was beantragt?«

»Die Abweisung der Klage.«

Les' Stimme erinnerte sie an einen Vater, der versuchte, seinem Kleinkind das Offensichtliche zu erklären. *Reiß dich zusammen. Es hilft weder dir noch Jeff etwas, wenn du dich über deinen Anwalt ärgerst.* »Was bedeutet das und was heißt das für uns?«

»Einfach ausgedrückt: Sie behaupten, dass es juristisch keine ausreichende Begründung dafür gibt, den Prozess fortzusetzen.«

Diese Leute machten vor gar nichts Halt. »Haben die die Fotos gesehen? Haben sie das Auto meines Sohnes gesehen, das so zerquetscht war, dass die Polizei nicht einmal die Marke identifizieren konnte? Waren sie die ganze Zeit außer Landes, oder was?« Sie wurde langsam hysterisch, aber es war ihr egal. »Wie können sie es wagen zu behaupten, wir hätten keine ausreichende Begründung! Ich werde ihnen ein paar Gründe zeigen.«

»Melanie, Sie müssen sich beruhigen. Die wissen, dass es Gründe gibt. Das ist schlichtweg die gängige Praxis. Damit hatte ich gerechnet.«

»Damit gerechnet? Sie hatten mit so einem Schrott gerechnet?« Sie sah von der verblassten Wandfarbe zum brüchigen Linoleum und stellte sich dann die Phelpsfamilie vor, wie sie lachten und Champagner tranken in einer schicken Küche mit importierten Kacheln und Arbeitsflächen aus Granit. Geld setzte den gesunden Menschenverstand außer Kraft, so schien es.

»Keine Sorge, man braucht einfach ein bisschen Geduld, während man sich durch diesen Prozess windet. Als Nächstes steht die Anhörung auf dem Programm. Ich gehe davon aus, dass unserer Klage stattgegeben wird.«

»Wie lange müssen wir auf das alles warten?«

»Normalerweise so drei, vier Wochen. Danach reiche ich eine Klageergänzung ein und wir fangen wieder von vorne an. Insgesamt verlieren wir vielleicht einen Monat Zeit, aber wir werden weitermachen und wir werden dieses Ding gewinnen.«

»Macht auf mich den Eindruck, als würden Sie mit unlauteren Mitteln kämpfen.«

»So wird das Spiel gespielt.« Er hielt inne und räusperte sich. »Das sollten Sie nie vergessen.«

Sie schüttelte den Kopf und spürte, wie sie den Hörer wieder stärker umklammerte. »Drängen Sie mich jetzt nicht wieder, zu einem Psychiater zu gehen. Ich hab Ihnen schon gesagt, dass ich das nicht tun werde. Ich führe Tagebuch über meine Gedanken und Erinnerungen, wie Sie mir gesagt haben, aber selbst das kommt mir albern vor. Jeder Geschworene, der ein bisschen Herz hat, wird wissen, dass ich krank vor Trauer bin. Dafür brauche ich kein Tagebuch und ich brauche auch keinen Seelenklempner, der mich fragt, ›was das mit mir macht‹, weil er zu dumm ist zu sehen, was ganz offensichtlich ist.«

»Ein Sachverständiger, der für uns aussagt, würde unsere Position stärken.«

»Nun gut, aber ich möchte meine Position nicht auf diese Weise stärken. Ich bin im Recht und brauche keine überteuerte medizinische Marionette, die das bestätigt.«

Er lachte. »Ich muss gestehen, dass ich die Stärke Ihrer Überzeugungen bewundere, auch wenn sie unserem Fall nicht weiterhelfen.«

»Hier sind Ihre Anrufnotizen und Shane Greyton von Vitasoft ist auf Leitung eins«, sagte Blairs Sekretärin und huschte aus dem Raum, bevor Blair etwas sagen konnte. Im Büro schienen die Gerüchte wohl schon umzugehen.

Er nahm den Hörer ab und drückte auf den Knopf. »Blair Phelps.«

»Hallo, Blair. Wie sieht's heute im sonnigen Kalifornien aus?«

Blair sah aus dem Fenster. Tiefe, neblige Wolken bedeckten alles. »Ich glaube, wir haben Ihr Wetter hier. Leider sieht es ziemlich düster aus.«

»Ja.« Shane räusperte sich. »Das hören wir auch.«

Es ging in diesem Gespräch nicht mehr um das Wetter. Blair fing an, gedankenverloren die Anrufnotizen durchzugehen. Eine Nachricht machte ihn aufmerksam: *Mike Daniels von Parsons Bank and Trust bittet um Rückruf.*

Der Deal durfte einfach nicht scheitern. Alles, was Blair geblieben war, hing davon ab.

Er griff nach der Vitasoft-Akte auf seinem Schreibtisch. »Nur ein Dummkopf lässt sich durch so ein bisschen Nebel davon abhalten, das zu tun, was getan werden muss. Ich jedenfalls konzentriere mich weiterhin auf das große Ganze und gehe geradewegs hindurch.«

»Das machen Sie gut. Aber leider … bin ich mir nicht so sicher, dass unsere Hauptaktionäre diese Ansicht teilen. Einige unserer Manager stellen heikle Fragen – Fragen, die ich nur schwer beantworten kann.«

Blair nahm eine Büroklammer und fing an, sie gerade zu biegen. »Sie können Ihren Managern sagen, dass es keinen Grund zur Sorge gibt.«

»Eine Klage, bei der es um mehrere Millionen Dollar geht, kann ein ziemlich gewichtiger Anlass zur Sorge sein. Verstehen Sie, was ich meine? Unser Rechtsberater meinte, wir sollten erst einmal eine Runde aussetzen, was den Zeitplan des Abschlusses betrifft.«

»Meine privaten Probleme haben nichts zu tun mit dem Wohlergehen dieses Unternehmens. Das Geschäft geht weiter wie vorher.« Er formte die Klammer zu einem Kreis.

»Gut. Ich erwarte von Ihnen, dass Sie alles Ihnen Mögliche tun, damit wir die Wärme und den Sonnenschein wieder spüren, die wir uns von Kalifornien erhoffen.«

»Ich kümmere mich um meinen Teil der Abmachung. Sie tun dasselbe für Ihren.«

»Dafür werde ich sorgen. Ich melde mich bald wieder.«

Blair legte den Hörer auf und musste sich zwingen, sein Gesicht nicht in den Händen zu vergraben. Es konnten zu viele Leute am Büro vorbeilaufen. Stattdessen starrte er auf die Büroklammer, die er verformt hatte. *Die geht nie wieder zurück*, dachte er. Er konnte es versuchen, konnte sie vielleicht sogar fast hinbekommen, aber sie würde nie wieder ihre ursprüngliche Form erhalten. Blair hatte irgendwie das Gefühl, dass das auch auf sein eigenes Leben zutraf. Eine weitere Biegung, eine weitere Kurve. Er fragte sich, ob so viel passieren könne, dass man am Ende vergäße, wo man einmal gewesen war. Und was bliebe ihm dann? Gliche sein Leben dann für immer einem komplizierten Knoten?

Die Klingel am Eingangstor ließ Andie auffahren. Es war 21 Uhr am Freitagabend. Blair hatte sich wieder einmal hinter seiner Arbeit verschanzt und Andie erwartete keinen Besuch. Das überraschende Klingeln weckte tief in ihr Angst. Doch dann – konnte es denn noch schlimmer kommen?

Sie ging zur Sprechanlage. »Ja?«

»Andie, ich bin's, Sam Campbell. Ich muss mit euch reden.« Andie erstarrte. Sam war ihr Anwalt – Scott Baurs Kanzleipartner und ein langjähriger Bekannter. Aber hier ging es wohl kaum um eine private Angelegenheit. Nicht heute Abend, nicht um diese Uhrzeit.

»Andie?«

Mechanisch öffnete sie das Tor, schaltete das Verandalicht an und wartete. Als sie hörte, wie sein Auto vor dem Haus zum Stehen kam, fasste sie sich, entriegelte die Tür und öffnete. Sie musste all ihre Kraft aufbringen, um ihrer Stimme einen normalen, freundlichen Ton abzuringen. »Guten Abend, Sam.«

»Guten Abend, Andie. Es tut mir leid, dass ich euch so spät zu

Hause stören muss, aber es gibt etwas, das ihr wissen solltet.« Sein ernstes Gesicht sagte ihr, dass sie es vielleicht wissen sollte, aber definitiv nicht wissen wollte.

»Komm doch bitte rein.« Sie hielt ihm die Tür auf. *Mach sie zu. Lass ihn draußen stehen. Lass ihn nicht herein.* »Möchtest du eine Tasse Kaffee?« Sie war selbst überrascht, wie sehr sie ihre Stimme im Griff hatte.

»Nein, danke. Ist Blair zu Hause? Ich möchte auch mit ihm sprechen.«

»Ja, ich bin zu Hause.« Blair stand im Flur und sah sie an. Sein müder Gesichtsausdruck verriet Andie, dass auch er den Anlass für diesen Besuch fürchtete.

Andie behielt ihre Maske der Gelassenheit auf. »Lasst uns ins Wohnzimmer gehen.« Sam Campells Gesicht sah aus, als müsse er sitzen, während er die Nachricht überbrachte. Und sie war sicher, dass sie sitzen musste, um sie zu hören. Sie wies auf den grauen Ohrensessel. »Setz dich doch, bitte.«

Auf wackeligen Beinen ging sie zur Couch, wo sie sich in die Kissen fallen ließ. Vielleicht sollte sie ihn einfach aus ihrem Haus weisen. Ihn und die schlechten Nachrichten, die er in ihr Leben brachte, einfach aussperren.

Doch es würde nichts helfen. Die Wahrheit würde ans Licht kommen.

Blair setzte sich neben sie. Er rieb sich die Hände und stützte sich mit seinen Ellenbogen auf den Knien ab, eine Haltung, die er immer einnahm, wenn es ums Geschäft ging. Andie kannte das nur zu gut. »Was willst du uns mitteilen?«

»Die toxikologischen Gutachten sind da.« Sam zog ein weißes Blatt Papier aus seiner Jackentasche, sah aber nicht darauf. »Euer Sohn hatte bei dem Unfall 0,3 Promille im Blut. Das ist für Erwachsene eigentlich noch erlaubt, aber für sein Alter gilt leider die Null-Promille-Grenze.«

Andie rang nach Luft. »Da muss ein Fehler passiert sein. Chad hat nie Alkohol angerührt. Er hat Trinkerei immer verurteilt.«

Sie erinnerte sich an seine Geburtstagsfeier im vergangenen Jahr. An die vielen Teenager, die im sanft beleuchteten Pool planschten, den Geruch nach Hotdogs, der vom Grill herüberwehte, an das Kichern der Mädchen, das den Wettbewerb der Jungs um den besten Bauchklatscher begleitete.

Chad war auf sie zugekommen, tropfnass, ein Lächeln im Gesicht. *»Ich glaube, das ist die beste Party, die es je gegeben hat. Findest du nicht auch?«* Er legte seine Arme um Andies Schultern.

Sie lachte. *»Wie kommt es, dass du mich vor deinen Freunden nur dann umarmst, wenn du pitschenass bist?«*

»Oje, tut mir leid.« Er hob seinen Arm, legte ihn dann wieder auf ihren Schultern ab. *»Ach, jetzt bist du sowieso schon nass. Jetzt kannst du's auch genießen, oder?«* Er sah sich um. *»Ich frage mich, wo Dan und Kurt hin sind.«*

»Sie sind heute schon mehrmals verschwunden. Die führen wohl was im Schilde.« Andie lächelte. *»Ich hoffe, sie umwickeln nicht wieder alle Bäume vor dem Haus mit Klopapier. Letztes Mal hat es eine ganze Woche gedauert, bis die Sauerei aufgeräumt war.«*

Chad kicherte. *»Ja, Papa hat sich auch ziemlich aufgeregt. Ich schau mal lieber nach, ob sie da draußen sind.«*

Drei Minuten später kehrte er zurück. Sein Gesichtsausdruck war ernst. Er ging hinüber zu einer Gruppe Jungen und zeigte in Richtung Tür. Die Jungen sahen ihn an, grinsten, schienen auf den Witz zu warten, der nicht kam. Nach einer Minute erhitzter Diskussionen gingen drei von ihnen. Erst später hatte Andie Chad gefragt, was passiert war.

»Sie sind zu ihren Autos gegangen und haben Rum in ihre Cola gemischt. Ich hab zu ihnen gesagt, dass das respektlos meiner Familie gegenüber ist. Dann hab ich ihnen gesagt, dass sie gehen und sich nicht wieder blicken lassen sollen.«

Mit dieser Einstellung konnte Chad doch nicht betrunken gewesen sein. Das war sicher ein Fehler.

»Er war minderjährig. Wir können sicher zurückverfolgen, wer ihm etwas verkauft hat. Derjenige wird dafür Rechenschaft ablegen müssen.« Blairs Stimme klang heiser und seine Lippen war so angespannt, dass sie sich kaum bewegten, als er sprach.

Sam rutschte im Sessel herum und zog seine Krawatte zurecht, als bräuchte er mehr Luft zum Atmen. »Ja, das stimmt. Aber zuerst muss ich euch fragen, gibt es irgendeine Möglichkeit, dass er Zugang zu eurer Hausbar hatte?«

Andie hob ihr Kinn und sah Sam an. »Keiner von uns beiden trinkt Alkohol und wir haben auch keinen hier.« Hatte irgendjemand ihrem Sohn dieses Gift verkauft? Wer auch immer es war, er war verantwortlich für den Unfall und musste dafür geradestehen. Sie wollte ihn bestrafen, ihn zur Kasse bitten. Ihn etwas von ihrem Schmerz spüren lassen. Sie würden ihn vor Gericht ziehen, so schnell …

Ein unangenehmes Gefühl machte sich tief in ihrem Innern breit. Nein. *Irgendetwas stimmt nicht. Irgendetwas ist falsch.*

Sam nickte. »Es ist gut, das zu hören. Ich habe nur gefragt, weil die Polizei bei der Durchsuchung des Wracks eine Flasche unter dem Rücksitz gefunden hat. Sie haben das solange wie möglich unter Verschluss gehalten.«

Er rückte seine Krawatte erneut zurecht. »Die Art der Flasche hat mich drauf gebracht, dass er sie vielleicht von zu Hause hatte. Die Polzei meinte, dass Jugendliche sich normalerweise Bier holen oder irgendeinen billigen Schnaps. Chad hatte eine Flasche schottischen Whisky dabei.«

Blair wurde blass. »Laphroaig? 30-jährigen Laphroaig?«

Sam presste seine Lippen zusammen, bis sie nur noch ein dünner Strich waren. »Ja, in der Tat.«

»Oh, mein Gott, hilf mir.« Blair vergrub sein Gesicht in den Händen. Er weinte nicht, auch sprach er nicht, vielmehr schaukelte er seinen Oberkörper vor und zurück, immer und immer wieder.

Andie beobachtete ihren Ehemann und eine böse Ahnung kroch in ihr hoch. »Blair, was ist los?«

Er sah auf mit gejagtem, leerem Blick. »Am Tag des Unfalls habe ich ein Päckchen bekommen. Es war von Rex Grimes, einem alten Collegefreund, den ich seit Jahren nicht mehr gesehen habe. Er war erst von einer Schottlandreise zurückgekehrt und hat jedem seiner Freunde aus der alten Clique eine Flasche geschickt.«

»Was für ein Mensch schickt einem Freund, der seit über 20 Jahren trocken ist, eine Flasche Scotch?«

»Ich habe ungefähr genauso lange nicht mehr mit ihm gesprochen. Wie sollte er das wissen?« Blair rieb seine Hände auf den Knien. »Chad war dabei, als ich sie öffnete. Ich hatte die Flasche auf die Arbeitsplatte neben die Spüle gestellt und wollte sie ausleeren. Aber dann fand ich die Ergebnisse seines Halbjahreszeugnisses heraus und die ganzen Dinge passierten. Ich habe die Flasche einfach vergessen.«

Sam erhob sich steif von seinem Sessel und ging hinüber, um Blair an der Schulter zu berühren. »Es tut mir leid, Blair. Ich weiß, dass das vernichtend ist. Aber du musst wissen, dass unser Fall gerade sehr viel schwieriger geworden ist.«

9.

Melanie ging die Liste mit den Preisänderungen noch einmal durch, während sie auf den Beginn der wöchentlichen Sitzung wartete. Einer nach dem andern kamen die anderen in den Sitzungsraum und nahmen Platz. Als Joe Server hereinkam, lächelte sie ihn an. Er nickte kurz und wandte sich dann ab. Erst da fiel ihr auf, dass jeder im Raum sich auffällig von ihr abwandte.

Fang jetzt nicht an, paranoid zu werden.

Herr Mortensen warf seine Papiere vor sich auf den Tisch. »Randy, ich habe mehrere Beschwerden wegen dem neuen Mann in der Obst- und Gemüseabteilung bekommen. Was werden Sie dagegen unternehmen?« Er ließ seinen Blick über die um den Tisch versammelte Runde schweifen, aber vermied jeglichen Blickkontakt mit Melanie.

Was ging hier vor?

Das Treffen war kurz und sachlich. Als es zu Ende war, eilten alle aus dem Raum, außer Joe. Er ordnete seine Papiere und rieb an einem Fleck auf dem Tisch herum, bis Melanie aufstand, um hinauszugehen. Er folgte ihr.

Als sie sich von den andern entfernt hatten, zog er kurz an ihrem Arm. »Ist es das alles wert?«

Das Andenken an Jeff war jeden Preis wert. »Was alles?«

»Deine Vergangenheit, vor der ganzen Welt ausgebreitet.«

»Wovon redest du? Was ist mit meiner Vergangenheit?«

Joe machte große Augen. »Hast du heute Morgen die Zeitung nicht gelesen? Ich dachte, du liest sie morgens immer.«

»Heute nicht.« Nicht mehr, seitdem es in den Artikeln nicht mehr um Jeff, sondern um die Klage ging. Jetzt wartete sie immer ein paar Stunden, um sie zu lesen, weil sie sich dann nicht mehr so verletzlich fühlte wie früh am Morgen. Ihre Zunge schien schwerer zu sein, als sie die nächste Frage stellte: »Was stand in der Zeitung, Joe?«

Er schüttelte den Kopf. »Ich lass es dich besser selber lesen.« Er drehte sich um und verließ schnell den Raum, seinen Notizblock unter dem Arm.

Melanie machte sich auf die Suche nach einer Zeitung.

Andie hatte gerade auf dem Sofa Platz genommen, als das Telefon läutete. Sie war dort heute Morgen zusammengebrochen, nachdem sie Blair Kaffee gemacht und ihn mit seinem Lunchpaket zur Tür hinausgeschickt hatte. *Siehst du, egal, was sie sagen, ich strenge mich an. Und heute habe ich mich genug angestrengt.*

Es stand heute nichts im Terminkalender. Sie hatte ein paar Treffen abgesagt und geplant, das Mittagessen mit den Freundinnen ausfallen zu lassen. Sie wollte im stillen Haus sitzen und ihren Schmerz fühlen. Sie war zu müde, um sich eine Ablenkung zu suchen oder vorzutäuschen, dass der Schmerz nicht da war. Die Erschöpfung machte jeglichen Vorsatz zunichte.

Sie tapste zum Telefon, entschied sich dann aber, den Anrufbeantworter drangehen zu lassen. Wer auch immer es war, konnte warten.

»Andie, hier ist Carolyn Patterson von der Krebsstiftung. Ich müsste ziemlich dringend mit Ihnen sprechen wegen des Historischen Jahrmarkts. Bitte rufen Sie mich zurück, sobald …«

»Hallo, Carolyn. Ich bin's. Tut mir leid. Ich habe es nicht rechtzeitig ans Telefon geschafft. Was gibt es denn?«

Eine plötzliche Ahnung stieg in ihr hoch. Vielleicht hatte Blair Carolyn zu diesem Anruf angestiftet. Er wusste, dass der Jahrmarkt, das Einzige war, was sie noch motivieren konnte.

Er hatte sie gedrängt, wieder aus dem Haus zu gehen und am Leben teilzunehmen. Aber für Andie gab es kein Leben mehr, an dem sie hätte teilnehmen können. Nicht ohne Chad.

Natürlich – sie besuchte immer noch treu die Kirche. Es war schließlich nicht nötig, all die Frauen in Aufruhr zu versetzen, indem sie ihre Verzweiflung offen zeigte. Sie besuchte noch die Treffen, die absolut notwendig waren, aber sonst nichts. Kein Tennis. Kein Kaffeeklatsch mit den Mädels. Kein Sport. Sie nahm an, dass das Blair am meisten Sorgen machte.

»Welche Fragen haben Sie denn zum Jahrmarkt?« *Er soll doch erst in zwei Monaten stattfinden.*

»Ich habe gerade einen Anruf erhalten von einer Firma, die zu unseren Hauptsponsoren gehört. Es scheint wohl so zu sein, dass der Geschäftsführer ein Gerücht über Ihre Familie gehört hat.«

Die »News-Press« berichtete fortlaufend über den Unfall, die Klage und über die toxikologischen Gutachten dieser Woche. Was blieb da noch offen?

»Ich bin das alles so leid. Ich bin mir sicher, dass er ein Gerücht gehört hat, vielleicht sogar viele, aber ich schätze mal, dass er seine Zeit mit wichtigeren Dingen verbringen kann. Außerdem: Was geht ihn mein Privatleben an? Er leitet ein Unternehmen; ich leite eine Wohltätigkeitsaktion.«

»Das hier ist etwas anders.«

»Wegen dem Gerede? Um welches Gerücht geht es denn?«

»Dass Ihre Familie versucht, die Mutter dieses anderen Jugendlichen in den Bankrott zu treiben.«

Andie schnappte nach Luft. »Das ist eine Lüge! *Sie* ist es doch, die *uns* verklagt hat!«

»Ich weiß nicht, woher er diese Informationen hatte, aber er ist besorgt und zieht in Betracht, seine Unterstützung einzustellen. Er meint, seine Firma könne es sich nicht leisten, dass ihr Öffentlichkeitsbild in Mitleidenschaft gezogen wird.«

»Und welches Bild wird die Öffentlichkeit von ihm haben, wenn er sich durch eine Lüge davon abbringen lässt, Krebspatienten und ihre Familien zu unterstützen?«

Carolyn hielt inne. »Andie, ich möchte wirklich nicht über Sie urteilen, aber was ist mit Alfords?«

Andies Beine wurden weich, sie ließ sich in einen Stuhl fallen. »Was ist damit?«

»Es gehen Gerüchte herum, dass Sie alle Hope-Ranch-Bewohner dazu aufgerufen hätten, Alfords zu boykottieren. Und zwar bis diese Frau gefeuert oder versetzt worden ist.«

Andie wurde schlecht. Warum hatte sie Christi nicht widersprochen, als sie die Idee mit dem Boykott zum ersten Mal hatte? »Ein paar meiner Freundinnen gehen dort nicht mehr einkaufen, aber ich hatte mit deren Entscheidung nichts zu tun.«

»Wollen Sie mir sagen, dass Sie dort also noch immer einkaufen gehen?«

Das saß. »Nein.« Sie erinnerte sich an Blairs Reaktion, als sie angedeutet hatte, dass sie den Boykott unfair fand. In diesem Augenblick packte sie etwas von seiner Empörung. »Na und, warum sollten sie auch jemanden unterstützen, der versucht, meine Familie in den Ruin zu treiben? Haben wir nicht schon genug durchgemacht?«

»Das ist nicht meine Meinung, Andie. Ich erzähle Ihnen nur, was mir zugetragen wird.«

»Aber was hat das alles mit der Sponsorenpolitik einer Firma zu tun?«

»Nehmen wir einmal an, dass morgen in der Zeitung ein Leitartikel zu lesen ist. In diesem Artikel wird beschrieben, wie die reichen Familien von Hope Ranch sich verbünden, um eine alleinerziehende Mutter, die um ihren Lebensunterhalt kämpft, zugrunde zu richten. Nur weil sie es wagt, sie herauszufordern. Das könnte dazu führen, dass sich das Ganze zu einer ziemlichen Schlammschlacht entwickelt und sich starre Fronten bilden.«

Wie konnten es Leute wagen, sie zu treffen, indem sie verhinderten, dass sie anderen Menschen helfen konnte? Sie bekam keinen Cent für die unzähligen Stunden, die sie in ihr Ehrenamt investierte. Realisierten diese Leute nicht, dass sie damit nur den Krebsopfern schadeten?

»Was soll ich also machen?«

»Halten Sie sich einfach im Moment etwas zurück. Wir werden sicherstellen, dass Ihr Name in keiner Weise öffentlich mit dem Jahrmarkt in Verbindung gebracht wird. Wenn sich die Aufregung legt, und davon gehe ich aus, machen wir so weiter wie bisher. Wenn dann der Jahrmarkt stattfindet, haben wir schon vergessen, dass wir dieses Gespräch hatten.«

»Und wenn sie sich nicht legt?«

»Dann …«

»Was, dann?«

»Müssen wir Sie bitten, aus dem Vorstand zurückzutreten.«

»Nein.« Sie durften Andie nicht einfach das Einzige aus der Hand reißen, was ihr Trost spendete. »Bitte nicht.« Sie wischte sich eine verirrte Träne ab. Ihre Hände fühlten sich eiskalt an ihren Wangen an.

»Wir werden nichts überstürzen, Andie. Ich wollte Sie nur wissen lassen, was vorgeht. Nur für den Fall.«

Andies Kehle war wie zugeschnürt, doch irgendwie schluckte sie schließlich und antwortete sehr höflich: »Danke für Ihren Anruf. Natürlich liegt mir das Wohl des Krebszentrums am Herzen, ich werde also tun, was die Situation von mir erfordert. Vielen Dank für Ihre Unterstützung.«

Sobald es am anderen Ende der Leitung klickte, feuerte Andie das Telefon durch den Raum. Diese schrecklichen Menschen! Zum ersten Mal seit Chads Unfall war sie zu einem anderen Gefühl als Schmerz fähig. Empörung. Sie kroch in ihr Blut und verteilte sich in ihren Gliedern, gab ihr die Energie zurück, die die Trauer ihr entzogen hatte.

Wenn sie einen Kampf wollten, dann würde sie kämpfen. Niemand würde die Erfolge zunichtemachen, die sie durch die Wohltätigkeitsaktionen für Krebskranke errungen hatte, nur um sich in einem Prozess einen Vorteil zu verschaffen.

Andie flüchtete in ihr Schlafzimmer und zog sich im Laufen das Sweatshirt über den Kopf. Sie hüpfte unter die brennend heiße Dusche und schrubbte all den Schmutz ab, der an ihr zu kleben schien. Als sie aus der Dusche trat, hatte sie einen Entschluss gefasst: Sie würde den Jahrmarkt retten und sicherstellen, dass jeder, der seinem Gelingen im Weg stand, das bekommen würde, was ihm zustand.

Christi Baur betrachtete prüfend Susies Gesicht. Bisher waren noch keine Anzeichen von Überraschung oder Empörung zu sehen. Neben Andie war Susie das größte Weichei der Gruppe. Ihre Reaktion würde Andies am nächsten kommen.

Susies Stirn war nachdenklich in tiefe Falten gelegt. An einer Stelle schnappte sie nach Luft und bedeckte ihren Mund mit der Hand. Christi stellte sich vor, wie der Rest von Santa Barbara dasselbe tun würde, wenn er von Melanie Johnstons wechselvoller Vergangenheit las. Die ganze Stadt würde heute davon erfahren.

Sie malte sich aus, was die flammenden Unterstützer der tapferen alleinerziehenden Mutter dazu sagen würden. Jetzt sollten alle wissen, dass die Frau, der sie Rückendeckung gaben, nicht verheiratet gewesen war, als Jeff geboren wurde. Zu der Zeit, als sie das zweite Kind auf die Welt brachte, hatte sie den Vater geheiratet, aber in der Zwischenzeit hatte es mehrere Verhaftungen wegen Drogendelikten gegeben. Christi lächelte. Es war an der Zeit, dass die Wahrheit ans Licht kam.

Susie ließ die Zeitung sinken, atmete tief ein, faltete sie dann sorgfältig zusammen und legte ihn auf den runden Tisch. Sie sah Christi nicht an, sondern schien fasziniert zu sein von der Barista und dem Milchschaum, den diese in den Latte Macchiato eines Kunden löffelte.

Christi hielt es nicht mehr aus. »Und? Komm schon, was denkst du?«

Susie sah sie an. »Das war etwas … heftig. Denkst du nicht? Aber …«

»Ein bisschen heftig? Machst du Witze? Diese Frau wurde die ganze Zeit wie Mutter Teresa dargestellt, dabei ist sie vielleicht nicht einmal eine gute Mutter. Wer weiß denn, ob sie ihren Drogenkonsum tatsächlich aufgegeben hat?«

Susie beugte sich nach vorne. »Du hast mich unterbrochen. Ich hasse es, wenn du das tust.« Sie zog ihre Augenbrauen hoch und lehnte sich in ihrem Stuhl zurück.

Christi sah den Blick in Susies Augen und wusste, dass sie sich Zeit nehmen würde. Susie reizte Christis Ungeduld immer aus, wenn sich ihr die Chance bot – und jetzt war die perfekte Gelegenheit.

Christi setzte eine zerknirschte Miene auf und versuchte gelassen auszusehen, als hätte sie alle Zeit der Welt. »Tut mir leid. Was wolltest du mir gerade sagen?«

Susie nippte an ihrem doppelten koffeinfreien Macchiato. Sie stellte die Tasse auf dem Holztisch ab und fuhr mit dem Zeigefinger am Plastikdeckel entlang.

Aha, sie genießt es in vollen Zügen, nun gut.

»Was ich gerade sagen wollte …« Susie unterbrach sich und nahm einen weiteren Schluck von ihrem Kaffee. »Es war ein bisschen heftig. Schließlich hat die Frau ihren Sohn verloren. Aber – und an dieser Stelle hast du mich vorhin unterbrochen – müssen einige Dinge in Betracht gezogen werden: Bis jetzt hatte ich den Eindruck, dass nur über Andie und Blair negativ geredet wurde. Es ist gut zu sehen, dass zur Abwechslung jetzt diese Frau ein bisschen unter Druck gerät.«

Christis Befriedigung wuchs. Sie war sich schon lange sicher gewesen, dass es über Melanie Johnston etwas Negatives gab, aber Scotts Partner hatte nicht danach graben wollen, weil er die Reaktion der Öffentlichkeit zu sehr fürchtete. Die Öffentlichkeit interessierte Christi überhaupt nicht. Andie interessierte sie. Obwohl sie ein mitfühlendes Weichei war, mochte Christi sie sehr.

Also hatte sie selbst einen Ermittler bezahlt, der dann diese Geschichte aufgedeckt hatte. Sie hatte diese pikanten Leckerbissen ihrem Lieblingsreporter bei der »News-Press« zukommen lassen. Niemand würde je erfahren, dass sie die Quelle dieser höchst hilfreichen Information gewesen war. Ihre größte Sorge war jedoch, dass diese Geschichte Andie so verärgerte, dass sie irgendwelche Dummheiten unternahm.

Sie hatte geplant, an diesem Morgen zu ihrem Haus zu fahren und zu sehen, wie Andie den Artikel aufnahm. Jetzt, nachdem Susie so reagiert hatte, würde sie sie erst einmal auf dem Handy anrufen und sehen, ob das überhaupt notwendig war.

»Ich muss los. Sehen wir uns morgen um neun?« Susie erhob sich und strich ihren Tennisrock über ihren Beinen glatt, Beine, die Christi nur bewundern konnte.

»Klar. Tennisplatz drei.«

Christi nahm die Zeitung mit und warf sie auf den Rücksitz zu ihrem Tennisschläger. Sie ließ den Motor an und wartete nur bis zur ersten Ampel, um Andies Nummer zu wählen.

Andie nahm nach dem zweiten Klingeln ab. »Christi, hast du irgendetwas mit dem Artikel von heute zu tun?«

Christi liebte und hasste die Anruferkennung gleichermaßen. Wie konnte man irgendjemanden noch überraschen? »Also … ja und nein.« Die Ampel wurde grün. Sie musste jetzt die Frage stellen, vor der sie sich so scheute. Das war die einzige Möglichkeit, um festzustellen, ob sie bei der nächsten Ampel rechts oder links abbiegen musste. »Was denkst du über die Geschichte?«

»Sie hat mich überrascht. Ich habe sie zu einer Art heiliger Märtyrerin erhoben. Weißt du was? Ich glaube, ich bin bereit, für das zu kämpfen, was mir zusteht. Was sollte ich auch sonst tun?«

10.

Melanie räumte das restliche Geschirr weg und sah auf die Uhr. Sie hatte noch Zeit, den Boden zu wischen, bevor Sarah von der Jugendgruppe nach Hause kam. Gut. Sie hatte einige Aggressionen abzubauen.

Sie füllte den Eimer mit dem Reiniger mit Tannenduft und Wasser, tauchte ihren Wischer hinein und begann zu schrubben. Mehr als sonst war sie heute froh über die altmodische Weise, in der sie ihr Linoleum putzte. Während sie schrubbte, ließ sie all den Ärger, der sich in ihr aufgestaut hatte, durch ihre Arme in den Wischer fließen. Nie wieder würde dieser Boden so sauber sein.

Es waren nun schon zwei Tage vergangen, seit der Artikel in der »News-Press« erschienen war, aber der Schmerz hatte nicht nachgelassen. Wie konnten es diese Leute wagen, ihre Vergangenheit so bloßzulegen? Sie wusste, warum sie das taten, sicher. Der daraus resultierende Rummel lenkte die Aufmerksamkeit der Öffentlichkeit auf sie – und weg vom toxikologischen Gutachten ihres Sohnes. Hatten die denn überhaupt kein Gewissen? War ihnen das Geld so wichtig, dass sie eine andere Person in den Ruin trieben, nur um die Leser von ihrem eigenen Fehler abzulenken – all das, um an ihren kostbaren Besitztümern festzuhalten?

Es schien so. Sie kümmerten sich um nichts und das hatte ihnen den Sohn gekostet. Hätte ihr Egoismus nur nicht auch Melanie den ihren genommen.

Das Wichtigste war jetzt, dass Jeffs Andenken einem gewissen Zweck diente und dass sie Sarah dabei half, so gut es ging durchs Leben zu kommen. Ein stechender Schmerz in Melanies Brust erinnerte sie daran, dass es in letzter Zeit mit Sarah nicht gut gelaufen war.

Die Jugendlichen in der Schule hatten nur zu bereitwillig die »wilde« Vergangenheit von Sarahs Mutter aufgegriffen und flüsternd in den Gängen der Schule verbreitet. Sarah hatte sich so geschämt, dass sie heute Abend eigentlich nicht zur Jugendgruppe hatte gehen wollen. Sie konnte es nicht ertragen, ihren Freunden ins Gesicht zu sehen. Aber Beth hatte das geregelt.

Gute, alte Beth.

Sie hatte am Nachmittag angerufen, hatte Sarah erzählt, ihre Eltern hätten ihr das Auto gegeben, weil es Valentinstag war. »Das ist eine einmalige Gelegenheit und es wäre reine Verschwendung, es alleine zu nutzen. Ich hol dich um Viertel vor sieben ab.«

Sarah konnte nicht ablehnen.

Melanie wusste, dass diese Entschuldigung ein Trick war. Beth war die treueste Freundin, die man sich denken konnte. Höchstwahrscheinlich hatten ihre Eltern ihr geholfen, sich einen Vorwand auszudenken, damit sich Sarah nicht in ihrem Zimmer einschloss und von der Welt abschottete. Sie waren eine nette Familie. Gute Menschen.

Melanie wischte über den letzten Teil des Bodens, leerte den Eimer aus und war gerade dabei, den Putzlappen auszuspülen, als die Scheinwerfer in der Auffahrt sichtbar wurden. Sie tat so, als sei sie am Spülbecken beschäftigt. Sie wollte Sarah die Möglichkeit geben, den ersten Schritt zu tun.

Würde sie ohne ein Wort in ihrem Zimmer verschwinden? Ihre Frustration an Melanie auslassen? Was auch immer sie brauchte, Melanie würde ihr die Gelegenheit dazu geben. Sie schwor sich selbst, dass sie, egal, wie zornig sie wurde, diesen Zorn nie an Sarah auslassen würde. Sie war jetzt ihr einziges Kind. Sie konnte es sich nicht leisten zu versagen.

»Du glaubst nicht, was heute Abend passiert ist.«

Melanie drehte sich um. Sarah lehnte am Türrahmen. Ihr T-Shirt war voller roter Klebeherzen. Sie konnte im Gesicht ihrer Tochter keine Spur Ärger feststellen. Ihre Augen tanzten vielmehr vor Begeisterung.

»Lass mich raten – du hast ein paar Valentinsaufkleber abgekriegt.«

Sarah sah auf ihr T-Shirt und lächelte. »Also, ja, das auch. Wir haben Fangen gespielt mit Stickern. Wem die meisten Herzen aufgeklebt wurden, hatte verloren.« Sie zeigte ihr T-Shirt vor. »Ich wurde Vorletzte. Kevin hat mich um zwei Aufkleber geschlagen. Aber davon spreche ich nicht.«

»Wirklich? Von was dann?«

»Jake Sterling – du weißt, wer das ist, oder?«

Melanie durchfuhr die Ahnung wie ein Blitz. Sie rieb ihre Hände an einem Geschirrtuch. »Ja, ich weiß, wer das ist.« Sie hatte sogar für morgen Abend ein Treffen mit ihm ausgemacht – das sie eigentlich absagen wollte. Nach dem Zeitungsartikel konnte von einem Missionseinsatz keine Rede mehr sein. Sie stellte sich vor, dass das ihren Untergang besiegelt hatte.

»Also, er hat alle Jugendlichen im Auditorium aufmarschieren lassen, wo die Erwachsenen sich jeden Mittwochabend treffen. Er ging auf die Bühne und hat vor der ganzen Kirche über mich – und dich – und unsere Situation gesprochen.«

Das Geschirrtuch fiel Melanie aus den Händen und zu Boden. Sie ließ es einfach liegen. »Wie bitte? Was hat er gesagt?«

»Er hat allen erzählt, dass Jeff voller Hingabe Mitglied unserer Gemeinde gewesen ist und dass ich es noch immer bin. Er hat erklärt, dass wir trotz allem eine Familie mit Verletzungen wären und dass wir die Liebe und die Unterstützung unserer Gemeinde verdient hätten. Er hat gesagt, dass er von keinem einzigen Mitglied unserer Gemeinde auch nur ein Wort über den Zeitungsartikel hören möchte.«

»Warum sagt er so was? Ist es nicht das, was Gemeinden tun – Leuten wie mir zu erzählen, dass wir unser Verhalten ändern müssen?«

»Er hat gesagt, dass er dich getroffen hätte und dass du eine der feinsten und redlichsten Frauen seiest, die er seit Langem getroffen habe. Er meinte, seine Vergangenheit sei viel schlimmer gewesen als deine und dass, wenn die Leute in der Gemeinde unsere Familie nicht annehmen könnten, sie ihn dann auch nicht annehmen sollten.«

Melanie konnte es nicht glauben: Jake hatte die Schläge eingesteckt für Sarah – und für sie selbst.

Spät in der Nacht, als sie endlich das Licht gelöscht hatte, lag sie im

Bett und dachte über das nach, was Jake getan hatte. *Eine der feinsten und redlichsten Frauen, die er seit Langem getroffen hatte.* Das hatte er über sie gesagt. Sicherlich benutzte er sie wahrscheinlich für seine eigenen Zwecke, aber immerhin. Dass jemand diese Worte ausgesprochen hatte, auch wenn deren Aufrichtigkeit infrage stand, ließ ihr Herz warm werden, das nur mit endloser Kälte rechnete. Vielleicht würde sie es nun nicht so eilig haben, das Treffen morgen Abend abzusagen.

Andie zwang sich, die Telefonnummern herauszuschreiben, obwohl die Wut mit jedem Bleistiftstrich in ihr brannte. Die Bitterkeit machte sich schließlich Luft in Schreien, Schreie, die kein Mensch in ihrem leeren Haus hörte.

»Der Jahrmarkt war meine Idee! Mein Baby!«, schrie sie in den Raum, stach mit dem Stift auf das Papier ein und ritzte die Nummern mehr ein, als dass sie sie schrieb. Die Mine brach ab. Sie warf den Bleistift quer durchs Zimmer. »Diese Leute haben überhaupt kein Recht, mir das wegzunehmen.« Sie stieß ihren Stuhl vom Tisch weg und ging zum Fenster, wo sie auf den fernen Pazifik blickte. Drei Pelikane flogen flach über das Wasser.

Sie war zwar nicht offiziell von der Planung ausgeschlossen worden, aber die anderen hatten beschlossen, dass Susie, Janice und Christi alle Telefonanrufe tätigen würden und Andies Name nicht auftauchen würde. Sie hatten sie gebeten, ihre Unterlagen durchzugehen und eine Telefonliste mit den Unterstützern und Spendern für die anderen Frauen zu erstellen.

Bevor sie vor drei Jahren angeregt hatte, eine Wohltätigkeitsveranstaltung für die breite Öffentlichkeit in Form einer Kirmes zu veranstalten, war das Krebszentrum mit seinen Spendeneinnahmen immer im Rückstand gewesen. Sie hatte die Spendenaktion wieder unter die Menschen gebracht, weg von Abendgarderobe und teuren Dinners. Seither erfreute sich das Krebszentrum neuer öffentlicher

Unterstützung und steigender Spenden. Schließlich ging Krebs alle an.

»Diese Unruhestifter wollen alles kaputt machen.« Von all ihren Ehrenämtern, die sie aus Pflichtgefühl oder Schuldbewusstsein tat, war die Organisation der Kirmes dasjenige, das direkt ihrem Herzen entsprang. Vor 22 Jahren war dieses Herz zum ersten Mal gebrochen worden. In jenem Jahr starb ihre Mutter an Krebs.

Sie träumte immer noch von ihrem Tennisturnier in jenem Jahr. Es war das Erste der Saison gewesen. Sie konnte das Gesicht ihrer Mutter hinter dem Maschendrahtzaun sehen, wie sie zusah, wie sie lachte. Dann hatte sie einen dieser eindrucksvollen Momente, vielleicht 20- oder 25-mal ging es hin und her, bevor sie einen Punkt erzielen konnte. Als sie sich umdrehte, sah ihre Mutter nicht mehr zu und jemand schrie.

»Ein Arzt! Ruf doch jemand einen Arzt!«

Andie erinnerte sich, wie sie nach unten sah. Ihre Mutter lag auf dem Boden. Arme und Beine zuckten und ihre Augen waren verdreht. Die bleibenden Erinnerungen von Andies folgendem letzten Jahr an der Highschool waren verschwommene Szenen, die sich aus unscharfen Bildern und verstörenden Worten zusammensetzten. Worte wie Krebs, Chemotherapie, Schmerztherapie, tödliche Krankheit. Die Krankheit brauchte gerade einmal zwei Monate. Dann waren Andie und ihr Vater alleine.

Andie hob den Bleistift auf und schob ihn in den Spitzer. Sie kochte immer noch vor Wut. »Ich schätze mal, dass diese Unruhestifter ein ganz tolles Abschlussjahr hatten – mit Verabredungen, Abschlussball, Zukunftsplänen.«

Sie ließ sich zurück in den Stuhl fallen und rieb sich das Gesicht. *Und der Krebs hatte nicht aufgehört, nicht wahr?*

Sie wischte sich über die Augen und versuchte zu ihrer Aufgabe zurückzukehren, versuchte vergeblich, sich den Gedanken an die weitere Geschichte zu versperren. Es funktionierte nicht. Die Erinnerungen an den folgenden September überkamen sie, als sie an der University of Southern California angefangen hatte, immer noch in ihrer Trauer versunken, die niemals nachzulassen schien.

Am zweiten Tag auf dem neuen Campus rief ihr Großvater Jim an: *»Andie ...«* Seine Stimme klang merkwürdig erstickt. *»Dein Vater.«*

Ihr Herz, von dem Andie geglaubt hatte, dass es nie wieder irgendetwas fühlen würde, schlug plötzlich heftig in ihrer Brust. *»Was ist mit ihm?«*

»Andie, er ist tot.«

Ihr eigener Vater hatte sich eine Pistole in den Mund gesteckt und abgedrückt. Die Erinnerung traf sie immer noch wie ein Schlag ins Gesicht. Warum war das geschehen? Das war einfach.

Krebs.

Wäre der Krebs nicht ausgebrochen, wäre ihr Vater nie in solch tiefen Schmerz versunken, aus dem er allein nicht wieder herausgefunden hatte. *Nun gut, aber seien wir mal ehrlich, Andie. Es gab noch einen anderen Grund: Wärst du nicht in deinem Schmerz so selbstsüchtig gewesen und eine bessere Tochter, dann hättest du ihn vielleicht aus seinem Loch herausholen können. Einer der Gründe, warum du deinen Vater verloren hast, war dein eigenes Versagen.*

Ihre Schuldgefühle trugen dazu bei, dass der Ärger verpuffte, und drängten sie wieder vorwärts zu der vor ihr liegenden Aufgabe. Sie betrachtete die Liste mit den Namen, die sie noch abschreiben musste.

Keine andere Familie sollte diesen Schmerz erleben müssen. Es sollte kein anderes 18-jähriges Mädchen geben, das plötzlich alleine dastand und sich um sich selbst kümmern musste. *Deshalb ist der Jahrmarkt so wichtig. Können sie das nicht verstehen?* Sie zwang sich, ihre Aufgabe abzuschließen.

»Ich werde es ihnen allen zeigen – so wie Mama mit ihrer jährlichen Spendenaktion für Krebskranke.« Chads Worte hallten wie ein Echo nach. Sie musste das tun. Sie hatte ihn im Stich gelassen, als sie das Bild für die Autowaschaktion nicht gemalt hatte. Der Jahrmarkt war ihre letzte Gelegenheit, ihn stolz zu machen.

Sie schob ihren Stuhl zurück und ging dann im Haus umher, ohne irgendetwas wahrzunehmen. Es war fast schon neun Uhr. Blair hatte schon immer Überstunden gemacht, aber in der letzten Zeit kam er gerade noch zum Schlafen nach Hause.

Sie ging in ihr kleines Atelier und machte nicht einmal Licht. Sie setzte sich auf den kleinen Schemel und starrte in die Dunkelheit, im Schmerz versunken.

Ein großes weißes Rechteck an der Rückwand weckte ihre Aufmerksamkeit. Die leere Leinwand sah beinahe grau aus in der Dunkelheit. Sie ging durch den Raum und stellte sich davor.

Ein bekanntes Verlangen regte sich in ihr. Es kribbelte sie, die Finger um einen Pinsel zu schließen, danach, etwas mit Struktur und Fantasie und Planung zu schaffen.

Sie durchquerte das Zimmer und drückte den Lichtschalter. Langsam ging sie zurück und nahm sich einen Pinsel. Blair war ja nicht da, um sich aufzuregen. Nicht, dass das eine Rolle spielte. Sie waren an einem Punkt angelangt, an dem es ihm gleichgültig zu sein schien, was sie mit ihrer Zeit anfing, solange er sich nicht mit ihr beschäftigen musste.

Sie war alleine. Sollte es ihr nicht erlaubt sein, etwas zu tun, das ihr ein klein wenig Freude bereitete? Sie entnahm ihrer Schublade die Zeichenkohle. Plötzlich wurde ihr bewusst, dass sie eigentlich schon lange gewusst hatte, was ihr nächstes Bild sein würde.

Mehrere Stunden später hatte sie die Skizze fertig und fing an zu malen. Sie mischte die Blautöne auf ihrer Palette, bis sie die richtige Farbnuance für den perfekten Himmel gefunden hatte. Genau richtig. Alles ergab sich, wie sie es in ihren Träumen nie für möglich gehalten hatte. Endlich hatte sie einen Grund zur Hoffnung gefunden.

Als sie hörte, wie Blairs Auto die Auffahrt hochfuhr, löschte sie die Lichter in ihrem Atelier und ging eilig den Flur entlang. Es war nach Mitternacht. Sie konnte nach oben huschen und sich schlafend stellen, wenn sie schnell genug war.

11.

Als Melanie dieses Mal Jake Sterlings Werkstatt betrat, sprang Tony von seinem Platz auf dem Boden auf. Er machte einen Satz über einen Haufen Motorteile, die rings um ihn verstreut lagen, und eilte ihr entgegen, um sie zu begrüßen.

Sie nickte ihm zu: »Hallo, Tony.«

Er sah hinunter auf sein Hemd. Augenscheinlich war er mit dessen Sauberkeit zufrieden, denn er schlang seine Arme um sie und drückte sie fest. »Es ist so schön, Sie wiederzusehen.«

»Und so schön, dich wiederzusehen.«

»Wie geht's Ihnen? Geht's Ihnen gut?«

»Gut«, antwortete sie mit einem erstickten Keuchen.

Er ließ sie los und lächelte verlegen. »Oh, tut mir leid. Hab mich ein bisschen hinreißen lassen.«

»Tony, was du meinen Rippen antust, machst du allemal wett mit dem Guten, das du meinem Herzen tust. Ich weiß, dass du mich wegen Jeff umarmst. Das bedeutet mir sehr viel.«

Er lief knallrot an und warf einen Blick über seine Schulter. »Jake wartet auf Sie im Büro. Er meinte, ich solle Sie gleich reinschicken.« Er rieb sich die Hände an seinen Arbeitshosen ab. »Hat wohl gedacht, ich würde Sie den ganzen Abend hier aufhalten und mit Ihnen quatschen.«

Die Tür zum Büro stand offen. Jake saß am Schreibtisch und erledigte Papierkram. Er hatte ihr den Rücken zugewandt und sah beschäftigt aus.

Melanie klopfte an die offene Tür: »Klopf, klopf.«

Jake drehte sich schnell um. »Hier muss man nicht klopfen. Bei uns steht die Tür immer offen, wissen Sie. Wie geht es Ihnen?« Er lächelte sie an und in seinen Augen leuchtete etwas Geheimnisvolles auf.

Melanie hätte gerne mehr darüber gewusst, was hinter diesen Augen vor sich ging, aber sie verdrängte diesen Gedanken. »Danke für das, was Sie gestern Abend in Ihrer Kirche getan haben. Sarah hat mir davon erzählt. Es bedeutet ihr sehr viel – und mir auch.«

Er zog eine Schulter nach oben. »Es musste jemand aufstehen und das sagen.«

Melanie nickte zustimmend. »Löst das das Problem mit dem Missionseinsatz? Sarah hat sich letztes Jahr mit diesem kleinen Mädchen angefreundet. Allein der Gedanke, dass sie nicht hinfahren könnte, quält sie mit Schuldgefühlen.«

Jake neigte seinen Kopf nachdenklich auf die Seite. »Es wird zwar das Problem nicht gleich lösen, aber es wird auf keinen Fall schaden. Ich habe viel darüber nachgedacht. Wissen Sie, was helfen könnte? Wenn Sie ein- oder zweimal zum Gottesdienst kommen.«

Sie hätte es wissen müssen. Irgendwann musste das Thema Religion aufkommen. Melanie spürte, wie ihr die Hitze ins Gesicht schoss und zwang sich, sich weiter zu beherrschen. »Was wäre ich denn für eine Heuchlerin, wenn ich Ihre Kirche besuchen würde, nur dass Sie meiner Tochter Geld für eine Reise geben? Für einen Missionseinsatz! Bei meiner Klage geht es nicht um Geld. Und wenn ich nicht wegen Geld vor Gericht gehe, dann geh ich auch nicht wegen Geld in die Kirche.«

Er hob seine Hand, um sie zu bremsen. »So hab ich das nicht gemeint. Ich glaube, es würde all den Leuten dort helfen, wenn sie sehen, dass Sie genauso sind wie sie. Lassen Sie sie sehen, dass Sie nicht die … äh … von Geld motivierte Person sind, für die sie Sie vielleicht halten.«

Melanie spürte, wie ihre Wut nachließ und an ihrer Stelle die Scham das Bisschen nahm, was ihr noch an Kampfeswillen geblieben war. »Ich weiß, dass Sie den Artikel gelesen haben.«

Er blinzelte zustimmend.

»Es stimmt alles, müssen Sie wissen. Jedes Detail über meine Vergangenheit, das in ganz Santa Barbara zu lesen war, ist wahr. Warum sollte es meiner Tochter helfen, wenn eine Frau mit meiner Vergangenheit in Ihrer Gemeinde auftaucht?«

»Melanie, Ihre Vergangenheit ist, was sie ist – Vergangenheit. Niemand ist perfekt. Wir haben alle versagt, alle Fehler gemacht.«

»Das mag stimmen, aber die meisten Leute machen nicht so große Fehler wie ich.«

»Ich schon. Größere noch. Nur durch Gottes Gnade bin ich heute, was ich bin, und werde eines Tages vor ihm stehen – ohne Schuld.«

»Jake, ich habe es Jeff schon immer gesagt: ›Wenn dir diese Vorstellung hilft, dann freut es mich, aber mir hilft es nicht.‹ Außerdem, Sie und ich wissen ganz genau, dass jeder in der Kirche tuscheln und flüstern würde, wenn ich hereinkäme.«

»Nicht jeder. Manche würden es tun – das kann ich nicht leugnen. Aber die, die tuscheln und flüstern, tun das sowieso. Möchten Sie, dass Sarah dieses Gerede allein aushalten muss, oder möchten Sie das für sie übernehmen? Kommen Sie nur einmal vorbei – versuchen Sie es einfach und schauen, was passiert.«

Melanie stand auf. Sie wusste nicht, was sie sonst hätte tun sollen. »Wie ich schon gesagt habe, ich freue mich, dass Ihnen das Ganze hilft. Danke noch mal, dass Sie Sarah unterstützt haben.« Sie eilte aus der Tür und aus dem Laden und war froh, dass Tony gerade anderweitig beschäftigt war.

Blair Phelps zwang sich, sich für die Kirche anzukleiden, auch wenn er nicht gehen wollte. Er sollte eigentlich ins Büro gehen und sich in Arbeit vergraben. Die Leute von Vitasoft riefen ständig an, stellten Fragen, machten vage, beunruhigende Bemerkungen. Er musste ihnen Rede und Antwort stehen. Musste sich auf das Wesentliche konzentieren.

Aber jedes Mal, wenn er die Augen schloss, sah er die Flasche auf der Arbeitsplatte. Warum hatte er sie dort stehen lassen?

Andies Stöhnen holte ihn zurück in die Realität. Ein weiterer Grund, warum er heute nicht in die Kirche gehen wollte – sie sah lächerlich aus.

In gewisser Weise begrüßte er die Veränderungen, die diese Woche mit ihr vorgegangen waren. Irgendein Ereignis, das ihr Ehrenamt betraf, hatte ihr die Energie gegeben, aufzustehen und vorwärtszuschauen. Allein diese Tatsache machte das Leben zu Hause erträglicher. Es war nicht perfekt, aber immerhin kam er jetzt nicht mehr vom Büro nach Hause und fand sie immer noch im Schlafanzug vor, umgeben von Bonbonpapieren und leeren Eisbehältern.

Aber dieser Deal mit Mattilda Plendor überdeckte viele dieser positiven Veränderungen.

Andie hatte sich schon immer eher klassisch gekleidet und das gefiel ihm. Selbst als einige ihrer Freundinnen sich der Designermode zuwandten, hatte sie widerstanden. Sie trug nie knallige oder billige Sachen, sondern sah stets elegant und weiblich aus. Bis heute.

Heute trug sie ein dunkelgrünes Kleid, das aussah, als hätte es ein Studienanfänger genäht, der durch seinen Nachhilfekurs in Hauswirtschaft gefallen war. Der Saum war zerrissen und hing in langen strähnigen Stoffstücken jeglicher Länge und Breite herab. Der Stoff würde besser in eine Militärparade passen. Vielleicht hatte die Designerin dieses speziellen Kleidungsstücks ihre Frustrationen an einem ausrangierten Stück Uniformstoff ausgelassen und dann beschlossen, mit dem Resultat ein wenig Geld zu machen. Sie saß wohl gerade jetzt in einem Penthouse in der Park Avenue und lachte über den Volltrottel, der für diesen Fetzen so viel wie für Designermode zahlte.

Andie wirbelte herum und warf einen letzten Blick in den Spiegel. Sie kniff das rechte Auge zu. »Ich hasse dieses Kleid.«

Blair atmete erleichtert auf. Sie würde sich also umziehen. Damit wäre zumindest eines seiner Probleme gelöst. Er trat zur Seite, um ihr den Weg zu ihrem Schrank frei zu machen. Sie rührte sich nicht.

Er war lange genug verheiratet, um zu wissen, dass ihm ein falsches Wort in einer Situation wie dieser wochenlanges Nachsitzen bescheren konnte. *Denke nach. Wähle deine Worte mit Bedacht. Schaffe dir nicht noch mehr Probleme, als du ohnehin schon hast.*

Er sah demonstrativ auf seine Armbanduhr und mit dem sorgfältig gewählten Tonfall des vollkommen unwissenden Ehemannes – sie sollte schließlich nicht merken, wie er sie mit der Nase auf die Wahrheit stieß – gähnte er: »Wirklich? Na ja, wir haben ja noch ein paar Minuten. Das reicht gerade noch, dass du dich umziehst.«

Andie drehte sich um und sah über die Schulter in den Spiegel. Sie klopfte sich mit beiden Händen auf den Hintern. »Nicht gerade schmeichelhaft.«

Das entsprach exakt seinem Empfinden. »Du musst dich ranhalten, wenn du dich umziehen willst. Wir müssen los.«

Andie entfernte sich vom Spiegel und griff nach ihrer Handtasche. »Ich kann nicht.« Sie eilte durch das Schlafzimmer hinaus auf den Flur.

Blair stöhnte. Als er an der Tür ankam, war sie schon auf halbem Weg die Treppe hinunter. Er wusste, dass er mit jedem weiteren Wort einem Minenfeld gefährlich nahe kam, aber die Hässlichkeit des Ensembles veranlasste ihn, das Risiko auf sich zu nehmen. »Warum nicht?«

»Was – warum nicht?« Jetzt hatte sie schon das Ende der Treppe erreicht und drehte sich um, um zu ihm hochzuschauen.

»Warum kannst du dich nicht umziehen?«

Sie zuckte mit den Schultern. »Mattie wäre unglücklich.« Sie drehte sich um und fing an, in Richtung Garage zu laufen.

Blair nahm die letzten drei Stufen mit einem Sprung und beeilte sich, sie einzuholen. »Mattie?«

Sie ging weiter.

»Und wie sieht es mit dir aus?«

Als sie ihn nicht zu hören schien, legte er ihr die Hand auf die Schulter, bis sie sich umdrehte. »Du hast gesagt, du magst das Kleid nicht. Gerade noch hast du gesagt, dass es dir nicht schmeichelt. Warum solltest du dich von dieser Frau so unter Druck setzen lassen, dass du etwas trägst, in dem du dich nur unwohl fühlen wirst?«

Andies Augen funkelten ihn mit bösem Blick an. »Aus demselben Grund, aus dem ich mich von allen um mich herum unter Druck setzen lasse, Dinge zu tun, die ich nicht tun will – und nicht das zu tun, was ich will.« Sie stieß das Garagentor auf. »Komisch, dass sich alle erst dann aufregen, wenn es jemand anderes ist, der mich unter Druck setzt.«

Sie drängte sich durch die Tür und verschwand in der Garage.

Blair folgte ihr nicht. Er würde nur jedes Wort bereuen, das er jetzt sagen würde. Es war besser, sie einfach in Ruhe zu lassen. Er hörte, wie die Autotür zuschlug. Ihr Verhalten war nichts Neues.

Er ging in die Garage mit dem festen Entschluss, nichts zu sagen oder zu tun, was die Situation explodieren lassen würde. Er konnte Andie auf dem Beifahrersitz sehen, mit verschränkten Armen vor der Brust, ihren Kopf von ihm abgewandt.

Warum sollte er den Prellbock für ihren Ärger spielen? Es war einfach lächerlich, in ihrer belastenden Situation freiwillig auch noch etwas anzuziehen, was man hasste. Er würde sich nicht dafür entschuldigen, dass er etwas gesagt hatte.

Er wusste sowieso nicht, wofür er sich noch alles entschuldigen sollte. Dass Chad die Flasche mitgenommen hatte, ließ ihn nicht mehr los; es würde ihm auf ewig leidtun. Aber er war immer ein treuer Ehemann gewesen und hatte sich darum gekümmert, dass seine Familie gut versorgt war. Wo blieb ihre Anerkennung? Hey, schließlich hatte er einfach nur versucht, sie zum Widerstand zu ermutigen. Wenn sie diesen sackartigen Fetzen tragen wollte, bitte.

Sie fuhren schweigend. Andie hatte den Kopf die gesamte Fahrt über ihrem Fenster zugewandt und schmollte. Blair war noch nie so froh gewesen, die Kirche zu sehen, als sie endlich den Parkplatz erreichten.

Andie schien seine Erleichterung zu teilen; sie riss die Tür auf und sprang aus dem Auto. Kaum hatte sie einen Fuß auf den Parkplatz gesetzt, als schon Mattilda Plendor, in ein violettes Etuikleid gehüllt, über den Asphalt auf sie zugeeilt kam. »Da bist du ja. Ich dachte schon, du schaffst es nicht mehr.« Sie betrachtete Andie mit offensichtlichem Wohlwollen. »Sieht sie nicht fabelhaft aus, Blair?«

Blair konnte sich die Lüge nicht abringen und bevorzugte es zu schweigen. Nur weil seine Eltern ihn zum Kavalier erzogen hatten, war es ihm möglich, höflich zu nicken. Er entfernte sich eilig, bevor ihm die Worte, die er eigentlich sagen wollte, über die Lippen kamen.

Als er wegging, hörte er, wie Mattilda sagte: »Komm mit, meine Liebe. Wir wollen doch, dass jeder diese wunderbare Kreation sieht.« Er beschleunigte seine Schritte, um ihr nicht in die Falle zu gehen. Warum nur hatte er am Morgen nicht Krankheit vorgetäuscht? Er sah auf die Uhr. Nur noch zwei Stunden, dann würde er unterwegs zum Büro sein. Nur zwei Stunden. Das würde er schaffen.

Melanie fuhr ins Stadtzentrum Santa Barbaras, in den Teil der Stadt, in dem alte Lagerhallen neben Hütten und modernen Bürogebäuden für trendige Architekten und Künstler standen. Ein Obdachloser hielt ein Schläfchen zwischen den Wurzeln einer alten Eiche, den Einkaufswagen neben sich geparkt, eine Flasche in den verschränkten Händen. Sie bog nach links in eine enge Straße ab, die zwischen zwei verrosteten Lagerhäusern hindurchführte und vor einer riesigen roten Lagerhalle endete. Das musste es sein.

Sie fuhr rückwärts in eine Parklücke am äußersten Ende des sich schnell füllenden Parkplatzes. Sie wollte schnell hier wegkommen, wenn es vorüber war. Sie atmete tief ein und nahm sich einen Moment Zeit, um einfach nur zu beobachten.

Eine Familie ging gemeinsam auf die große Lagerhalle zu, sie plauderten und lachten. Die Frau trug einen Wollrock, der ihr bis zu den Knöcheln reichte, der Mann einfache Jeans.

Melanie warf einen Blick auf ihre Kakihose, ihr bestes Stück. Sie sollte ganz gut dazupassen. Sie verließ die Sicherheit ihres Autos und ging los.

Drei Doppelglastüren standen weit offen. Sie erinnerten sie an das Maul eines hungrigen Wales, der im Begriff war, einen Krillschwarm zu verschlingen. Vor jeder dieser Öffnungen standen zwei Leute, die

Namensschilder trugen und die winzigen Fische in das Walmaul dirigierten. Gab es nicht irgendwo in der Bibel eine Geschichte über einen Wal, der jemanden fraß? Das war eine der wenigen Geschichten, von denen sie mal gehört hatte. Das Paar begrüßte die Leute und gab jedem, der mutig genug war hindurchzugehen, eine gefaltetes Blatt. Ihre strategische Position machte es unmöglich, unbemerkt hineinzugelangen.

Melanie blieb stehen. Wenn sie jetzt umdrehte, dann kam sie vielleicht wieder zum Auto zurück, ohne gesehen zu werden. Allerdings war Feigheit eines der Dinge, die sie am meisten hasste – und außerdem ging es hier um Sarah.

Vor vielen Jahren, als einer ihrer Nachbarn begonnen hatte, Jeff und Sarah mit in die Kirche zu nehmen, schien das eine gute Idee gewesen zu sein. Sie kannte die Gefahren einer fehlenden Vaterfigur und einer Mutter, die Vollzeit arbeitete, und sie wollte, dass ihre Kinder Werte vermittelt bekamen. In der Zwischenzeit aber hatte sie genug Leute getroffen, die sich »Christen« nannten, um zu wissen, dass sie keinen Deut besser waren als sie selbst. Vielleicht war sie heute sogar ein moralisch besserer Mensch als die meisten von denen, die hineingingen. Wozu also brauchte sie die Kirche?

»Guten Morgen! Wie geht es Ihnen heute?« Die Frau, die sie begrüßte, hatte eine perfekte Frisur, einen perfekten Pullover und perfektes Make-up.

Ihre letzte Gelegenheit zur Flucht war vertan. »Gut, danke.« Sie nahm das Blatt entgegen, das ihr angeboten wurde, und ging weiter. Mit jedem Schritt wurde sie von stärkerer Panik ergriffen. Sie folgte der Menge durch ein weiteres Paar Türen, die zu einem großen Saal führten.

Es gab keine düsteren Kirchenbänke, keine bunten Bleiglasfenster, sondern vielmehr einzelne Stühle in gedecktem Rotviolett. Der Teppich war von derselben Farbe und enthielt farblich abgesetzte Kreise in Schwarz und Braun. Interessant. Das entsprach nicht wirklich der vagen Erinnerung, die sie an Kirchen ihrer Vergangenheit hatte.

»Hallo, ich bin Trish.« Eine Frau mit schulterlangen krausen blonden Locken stand neben Melanie, strahlte sie an und streckte ihr die Hand entgegen.

»Melanie.« Melanie schüttelte ihr die Hand und ärgerte sich über die Fröhlichkeit dieser Frau. Sie wusste, dass sie der Frau das Lächeln mit einem Wort vom Gesicht fegen konnte. Warum sollte sie nicht gleich damit herausrücken: »Johnston.«

»Es tut mir leid, ich hab Sie nicht verstanden. Was haben Sie gesagt?«

»Ich sagte, Johnston, mein Name ist Melanie Johnston.« Sie wartete darauf, dass das Lächeln erstarb und das Leuchten in den Augen verschwand.

Trishs Gesichtsausdruck veränderte sich tatsächlich: Sie schaute still und nachdenklich, aber Melanie spürte nicht die offene Feindseligkeit, die sie erwartet hatte. »Melanie Johnston.« Trish nickte nachdenklich mit dem Kopf. »Ich freue mich so, dass Sie gekommen sind.«

»Ja, also, danke.«

»Wissen Sie, ich habe meine Sachen auf einem Platz weiter vorne. Wollen Sie sich zu mir setzen?«

Irgendetwas an dieser Frau schien echt zu sein, überhaupt nicht aufgesetzt, wie es Melanie erwartet hatte. Sie dachte einen kurzen Augenblick über das Angebot nach, erinnerte sich dann aber an ihren Schwur, hier wieder schnell rauszukommen. »Danke, aber ich hatte vor, eher hinten zu sitzen. Ich muss gehen, sobald der Gottesdienst vorbei ist, und möchte nicht in der Menge stecken bleiben.«

Trish nickte. »Ich weiß, was Sie meinen. Wissen Sie was, ich hol meine Sachen und setz mich zu Ihnen – wie wär's damit? Ich bin gleich zurück.« Bevor Melanie überhaupt antworten konnte, eilte Trish den Gang entlang nach vorne.

Melanie fand einen Platz am äußeren Gang in einer der letzten Reihen. Wenig später rutschte Trish neben sie in die Reihe. »Ich hatte immer schon vor, mal einen neuen Platz auszuprobieren. Man kommt so leicht in den Trott, Woche um Woche auf demselben Platz zu sitzen, und dabei sieht man keine neuen Gesichter. Sie verstehen, was ich meine?« Sie rückte ihre Handtasche zurecht und sah nach vorne. »Oh, gut, es geht los.«

Melanie sah, wie eine Gruppe von Menschen nach vorne ging, die meisten von ihnen in Baggy Pants und T Shirt. Manche nahmen Gitarren aus ihren Ständern, während andere sich hinter das Schlagzeug, das elektronische Klavier oder Mikrofone drückten. Auf zwei große Leinwände im vorderen Bereich des Saales wurden Worte projiziert und schon fing die Musik an.

Die Musiker waren jung – und talentiert. Melanie beschloss, dass sie mehr einer Rockgruppe als einem Chor ähnelten. Sie sollten sich das »Dreckige Dutzend« nennen.

Irgendwann während des Singens fing Melanie an, sich ein wenig zu entspannen. Sie sah sich im Saal um. Die Unterschiedlichkeit der Menschen erstaunte sie: Manche waren elegant gekleidet, während andere einfach Jeans trugen. Es waren Kinder da und ältere Paare. In einer der ersten Reihen sah sie einige Jungs im Teenageralter. Melanies Sohn war hierher gekommen. Woche für Woche. Vielleicht hatte er bei dieser Teenietruppe gesessen. Und doch war sie nie Teil davon gewesen. Sie konnte sich ihn nicht einmal vorstellen, wie er hier der Musik zuhörte. Warum war er hierher gekommen?

Nach ein paar weiteren Liedern kam der Mann nach vorne, der wohl der Pastor sein musste. Er schien um die 50, hatte schon einen Ansatz von Glatze und wirkte schlank. Er trug Kakihosen und ein Hemd, aber weder Jackett noch Krawatte. Ein Mikrofon – eines der Art, wie sie von Popstars bei Fernsehauftritten benutzt werden – lag in einer Schleife um sein Ohr und ragte dann nach vorne in Richtung seines Mundes.

Er lächelte in die Menge und machte mit beiden Händen eine offene Geste zum Publikum hin: »Vergebung.« Er ging zurück und nahm auf einem Stuhl Platz, auf dem zuvor der Gitarrist gesessen hatte. Mehrere unangenehme Sekunden verstrichen, die Menschen begannen unruhig auf ihren Stühlen hin und her zu rutschen. Endlich stand er wieder auf, ging nach vorne und legte seine Hände auf das hölzerne Rednerpult im vorderen Bereich der Bühne. »Vergebung.«

Ein Teil von Melanie wünschte sich, dass dieser Typ weitersprach, aber irgendwie begann während der Stille ein anderer Teil von ihr, sich zunehmend unwohl zu fühlen.

Der Pastor fing an, auf und ab zu gehen. »Auch wenn Sie heute hier ohne einen anderen neuen Gedanken rausgehen, möchte ich, dass das Wort Vergebung wie eine Glocke den Rest des Tages in Ihnen widerhallt. Vielleicht sogar für den Rest Ihres Lebens. Darum geht's bei uns allen, Leute. Um Vergebung.

Sicher denken Sie jetzt: ›Na klar, Herr Pastor, Jesus hat uns gesagt, dass wir sieben mal siebzig Mal vergeben sollen – das wissen wir alles schon.‹ Aber woran Sie nicht denken, ist, dass Gott zusah, wie sein Sohn einen qualvollen Tod starb, den er hätte verhindern können, aber er wollte es nicht. Warum hat er das getan? Damit er uns Vergebung anbieten kann – Ihnen.«

Viel mehr bekam Melanie von dem, was gesagt wurde, nicht mit. Als Kind war sie sporadisch zur Kirche gegangen, je nach Neigung ihrer jeweiligen Pflegefamilie. Sie hatte eine ungefähre Ahnung von der Bibel und ihren wichtigsten Geschichten. Was sie hier hörte, schien sich von dem Gerede von Hölle und Verdammnis zu unterscheiden, das sie, so erinnerte sie sich, als Kind gehört hatte.

Dieser Prediger, in dieser Lagerhalle, die Kirche genannt wurde, hatte für sie etwas in ein vollkommen neues Licht gerückt. Gott hatte es zugelassen, dass sein Sohn litt und starb. Für sie. Das war so furchtbar, dass es kaum auszuhalten war. Sie hätte liebend gerne an Jeffs Stelle im Auto gesessen, alles getan, nur damit er in Sicherheit war, und doch ließ Gott es zu …

Es musste mehr dahinterstecken. Jeff und Sarah waren zu gutherzig, um an einen so grausamen Gott zu glauben. Es musste mehr dahinterstecken … aber Melanie konnte nicht weiter in diese Kirche kommen. Die Dinge waren immer anders, als sie auf den ersten Blick erschienen. Sobald diese Leute herausbekamen, wer sie war, würden sie sie nicht mehr sehen wollen, soviel stand fest.

Der Prediger kam zum Schluss und das »Dreckige Dutzend« kam wieder aufs Podium. Als die Musik aufdrehte, wusste Melanie, dass der perfekte Zeitpunkt gekommen war, um sich aus dem Staub zu machen. Sie hatte ihr Gesicht gezeigt. Jetzt wollte sie hier herauskommen, bevor der Gottesdienst zu Ende war und sie wieder durch den Krillschwarm aus dem Walmaul schwimmen musste. Jona. Jetzt erinnerte sie sich wieder an den Namen. Sie blieb sitzen.

Sie ahnte, dass sie nicht nur sitzen blieb, um sich weiter sehen zu lassen. Die verwirrenden Worte des Pastors. Trishs unerwartete Freundlichkeit.

Sicherlich, Trish hatte höchstwahrscheinlich keine Ahnung, wer sie war. Es war ja schließlich eine große Gemeinde. Womöglich hatte sie Jeff nicht gekannt und Melanie in den Zeitungsartikeln nicht erkannt. Vielleicht las Trish nicht einmal Zeitung. Sie wäre die viel besagte Ausnahme von der Regel.

Der Gottesdienst endete mit einem Abschlussgebet. In den Gängen drängten sich die Menschen, die nach draußen gingen. Melanie tat so, als würde sie ihre sieben Sachen zusammensuchen, um den Leuten Gelegenheit zu geben, sie zu bemerken. Es würde sich schon herumsprechen. Vielleicht würden sie ihr wütende Blicke zuwerfen und dafür Sarah in Frieden lassen. Vielleicht würden sie dann wenigstens die Jugendgruppe losschicken, um Juanita ein Haus zu bauen.

Eine Frau aus dem Gang schnappte sich Trish. »Da bist du ja.« Sie fingen an, sich zu unterhalten, und Melanie ging alleine durch den Vorraum.

»Mama? Was machst du denn hier?« Sarah kämpfte sich ihren Weg durch die Menge an der Tür. Der Mund stand ihr offen.

»Mrs Johnston, wie geht es Ihnen?« Beth folgte ihr auf dem Fuß und warf ihre Arme um Melanie. Mehrere andere Mädchen gesellten sich dazu. »Mrs Johnston, wie schön, Sie zu sehen.«

Wärme sickerte in Melanies kaltes und mattes Herz. Die herzliche Begrüßung dieser Mädchen weckte in ihr den Wunsch nach etwas, das sie nicht ganz begreifen konnte, etwas, das außerhalb ihrer Reichweite lag.

»Mama, warum hast du mir nicht erzählt, dass du kommst?«

Melanie zuckte die Schultern. »Ich wollte dich überraschen.« In

Wahrheit war sie sich nicht sicher gewesen, ob sie die Courage haben würde, das alles durchzustehen.

Sie gingen in Richtung Parkplatz, die Mädchen plapperten munter.

»Melanie, warten Sie kurz.« Trishs Stimme kam vom Eingang. Melanie drehte sich um und sah, wie sie eilig versuchte, sie einzuholen.

Während Melanie stehen blieb und wartete, bummelten die Mädchen weiter über den Parkplatz, ihre schlaksigen Glieder voller jugendlicher Energie.

Melanie warf einen Blick in Richtung ihres Autos, das bereitstand für einen schnellen Abgang. »Danke, dass Sie mich so herzlich empfangen haben, Trish.«

»Ich hoffe, Sie kommen wieder. Es war nett, mal woanders und neben jemand anderem zu sitzen. Sie waren genau der Schwung, der mir gefehlt hat.«

Melanie hatte Zweifel daran, dass Trish das auch dann sagen würde, wenn sie wüsste, wer Melanie war. Sie murmelte ein Danke und etwas in die Richtung, dass sie vielleicht nächste Woche wiederkommen würde, wenn sie nicht arbeiten müsste.

Trish hüpfte geradezu auf und nieder. »Oh, das wäre so schön.«

Was trieb diese Frau an? Melanie murmelte ein letztes Auf Wiedersehen und ging zu ihrem Auto. Sie öffnete die Tür und setzte sich auf den Fahrersitz.

»War auch Zeit, dass du endlich aufhörst zu quasseln.«

Melanie zuckte zusammen. Ihr Knie stieß gegen das Lenkrad und ein Schmerz schoss ihr durchs Bein. Sie fasste nach unten, um es zu reiben. »Sarah! Du hast mich zu Tode erschreckt!«

»Man sieht's, du bist schon leichenblass!«

Melanie sah ihre Tochter an und etwas schien ihr in der Kehle zu stecken. »Du … du fährst mit mir?«

Sarah beugte sich über die Mittelkonsole und umarmte sie. »Danke, dass du heute gekommen bist, Mama.« Eine weitere warme Welle drang durch die Mauer. Sarah hatte sie im letzten Monat fast vollständig gemieden. Als Melanie den Schlüssel umdrehte, kam ihr der Gedanke, dass es letztlich nicht so eine schlechte Idee gewesen war, hierher zu kommen.

12.

Die anderen Abteilungsleiter saßen alle schon, als Melanie den Konferenzraum betrat. Das Montagstreffen sollte erst in fünf Minuten beginnen und sie war in der Regel die Einzige, die pünktlich kam. Irgendetwas stimmte nicht.

Sie glitt in einen der blauen gepolsterten Stühle und legte ihren Notizblock auf den Tisch. Sie warf einen demonstrativen Blick auf ihre Armbanduhr und sagte: »Bin ich spät dran? Meine Uhr ist wohl stehen geblieben.« Sie schüttelte ihr Handgelenk und hielt sich die Uhr ans Ohr. »Nein, tickt noch.«

Die anderen rutschten auf ihren Stühlen herum, aber immer noch sah sie niemand an. Langsam kam ihr das Ganze seltsam bekannt vor.

Herr Mortensen erhob sich von seinem Platz am Ende des Tisches. »Nein, Melanie, Sie sind nicht zu spät. Ich habe alle anderen gebeten, ein paar Minuten früher zu kommen. Um über ein paar aktuelle Probleme zu sprechen.«

»Probleme?« Sie blickte hinüber zu Joe. Er starrte regungslos auf den Tisch.

Herr Mortensen sagte: »Melanie, ich möchte ganz offen sein. Unser Umsatz ist in den letzten drei Wochen um mehr als 50 Prozent zurückgegangen. Der Boykott trifft uns härter, als wir es zu Beginn erwartet hatten. Wenn sich diese Situation nicht ändert, müssen wir bald die ersten Kündigungen aussprechen.«

»Das können Sie nicht machen! Manche von uns kämpfen immer noch damit, die finanziellen Verluste auszugleichen, die sie durch die Aussperrung vor zwei Jahren hatten.«

Herr Mortensen beugte sich über den Tisch, seine blaue Krawatte pendelte über dem Papierstapel vor ihm. »Also, das ist nicht meine Schuld, oder? Ich habe der Gewerkschaft nie befohlen zu streiken.«

Melanie hätte das gerne ausdiskutiert, aber sie hielt sich zurück. Vor zwei Jahren, als die Gewerkschaft der Nahrungsmittelbranche beschlossen hatte, eine wichtige Supermarktkette zu bestreiken, hatten sich die anderen Firmen zusammengeschlossen und alle Mitarbeiter ausgesperrt, die in der Gewerkschaft waren. Für alle Betroffenen war das ein finanzielles Desaster gewesen. Melanie wusste, dass es ihr im Moment nicht helfen würde, die Details von damals aufzuführen. Sie musste das anders angehen.

Als ob er ihr Zögern spüren würde, fuhr Mr Mortensen fort: »Wir können es uns einfach nicht leisten, Angestellte für den Service an Kunden zu bezahlen, die nicht da sind.« Er fuhr mit seiner Hand die Krawatte entlang und sank zurück in seinen Stuhl. »Die Zentrale macht uns langsam Druck. Mir gefällt das so wenig wie Ihnen, aber das sind die Tatsachen.«

Melanie schüttelte den Kopf und sah sich im Zimmer um. »Das mögen vielleicht die Tatsachen sein, aber das ist nicht richtig.«

Er seufzte. »Viele Dinge sind in dieser Situation nicht richtig. Leider können wir das nicht ändern.« Er sah auf seine Papiere herunter. »Machen wir jetzt mit unseren anderen Punkten weiter.«

Das Treffen dauerte noch 30 Minuten, aber Melanie bekam nichts mehr mit. Stumm und wie betäubt saß sie da und fragte sich, ob es noch schlimmer kommen konnte.

Sie dachte an Tina. Eine alleinerziehende Mutter, die schwer kämpfte und ganz unten in der Hierarchie stand. Sie wäre wohl eine der Ersten, die eine Kündigung erhalten würde. Die Nächste über ihr auf der Liste war Jackie. Ihr Mann war im vergangenen Jahr an Krebs gestorben und sie zahlte die Krankenhausrechnungen immer noch ab. Was würde aus Menschen wie ihnen werden? Sie würden zwar sehr wahrscheinlich bald eine andere Arbeit finden, dann aber wieder ganz von vorne anfangen, was die Position und die Sonderleistungen betraf. Irgendetwas musste getan werden. Sie wüsste nur gerne, was.

Andie fügte dem Riesenrad den Hauch eines Schattens hinzu. Sie lehnte sich zurück, kniff die Augen zusammen und besserte an der rechten Seite etwas nach. So. Besser.

Sie betrachtete das Bild des Jahrmarktes. Dafür lohnte es sich zu kämpfen.

Reifen quietschten in der Auffahrt. Andie blickte aus dem offenen Fenster und sah, wie Christi gerade aus dem Auto stieg.

Arme Christi.

Andie wusste, dass Christi dieses Wochenende ein Abendessen organisierte, aber sie hatte immer das Gefühl, sicherstellen zu müssen, dass es Andie gut ging. Heute würde sie wohl beruhigt sein. Sie beugte sich aus dem Fenster. »Hallo! Komm rein.«

Christis Augen blickten suchend die Fenster ab. »Wo bist du?«

»In meinem Atelier.«

Christi sah in Richtung des Fensters und legte den Kopf schief. »Tatsächlich, im Atelier.«

Andie hörte, wie die Hintertür quietschte, und dann Schritte. Sie verstummten in der Küche. Kurz darauf folgte das Geräusch von laufendem Wasser. *Was war das nur mit diesen Kontrollfreaks? Sollen sie sich doch in ihrem eigenen Leben austoben, aber nicht in meinem.* »Christi, hörst du bitte auf, meine Küche sauber zu machen und kommst nach hinten?«

Christi lachte. »Wenn du dich drum kümmern würdest, müsste ich es nicht tun.«

»Warum sollte ich das machen, wenn ich eine Freundin wie dich habe?«

»Verärgerung. Das ist ein gutes Zeichen.« Christis Stimme kam im Flur näher. »Woher wusstest du überhaupt, was ich mache?«

»Erfahrung.«

»Was riecht hier so?« Christi kam um die Ecke an die Tür des Ateliers und blieb abrupt stehen. Mit offenem Mund starrte sie auf die Leinwand. »Oh! Ich bin sprachlos.«

»Das ist ja was ganz Neues.«

»Ach, was sind wir heute angriffslustig!« Sie trat näher heran. »Ich wäre ja beleidigt, aber ich bin so gefesselt von diesem Meisterwerk, dass ich nicht mehr klar denken kann.«

Andie kniff die Augen zusammen und beugte sich nach vorne. Die Linien waren nicht ganz gerade und die Farbe ein wenig danebengemalt. »Gefällt es dir wirklich?«

»Ich muss dir sagen, das ist wirklich wunderschön.«

Es brauchte noch viel Arbeit. Sehr viel Arbeit. »Es ist schon so lange her, seitdem ich etwas gemalt habe. Es sieht amateurhaft aus.«

»Willst du mich auf den Arm nehmen? Ich kann es gar nicht fassen, wie viel Talent du hast. Warum malst du nicht die ganze Zeit?«

Andie zuckte mit den Schultern und legte den Pinsel zur Seite. »Blair mag es nicht. Es ist nicht richtig, Zeit auf die Kunst zu verschwenden, wenn es da draußen Leute gibt, die Hilfe brauchen.«

Christi verschränkte die Arme vor der Brust und verdrehte die Augen. »Ehrlich, er kann einem manchmal echt auf die Nerven gehen.«

»Nun, er hat recht. Es gibt wichtigere Dinge, die ich tun sollte.«

»Hm. Vielleicht zeigen wir ihm – und dir – mal, wie man Kunst mit anderen Dingen verbinden kann. Wir werden dieses Bild vom Jahrmarkt für den Jahrmarkt nutzen.«

Melanie nahm noch einmal einen Schluck von ihrem Kaffee und versuchte erneut, die Ereignisse der vergangenen Woche zu sortieren. Es stand schlecht um Alfords.

»Morgen, Mama.« Sarah goss sich Orangensaft ein und ließ sich auf einen Stuhl am Küchentisch plumpsen. »Ich habe Beth angerufen und ihr gesagt, dass sie mich heute Morgen nicht abholen muss.«

Melanie drehte die Seite ihrer Sonntagszeitung um. »Wirklich? Warum?«

»Ich habe ihr gesagt, dass ich mit dir fahre. Es ist doch blöd, echt, wenn sie mich hier abholen muss, wenn du auch fährst.«

»Also, ich … ich habe einen Termin heute Nachmittag.«

Sarahs Lächeln verkrampfte sich. »Mit dem Anwalt, stimmt's?«

»Ja.« Halt, was machte sie denn da? Ihre Tochter im Teenageralter wollte tatsächlich mit ihr irgendwo hingehen. Okay, es war nur die Kirche und Melanie hatte eigentlich vorgehabt, heute Vormittag zu Hause zu bleiben und die liegen gebliebenen Arbeiten im Haushalt zu erledigen. Und sie hatte wirklich einen Termin mit Les Stewart um ein Uhr.

»Du hast gesagt am Nachmittag. Heute Morgen hast du noch nichts vor, richtig?«

Melanie konnte nicht Nein sagen. »Ich glaube, ich beeil mich jetzt besser und mach mich bereit.« Sie räumte ihre Kaffeetasse ab und ging in ihr Zimmer.

Sie nahm wieder ihre Kakihosen – die einzigen Hosen, die passen würden – und starrte dann auf die wenigen Oberteile, die in ihrem Schrank aufgereiht hingen, als würde ein bloßer Blick eine größere Auswahl verfügbar machen.

»Mama, hast du dich noch nicht umgezogen? Wir müssen bald los.« Sarah lehnte am Türrahmen, ihr langes blondes Haar floss wie ein goldener Wasserfall um ihr Gesicht.

»Ich wollte diese Woche wenigstens ein anderes Oberteil anziehen. Alles, was ich besitze, ist so altbacken.«

Sarah lehnte sich so weit nach vorne, dass sie zu Boden fiel. Sie zog ihre Knie an ihren Bauch und fing an, sich stöhnend auf dem Boden herumzurollen.

Melanie ließ die zwei Oberteile, die sie in der Hand hatte, fallen und rannte zu ihrer Tochter. »Sarah, ist alles in Ordnung mit dir?«

Erst als sie sich hinkniete und über den gekrümmten und sich windenden Körper beugte, erkannte Melanie, was los war. Sarah stöhnte nicht – sie lachte!

»Junge Dame, was genau erregt denn deine Heiterkeit?«

»Du.« Sarah setzte sich auf und wischte sich über die Augen. »Du hast noch nie –« Ein weiterer Lachanfall unterbrach sie mitten im Satz.

Melanie stand auf und hob die beiden Oberteile auf, die sie im Schreck fallen gelassen hatte. »In Ordnung, wenn du nicht sprechen kannst, dann kannst du wenigstens mit dem Finger deuten. Ist eines hiervon geeignet, um es in deiner Kirche zu tragen?«

Sarah prustete und wischte sich über die Augen. »Du warst letzte Woche da – du weißt, dass die Leute dort alles Mögliche tragen.«

»Ich weiß. Aber man hat mir etwas anderes beigebracht. Ich habe als Kind nicht viel gelernt in der Kirche, weiß aber, dass es von größter Wichtigkeit ist, dort das Richtige anzuhaben. Wichtiger ist nur, dass man während der Predigt nicht einschläft.«

Sarah stand auf und legte ihre Arme um Melanies Schultern. »Ich hab vergessen, was du alles als Kind durchgemacht hast. Jeff und ich sind so froh, eine so ausgeglichene Mutter wie dich zu haben.« Sie schluckte schwer. »Jeffs 19 Lebensjahre waren besser als das Leben der meisten Menschen, die in hohem Alter sterben.« Sarahs Stimme versagte bei den letzten Worten. Sie deutete auf das gelbe Oberteil in Melanies Hand. »Zieh das an. Das Gelb bringt deine schönen Augen gut zur Geltung.«

»Als ob irgendjemand meine Augen beachten würde.«

»Jake Sterling hat mir erzählt, du hättest die wunderschönsten braunen Augen, die er je gesehen hat. Er fragte sich, wie ich zu meinen hellblauen gekommen bin, wenn doch deine komplett anders aussehen.«

Es war lange her, dass irgendjemand irgendetwas an Melanie bemerkt hatte. Hatte Jake Sterling das wirklich gesagt? Wahrscheinlich nicht. Er hatte wohl Sarah gefragt, wie jemand so wunderschöne Augen von einer Mutter bekommen konnte, deren Augen so unscheinbar und dunkel waren. »Sarah, du übertreibst.«

»Tu ich nicht. Genau das hat er gesagt.«

Ein winziger warmer Funke entzündete sich und verlosch wieder schnell in Melanie. Das hieß doch gar nichts.

»Okay, Mama, wir sollten jetzt gehen.«

»Warte nur noch eine Sekunde. Ich möchte noch mal schauen, ob meine Frisur sitzt.«

Melanie schob sich langsam aus dem Auto. Sie bereute, dass sie sich von Sarah hatte überreden lassen, noch einmal herzukommen. Dann erinnerte sie sich, dass Sarah der Hauptgrund war, warum sie in der letzten Woche gekommen war. Sie musste sich auf ihre Prioritäten besinnen, musste alles tun, was notwendig war, um Sarahs Wohlbefinden sicherzustellen.

Vor den Glastüren war eine Menschenansammlung und es herrschte ein reges Treiben. Melanie atmete tief ein und bereitete sich darauf vor, sich erneut in das Maul des Wals zu stürzen.

»Melanie, Melanie!«

Melanie suchte mit ihrem Blick in der dichten Menge nach der Person, zu der die schrille Stimme gehörte. Ein Leuchten blonder Locken tauchte aus der Masse auf. Trish eilte winkend auf sie zu. »Ich habe gehofft, dass Sie wiederkommen!«

Sarah blieb stehen und sah die andere Frau mit amüsiertem Interesse an. »Trish, das ist meine Tochter –«

»Oh, Sie müssen mir Sarah nicht vorstellen – ich kenne sie schon seit Jahren.«

»Sie kennen sie?«

»Ich war ihre Sonntagsschullehrerin, als sie und Jeff neu hier waren.«

Ein leichter Schreck durchfuhr Melanie. »Sie wussten letzte Woche, dass ich Jeffs Mutter bin?«

Trish schien von dieser Frage überrascht zu sein. »Natürlich.«

»Und trotzdem haben Sie sich neben mich gesetzt?«

Trish spannte ihr Kinn an und verzog die Lippen. »Jeff war einer der liebenswürdigsten jungen Männer, die ich je kennengelernt habe. Warum sollte ich nicht neben der Frau sitzen wollen, die ihn zu dem erzogen hat, was er war?«

»Ich dachte, dass alle hier sauer auf mich sind.«

Trishs Augen blitzten auf. Sie beugte sich nach vorne und sprach mit leiser Stimme: »Denken Sie ja nicht, dass das Geschimpfe einiger weniger fehlgeleiteter Menschen den Geist unserer Gemeinde widerspiegelt. Wir haben Jeff geliebt, wir lieben Sarah und wir lieben Sie als Teil ihrer Familie und als ein Kind Gottes.«

Melanie wurde unruhig. Sie war sich nicht sicher, ob sie als Kind Gottes bezeichnet werden konnte, aber sie wollte das nicht anschneiden.

Eine Gruppe von Mädchen im Teenageralter kam kichernd und schwatzend herüber. »Sarah, komm. Wir haben dir einen Platz frei gehalten – oh, hallo, Mrs Johnston.«

Sarah sah ihre Freundinnen an und zögerte. »Ich, äh, ich bin heute mit meiner Mutter gekommen.«

Melanie sah, wie ihre Tochter zu der Gruppe Freundinnen blickte und wieder zurück zu ihr. Es war, als hätte sie den Eindruck, dass Melanie ihre Hilfe brauchte und sie sie nicht im Stich lassen konnte. Melanie wollte sie nicht zurückhalten – das hätte all das zerstört, was sie versuchte aufzubauen.

»Schon gut, Sarah. Setz dich ruhig zu deinen Freundinnen. Ich sehe dich nach dem Gottesdienst.«

»O.k., wenn du sicher bist.«

Melanie nickte. »Absolut.«

Sarah bahnte sich mit ihren Freundinnen ihren Weg durch die Menge, sah aber immer wieder über die Schulter zurück, als wollte sie sichergehen, dass Melanie sich nicht in Richtung Auto abseilte. »Ich glaube, wir sollten besser reingehen und uns hinsetzen, damit Sarah sieht, dass ich nicht vorhabe wegzulaufen.«

Trish lachte. »Genau das war gerade auch mein Gedanke.«

Sie gingen hinein und setzten sich wieder in eine der hinteren Reihen. Das »Dreckige Dutzend« ging wieder auf seine Position und die Musik begann. Es fühlte sich beinahe … normal an.

Mehrere Stunden später parkte Melanie auf dem Parkplatz hinter Les Stewarts Büro. Die weißen Wände mit den Stuckarbeiten und das rote Ziegeldach seines Bürogebäudes zierten die State Street seit fast einem Jahrhundert. Les hatte ein paar Räume im ersten Stock.

Als sie die Treppe hinaufstieg, gingen ihr Fragen durch den Kopf, hallten wider und stießen aneinander. Es war zu viel. Zu viel zum Nachdenken, zu viel zu begreifen.

Sie betrat sein Büro und sah ihn auf seinem kleinen Balkon mit dem Handy telefonieren. Sie setzte sich in einen der Ohrensessel gegenüber dem großen Mahagonischreibtisch, der etwa die Hälfte des Büros einnahm. An einer Wand stand ein Bücherregal, das überquoll von gebundenen Gesetzesbüchern und dicken Akten. Ansonsten deutete nichts darauf hin, dass hier jemand arbeitete. Nichts an der Wand. Keine Bilder auf dem Schreibtisch. Nichts.

Er winkte ihr zu, klappte sein Handy zu und kam herein. »Verzeihung. O.k., was liegt heute an?« Er griff in seine Schreibtischschublade und entnahm ihr einen linierten Schreibblock und einen Füller. »Oh, ja. Der Termin wegen des Antrags auf Klageabweisung nächste Woche.«

Irgendwie wollte sie nicht so abrupt über das Geschäftliche reden. Sie war noch nicht bereit. Vielleicht zuerst ein bisschen Small Talk. »Warum haben Sie dieses Büro?«

Er sah auf, seine Augen blickten verwirrt. »Entschuldigung, was?«

»Dieses Büro. Ich meine, ich bin Ihr einziger Klient. Sie haben keinerlei Schilder angebracht, um jemanden wissen zu lassen, dass Sie hier arbeiten. Warum arbeiten Sie denn nicht einfach von zu Hause aus?«

Er presste seine Lippen zu einer schmalen Linie zusammen, doch die Enden bogen sich nach oben wie gegen seinen Willen. Er lehnte sich im Stuhl zurück und legte seinen Füller auf dem Schreibtisch ab. »Ihnen entgeht wohl kaum etwas, was?«

»Die Frage drängt sich doch auf.«

Er rieb sein Kinn und ließ zu, dass das Grinsen sich über sein ganzes Gesicht zog. »Ich weiß, dass sie Ehrlichkeit schätzen. Also gut, dann soll es so sein. Ich erinnere mich noch lebhaft an meinen ersten Besuch bei Ihnen zu Hause. Ihre Reaktion; Sarahs Reaktion.«

»Sie haben wohl ein großes Anwesen in Montecito, was?«

»Für Montecito nicht groß, aber ich dachte, das hier gefällt Ihnen besser.«

Melanie beugte sich nach vorne. »Sie müssen mich für eine Idiotin halten.«

Er schüttelte den Kopf und versuchte es mit einem schmeichlerischen Lächeln. »Ich weiß, dass es vielen Menschen missfällt, wenn man Reichtum zur Schau stellt. Ich möchte da gerne sensibel sein.«

»Nein, Sie verstehen nicht. Sie müssen wohl denken, dass ich ein Dummkopf bin, wenn Sie denken, dass ich keine Ahnung davon habe, wie viel ein Büro wie dieses an Miete kostet, auch wenn es klein ist. Es geht auf die State Street und hat einen Balkon. Meinen Sie, das wäre ein Unterschied zu Montecito?«

Er lachte laut heraus. »Ich gebe auf. Von jetzt an werde ich alles offen auf den Tisch legen. Abgemacht?«

Sie blickte ihm gerade in die Augen und antwortete nicht.

Er hielt ihrem Blick fast eine Minute lang stand, senkte ihn dann und griff nach seinem Füller. »Sie sehen gut aus. Hatten Sie heute Morgen eine Verabredung zum Frühstück?« Sein Versuch, es mit Humor zu probieren, ging so daneben wie der Rest der Fassade, die er aufzubauen versuchte.

»Nicht, dass Sie das irgendwie zu interessieren hätte, aber meine Verabredung betraf niemanden außer mir und eine Gemeinde.«

Er lächelte und schüttelte den Kopf. »Wunderbar. Das wird sich vor einer Jury gut machen.«

Melanie verkniff sich eine Antwort. Der Mann tat seinen Job. »Was hatten Sie wegen des Termins gesagt?«

»Richtig. Er ist diesen Donnerstag – Sie müssen aber nicht anwesend sein. Ich rechne damit, dass die Klage zugelassen wird und von da aus können wir dann weitermachen. Ich habe 20 Tage Zeit, um die Klage noch zu erweitern.«

»Das kann sich ja ewig ziehen.«

»Ich werde die Klage sehr viel früher einreichen.«

»Und dann?«

»Warten wir auf deren Antwort. Danach sollten die Dinge vorangehen.«

Andie blickte auf den Berg an Einkaufstüten zu ihren Füßen. Sie schüttelte den Kopf und wandte sich Christi zu. »Danke, dass du mitgekommen bist. Ich hätte das niemals alleine tragen können.«

Christi lachte laut. »Machst du Witze? Eine Gelegenheit, von meinen Schwiegerleuten wegzukommen und zu Saks zu gehen? Die Art Besorgung gefällt mir. Scott hat an mir herumgenörgelt, weil ich schon wieder Geld ausgebe, aber als ich ihm erzählt habe, warum wir gehen, konnte selbst Mr Superanwalt keine Gegenargumente mehr aufbringen.«

Andie lachte, während sie eine der Einkaufstaschen unter ihren rechten Arm klemmte und zwei weitere in die Hand nahm. Christi tat es ihr gleich und als sie zur Tür hinausgingen, flüsterte sie: »Ich hoffe trotzdem, dass er nicht gerade jetzt die State Street entlangfährt. Er würde einen Herzinfarkt bekommen, wenn er mich mit diesen Tüten sehen würde.«

»Warum? Es gehört dir doch nichts davon.«

»Bis er sich daran erinnerte, würde er schon an ein Beatmungsgerät im Cottage Hospital angeschlossen sein und es würde nichts mit unserem Frühjahrstrip nach New York.«

»Ganz ehrlich, Christi.«

»Was?«

»Wie du das gesagt hast. Es hat sich so angehört, als würdest du dich mehr um deine New-York-Reise sorgen als um Scotts Leben.« Andie zog sie nur auf, aber es steckte mehr als nur ein Körnchen Wahrheit in ihren Worten.

Christi tauschte die Taschen in ihren Händen. »Hab doch gesagt, dass ich hoffe, dass er nicht gerade jetzt hier entlangfährt, oder?«

»Ja.«

»Siehste, ich hab zuerst an ihn gedacht.«

Andie lachte. Es fühlte sich wirklich gut an, auch wenn sie wusste, dass sie sich später deswegen schuldig fühlen würde. Aber es machte Spaß, Christi aufzuziehen, und außerdem hatte sie heute etwas Wichtiges geleistet. Die Taschen, die sie trug, steckten voller gespendeter Waren im Wert von mehr als 1 000 Dollar. Sie würden morgen beim Mittagessen und der stillen Auktion für das Krebszentrum viel Geld einbringen.

Sie konnte hinter den Kulissen tätig sein und dennoch etwas bewirken. Die Schwierigkeiten wegen des Jahrmarkts standen immer noch im Raum, aber sie würden sie nicht davon abhalten, andere Dinge zu tun. Und es war unmöglich, einen so schönen und herrlichen Tag wie diesen nicht zu mögen. Andie schlenkerte ihre Einkäufe ein wenig und sah sich um. Das Leben schlich sich manchmal an sie heran, um sie zu erinnern, dass nicht alles Elend war.

Sie blieb stehen.

Dort, auf der anderen Straßenseite. Eine Frau stand im Türrahmen eines Bürogebäudes. Sie blieb stocksteif stehen und starrte Andie an.

Es dauerte nur den Bruchteil einer Sekunde, bis Andie erkannte, wer das war. Sie schnappte nach Luft und ging nicht weiter. Sie zwang ihre Füße, sich zu bewegen, ihre Augen, woanders hinzuschauen, aber sie wollten ihr nicht gehorchen. Selbst der Wind schien stärker zu blasen, als wollte er sie vorwärtsdrängen, weg von hier.

»Kommst du oder was?«

Andie konnte nicht antworten und erst recht nicht auf Christis Frage reagieren. Sie konnte nichts anderes tun, als über die Straße dem Hass in die Augen zu sehen, der der Frau ins Gesicht geschrieben stand.

»Das ist sie, oder?« Christis Stimme war voll Verachtung.

Die Taschen in Andies Händen wurden langsam so schwer wie Steine. Sie wurde sich bewusst, wie das wohl aussah – als wäre sie unterwegs gewesen und hätte eine gute Zeit beim Einkaufen gehabt. Scham und Schande kamen so schnell wieder wie der Wind, der jetzt nicht mehr sanft, sondern kalt peitschte, und bitterer Schmerz zerriss ihr das Herz. Wie konnte sie Chad so schnell vergessen? Wie konnte man sie lachend auf der Straße ertappen?

Christi handelte in ihrer typisch impulsiven Art. Sie trat an den äußersten Rand des Gehwegs und formte mit den Händen einen Trichter: »Hey, was starren Sie so?« Ihre Stimme hallte die Straße hinunter, prallte an den Gebäuden ab und traf klirrend auf Autos.

Selbst aus dieser Entfernung konnte Andie sehen, wie das Gesicht der Frau rot anlief vor Scham – oder Wut. Melanie Johnston drehte sich um und verschwand um die Ecke des Gebäudes.

Andie atmete erleichtert auf und ging weiter. Erst jetzt bemerkte sie, wie viele Menschen stehen geblieben waren, um die Szene zu begaffen, die Christi gemacht hatte. Sie spürte, wie ihr Gesicht heiß wurde, aber Christi ging einfach weiter. Ihr schienen die Blicke um sie herum nicht aufzufallen.

Sie wandte sich zu Andie um. »Was für ein Feigling. Wie kann sie es wagen, dazustehen und zu versuchen, dich einzuschüchtern? Ist sie dir gefolgt? Irgendetwas muss man mit ihr anstellen.«

13.

Jake brachte sein Motorrad zum Stehen. Er sah sich auf dem Parkplatz um. Keine Spur von Melanies blauem Civic. Gut. Er hatte es geschafft, vor ihr anzukommen.

Er stieß die Tür auf und blieb vor dem Schild stehen, das ihn aufforderte, auf die Empfangsdame zu warten. Es war drei Uhr am Sonntagnachmittag und das Restaurant war praktisch leer. Eine geschlagene Minute später stand Jake immer noch vor dem Schild und fragte sich, ob die Dame sich zu einem Mittagsschläfchen entschlossen hatte.

Eine Tür hinter dem Schalter schwang auf. Eine kleine, müde aussehende Frau erschien. »Verzeihung, hab Sie gar nicht gesehen. Eine Person zum Abendessen?«

»Äh … es werden eigentlich zwei sein. Und nur Kaffee.« Warum hatte er den letzten Satz hinzugefügt? Diese Frau kümmerte es doch nicht, was er bestellen würde.

Sie blickte über seine Schulter auf den Parkplatz und zog eine Augenbraue nach oben: »Ein Blind Date?«

Jake antwortete nicht. Er hatte schon zu viel gesagt.

»Bitte hier entlang.« Sie schnappte sich zwei Speisekarten und führte ihn zur nächsten Nische.

»Wäre es möglich, dass wir ein bisschen weiter hinten sitzen könnten? Wo man ein bisschen mehr Privatsphäre hat?«

Sie nickte, ihre Augen leuchteten wissend.

»Es geht Sie …« fing Jake an. Wut und Ärger stiegen in ihm auf gegen diese Frau, die sich nicht um ihre eigenen Sachen kümmerte, aber er bereute es sofort. Er wünschte sich so sehr, dass die Liebe Christi in seinem Leben deutlich würde, aber er schien immer zu scheitern. Sein Temperament ging mit ihm durch. »Es tut mir leid. Ich wollte nicht ausfällig werden.«

Die Frau zuckte mit den Schultern und führte ihn zu einer Nische in der Ecke. »Ich habe doch nur Spaß gemacht.« Sie legte eine Speisekarte vor ihm auf den Tisch und eine andere auf die gegenüberliegende Seite. »Sie werden gleich bedient.« Sie ging ohne weiteren Kommentar.

Jake konnte von seinem Platz aus aus dem Fenster sehen und sah es sofort, als Melanies verblichener blauer Honda auf den Parkplatz fuhr. Sie blieb einen Augenblick im Auto sitzen, als ob sie sich sammelte. Jake verstand das gut.

Diese ganze Situation war emotional so geladen, dass es ihm ganz angst wurde. Angst, dass sein schnelles Mundwerk sich einschaltete, Angst, dass sie spüren würde, wie er sich idiotischerweise von ihr angezogen fühlte. Vor allem hatte er Angst, er würde etwas so Dummes anstellen, dass sie sich für immer von Gott abwenden würde.

Und wovor hatte sie Angst?

Er sah, wie sie aus dem Auto stieg und hineinging. Die Empfangsdame ging auf sie zu. Ein paar leise Worte wurden gewechselt und schon führte sie sie nach hinten an seinen Tisch. »Hier, bitte schön, meine Liebe. Guten Appetit.« Sie warf ihm einen unmissverständlichen Blick zu und entfernte sich dann.

»Sie werden nicht glauben, was ich heute gesehen habe.« Melanies Gesicht war rot und an die Stelle ihrer üblichen nüchternen Art war eine von Wut gespeiste Erregung getreten, die Jake zuvor noch nie erlebt hatte.

»Was haben Sie …« Bevor er die Frage beenden konnte, erschien die Bedienung an ihrem Tisch.

Melanie wandte ihr Gesicht von der Frau ab. »Kaffee, bitte mit Sahne.«

Jake spürte, dass die Bedienung verärgert war, dass sie für so eine geringfügige Bestellung arbeiten musste, und lächelte. »Dasselbe für mich. Oh, und vielleicht ein Stück Apfelkuchen.«

Die Bedienung nickte zustimmend und schlurfte davon.

Jake wandte seine Aufmerksamkeit wieder Melanie zu. Sie starrte die Wand an, als würde sie gleich dagegenschlagen. »Also, was haben Sie gesehen?«

»Ich war gerade in der Stadt im Büro meines Anwalts. Ich kam aus der Tür und dort auf der anderen Seite der Straße war Andie Phelps und eine andere Frau. Sie waren beide voll beladen mit Taschen von Saks Fifth Avenue und gingen lachend die Straße hinunter. Können Sie sich das vorstellen?«

»Warum nicht?« Tatsächlich spürte Jake, wie Wut in ihm aufstieg, aber er konnte nicht davon ausgehen, dass Melanie dieselben Gedanken hatte. Er wollte es in ihren eigenen Worten hören. »Hat es Sie gestört, dass sie gelacht haben oder dass sie bei Saks einkaufen waren?«

»Nichts davon.« Sie legte beide Hände vor sich auf den Tisch. »Beides.« Sie wandte ihre zornigen Augen Jake zu. »Hat ihr Sohn ihr denn nichts bedeutet? Können Sie glauben, dass sie ausgeht, Geld für einen Haufen teurer Sachen ausgibt, wenn doch ihr Sohn eben erst meinen Jungen umgebracht hat?«

Die Kellnerin stellte geräuschvoll zwei dampfende Tassen auf dem Tisch ab sowie einen Behälter mit kleinen Kaffeesahnedöschen. »Ich bin sofort zurück und bringe Ihnen den Kuchen.«

Jake wartete, bis sie außer Hörweite war. »Manchmal trügt der Schein, Melanie. Das wissen Sie selbst. Ich sehe, wie Sie sich bemühen, tapfer zu erscheinen. Sie tun so, als würde es Ihnen gut gehen – vor allem, wenn Sarah in der Nähe ist.« Er rührte etwas Milch in seinen Kaffee.

»Das mag sein. Aber man trifft mich nicht beim Einkaufsbummel an.«

»Hier ist Ihr Kuchen.« Die Bedienung stellte ihn auf den Tisch, zwinkerte Jake zu und trat den Rückzug in die Küche an.

Jake legte seine Hand auf Melanies. Ihre sanfte Haut fühlte sich schön an auf seiner rauen Handfläche. »Das ist nicht Ihr Lebensstil. Aber urteilen Sie nicht, weil es der ihre ist.«

Sie zog ihre Hand zurück und hinterließ kalte Leere.

Er wollte, dass sie seine Argumentation verstand. »Wenn ich wirklich traurig bin, dann entwerfe ich etwas in meiner Werkstatt. So bin ich dann irgendwie zu beschäftigt, um über das wirkliche Problem nachzudenken. In diesem Fall lebt diese andere Mutter in einer anderen Welt als Sie und ich. Vielleicht ist es eine Art Therapie für sie, einkaufen zu gehen.«

»Wenn sie wenigstens unterwegs wäre, um anderen Menschen zu helfen. Stattdessen verschwendet sie einen Haufen Geld für nichts.«

Jake stimmte dem größtenteils zu, dennoch wollte er seinen Gedankengang weiterführen: »Wenn es eins gibt, was ich über die Jahre hin gelernt habe, dann das, dass ich eine andere Person nicht durch einen Vergleich mit meiner Situation beurteilen kann. Vielleicht wäre es besser, wenn sie ehrenamtlich unterwegs wäre, aber würden Sie nicht auch nach dem schnellsten, einfachsten Weg suchen, um Ihren Schmerz zu lindern?«

Melanie antwortete nicht. Jake nahm einen Schluck von seinem Kaffee.

Sie sah ihn an, ihr Gesicht war nicht mehr ganz so rot. »Sie haben doch gar nicht umgerührt.«

Jake lächelte. »Ich mag ihn geschüttelt, nicht gerührt.«

Sie lachte. »Sie haben in Ihrem Leben zu viele James-Bond-Filme gesehen.«

»Vielleicht.« Er atmete tief ein, um sich zu fassen. »Ich habe Sie heute Morgen in der Kirche gesehen.«

Ihre Augen weiteten sich ein wenig, sodass die kupferfarbenen Funken im Braun ihrer Iris noch verstärkt wurden. »Wirklich? Ich habe Sie nicht gesehen.«

»Das lag daran, dass Sie die ganze Zeit von Menschen umringt waren. Wie fanden Sie es?«

»Es war … interessant.«

»Ich finde, Sie waren sehr tapfer, ein zweites Mal wiederzukommen.«

»Ich muss sagen, dass ich positiv überrascht war.«

»Ich werde Ihnen nicht erzählen, dass Sie in unserer Gemeinde niemals ein liebloses Wort hören werden, denn das stimmt nicht. Wir sind alle Menschen und voller Fehler. Aber ich kann Ihnen sagen, dass jeder dort weiß, dass Sie leiden. Sie würden alle gerne etwas tun, um Ihnen zu helfen.«

Sie trank von ihrem Kaffee und machte ein beinahe unbewegliches Gesicht.

Es war an der Zeit, sich einem leichteren Thema zuzuwenden. »Können Sie mir noch mal sagen, warum wir uns hier getroffen haben und nicht in einem echten Coffeeshop?«

»Weil ich keine vier Dollars für einen Schluck Kaffee ausgeben werde, egal, wie gut er schmeckt, und ich möchte nicht im selben Raum sitzen mit Leuten, die das tun.«

Er mochte diese Seite an ihr. »Für Angeberei haben Sie nicht viel Geduld, nicht wahr?«

»Absolut. Wissen Sie was, dieser Kuchen sieht ganz schön lecker aus.« Sie wollte gerade ihre Hand heben, um die Bedienung zu rufen, aber Jake hielt sie ab und teilte sein Stück, das er noch kaum angerührt hatte, in der Mitte.

»Sie sind eingeladen.«

Melanie warf ihm einen Blick zu, den er nicht interpretieren konnte – Misstrauen, Dankbarkeit, Erschöpfung, alles schien darin vermischt zu sein –, bevor sie sich einen Bissen davon nahm.

Sie aßen schweigsam den Kuchen und Jake dachte, dass es für sie sehr ermüdend sein musste. Nicht nur die Trauer, sondern auch die Wut. Er erinnerte sich daran, wie das gewesen war. Wenn man einen schweren Kampf hinter sich hatte, hatte man das Gefühl, tagelang schlafen zu können.

Nach etwa fünf weiteren Minuten knüllte Melanie ihre Serviette zusammen und stand auf. »Danke für den Kaffee, Jake.«

»Immer wieder gerne. Ich begleite Sie noch zu Ihrem Auto.«

Sie verließ schnell den Tisch und Jake wusste, dass sie weg sein würde, wenn er jetzt auf das Wechselgeld warten würde. Er wartete also, bis sie ihm den Rücken zuwandte und legte dann einen Zehn-Dollar-Schein auf den Tisch. Er gab acht, dass sie es nicht sah. Sie sollte nicht mitbekommen, dass er gerade vier Dollar für eine Tasse einfachen Kaffee bezahlt hatte.

Sie stand draußen und hielt ihr Gesicht in die Sonne. Als sie ihn hörte, zeigte sie auf das Motorrad, das er für die Fahrt genommen hatte. »Gehört das Ihnen?«

»Einem Kunden. Ich kann mir meine eigenen Werke nicht leisten.«

Ihre Augen ruhten auf dem Motorrad in einer Art und Weise, die Jake verriet, dass sie schon einmal Motorrad gefahren war. »Also«, sagte er, »möchten Sie erleben, wie die oberen Zehntausend fahren?«

Am Sonntagabend stand Christi Baur an der Auffahrt und winkte ihren abfahrenden Gästen hinterher. Sie sah zu, bis das Auto außer Sicht war, dann drehte sie sich zu Scott um. »Es war schön, deinen Bruder und seine Familie wiederzusehen.«

Sie musste den Rest des Gedankens nicht aussprechen, aber sie wusste, dass er ihn verstand. Es war noch schöner, sie wieder gehen zu sehen. Sie liebte sie sehr, aber sie – und diese Kinder! – waren das reinste Chaos. Man konnte einem 18 Monate alten Kind beibringen zu trinken, ohne zu verschütten, und zu essen, ohne Kekse in den persischen Teppich zu drücken. Christi wusste das. Sie hatte es selbst geschafft. Dreimal.

Scott ging in Richtung Haus. »Ich muss jetzt wirklich rein und eine Zeit lang ins Büro.«

»Am Sonntagabend? Hilfst du Sam?«

»Christi, du weißt, wie wichtig es ist, dass ich nicht zu sehr in diesen Fall verwickelt bin. Blair Phelps ist seit Jahren ein guter Freund von mir und Mitglied derselben Klubs. Ich tue alles, was in meiner Macht steht, um zu helfen, aber ich kann mich nicht einmischen.«

Christi verschränkte die Arme vor der Brust, als ihr Ehemann davonging. »Nun, Andie Phelps ist seit Jahren eine gute Freundin von mir und Mitglied derselben Klubs – und ich *muss* mich einmischen. Dafür sind Freunde doch da.«

Scott ließ die Hintertür offen. Christi ging zornig hindurch. Die

Wiederherstellung des Hauses würde Tage brauchen. Das Telefon klingelte, aber es konnte jemand anders abnehmen.

Kelly steckte ihren Kopf in die Küche: »Mama, ein Anruf für dich. Burridge oder so ähnlich.«

Christi lächelte ihre 16-jährige Tochter an und war froh darüber, dass wenigstens etwas heute Abend gut lief. Sie griff nach dem Küchentelefon. »Legst du bei dir den Hörer bitte auf, Kel?«

Scott erschien in der Tür und funkelte sie zornig an.

Sie ignorierte ihn. »Hallo?« Die Neuigkeiten, die sie dann hörte, waren eine reine Freude. Sie legte das Telefon auf der Arbeitsfläche ab und eilte zum nächsten Computer.

»Christi, warum ruft dich ein Privatdetektiv an?« Seine Stimme in ihrem Rücken erschreckte sie. Sie hatte nicht gehört, dass er ihr ins Wohnzimmer gefolgt war.

»Hab dir doch gesagt, dass Andie meine Freundin ist. Ich tu, was ich kann, um ihr zu helfen.«

»Du steckst hinter dieser anderen Geschichte, stimmt's? Du und dein Detektiv.«

Christi zuckte die Schultern, konnte sich aber ein zufriedenes Lächeln nicht verkneifen. »Vielleicht.«

»Lass doch ihre Anwälte sich darum kümmern.«

»Anwälte beschäftigen sich mit dem Gesetz und mit Gerichtsverfahren; ich beschäftige mich damit, Andie zu schützen. Wenn es hierzu einiger Ermittlungen meinerseits bedarf, dann werde ich diese einleiten.«

Sie öffnete Outlook und ging die Liste mit den E-Mails durch.

Da.

Sie doppelklickte auf den Anhang. Auf dem Bildschirm schimmerte das Versprechen neuer Hoffnung. Sie hätte nicht glücklicher sein können.

Scott beugte sich über ihre Schultern, starrte erst den Bildschirm und dann Christi an. »Ich hoffe, dass du nicht planst, was ich denke, dass du planst.«

»Die Vertreter der öffentlichen Meinung in Santa Barbara sollen alle wissen, was für eine Art Frau diese Mrs Melanie Johnston wirklich ist. Definitiv nicht die trauernde, arme Mutter, wie sie es allen glauben macht.« Sie lächelte. »Was für ein Motorrad.«

»Diese Bilder beweisen gar nichts und können sehr wohl eine Klage wegen Beleidigung nach sich ziehen, wenn du sie deinem Freund bei der Zeitung schickst.«

Christi lehnte sich zurück und lächelte ihren Mann süßlich an. »Natürlich bringe ich sie nicht meinem Freund bei der Zeitung. Mr Burridge schickt sie per E-Mail – selbstverständlich anonym. Ich stehe damit in keiner Weise in Verbindung.«

»Christi, du kämpfst mit unlauteren Mitteln.«

»Diese Frau hat damit angefangen. Ich stelle nur sicher, dass sie das bekommt, was sie verdient hat.«

»Du machst einen Fehler. Aber bis du das merkst, wirst du jeden auf deinem Weg zerstört haben.« Scott stürmte aus dem Zimmer.

»Dann bleib mir aus dem Weg!«

Scott knallte die Tür zu. Kurz darauf quietschten die Reifen seines Autos in der Auffahrt. Gute Fahrt!

Jetzt zurück zu den dringlichen Problemen. Wo hatte sie die alte Zahnbürste hingetan? Es war an der Zeit, sämtliche Erinnerungen an ihre Gäste wegzuschrubben.

14.

Der Montagmorgen dämmerte dunkel und regnerisch. Das Wetter passte.

Jake betrachtete die Bilder an seiner Bürowand. Bildete er es sich nur ein oder blickten ihn Jeffs Augen vorwurfsvoll an? Er trat näher an die Wand. »Es tut mir wirklich leid. Ich wollte ihr helfen, für sie da sein. Jetzt hab ich es nur schlimmer gemacht.«

Er konnte immer noch Jeffs Stimme hören, die wiederholte, was sie über die Jahre hin immer wieder wiederholt hatte: »Bitte betet weiter für meine Mutter. Sie braucht wirklich die Liebe von Jesus. Betet, dass sie sie in meinem Leben sieht.«

Jake schlich zurück zu seinem Stuhl und sah dann zur Decke. »Warum, Gott? Es war doch überhaupt nichts dabei. Warum hast du zugelassen, dass es so furchtbar verdreht wurde?«

Nun, er musste sie anrufen, bevor sie zur Arbeit ging. Am besten gleich. Er nahm das Telefon in die Hand und tippte ihre Nummer ein. Würde sie mit ihm sprechen? Sofort auflegen?

Melanie nahm nach dem dritten Klingeln ab.

»Hallo, ich bin's, Jake.«

»Na, wenn das nicht der ›geheimnisvolle Verehrer‹ ist.«

»Ich hab mich ganz schlecht gefühlt, als ich das heute in der Zeitung gelesen habe.« Er sah sich den beleidigenden Artikel noch einmal an. Das Foto zeigte Melanie, wie sie neben ihm stand und das neue handgefertigte Motorrad anschaute. Eine Kneipe war im Hintergrund sichtbar. Die Überschrift lautete: »Treibt sie sich immer noch auf Partys herum?«

Fünf volle Sekunden gab sie ihm keine Antwort. »Es ist nicht Ihre Schuld.«

»Ich weiß, aber ich habe es wirklich genossen, so mit Ihnen zu reden. Ich hatte ein gutes Gefühl, dass Sie mir gegenüber so offen waren. Ich dachte, ich würde Ihnen ein klein wenig helfen.«

Stille. Jake hörte ein Seufzen am anderen Ende der Leitung. »Sie haben mir geholfen.« Hörte sich ihre Stimme belegt an oder lag das an der Leitung?

Eine unangenehme Stille machte sich breit. Jake wollte so viele Dinge sagen, so viele Fragen stellen, aber keine schien ihm passend. Er wusste, dass er sie nicht drängen konnte. Sie konnte schneller Mauern um sich herum aufbauen, als er sie erklimmen konnte.

»Ich muss los.«

Die Leitung war tot, bevor Jake antworten konnte. Er starrte den Hörer in seiner Hand an und schüttelte den Kopf. Und jetzt?

Er legte den Telefonhörer wieder auf und verschränkte die Hände hinter dem Kopf. Jeff würde doch wollen, dass er alles tat, was in seiner Macht stand, um ihr zu helfen, oder? Die Tatsache, dass sie eine verletzliche Frau war, die Hilfe benötigte, machte ihm Sorgen. Eine verletzliche Frau und ein einsamer Mann waren oft eine schlechte Kombination. Er musste vorsichtig sein.

Einsamer Mann? Wo war dieser Gedanke hergekommen? Er war nicht einsam. Oder doch? Für einen kurzen Augenblick versuchte er sich selbst zu überzeugen, dass er es nicht war, aber seine Argumente waren nicht haltbar. Er *war* einsam und Melanie *war* faszinierend. Aber er konnte es sich selbst nicht erlauben, darüber nachzudenken.

Aber zurück zu den drängenden Problemen: Was konnte er tun, um ihr zu helfen? Die Zeitungsartikel stellten sicher, dass ihr kein Stückchen Würde mehr blieb.

Dann erinnerte er sich an den Jugendlichen, der die Jugendgruppe vor drei, vier Jahren besucht hatte. Wie war sein Name? Er fing mit einem R an. Warte – vielleicht Robert? Nein. Randy. Randy Peterson. Das war es.

Sein Vater war Reporter für die Zeitung gewesen. Randy war zurückgegangen ans College an die Ostküste, aber Jake war sich ziemlich sicher, dass seine Eltern immer noch in die Gemeinde gingen.

Er blätterte das Telefonbuch durch, bis er die Nummer der »News Press« gefunden hatte. »Ich würde bitte gerne mit John Peterson sprechen.«

Am Freitagmorgen ging Melanie früh zur Arbeit. Sie empfand eine neue Zufriedenheit, seit Les ihr gestern die guten Nachrichten hatte zukommen lassen, dass ihre Klage zugelassen worden war. Endlich kam die Sache ins Rollen. Sie platzierte ein Sonderangebotsschild vor die Haferflocken und ging dann in Richtung der Müslimischungen.

»Melanie, könnte ich Sie bitte im Büro sprechen?« Mr Mortensen stand hinter ihr, seine Augen mieden ihren Blick.

»Sicher.« Sie sammelte die restlichen Schilder ein und folgte ihm den Gang mit den Zerealien entlang. Was für eine schlechte Nachricht erwartete sie jetzt? Was auch immer es war, sie konnte es verkraften. Die Klage nahm ihren Gang und nichts würde sie unterkriegen.

Er ging hinter seinen Schreibtisch, aber anstatt sich zu setzen, beugte er sich vor und stützte sich mit den Händen ab. »Melanie, es gibt ein paar Probleme, die durch diese Sache entstanden sind, das wissen Sie.«

Er seufzte tief und ließ sich in seinen Sessel fallen. Mit seiner linken Hand bedeutete er ihr, es ihm gleichzutun. »Ich habe Sie hierhergebeten, um Ihnen die Wahl zu lassen.«

»Die Wahl?«

»Ich bin sicher, dass Sie sich an unser letztes Mitarbeitertreffen erinnern, als wir besprochen haben, dass Kündigungen möglich werden könnten.«

Ihre Kehle fühlte sich kratzig an. »Ja.«

»Ich habe gestern Abend einen Anruf aus der Zentrale erhalten. Sie möchten, dass die finanziellen Verluste dieses Ladens aufhören. Sofort.«

Sofort? »Welche Wahl?«

»Ich kann entweder acht Leute mit Wirkung zum Montag entlassen oder Sie lassen sich in unser Geschäft in Thousand Oaks versetzen.« Sein Gesicht war blass geworden. Melanie wusste, dass er hasste, das tun zu müssen. Doch auch wenn er es verabscheute – es wurde nicht richtiger.

»Thousand Oaks? Das ist doch über eine Stunde von Santa Barbara entfernt, im Berufsverkehr braucht man sogar noch länger.«

»Es ist der einzige Laden in der Nähe, der gerade eine offene Stelle für Ihre Postition hat. Die Stelle ist Ihnen sicher und würde für Sie eine kleine Gehaltserhöhung bedeuten, um einen gewissen Ausgleich für die Umzugskosten zu schaffen.«

»Ich kann nicht umziehen. Das steht für mich nicht zur Disposition.«

Herr Mortensen sah sie an. »Warum nicht? Thousand Oaks ist eine nette Gemeinde.«

»Das werde ich Sarah nicht antun. Sie hat ihre Freunde hier.« Und sie konnte nicht einmal daran denken, Jeff zu verlassen.

»Ich verstehe. Nun, Sie haben das Wochenende über Zeit, um zu entscheiden, ob Sie pendeln möchten. Wenn Sie sich entscheiden zu bleiben, dann muss ich die Abteilungsleiter anrufen und ihnen sagen, dass sie die Kündigungsschreiben vorbereiten müssen.«

Melanie stand auf. »Dieser junge Mann hat mir meinen Sohn genommen und jetzt versucht seine Familie auch mich loszuwerden. Ich zahle einen Preis für mein Handeln und ich bin gewillt, weiterzuzahlen, bis ich Gerechtigkeit habe. Ich kann aber nicht akzeptieren, dass andere auch bezahlen müssen. Das hat Jeff bereits getan. Ich nehme die Versetzung an.«

Herr Mortensen nickte ernst. »Ich wünschte, ich könnte etwas tun, um das zu ändern. Sie waren eine großartige Angestellte. Eine gute Führungskraft.«

Melanie nickte und verließ das Büro. Mühsam schluckte sie die Tränen hinunter.

Joe Server verstaute gerade seine Sachen im Schließfach, als sie durch das Hinterzimmer ging. »Hey, Melanie, wo gehst du hin?«

»Ich habe gerade erfahren, dass ich heute frei habe.«

Das Kratzen des Füllers auf Papier war das einzige Geräusch auf dem Friedhof. Selbst der Wind schwieg heute – die Natur zeigte ihre Achtung dem schweren Verlust gegenüber.

Erinnerst du dich daran, als du die Mandeln rausbekommen hast? Sie machte eine Pause, sehnte sich nach der Antwort, die niemals folgen würde. *Du hattest Angst davor, betäubt zu werden. Erinnerst du dich?* Sie konnte noch immer den festen Griff seiner Hand in der ihren spüren. *Ich habe dir versprochen, dass ich nicht gehen würde. Ich habe dir versprochen, dass ich dich nie allein lasse. Erinnerst du dich?*

Sie blickte über den Rasen auf die Leere, die sie umgab. *Ich halte meine Versprechen.*

Sie steckte die Kappe auf den Füller. »So, ich denke, jetzt habe ich genug geschrieben für einen Tag, meinst du nicht auch, Jeff?« Sie starrte auf den stummen Boden, in dem die Umrisse des Grabs nicht mehr erkennbar waren. »Ich schreibe jeden Tag fast dasselbe. Mein Sohn ist tot. Ich kann ihn nicht trösten …« Sie schwieg, bevor alles aus ihrem Herzen hervorbrach – *es ist zu viel, ich kann es nicht ertragen.*

Sie sprach mit Jeff nie über ihre eigene Trauer. Eine Mutter hält ihren eigenen Schmerz vor ihren Kindern verborgen. Sie brauchen ihre Stärke.

Das laute Brummen eines Motors drang aus der Ferne zu ihr und kam näher. Es wurde so laut, dass Melanie über die Schulter sah.

Jake rollte im Leerlauf durch den Friedhof und parkte neben ihrem Auto. Er sah zu ihr, grüßte mit einem Nicken, nahm seinen Helm ab und blieb auf seinem Motorrad sitzen.

»Bis morgen, Jeff.« Sie erhob sich und faltete ihre kleine Decke zusammen.

Jake hielt seinen Kopf diskret abgewandt, bis sie sich näherte. Er nickte erneut mit ernstem Gesicht. »Hallo.«

Sie lud die Decke in den Kofferraum ihres Autos. »Sind Sie hergekommen, um Jeff zu besuchen?«

»Äh, um ehrlich zu sein, bin ich wegen Ihnen hier. Sarah hat mir gesagt, dass ich Sie hier finde. Sie meinte, äh … Sie kommen oft hierher. Sie macht sich deswegen Sorgen.«

Melanie lehnte sich an die Motorhaube ihres Autos. »Kein Grund zur Sorge.« Sie sah ihm geradewegs ins Gesicht. Das ging ihn nichts an. »Warum sind Sie hier?«

Er sah auf seine Hände. »Es war dumm, verzeihen Sie mir. Ich wollte mit Ihnen über etwas sprechen, aber ich hätte wissen sollen, dass das hier nicht der richtige Ort dafür ist.« Er sah in Richtung des Grabsteins, dann hinunter auf seine Füße. Die Spitze seines Stiefels zeichnete knirschend einen Bogen in den Kies und wieder zurück. Zitterte sein Kinn? »Er war so ein toller Junge.«

Sie wischte sich ein Auge mit dem Handrücken. »Ja, das war er.« Sie wollte jetzt nicht weinen; Jeff war noch zu nahe. »Was haben Sie mir zu sagen?«

Er atmete tief ein und starrte auf die Motorhaube. »Ich muss Ihnen etwas erzählen.«

»Schön, dann erzählen Sie es mir doch.«

»Sie erinnern sich an die Bilder von uns in der Zeitung?« Er sah sie an, dann schnell weg. »Ich meine, natürlich erinnern Sie sich, aber ich habe einen Freund, der Reporter ist. Ich habe ihn angerufen und er hat mich heute Nachmittag interviewt. Die Geschichte steht morgen in der Zeitung.«

Irgendetwas verschwieg er. Und das war nicht gut. »Was haben Sie ihm erzählt?«

»Nichts Schlimmes – verstehen Sie mich nicht falsch.« Jake kickte einen Kiesel weg und sah nicht auf. »Ich habe ihm erzählt, wer ich bin, dass ich Jeffs Mentor in der Gemeinde bin. Hab ihm erzählt, dass Sie und ich in dem kleinen Café Kaffee trinken waren und dass ich Ihnen auf dem Rückweg mein Motorrad gezeigt habe. Hab ihm erzählt, dass die Kneipe direkt neben dem Café war und dass die Bildunterschrift absolut unzutreffend war.«

»Er schreibt also eine Geschichte, die besagt, dass ich nicht wirklich mitten am Tag mit einem geheimnisvollen Motorradfahrer lärmend um die Häuser gezogen bin? Es ist vielleicht zu spät für eine Schadensbegrenzung, aber es kann nicht schaden.«

»Ja, das wird er schreiben. Aber … noch etwas anderes.«

»Was denn noch?«

»Ich weiß nicht, warum das so schwer ist.« Er fuhr sich mit der Zunge über die Lippen. »Irgendwie habe ich das Gefühl, dass der Rest der Geschichte Sie vielleicht traurig macht und ich möchte nicht, dass Sie das erst morgen in der Zeitung mitbekommen.«

»Was mitbekommen?«

»Sie werden ein Bild von Blair Phelps und mir abdrucken, wie wir uns die Hände schütteln.«

»Die Hände schütteln?« Es schoss heiß durch Melanies Venen. »Die Hände schütteln? Mit diesem … diesem Mörder?«

»Ich habe letztes Jahr für Blair Phelps Firma ein Motorrad entworfen und gebaut. Das Bild ist wichtig, weil es zeigt, dass ich Verbindungen zu beiden Familien habe und doch hinter Ihnen stehe. Es zeigt, dass ich nicht nur irgendein wilder ›geheimnisvoller‹ Verehrer bin, der Ihnen hilft, Ihre Spuren zu verwischen.«

»Sie wollen mir wirklich sagen, dass diese andere Familie Ihr Gehalt bezahlt?«

»Letztes Jahr, ja.«

»Das ist doch ironisch – dieselbe Familie, die mich gerade den Job gekostet hat, unterstützt Sie finanziell. Ich schätze, wir beide wissen, welches Licht das jetzt auf Sie wirft, nicht wahr?« Sie riss die Autotür auf. Ihr Schlüssel hing fest und wollte nicht ins Zündschloss passen.

»Melanie, bitte. Sprechen Sie mit mir.« Sein Gesicht war nur wenige Zentimeter von ihrem Fenster entfernt.

Der Schlüssel glitt ins Schloss. Sie drehte ihn um, legte den Gang ein und schob ihren Fuß aufs Gaspedal, ohne zu zeigen, dass sie ihn gehört hatte.

15.

»Sarah, du packst meinen Arm so fest, als ob du Angst hättest, ich drehe um und renne weg«, sagte Melanie halb im Scherz, während sie über den Parkplatz gingen. In der Tat war Sarahs Griff so fest, dass es wehtat.

»Vielleicht habe ich tatsächlich Angst davor. Schon mal daran gedacht?« Sarahs Griff lockerte sich ein wenig, aber sie ließ sie nicht los.

Eine Gruppe von Mädchen im Teenageralter stand eng zusammen an der Eingangstür. »Ich sehe deine Freundinnen da vorne. Du kannst zu ihnen gehen, wenn du willst.«

Sarah sah zu der Gruppe, ließ aber den Arm ihrer Mutter nicht los. »Ist schon okay.«

Melanie blieb stehen und drehte sich zu ihrer Tochter um. »Sarah, was ist los? Hast du Streit mit Beth?«

»Sarah, hier bin ich!« Beths Stimme aus der dicht gedrängten Menge junger Mädchen beantwortete Melanies Frage. Sarah streckte ihre Hand als Antwort hoch, blieb jedoch an der Seite ihrer Mutter.

»Es ist nur so, wir haben diese Woche so viel gestritten und ich habe Angst, dass du meinetwegen Gott für immer den Rücken zukehrst.«

Welche Antwort Melanie auch immer erwartet hatte – nicht diese. »Dass ich was tue?«

»Du weißt doch, ich bin so eigentlich der einzige Zeuge in deinem Leben und ich hab meine Sache wirklich schlecht gemacht und ich weiß, dass du nur zur Kirche kommst wegen der Sache mit dem Missionseinsatz, dass du versuchst, dass mich alle in Ruhe lassen und sich auf dich stürzen. Und jetzt wirst du Gott gar nicht richtig kennenlernen, weil ich ihn dir nicht zeige, wie er ist.« Sie sprudelte die Sätze in einem einzigen, schmerzvollen Atemzug aus.

»Wie kommst du überhaupt darauf, dass es deine Aufgabe ist, mir Gott zu zeigen?«

»Das hat Jeff immer gesagt.«

»Jeff?« Melanies Rippen fühlten sich auf einmal eng an.

»Ja. Er hat immer gesagt, dass es an mir und ihm liegt, dir zu zeigen, wie Gott wirklich ist, weil du in deinem Leben bisher nicht viel vom wahren christlichen Glauben gesehen hast. Er hat gesagt, dass wir dafür verantwortlich sind. Jetzt ist er nicht mehr da und jetzt liegt es nur an mir und ich kann das nicht so gut, wie er es konnte.«

»Ach, Süße.« Melanie schlang ihre Arme um Sarahs Schultern, während sie gegen das Brennen in ihren Augen anblinzelte. »Du machst das ganz toll. Es ist meine Schuld, dass alles so falsch läuft. Ich bin –«

»Melanie, Sie sind wieder da. Ich freu mich so, Sie zu sehen. Und, Sarah, wie toll du heute wieder aussiehst.« Trish tauchte neben Melanie auf und drückte ihren Arm.

»Sarah, kommst du?« Die Gruppe junger Mädchen stand wartend in der Nähe der Tür.

Melanie machte eine Kopfbewegung in Richtung der Gruppe. »Geh schon. Wir reden später weiter.«

Sarah nickte und schlurfte zu den Mädchen. Sie sah nervös über die Schulter, als sie bei der Gruppe angekommen war. Melanie winkte ihr ermutigend zu.

Trish nahm sie am Arm und ging in Richtung Gebäude. »Ich hoffe, Sie haben keine Pläne für nach dem Gottesdienst, weil ich eine Überraschung für Sie habe.«

»Eine Überraschung?«

»Ich verrate nichts. Einfach abwarten, Sie werden es schon sehen.«

Melanie hielt den ganzen Gottesdienst durch, aber sie war abgelenkt und hatte Schwierigkeiten, sich zu konzentrieren. Sie war sich bisher der Last nicht bewusst gewesen, die sich Sarah selbst aufgeladen hatte aus Sorge um das geistliche Wohlergehen ihrer Mutter. Sie musste etwas unternehmen, um ihrer Tochter diese Bürde zu nehmen – sie hatte ohnehin genug zu tragen.

Ihr fiel nur eine Möglichkeit ein: den Kontakt zur Gemeinde weiter ausbauen und die Bibel lesen. Sie war sich allerdings nicht sicher, ob sie dazu bereit war. Als das »Dreckige Dutzend« für das Abschlusslied nach vorne kam, war Melanie erleichtert, von ihren eigenen Gedanken abgelenkt zu werden.

»Sie scheinen heute ein bisschen unruhig zu sein. Sie haben wohl über die Überraschung nachgedacht?« Trish erhob sich lächelnd und wartete.

»Die Überraschung, ja.« Melanie blickte über die Menge und versuchte einen Blick auf das blonde Haar ihrer hochgewachsenen Tochter zu erhaschen.

»Wir gehen Mittagessen.«

»Oh, ich glaube, ich kann nicht. Sarah und ich sind zusammen hergefahren und –«

»Sie kommt auch mit. Das ist die Überraschung. Ein paar Frauen und ich haben eine Johnston-Unterstützergruppe auf die Beine gestellt. Wir wollen uns um Sarah und Sie kümmern, weil wir wissen, dass Sie eine schwere Zeit haben. Und weil wir wissen, dass Dinge gesagt oder getan wurden, die alles für Sie noch schwerer machen. Deswegen packen wir jetzt unsere Autos und machen uns auf den Weg zu Lorenzo's. Wir haben dort einen Tisch für die Frauen und einen anderen für die Teenies reserviert. Wir haben geplant, das von jetzt an jeden Sonntag zur Tradition zu machen. Wir wollen nicht, dass Sie beide denken, dass Sie irgendetwas alleine durchmachen müssen.«

Sarah rannte im Gang auf sie zu. »Mama, hast du das gehört? Wir gehen alle zu Lorenzo's. Ist das nicht toll?«

Melanie war sich da nicht so sicher, aber sie würde den Enthusiasmus ihrer Tochter auf keinen Fall bremsen. Vor allem nicht nach ihrem Gespräch von heute Morgen. Ein Gespräch, das ihr immer noch nachging. Jake konnte ihr vielleicht helfen, es zu verstehen, aber sie war noch nicht wirklich bereit, sich wieder an ihn zu wenden. Sie wusste, dass sie unrecht daran tat, ihn so zu behandeln, aber der Gedanke an ihn war im Moment einfach schmerzhaft. Sie hatte davon schon genug und musste dem nicht noch mehr hinzufügen.

Andie mischte einen kleinen Tropfen Gelb in das Braun, bis es sich zu einem gedeckten Gold färbte. Sie tauchte den Pinsel ein, rieb die Farbe in die Borsten und begann sorgfältig, dem Porträt einen Sonnenlichteffekt hinzuzufügen. Das Bild hatte sich in ihrem Geist geformt und hatte sie nicht eher in Frieden gelassen, bis sie es auf die Leinwand gebracht hatte. Sie lehnte sich in ihrem Stuhl zurück und prüfte ihr Werk. Ganz langsam verschwand das Gefühl, ihr Talent sei ein wenig eingerostet. Ihre Finger und Handgelenke erinnerten sich wieder an ihren Tanz und ihr gefiel, was vor ihren Augen entstand.

Das Garagentor öffnete sich quietschend. *Oh, nein.* Blair kam nach Hause. Sie hatte nicht die Energie für den Streit, der drohte, wenn er herausfand, womit sie die letzten Stunden verbracht hatte.

Sie riss das Bild von der Staffelei und beeilte sich, es im winzigen Schrank zu verstecken. Mit einer schnellen Bewegung warf sie auch ihren alten Jeanskittel hinterher. Sie wusch sich schnell die Hände und schon zog sie die Tür hinter sich zu.

Als Blair die Tür zwischen Garage und Haus öffnete, hatte sie es geschafft, sich auf die Couch zu werfen und die Fernbedienung zu schnappen. Irgendwie schien es ihm nie etwas auszumachen, wenn sie Fernsehen schaute, aber Malen schien etwas anderes zu sein. Es war absurd. Er kam und ging, wie es ihm passte – warum sollten ihr ein paar schöne Stunden verwehrt bleiben?

»Andie?« Er erschien in der Tür des Wohnzimmers.

Sie tat, als sei sie vertieft in die Nachrichten, und antwortete ihm mit einer stumm erhobenen Hand. Er setzte sich in den Sessel, der der Tür am nächsten stand, und schwieg ebenfalls. Als sie es wagte, einen Blick auf ihn zu werfen, starrte er auf den Fernseher, als wäre er ganz gebannt von der Geschichte einer erfolgreichen neuen Diät. Sie wusste, dass auch er dankbar war, dass sie nicht miteinander reden mussten. Es war nach und nach immer schwieriger zwischen ihnen geworden, bis selbst ein alltägliches Gespräch undenkbar schien.

Blair stand schließlich auf. Er hob die Sandalen auf, die sie getragen hatte. »Ich verstau sie im Schrank auf meinem Weg ins Büro.«

Andie bebte. Sie war es so leid, dass er ihr immer ihre Fehler vorhielt. Vielleicht war es an der Zeit für eine Ehetherapie. Nein. Das würde ihm nur die Gelegenheit bieten, sie vor jemand anderem zu kritisieren. Vielleicht war Trennung die einzige Lösung. Dann dachte sie an ihren Vater.

Wenn sie Blair jetzt verließ, würde sie ihn dann so im Stich lassen wie ihren Vater? Tat sie das vielleicht jetzt schon mit ihrer abweisenden Art? Ein kalter Schauer fuhr ihr den Rücken hinunter.

Ein lautes Klingeln durchbrach die drückende Stimmung. Andies Zorn verschwand, während sie sich zunehmend ärgerte: Wer kam an einem Sonntagabend uneingeladen vorbei? Sie drückte den Knopf. »Ja?«

»Andie? Ich bin's, Kyle Ledger. Kann ich reinkommen und kurz mit Blair sprechen?«

Oh nein. Kyle war nicht nur Mitglied ihrer Gemeinde, sondern auch bei der Polizei in Santa Barbara. »Stimmt etwas nicht, Kyle?«

Stille. »Äh, ich würde lieber persönlich mit euch sprechen.«

Andie drückte den Öffner und ließ ihn herein. Ihre Finger wurden schon langsam kalt.

Dieser Vorfall kam ihr ein wenig zu vertraut vor. Sie dachte an Sam Campbells Besuch und die Neuigkeiten, die er gebracht hatte. Kyles Besuch konnte nur etwas Ähnliches bedeuten. Aber wie konnte das sein? Chad war nicht mehr da. Die Ergebnisse der toxikologischen Gutachten waren bereits bekannt.

Andie öffnete die Tür und blieb stehen, während sie zusah, wie die Scheinwerfer immer näher kamen. Sie hätte sie gerne wieder weggeschickt.

Kyle parkte vor dem Haus und stieg aus dem Auto. Er hatte eine Tasche in der Hand. Nur das Verandalicht beleuchtete sein Gesicht und doch konnte Andie sehen, wie sein Kiefer angespannt war, wie er nicht sie, sondern das Haus ansah. Er brachte definitiv schlechte Nachrichten.

»Wer hat gekli…« Blairs Stimme stockte hinter ihr. Ein Stöhnen wie das eines verwundeten Tieres entfuhr seiner Kehle. Dennoch trat er hinaus auf die Veranda, um ihren Gast zu begrüßen. »Was führt dich hierher, Kyle?« Seine Stimme klang erstickt.

»Blair, Andie.« Er nickte ihnen beiden zu. »Ich muss euch etwas zeigen.«

Blair wies zur offenen Tür. »Komm rein.«

Kyle folgte ihnen ins Wohnzimmer, lehnte aber Blairs Angebot ab, sich zu setzen. »Setzt ihr zwei euch ruhig. Ich glaube, ich bleibe lieber stehen.«

In Wellen breitete sich der Schwindel in Andies Kopf aus.

Kyle deutete auf die Tasche, die er trug. »Ich habe etwas, von dem ich denke, dass ihr es gerne haben wollt. Etwas, das Chad gehört hat.«

»Chad?«

Andie war froh, dass Blair diese Frage stellen konnte. Sie konnte es nicht.

»Der Parkaufseher am Cachuma-See hat gestern ein bisschen aufgeräumt. Er hat das hier gefunden. Es ist an den Strand geschwemmt worden. Er hat uns angerufen, weil er noch aus der Zeitung wusste, dass Chad offensichtlich in der Nacht des Unfalls dort draußen gewesen ist. Er dachte, dass es vielleicht wichtig wäre.«

Er griff in die Tasche und zog etwas heraus, was auf den ersten Blick wie eine alte, nasse Zeitung aussah. Als Andie erkannte, was es war, begann sich das Zimmer um sie herum zu drehen. Dunkle Flecken schwammen ihr vor Augen und dann wurde der Raum auf einmal schwarz.

Blair ging im Büro auf und ab und sah wieder auf die antike Uhr auf dem Kaminsims. Zehn Minuten nach Mitternacht. Er spürte kein

Verlangen, zu Bett zu gehen. Er konnte sich nicht vorstellen, seine Augen zu schließen und sich den seit Chads Unfall immer schlimmer werdenden Albträumen zu stellen. Jetzt war ein neuer hinzugekommen.

Er sah auf den schmutzigen Umschlag aus Kunststoff, der auf seinem Tisch lag und immer noch feucht war vom Wasser des Cachuma-Sees, und wünschte sich beinahe, die Polizei hätte ihn als Beweisstück behalten. Kyle meinte, dass Fotos genügten, da es sich nicht um einen Kriminalfall handelte. Jetzt lag der Umschlag auf seinem Tisch und klagte Blair an. Er hatte ihn in den letzten paar Jahren Hunderte Male gesehen.

Die Worte, die alle mit schwarzem Edding in Großbuchstaben geschrieben waren, waren immer noch lesbar, trotz ihrer Zeit im See. DAS ABSCHLUSSZEUGNIS EINER ANERKANNTEN UNIVERSITÄT VERHILFT ZUM ERFOLG. CHADS LEISTUNGEN AUF DEM WEG ZU SEINEM ZIEL. Im Umschlag fanden sich Schulzeugnisse, Artikel über gemeinnützige Projekte, Urkunden für erhaltene Preise.

Blair hatte diese Idee mit der Sammlung gehabt, um Chad zu helfen, zielgerichtet und motiviert zu bleiben. Seine Theorie dahinter war gewesen, dass Chad all das anschauen konnte, was er schon geschafft hatte, wenn er sich selbst unsicher war oder dachte, er würde etwas nicht schaffen. Er würde sein Ziel erreichen, indem er Schritt für Schritt voranging. *Chad, es sollte dich ermutigen. Und dich nicht bis zum Zusammenbruch unter Druck setzen.*

Dieser Umschlag hatte Chad das Leben genommen – daran gab es jetzt nichts mehr zu zweifeln. Blair wusste es und er wusste, dass die Schuld alleine ihm zuzuschreiben war.

Er konnte sich noch an das letzte Mal erinnern, als er den Umschlag in der Hand gehabt hatte. Er konnte noch den Ton seiner eigenen Stimme hören, die im Zorn lauter wurde: *»Junger Mann, eine Drei minus ist nicht akzeptabel. Wo sind deine Ziele, deine Träume geblieben? Du wirst dieses Wochenende damit verbringen, jeden einzelnen Fehler durchzusehen, den du in dieser Arbeit gemacht hast. Und dann schreibst du*

Mr Moore einen Entschuldigungsbrief und bittest ihn um die Chance, dieses Examen wiederholen zu dürfen.«

Chads Stimme wurde laut, sie überschlug sich fast vor Wut: *»Papa, ich habe viel gelernt für diese Arbeit. Ich habe mein Bestes gegeben. Ist das nicht das, was du willst? Dass ich mein Bestes gebe?«*

»Ich weiß, dass Drei minus nicht dein Bestes ist.«

»Doch, ist es. Ich habe mich stundenlang darauf vorbereitet. Ich kapiere Trigonometrie einfach nicht. Ich fange nächste Woche an mit Nachhilfe. Ich gehe die Arbeit mit dem Nachhilfelehrer durch. Ich kann das nicht alleine machen und nicht dieses Wochenende. Wir haben den Ausflug zum Magic-Mountain-Freizeitpark doch schon seit Monaten geplant.«

»Ich rufe selbst in der Gemeinde an und sage ihnen, dass sie nicht auf dich warten sollen. Du wirst deinen Samstag mit wichtigeren Sachen als mit Achterbahnen verbringen.«

Chad starrte ihn an. In seinen Augen war nur ein Schimmer von Tränen zu sehen. *»Ich hasse dich!«* Er rannte in sein Zimmer und knallte die Tür zu.

Warum war ihm Blair nicht nachgegangen? Warum war er nicht in Chads Zimmer gegangen und hatte mit ihm geredet, es ihm verständlich gemacht? Er hätte ihm die Bedeutung eines guten Colleges erklärt, hätte von den Schwierigkeiten erzählt, die er gehabt hatte, weil er nicht die gleichen Bildungschancen wie Chad bekommen hatte. Aber das hatte er nicht getan. Stattdessen hatte er sich in Schale geworfen und war zu seinem Galadinner gegangen, ohne sich zu verabschieden. Er hatte vorgehabt, Chad schmoren zu lassen und am nächsten Morgen vernünftig mit ihm zu reden.

Ein Morgen, den es für Chad nicht mehr geben sollte.

Die Uhr schlug zur halben Stunde. Null Uhr dreißig.

Er dachte an Andie, die oben schlief. Sie war nach ihrer Ohnmacht gerade lange genug wach gewesen, um ein oder zwei Beruhigungstabletten einnehmen zu können und sich dann in den Schlaf zu weinen. Sie würde den Rest der Nacht durchschlafen, aber er nicht. Er konnte die lange Dunkelheit nicht ertragen.

Er nahm sich die Schlüssel und ging auf Zehenspitzen zur Garage, froh, dass das Schlafzimmer genau auf der anderen Seite lag. Andie würde auf keinen Fall mitbekommen, dass er ging. Er fuhr fort. Er hatte nur ein Ziel vor Augen.

16.

Um 4.30 Uhr morgens füllte Melanies Radiowecker ihr Schlafzimmer mit Countrymusik. Sie griff hinüber und schlug auf die Schlummertaste.

Neun Minuten später drängte sie der lokale Gebrauchtwagenhändler: »Kommen Sie besser heute als morgen. Diese Preise halten nicht ewig.«

Sie setzte sich im Bett auf und drehte die nervtötende Stimme ab. Zum ersten Mal, seit der Sender diese schreckliche Werbung geschaltet hatte, wünschte sich Melanie tatsächlich, sie könnte zu dem Gebrauchtwagenhändler gehen. Alles würde sie lieber tun, nur nicht sich dem Tag stellen, der vor ihr lag.

Doch im Leben einer alleinerziehenden Mutter war kein Platz für Selbstmitleid. Sie schwang ihre Beine über die Bettkante und stolperte unter die Dusche. Eine halbe Stunde später küsste sie die noch schlafende Sarah auf die Stirn, füllte sich Kaffee in ihren Thermosbecher und zwang sich, ins Auto zu steigen an diesem ersten von vielen langen Tagen, an denen sie pendeln würde. Vielleicht konnte sie die Fahrzeit irgendwann sinnvoll nutzen, aber an diesem Morgen bot die Fahrt nur 90 Minuten Gedanken und Sorgen über die neue Arbeitsstelle mit neuen Leuten an einem neuen Ort. Es war 15 Jahre her, seit sie diese Erfahrung zuletzt gemacht hatte.

Innerhalb einer Woche nach ihrem Umzug nach Santa Barbara hatte sie schon angefangen, bei Alfords zu arbeiten. Sie war zwar im letzten Jahr in eine neue Filiale versetzt worden, doch auch für die anderen Angestellten sowie die Kunden war die Filiale neu gewesen. Jetzt aber würde sie einen Laden voller Fremder betreten, ohne zu wissen, was sie von ihr erwarteten oder was sie von ihnen erwarten konnte.

Um 6.33 Uhr fuhr sie auf den fast leeren Parkplatz. Sie saß in ihrem Auto und versuchte ihre Gedanken zu ordnen.

Die dunkelgrüne Ladenzeile beherbergte einen Alfords, eine Drogerie und etwa ein Dutzend anderer Geschäfte. Bei dem A und dem L der Leuchtreklame mussten die Glühbirnen ausgetauscht werden, im Moment konnte man nur FORDS lesen. Ein Banner, das an der Vorderseite aufgehängt war, verkündete, dass der Laden 24 Stunden am Tag geöffnet war – eine Tatsache, für die Melanie dankbar war. So konnte sie um sieben Uhr anfangen, bis 15.30 Uhr arbeiten und damit hoffentlich den morgendlichen Berufsverkehr in Richtung Los Angeles weitgehend vermeiden.

Plötzlich schlug etwas gegen ihr Fenster an der Beifahrerseite und eine tiefe Stimme fragte: »Sind Sie das, Melanie Johnston?«

Im dämmrigen Licht konnte sie nur hoffen, dass das Gesicht vor der Scheibe Carl Brown, dem Filialleiter, gehörte und nicht einem irren Killer, der zufällig ihren Namen kannte.

Sie öffnete die Tür und stieg aus dem Auto, um über das Dach den Mann auf der anderen Seite in Augenschein zu nehmen. »Ja, ich bin Melanie.«

»Schön zu sehen, dass Sie so zeitig sind. Nichts läuft mir so gegen den Strich wie Unpünktlichkeit. Ich persönlich komme gerne hierher, wenn es noch ruhig ist, und plane meinen Tag. Ich sehe schon, wir beide werden ganz gut miteinander auskommen.« Er ging auf den Laden zu, unter dem einen Arm eine große Kiste, in der anderen Hand einen großen Schlüsselbund. »Ich bin übrigens Carl Brown.«

Er war keinesfalls größer als Melanies 1,70, aber er schien genauso breit wie hoch zu sein. Er trug eine große rechteckige Brille und hatte einen Schnauzbart mit gezwirbelten Enden. Er schien vollkommen ausgeglichen. Irgendetwas an dieser Art gab Melanie das Gefühl, dass sie ihn mögen würde.

Er ging auf die unscheinbare Hintertür zu. »Ich benutze gerne den Hintereingang, so kann ich meine Sachen verstauen und mich sortieren, bevor ich den ersten Gang durch den Laden mache. Kommen Sie rein, wir halten ein kleines Schwätzchen in meinem Büro, bevor ich Sie den Wölfen zum Fraß vorwerfe.«

Auch wenn sie wusste, dass das nur eine lustige Redewendung war, so beunruhigte irgendetwas an der Art, wie er es sagte, sie nur noch mehr.

Carl fingerte an seinem Schlüsselbund herum, bevor er den richtigen fand und sie hineinließ.

Das Erste, was Melanie sah, war ein winziger abgetrennter Arbeitsbereich, der ein paar wenige Möbel kaum fassen konnte. Ein rostiger Metalltisch und eine doppelte Reihe Aktenschränke lehnten gegeneinander, sodass sie gerade genug Platz für einen Schreibtischstuhl und einen Hocker auf der anderen Seite ließen. »Das ist das Büro des Managers«, sagte Carl und Melanie bemerkte drei Familienporträts, die auf den Aktenschränken aufgestellt waren. Carl schien drei Kinder und eine hübsche Frau zu haben.

»Ich bin sicher, dass das hier nicht vergleichbar ist mit der neuen Filiale, aus der Sie kommen, aber wir sind schon eine Weile hier. Vor ungefähr fünf Jahren sollte eigentlich umgebaut werden, aber die Firma hat sich bisher darum gedrückt. Sind zu sehr damit beschäftigt, das Geld in irgendwelche exklusiven Läden in teuren Gegenden zu stecken.« Er räusperte sich und wurde rot. Dann räumte er die Inhalte seiner Kiste aus. Er wies auf den alten Hocker. »Setzen Sie sich, wenn Sie möchten. Tut mir leid, dass es nichts Bequemeres gibt, aber es würde nichts anderes hier reinpassen.«

Melanie sank auf den Schemel. »Das ist in Ordnung.«

Er lief um den Schreibtisch und setzte sich auf den Schreibtischstuhl. »Es gibt da etwas, das Sie wissen sollten.« Er verschränkte seine Hände auf der Schreibtischplatte und atmete langsam aus.

Oh nein. Womöglich war der Kommentar über die Wölfe doch nicht so witzig gemeint gewesen. »In Ordnung.« Komisch, wie ihre Stimme so ruhig klang.

»Wir haben hier eine Angestellte, die seit Langem in unserem Unternehmen arbeitet. Jeder hat damit gerechnet, dass sie die Beförderung zur Preiskoordinatorin erhält und ganz ehrlich, wenn Sie nicht aufgetaucht wären, dann hätte sie sie auch bekommen.«

Die Falten um seine Augen zeichneten sich plötzlich sehr viel deutlicher ab. Drückte diese Veränderung Stress oder Bedauern aus? Wie auch immer, es war ein schlechtes Zeichen für Melanie.

Er begann Däumchen zu drehen. »Als die Zentrale anrief, dass sie jemanden aus Santa Barbara hierher schicken würden, kam das bei vielen nicht gut an.«

»Davon wusste ich nichts.«

»Dessen bin ich mir sicher.«

Melanie sah keinen Grund, warum sie die nächste Frage nicht stellen sollte: »Wie stehen Sie dazu?«

»Ich brauche hier jemanden, der die Arbeit machen kann. Aus den Lobeshymnen Ihrer früheren Vorgesetzten schließe ich, dass Sie diese Person sind.« Seine Daumen bewegten sich schneller.

»Aber?«

»Candace arbeitet auch sehr hart. Sie ist schon seit mehreren Jahren hier und sie ist alleinerziehende Mutter. Ich weiß, dass sie das zusätzliche Geld gut gebrauchen könnte. Aber wie ich gehört habe, sind Sie auch alleinerziehende Mutter.«

»Ja.«

»Was mich betrifft – so sind Sie die Richtige für diese Arbeit. Ende der Diskussion.«

»Was ist mit den andern?«

»Candace wird Ihnen keine Schwierigkeiten machen. Sie ist eine fleißige Angestellte und eine nette Frau. Aber … es gibt ein paar andere, die versuchen könnten, Ihnen die Zeit hier ein wenig … ungemütlich zu gestalten. Ich mag das vielleicht überbewerten, wenn ich Sie jetzt so warne, aber ich möchte nicht, dass Sie auf dem falschen Fuß erwischt werden.«

»Danke für die Warnung, Mr Brown. Ich bin froh, dass ich Bescheid weiß.«

»Bitte nennen Sie mich Carl. Wir sind hier in diesem Laden nicht so förmlich.«

Das überzeugte Melanie noch mehr davon, dass sie diesen Mann mögen würde.

Er stand auf. »Sie sind bereit für einen Rundgang?«

Das Geschäft war alt und bedurfte hier und da der Erneuerung, aber es war sauber und gut geführt. Melanies Schreibtisch war in eine dunkle Ecke gezwängt, die von Regalen mit Waren umgeben war. Ihr neues zu Hause außerhalb ihres zu Hauses.

Als die anderen Angestellten sich nach und nach zur Arbeit einstellten, grüßten sie sie alle freundlich, die einen etwas reservierter als die anderen. Eine attraktive Frau Anfang 30 kam herein. Augenblicklich verstummten die Angestellten. Jeder im Haus stellte seine Tätigkeit ein und verfolgte, wie sie durch das Lager ging. Melanie ging davon aus, dass das Candace war.

Ihr kurzes braunes Haar hüpfte, wenn sie ging, ihre Wangen schienen von einer verborgenen Freude – oder Arglist – zu glühen. Sie ging direkt auf Melanie zu.

Im Hinterzimmer knisterte es vor Spannung, die von einer Angestellten zur nächsten zu wandern schien. Candace streckte ihre Hand aus. »Sie müssen Melanie sein. Schön, Sie an Bord zu haben. Lassen Sie mich wissen, wie ich Ihnen dabei helfen kann, dass Ihre Versetzung so reibungslos wie möglich verläuft.« Ihr Lächeln schien aufrichtig.

In ihren Augen sah Melanie etwas anderes, etwas, das sie sehr wohl erkannte: Erschöpfung. Die tiefe Erschöpfung einer alleinerziehenden Mutter. Wenn die Umstände andere gewesen wären, hätte Melanie sie sofort zu ihrer Freundin gemacht. In Anbetracht dessen, was sie erfahren hatte, blieb sie misstrauisch. Nur die Zeit würde ihr sagen, ob sie recht hatte.

Die Angestellten schwärmten aus und Melanie verlor sich schon bald in ihrer Arbeit. Einige Aspekte deckten sich exakt mit ihrer vorherigen Position, aber sie stellte fest, dass es im Detail Unterschiede gab, und musste aufmerksam bleiben. Dennoch hatte sie den Eindruck, sich nie vollkommen konzentrieren zu können, und als der Morgen fortschritt, erkannte Melanie schließlich, warum: Sie hatte ständig das Gefühl, von jemandem beobachtet zu werden – jemandem, der ihr nicht wohlwollend gegenüberstand. Es passierte aber nichts und sie schalt sich selbst für ihre Paranoia.

Dennoch war sie in ihrem ganzen Leben noch nie glücklicher gewesen über eine Mittagspause. Es würde nett sein, ein wenig Zeit mit den anderen zu haben. Sie ging zu ihrem Schließfach und drehte am Zahlenschloss. Sie öffnete die Tür, zog aber ihre Hand sofort zurück: Eine tote Ratte lag auf der Tüte mit ihrem Mittagessen.

Andie erwachte. Sie fühlte sich müde und verwirrt. Irgendetwas schien nicht zu stimmen, aber sie konnte sich nicht erinnern, was es war. Sie setzte sich im Bett auf und streckte sich. Blairs Hälfte war leer. Es sah sogar so aus, als er hätte er überhaupt nicht darin geschlafen.

Sie versuchte aufzustehen, fühlte sich aber sofort schwindelig und musste sich wieder aufs Bett setzen. Etwas war letzte Nacht vorgefallen. Aber was?

Ein vages Gefühl des Unwohlseins entwickelte sich zu einem drückenden, erstickenden Schmerz, aber immer noch war sein Ursprung nicht erkennbar. Noch einmal stemmte sie sich auf die Füße. Dieses Mal gelang es ihr, durch den Raum zu gehen, aber sie griff nach dem Türrahmen, um das Gleichgewicht zu halten.

Irgendetwas wegen Chad. Irgendetwas stimmte nicht mit Chad. Aber wie konnte das sein?

Chad war tot.

Dann kam ihr langsam wieder das verschwommene Bild von Kyle Ledger in Erinnerung, der in ihrer Auffahrt stand. Kyle war letzte Nacht hier gewesen. Er hatte schlechte Nachrichten mitgebracht. Aber welche?

Der Umschlag.

Als die Erinnerung zurückkam, eilte Andie die Treppen hinunter, obwohl das in ihrem desorientierten Zustand schwierig war. Sie duckte sich etwas, um sich nicht vom Schwindel überkommen zu lassen. »Blair. Blair!«

Er war nirgends zu finden. Sie durchsuchte das gesamte Haus, sank dann auf das Sofa, als das Zimmer sich um sie drehte.

Mit zunehmender Klarheit brach die Erinnerung herein. Sie erinnerte sich, wie dankbar sie gewesen war, noch einige der Beruhigungstabletten zu haben, die Dr. Cutcliffe ihr kurz nach Chads Tod verschrieben hatte. Der Schlaf des Vergessens der letzten Nacht wog ihre jetzige Schlappheit auf.

Sie sah auf die Uhr. Zehn Uhr. Kein Wunder, dass sie Blair nicht finden konnte – er war mittlerweile schon mehrere Stunden bei der Arbeit. Sie legte sich auf die Couch und ließ es zu, dass sie wieder in einen unruhigen Schlaf fiel.

Das braune Wasser des Cachuma-Sees strömte vor ihr. »Hol ihn raus, Mama, hol ihn raus!«

»Was soll ich holen, Chad?«

Sie watete ins Wasser, der Stimme ihres Sohnes entgegen. Sie sah, wie er im Wasser schwamm, darum kämpfte, nicht unterzugehen. Er verschwand unter der Wasseroberfläche, aber dieses Mal tauchte er nicht mehr auf. »Chad! Chad! Wo bist du?«

Laute Sirenen übertönten ihre Schreie. Sie heulten und heulten und heulten. Ihre Füße begannen aus dem Wasser zu steigen. Sie konnte irgendwo in der Ferne ein Telefon klingeln hören.

Das Telefon.

Sie schüttelte sich und beeilte sich abzunehmen. Vielleicht rief Blair an, um zu fragen, wie es ihr ging.

»Mrs Phelps? Hier spricht Neil Parker. Ist Blair da?«

Sie ließ sich auf einen Barhocker sinken und mit steigender Panik begannen ihre verwirrten Gedanken klarer zu werden. »Ist er nicht bei der Arbeit?«

»Er ist hier noch nicht angekommen. Wir dachten, dass er vielleicht noch zu Hause sei.«

Blair kam nie zu spät zur Arbeit. »Haben Sie es auf seinem Handy versucht?«

»Er nimmt nicht ab.« Neil machte eine Pause und räusperte sich. »Mrs Phelps?«

»Ja.«

»Wenn Sie ihn sehen sollten, würden Sie ihn dann erinnern, dass wir heute Nachmittag das Treffen mit den Leuten von Vitasoft haben?«

»Natürlich.«

Andie legte das Telefon auf. Ein ganz neue Furcht kroch ihr den Rücken hoch.

17.

Das erste Licht des Morgens drang durch den Nebel, als Jake Sterling seinen Chopper auf die Autobahn Nr. fünf lenkte. Eine lange Fahrt lag vor ihm. Er war dankbar für die Zeit, in der er seine Gedanken ordnen konnte.

Gott, ich bin überfordert. Du hast mich berufen, mit Jungen im Teenageralter zu arbeiten, Vater, und das habe ich getan. Jetzt hast du diese Frau in mein Leben gebracht und ich habe das Gefühl, dass ich ihr helfen sollte. Aber ich kann nicht. Gott, du weißt, dass ich ihr nicht helfen kann.

Jake beschleunigte und genoss den Wind auf seinem Gesicht. Es fühlte sich nach Freiheit an. Freiheit von seiner Verantwortung, eine eigene Firma zu haben, Leiter einer Gruppe von Jungen im Teenageralter zu sein, Freiheit von den Versuchen, seiner Vergangenheit auszuweichen.

Er schrie lauter als der dröhnende Wind: »Es ist nicht wahr. Ich verheimliche meine Vergangenheit nicht. Ich bin vor den Jungs sehr offen über meine Zeit im Gefängnis und meine Fehler.«

Ja, aber hinter der Geschichte steckt noch mehr, nicht wahr? Die Geschichte hat einen Teil, von dem du befürchtest, dass dich Melanie Johnston damit konfrontieren wird.

Jake mochte nicht, wohin seine Gedanken schweiften. Und genau das waren sie – seine eigenen Gedanken. Es war nicht Gott, der zu ihm sprach. Es konnte nicht sein. Weiter vorne sah er eine Abfahrt. Vielleicht würde Kaffee helfen.

Er stellte sein Motorrad vor einem kleinen Lebensmittelladen ab und trat ein. Ein Teenager stand hinter der Theke. Sonst war der Laden leer. Sein Gesicht war voll Akne, sein Haar kurz und stachelig und er trug ein schwarzes T-Shirt, das in einer Schrift, die wie Knochen aussehen sollte, eine Death-Metal-Band bewarb.

»Mann, das ist ein total fettes Motorrad.«

Jake war nicht nach Small Talk zumute. »Danke.« Er goss sich Kaffee in den größten Becher, den sie hatten.

»Sieht wie 'ne Sonderanfertigung aus.«

Jake ging mit seinem Becher an die Theke. »Ist es auch. Ich hab es gebaut.«

Dem Jungen entfuhren drei Flüche – die ersten beiden vor Ungläubigkeit, der letzte vor Bewunderung.

Die Reaktion des Jugendlichen war deftig, aber ehrlich und voller Begeisterung. Jake konnte sich ein Lächeln nicht verkneifen. »Ich habe einen Laden in Santa Barbara. Ich mache jetzt seit über zehn Jahren Sonderanfertigungen.«

»Wie haben Sie damit angefangen? Ich steck hier hinter der Theke der Verliererwelt fest mitten im Niemandsland. Ich wünschte, ich hätte meinen eigenen Motorradladen.«

»Dann arbeite hart und spar dein Geld. Lern die Branche kennen. Und vergiss nicht das, was am wichtigsten ist, wenn man sein eigenes Unternehmen starten will.«

»Was ist das? Werbung?«

»Gebet. Verbringe Stunde um Stunde auf den Knien und frage Gott, ob es wirklich das ist, was du tun sollst. Er wird dir antworten.«

Dem Jungen blieb der Mund offen stehen. Er sah aus dem Fenster, als wollte er sichergehen, dass der Fahrer dieses Wahnsinnsmotorrades wirklich derselbe sein konnte, der über Gott sprach.

Jake lächelte und nahm seinen Styroporbecher. Diese Reaktion erlebte er häufig. »Einen schönen Tag noch. Und vergiss nicht: Gebet.«

Er ging aus der Tür und lachte leise in sich hinein. Mit drei großen Schlucken leerte er seinen Kaffee und warf den Becher in den Mülleimer, bevor er sein Motorrad bestieg. Als er den Kickstarter trat, blickte er zurück durch das Fenster und sah den Jungen, der immer noch baff war und irgendetwas von sich gab, von dem Jake ganz froh war, es nicht zu hören.

Vier Stunden später hatte er sein Ziel erreicht. Er fuhr mit seinem Chopper langsam am Eingang des Folsom-Gefängnisses vorüber, lenkte ihn an den Straßenrand und würgte den Motor ab.

Die grauen Mauern, aus denen Türme ragten, sahen immer noch aus wie früher. Selbst aus dieser Entfernung spürte Jake, wie ihn die Erinnerung überkam.

Er hatte zwei Jahre seines Lebens hinter diesen Gittern verschwendet – nein, nicht verschwendet, verbracht. Er hatte Gott durch eine christliche Gefängnisarbeit kennengelernt. Das hatte ihn zu dem Mann gemacht, der er heute war. Ein Mann mit einem Sinn und einem Ziel – und Schuldgefühlen.

Er startete den Motor und fuhr weiter. 40 Minuten später fuhr er an dem Ort vorbei, an dem sich seine erste Wohnung befunden hatte. Das alte Gebäude war abgerissen worden. Im neuen Gebäude waren nun im Erdgeschoss ein Bekleidungsgeschäft und ein Coffeeshop untergebracht, in den darüber liegenden zehn oder mehr Stockwerken befanden sich dem Eindruck nach exklusive Eigentumswohnungen. Selbst seine alte Wohnung hatte sich weiterentwickelt zu einem besseren Leben.

Die nächsten beiden Stationen würden die schwersten sein. An der nächsten Kreuzung sah er einen McDonald's und beschloss, dass er ein wenig mehr Zeit investieren konnte, um sich auf das vorzubereiten, was vor ihm lag.

Obwohl er sonst früher zu Mittag aß, saß er da und aß seine Pommes ohne eine Spur von Hunger. Er wollte sich seinen Erinnerungen nicht stellen, aber er musste sich mit ihnen auseinandersetzen. Sie waren zum Großteil der Grund, warum er Melanie Johnston nicht helfen wollte. Und doch wusste er, dass er es tun musste.

Am Ende warf er den halb aufgegessenen Burger und die kaum angerührten Pommes in den Müll. Er musste weitermachen.

Zuerst hielt er vor dem kleinen Haus, das seiner Exfrau gehört hatte. Er erinnerte sich an die gerichtliche Auflage, die ihm verboten hatte, hierherzukommen, an die Schreie, die Wut. Sie war vor vielen Jahren auf dem Motorrad eines anderen Mannes in den Sonnenuntergang gefahren.

Seltsam, dass ihn das eigentlich nicht mehr kümmerte. Der Rest der Geschichte aber schon.

Was er in seinem Leben am meisten bedauerte, stand hier vor ihm. Denn nicht nur sie war fort. Seine Kinder waren mit ihr gegangen.

Ein erdrückendes Gewicht lastete auf seiner Brust. Er konnte nicht hierbleiben und sich diesem Schmerz hingeben. Er musste weitergehen. Und doch schaffte er es nicht.

Gott, ich weiß, dass du mir die Schuld meiner Vergangenheit vergeben hast, aber warum fühlt es sich nicht so an? Warum kann ich mir selbst nicht vergeben? Bitte pass auf Kara und Jenna auf, wo auch immer sie jetzt sind. Lass sie dich kennenlernen und erfahren, wie sehr du sie liebst. Ich weiß, dass sie nie erfahren werden, wie sehr ich sie liebe. Deshalb musst du derjenige sein, der sie das spüren lässt, für uns beide, okay?

Sein Blick verschleierte sich. Er blinzelte heftig und ließ den Motor an. Noch ein Halt lag vor ihm.

Das alte Haus sah noch ziemlich genauso aus wie damals, als er es zum letzten Mal gesehen hatte. Es schien frisch gestrichen worden zu sein, überraschenderweise aber in demselben hässlichen hellgrünen Farbton, in dem es schon vor etwa 15 Jahren gestrichen gewesen war.

Das Bedauern, das er mit diesem Haus verband, war nicht so offenkundig, aber in mancher Hinsicht überwältigender als die anderen. Der Verlust seiner Kinder brannte in ihm wie eine Brandwunde von heißem Schmieröl oder glühend heißen Abgasen, aber das war passiert, bevor der den Herrn kennengelernt hatte. In diesem Haus jedoch hatte er vorsätzlich und willentlich gesündigt. Das hatte natürlich zum nächsten Fehler geführt und zum nächsten … und ihn beinahe wieder in dasselbe Loch zurückgeworfen, aus dem er gekommen war. Alles, was es brauchte, um ihn herunterzuziehen, war ein hübsches Gesicht, das ihn begehrte. Das wiederum führte zur ersten, zweiten und dritten Nase voll Kokain, zum Jähzorn, zu demselben Leben, von dem er dachte, er habe es hinter sich gelassen.

Allein die Hilfe eines starken christlichen Mentors, der sich geweigert hatte aufzugeben – selbst als Jake schrie: »Verschwinde aus meinem Leben« –, hatte ihn aus den Tiefen gerettet. Hier in diesem Haus hatte Jake gelernt, dass es keinen Platz für Sünde gab, wie klein sie auch immer war.

Es gab keine Grauzone, nur schwarz und weiß. Das wusste er jetzt und er hielt sich streng daran mit all der Stärke, die er besaß. Das war ein weiterer Grund, warum ihm Melanie Johnston Schwierigkeiten bereitete.

Irgendetwas war an ihr, das ihn zu ihr zog in einer Art und Weise, wie er es seit Jahren nicht mehr gefühlt hatte. Er konnte es sich nicht leisten, diesem Gefühl Raum zu geben. Warum aber konnte er dann nicht aufhören, an sie zu denken?

Er zog die Digitalkamera aus seiner Tasche und schoss mehrere Bilder von dem Haus. Sie würden ihm als Erinnerung daran dienen, wohin nur ein falscher Schritt führen konnte. Er würde den gleichen Fehler nicht zweimal begehen.

Andie ging auf und ab, während sie zusah, wie das Abendrot der Dunkelheit wich. Als Blairs Auto in die Auffahrt einbog, öffnete sie die Tür, die zur Garage führte, und wartete ab. Ihre Erregung erlaubte es ihm kaum, sein Auto abzustellen und die Tür zu öffnen, bevor schon die Fragen aus ihr heraussprudelten: »Wo warst du?«

Blair sah sie an und legte seinen Kopf zur Seite, als wäre er verwirrt. »Was meinst du damit, wo ich gewesen bin? Ich war natürlich bei der Arbeit.«

»Vor zwölf warst du jedenfalls noch nicht da. Sie haben hier angerufen, um nach dir zu fragen, und haben gemeint, dass du immer noch nicht da wärst. Ich dachte, es wäre etwas Schreckliches passiert.«

Seine Augen fokussierten einen Punkt, der knapp neben ihren Augen lag. »Na ja, alles ist in Ordnung, siehst du doch.« Er langte auf die andere Seite des Autos nach seiner Aktentasche.

»Blair, ich war außer mir. Ich dachte, du hättest …«

Er richtete sich auf und beschrieb mit seiner Hand einen Kreis: »Sieh mich doch an. Schau mein Auto an. Kein einziger Kratzer. Ich habe doch gesagt, mir geht es gut – lass es also gut sein!« Er ging in Richtung Haus, seine Augen mieden ihre immer noch.

Was verheimlichte er? »Sie sagten, dass du fast ein wichtiges Treffen verpasst hättest.«

»Schön, hab ich nicht.«

»Wo warst du?«

Blair drängte an ihr vorbei ins Haus. Er drehte sich noch nicht einmal um, als er antwortete.

»Auf Recherche.«

»Welche Art von Recherche?«

Dieses Mal blieb er stehen. Er drehte sich abrupt um, sein Gesicht war rot angelaufen. »Was meinst du damit, welche Art von Recherche? Was denkst du denn, dass ich tue, Andie? Ich arbeite in einer hoch technologisierten Branche, die ständig im Umbruch ist. Wenn ich nicht immer auf dem neusten Stand bin, werden wir abgehängt und niemand würde sich einen Deut darum kümmern. Ich habe auch so schon genug Probleme im Moment und muss dir nicht auch noch bis ins Detail Rechenschaft geben, wie ich meinen Arbeitstag verbringe.«

Eine warme einzelne Träne rollte ihre Wange hinunter. Vielleicht sollte sie ihn nicht so drängen, aber er log. Sie fühlte es. »Wo bist du hingegangen, um deine Recherche zu betreiben?«

Blair kehrte ihr den Rücken zu und ging den Gang hinunter. »Dahin, wo ich ein bisschen Frieden und Ruhe habe, das ist mehr, als ich von diesem Haus sagen kann.« Er ging in sein Büro und schlug die Tür zu.

Sie starrte ihm hinterher. Ihr Körper zitterte – ob vor Wut oder Angst, das konnte sie nicht sagen. Langsam wurde sie sich ihrer unterschwelligen Gedanken bewusst: Irgendetwas an Blair war anders. Er roch anders. Was war es? Ein Hauch nach Rauch vielleicht, aber auch etwas Süßes. Es dauerte eine weitere Minute, bis sie es erkannt hatte: Parfüm.

18.

Am zweiten Tag an ihrer neuen Arbeitsstelle beobachtete Melanie jeden um sich herum mit neuer Entschlossenheit. Wer auch immer es war, der sie hier nicht haben wollte – er war clever genug, es nicht öffentlich zu zeigen. Vielleicht würde sie aber, wenn sie geduldig abwartete, jemanden auf frischer Tat ertappen. Und sie wusste, dass, wer auch immer es war, er noch nicht mit der Schikane fertig war. Das unangenehme Gefühl, von übel gesinnten Augen beobachtet zu werden, schien auf ihrem Rücken zu lasten, wo auch immer sie hinging.

Als es beinahe Zeit für die Pause war, suchte Candace sie auf. »Sollen wir zusammen Mittag essen? Es gibt hier ein paar Läden weiter ein großartiges Delikatessengeschäft mit schnellem Service; sie machen ein göttliches Schinkensandwich mit Salat und Tomaten. Für mich ist heute einer der Tage, an denen ich hier einfach mal kurz raus muss. Verstehen Sie, was ich meine?«

Sie aus dem Laden zu kriegen, das konnte sehr gut ein abgekartetes Spiel sein. Es konnte aber auch die perfekte Gelegenheit sein, an Informationen zu kommen. »Gerne, hört sich sehr gut an.«

Melanie ging zu ihrem Schließfach und stellte die Kombination ein. Sie öffnete langsam die Tür, voller Sorge, was sie jetzt wohl vorfinden würde.

Nichts.

Vielleicht war der Vorfall gestern als einmalige Stellungnahme gedacht gewesen und die Lage würde sich jetzt entspannen. Sie hängte sich ihre Handtasche über den Arm und folgte Candace zu einem kleinen Restaurant mit dem Namen Angie's Café. Ein paar malerische Tische füllten die kleine Außenterrasse. Märzwärme lag in der Luft und schuf eine einladende Atmosphäre. Sie fanden einen leeren Tisch am äußeren Rand, gaben ihre Bestellung auf und innerhalb weniger Minuten waren Chips und Sandwichs da. Candace machte eine Kopfbewegung in Richtung Kellnerin, als sie wegging. »Verstehen Sie, was ich mit schnellem Service gemeint habe?« Sie öffnete ihre Tüte mit den Chips. »Also, wie läuft es bisher?«

Eine berechtigte Frage – oder ein Köder? Melanie hatte niemandem von der Ratte erzählt. Wenn Candace es nicht wusste, dann wäre es nicht sinnvoll, ihr davon zu erzählen. Wenn sie es wusste und guthieß, dann würde ihr Melanie nicht die Befriedigung verschaffen, es von ihr zu erfahren. »Gut.«

Candace legte ihren Kopf schief und sah sie an, als ob sie darauf wartete, dass auf die Antwort noch mehr folgen würde. Schließlich zuckte sie mit den Schultern. »Schön, das zu hören.« Sie warf sich einen Chip in den Mund und spielte mit der Tüte. »Es tut mir leid.« Die Worte klangen belegt und erstickt. Sie starrte auf ihr Sandwich, aber ihre Augen wurden etwas feucht. »Wegen Ihres Sohnes, meine ich. Es muss furchtbar sein.«

Melanie schluckte schwer und versuchte herauszufinden, welches Spiel diese Frau wohl spielen mochte. Sie hörte sich so ehrlich an. Aber Melanie war nicht bereit, ihr zu vertrauen. »Danke.« Sie blickte weiter weg auf die Autos, die auf dem Parkplatz ihre Runden drehten, und zwang einen Schluck Wasser hinunter. Zeit, das Thema zu wechseln.

Vielleicht war jetzt ein guter Zeitpunkt, um das anzusprechen, was im Raum stand. Sei ehrlich. Vielleicht erfährst du so ein paar Dinge. »Hören Sie, ich weiß, dass jeder in der Filiale erwartet hatte, dass Sie die Stelle bekommen. Ich bin nicht hier, weil ich Sie Ihnen wegschnappen wollte – so viel steht fest. Ich habe nur im Moment nicht viele andere Möglichkeiten.«

»Ich kenne das Gefühl.« Candace blinzelte mehrere Male schnell und sah dann weg. »Es gibt Ereignisse im Leben, die uns nicht sehr viele Möglichkeiten lassen, stimmt's?«

Melanie konnte nicht anders als nicken. Sie setzten das Mittagessen in fast vollkommener Stille fort. Obwohl es mit der Zeit merkwürdig wurde, so schien die Stille in gewisser Weise fast kameradschaftlich. Als hätte jede der Frauen ihre eigene Wunden und Verletzungen, die sie beschäftigten.

Als die Bedienung die Rechnung brachte, griff Melanie danach. »Das Mindeste, was ich tun kann, ist Ihr Mittagessen zu bezahlen.« Sie öffnete ihre Handtasche und konnte kaum verhindern, dass sie laut nach Luft schnappte. Der Inhalt ihres Geldbeutels war wahllos überall in ihrer Tasche verstreut, ihre Kreditkarten waren zu Schnipseln zerschnitten und ihr Geld war weg.

»Stimmt etwas nicht?«

»Ich … äh …«

Candace beugte sich über den Tisch und sah in die Tasche. »Ich kann es nicht fassen, dass sie …« Sie warf ihre zerknüllte Serviette auf den Tisch und schüttelte den Kopf. »Bitte, ich möchte mich dafür entschuldigen. Ich habe zu erklären versucht, dass das mit dem Job für mich in Ordnung ist, aber manche Leute wollen das einfach nicht stehen lassen. Verstehen Sie?«

Sie riss Melanie die Rechnung aus der Hand. »Ich schätze mal, dass ich heute dran bin, was?« Sie legte etwas Geld auf den Tisch und stand auf.

»Lassen Sie sich von denen nicht unterkriegen. Es wird aufhören. Irgendwann.«

Sie gingen den Gehweg hinunter auf den Laden zu. Melanie kochte vor Wut. »Ich bin nicht sehr beeindruckt von der Sicherheit der Schließfächer hier.«

Candace lachte. »Die letzte Person, die Ihr Schließfach benutzt hat, hat es dazu verwendet, nebenher ein Wettgeschäft zu führen. Er wurde letztlich gefeuert, aber ich fürchte, dass seine Kombination Allgemeinwissen war. Ich bin mir sicher, dass Carl das Schloss austauschen lässt, wenn Sie es ihm erzählen.«

»Das möchte ich nicht tun. Jedenfalls nicht, wenn es sich vermeiden lässt.«

Candace blieb stehen und sah sie an. »Warum lassen Sie Ihre Sachen nicht von jetzt an in meinem Fach? Niemand sonst kennt die Kombination.«

Melanie zögerte. »Warum sollten Sie mir das anbieten?«

»Weil das, was sie tun, falsch ist.«

»Aber das, was sie tun, wird Ihnen helfen, wenn sie es so weit bringen, dass ich gehe.«

»Ich glaube, dass es wichtiger ist, das Richtige zu tun, als das, was mir am meisten bringt.«

Ein unangenehmes Gefühl beschlich Melanie. Warum nur? Candace hörte sich aufrichtig an und Melanie stimmte ihr vollkommen zu. Was war das für ein Gefühl? Plötzlich erkannte sie es: Schuld.

Endlich war das Ende des Arbeitstages gekommen. Melanie entnahm ihre Handtasche – aus Candaces Schließfach – und machte sich auf den Weg zurück nach Santa Barbara. Ein unangenehmes Gefühl lag ihr immer noch schwer im Magen. Die Fahrt nach Hause gab ihr zu viel Zeit, um darüber nachzudenken.

Nach Ventura richtete sie ihre Aufmerksamkeit auf den Pazifischen Ozean, der heute so still wie ein See war. Für die Surfer bedeutete das Langeweile, für die Walbeobachter jedoch Nervenkitzel.

Sie kam schließlich in Santa Barbara an, fuhr durch das Zentrum und nach Norden in Richtung Goleta. Anstatt jedoch in der Patterson Avenue nach Hause abzubiegen, fuhr sie weiter. Es gab etwas, das sie erledigen musste, und es vor sich herzuschieben, würde es nicht einfacher machen. Sie fuhr an der Glen Annie Road ab und fuhr auf die Berge zu, während sie einstudierte, was sie zu sagen hatte. Sie war mit dem Ergebnis jedoch nie zufrieden.

Kurz nach fünf fuhr sie auf den Parkplatz. Wie sie gehofft hatte, waren die Autos der Angestellten für heute weg, aber die Tür stand noch offen. Sie ging durch die tiefe Stille. Nur ab und zu hörte sie quietschende Geräusche aus dem Büro. Sie ging darauf zu.

Jake saß an seinem Schreibtisch, zu seiner Rechten ein Stapel Rechnungen. Er sah sehr beschäftigt aus. Sie durfte nicht lange bleiben.

»Klopf, klopf«, sagte sie und klopfte dabei an den Türrahmen.

Er drehte sich langsam im Stuhl um. »Melanie?«

Ihr Mund wollte nicht sprechen, aber sie zwang ihn dazu. »Haben Sie einen Moment Zeit?«

Er sprang auf die Beine. »Sicher. Bitte, setzen Sie sich doch.« Er dirigierte sie zum Plastikstuhl und wartete, bis sie saß, bevor er es ihr gleichtat. »Was ist los?«

Sie fingerte am Saum ihres Jeanshemdes herum. »Ich bin hergekommen, um mich zu entschuldigen.« Sie betrachtete eingehend einen losen Faden. »Der Artikel war wirklich nett. Außerdem müssen Sie ja Ihre Firma am Laufen halten. Es ist nichts Falsches daran, dass Sie für diese Familie arbeiten. Ich habe überreagiert.«

Jake nickte. »Danke.«

»Danke für den Artikel.« Sie zwirbelte den Faden um ihre Finger. »Also, das wollte ich Ihnen sagen. Ich wünsche Ihnen noch einen schönen Abend.« Sie stand auf, um zu gehen.

»Das war's? Dafür sind Sie den ganzen Weg hier rausgefahren?« Jake ging hinter ihr her aus dem Büro und zeigte auf eines seiner selbst gebauten Motorräder. »Kommen Sie, lassen Sie mich Sie wenigstens zu einer Spritztour einladen.«

Sie betrachtete das glänzende Werk aus Metall und Kunst. Einen Augenblick lang ließ sie sich vom Nervenkitzel des Gedankens mitreißen. Nein. Sie musste sich weiter auf ihre Aufgabe konzentrieren. »Ich kann nicht. Ich habe noch etwas anderes zu erledigen.«

»Ich kann Sie hinbringen.«

»Ich glaube nicht.« Sie eilte zur Tür, bevor sie ihre Meinung änderte.

»Sie fahren zum Friedhof, stimmt's?«

Sie blickte ihn an. »Und wenn ich dort hingehen würde?«

»Glauben Sie, dass es gesund ist, so viel Zeit dort zu verbringen?«

»Sie verstehen überhaupt nichts.«

Sie drückte sich an ihm vorbei, aber er folgte ihr über den leeren Parkplatz.

»Jeff würde sich wünschen, dass Sie mit Ihrem Leben weitermachen. Ich weiß, dass Sie trauern, aber wenn Sie jeden Tag zu seinem

Grab gehen, dann wird Sie das nur hindern weiterzugehen. Das wissen Sie.«

»Ich weiß, dass meine Besuche bei Jeff Sie nichts angehen.«

»Jeff ist nicht dort, Melanie. Er ist an einem Ort, wo es besser ist. Er würde sich wünschen, dass Sie das wissen.«

»Aber ich weiß es nicht. Und ich gehe das Risiko nicht ein, dass er dort draußen alleine ist. Ich habe ihm versprochen, dass ich ihn nie im Stich lasse, und ich beabsichtige, dieses Versprechen zu halten.«

Andie ging in der Diele auf und ab und sah auf ihre Uhr. Erneut. Es waren wieder erst fünf Minuten vergangen. 22.30 Uhr. Wo war Blair?

An den letzten beiden Abenden hatte er sogar noch länger als sonst gearbeitet und zahlreiche Ausreden wegen Recherchen und Stress bei der Arbeit angeführt. Er konnte sie nicht einmal mehr anschauen.

Vielleicht sollte sie zu Blairs Büro fahren, sich einen Stuhl nehmen und sich mit ihm aussprechen. Sie konnte ihn um Vergebung bitten, für ihre Ehe eintreten. Würde Blair sie dann für schwach halten? Vielleicht, aber sie hatte nichts zu verlieren.

Sie nahm ihre schwarze Lederjacke aus dem Garderobenschrank – von der Blair immer sagte, dass sie ihr so gut stehe. Ein kurzer Blick in den Spiegel im Gang zeigte, dass sich ihr Haar in der feuchten Abendluft kräuselte. Sie glättete es mit beiden Händen. Das half nicht viel.

Als sie die Auffahrt hinunterfuhr, verspürte sie ein merkwürdiges Gefühl der Leichtigkeit. Endlich unternahm sie etwas. Sie hatte zu viel Zeit darauf verschwendet, auf eine Begegnung mit dem Leben zu warten. Jetzt übernahm sie Verantwortung für ihre eigene Situation. Es fühlte sich gut an.

Die Straßen von Santa Barbara waren in unheimliche Schatten gehüllt, die ab und zu vom orangefarbenen Glühen der Straßenlaternen unterbrochen wurden. Sie bog in den Firmenparkplatz ein, auf dem sie nur noch wenige Autos bemerkte.

Einige der Programmierer studierten tagsüber an der University of California in Santa Barbara weiter, sodass sie bis spät in die Nacht hinein arbeiteten. Blairs Auto würde auf einem der reservierten Tiefgaragenstellplätze stehen – es ergab also keinen Sinn, nach ihm Ausschau zu halten.

Sie ging zur Hintertür und zog an der Klinke. Sie klapperte und rutschte ihr aus der Hand. Verschlossen.

Durch die Scheibe konnte sie sehen, wie Neil Parker mit zusammengekniffenen Augen und gerunzelter Stirn um den Raumteiler seines Arbeitsplatzes im Großraumbüro spähte. Er lächelte breit, als er sie erkannte. Er sprang auf und rannte zur Tür, um sie zu öffnen.

»Hallo, Mrs Phelps. Tut mir leid, dass ich Sie ausgesperrt habe, aber ich wusste nicht, dass Sie kommen. Hat Blair etwas vergessen? Möchten Sie, dass ich für Sie in sein Büro gehe?«

»Ich … äh … also, ist er nicht hier?«

Neil sah über die Schulter den Gang entlang, der zu Blairs Büro führte. »Ich glaube nicht. Kommen Sie doch rein – wir schauen einfach nach.«

Andie folgte Neil an den abgeteilten Arbeitsplätzen vorbei, den langen Gang entlang und die Treppen in den zweiten Stock hinauf. Blairs Büro lag im Dunkeln. Sie musste irgendwo auf der Straße an ihm vorbeigefahren sein.

Als sie die Treppen hinuntergingen, kam gerade ein anderer junger Programmierer die Treppe herauf, dessen Gesicht Andie nicht kannte. Er trug einen Becher mit dampfendem Kaffee und hatte geschwollene Augen mit dunklen Augenringen – eine Ehrenauszeichnung in seiner Branche.

Neil blieb stehen. »Hey, Gary, ist Blair hier noch irgendwo?«

»Blair? Nö. Hab gesehen, wie er sein Auto beladen hat, als ich gerade ankam.«

Eine neue Angst ließ Andies Herz hüpfen. Sie zwang ihren Lippen einen beiläufigen Ton ab. »Um wie viel Uhr war das?«

Erst jetzt schien Gary zu bemerken, dass Neil nicht alleine war. »Lassen Sie mich mal überlegen, ich bin nach meinem Kurs bei Burger King vorbeigefahren, also muss es so um sechs gewesen sein.« Gary nickte und setzte seinen Weg die Treppe hoch fort. Er hatte augenscheinlich nicht bemerkt, welch einen Schlag er Andie gerade verpasst hatte.

Neil verlagerte sein Gewicht auf den linken Fuß und drehte sich um, um einen letzten Blick die Treppe hoch zu werfen. Andie konnte beinahe hören, wie er sich anstrengte, eine logische Erklärung über seine Lippen zu bringen. Sie hielt den Atem an und wartete. Ihr fielen keine weiteren Entschuldigungen mehr ein.

Sein Gesicht hellte sich auf. »Jetzt erinnere ich mich. Dieser komisch aussehende Typ war heute da, der sich um den ganzen juristischen Kram kümmert. Als Blair ging, hatte er einen Umschlag dabei. Ich wette, dass er ins Büro Ihres Anwalts gegangen ist.«

Welche juristischen Dokumente sollten heute gekommen sein? Andie erinnerte sich, dass Sam von einer erweiterten Klage gesprochen hatte, aber sie hatte darüber nicht nachdenken wollen. Im selben Maße, wie sie versuchte, die Klage zu ignorieren und zu hoffen, dass sie verschwinden würde, schritt der Prozess voran und nahm ihr auch noch die letzte Hoffnung in ihrem Leben.

»Er muss wohl vergessen haben, Sie anzurufen.«

Denk nach, Andie, denk nach. Was auch immer mit Blair los ist – du willst nicht, dass es zum Gesprächsthema all seiner Angestellten wird. Du hast schon genug Probleme und musst nicht auch noch deine privaten Dinge in die Öffentlichkeit tragen.

Sie rang sich selbst ein Lächeln ab, obwohl sie ahnte, dass Neil sah, welch schlechte Imitation es war. »Er hat es vielleicht versucht. Ich war mit Freunden unterwegs und mein Handyakku ist leer. Das kommt davon, wenn man immer vergisst, ihn aufzuladen.«

Neil nickte und die Falten auf seiner Stirn entspannten sich. »Er macht sich womöglich schon große Sorgen.« Er begleitete Andie zur Tür. »Ich wünsche Ihnen einen schönen Abend, Mrs Phelps. Ich bleibe an der Tür, um sicherzugehen, dass Sie gut an Ihrem Auto ankommen.«

»Danke.« Andie ging über den Parkplatz und konzentrierte sich darauf, tief einzuatmen. Sie hatte sich bis jetzt unter Kontrolle gehabt, sie wollte sie nun nicht verlieren. Als sie das Auto erreicht hatte, atmete sie langsam aus und drehte sich zum Gebäude um. Neil winkte. Sie erwiderte die Geste. *Nur noch ein paar Minuten beherrschen. Du schaffst das, Andie.*

Sie ließ sich auf den Fahrersitz fallen und schloss die Tür. Als sie in Richtung ihres leeren Hauses fuhr, fragte sie sich, wovor sie Angst haben sollte. Der Gedanke daran, dass sich Blair mit Sam traf, jagte ihr erneut Angst vor dem bevorstehenden Prozess ein. Der Gedanke jedoch, dass er jetzt irgendwo anders war, ängstigte sie noch viel mehr.

19.

Jake ging in der Werkstatt auf und ab und hielt Ausschau nach dem verräterischen Aufleuchten von Scheinwerfern. Er hatte sich nicht mehr konzentrieren können, seit Melanie angerufen und gefragt hatte, ob sie auf ihrem Heimweg von der Arbeit bei ihm vorbeischauen könnte. Was war es nur mit ihr, was ihn so aus dem Gleichgewicht brachte?

Er wusste, dass er sich von ihr fernhalten musste, aber wie würde sich das auf ihr wiedererwachtes Interesse an Gott auswirken? Er durfte nicht zulassen, dass sie davon abkam, nur weil er nicht die Stärke hatte, ein paar pubertären Hormonen zu widerstehen. Nein, er konnte und er würde seine Gefühle kontrollieren. Es würde schon bald vorübergehen.

Ein Scheinwerferlicht huschte über die Wände und verlosch dann. Jake war versucht, so zu tun, als arbeite er an einem Motorrad, unterließ es dann aber doch. Er ging zur Tür, blieb dort stehen und wartete auf sie, während sie aus dem Auto stieg.

Ihre Füße schienen bleiern, als sie mit schweren Schritten auf ihn zuging. Als sie ins Licht trat, konnte er müde Falten in ihrem Gesicht sehen.

»Kommen Sie rein. Ich hab gerade eine Kanne koffeinfreien Kaffee gemacht, wenn Sie möchten.«

»Hört sich gut an.« Sie folgte ihm in sein Büro. Er spürte plötzlich die Leere des Gebäudes um sie herum und zum ersten Mal, soweit er sich erinnern konnte, fühlte es sich erdrückend an.

»Zuerst einmal tut es mir wegen gestern leid. Ich habe kein Recht, einer trauernden Mutter zu sagen, dass sie weniger Zeit am Grab ihres Sohnes verbringen sollte. Das war unangemessen.«

Melanie zog die linke Schulter nach oben und legte den Kopf schief. Thema beendet. »Machen Sie sich keine Gedanken deswegen. Ist es das, worüber Sie mit mir reden wollten?«

»Dieses Treffen war Ihre Idee.«

»Ich weiß, aber als ich vorhin angerufen habe, meinten Sie, Sie wollten sowieso mit mir reden. War es das?«

»Äh. Zuerst Sie.« Er lächelte. »Wenn Sie wegen dem, was ich sage, wild werden, dann haben wir auf diese Weise wenigstens beide Themen abgehakt, bevor Sie hinausrauschen.«

Sie nickte langsam mit dem Kopf, dann schneller, bis sie in Lachen ausbrach. »Ich mag das, dass Sie Klartext reden. Heutzutage findet man nicht viele Leute, die das tun.« Sie nahm einen Schluck Kaffee und nickte noch immer mit dem Kopf. »Ein Punkt für Sie. Okay, dann leg ich los. Sarah hat etwas gesagt, was mich seitdem beschäftigt. Ich wollte Sie gestern Abend danach fragen, aber … na ja …«

Über dieses Thema mussten keine weiteren Worte verloren werden. »Wie beschäftigt?«

»Ich fürchte, dass sie sich selbst unter Druck setzt, wo es nicht sein sollte, und ich möchte gerne hören, was Sie dazu sagen.« In den paar nächsten Minuten erzählte sie ihm von dem Gespräch, das sie vergangenen Sonntag mit Sarah in der Kirche gehabt hatte. »Sie hat gerade ihren Bruder verloren und für ihr Alter hat sie schon genug zu schultern. Ich möchte nicht, dass sie sich um meine Seele sorgt, während sie sich mit so viel auseinandersetzen muss.«

Jake betete um Weisheit für seine Antwort. Er wollte nichts sagen, was Melanie verletzte, aber er wollte ihr gleichzeitig auch die Wahrheit sagen.

»Das ist Teil der biblischen Lehre, wissen Sie. Wir sollen andere zu Jüngern machen, anderen davon erzählen, die Gute Nachricht verbreiten. Das ist einer der wesentlichen Punkte, um die es beim Christentum geht.«

»Ja, aber ich bin ihre Mutter. *Ich* soll diejenige sein, die sich um *sie* sorgt. Sie hat genug eigene Probleme.«

»Gibt Ihnen die Tatsache, dass sie sich inmitten ihrer eigenen Schwierigkeiten immer noch um Ihre Seele sorgt, nicht eine Ahnung davon, wie wichtig das für sie ist? Die meisten Mädchen im Teenageralter sind so verwickelt in das Hier und Jetzt, dass sie an solche

Dinge überhaupt nicht denken würden. Das zeigt mir, welche Tiefe Sarahs Charakter und Hingabe hat – nicht, dass ich daran jemals gezweifelt hätte. Sie ist eine bemerkenswerte junge Dame.«

Melanie nickte und drehte ihren Becher in ihren Händen. »Ja, das ist sie. Aber ich muss wissen, wie kann ich ihr diese Last abnehmen? Was müsste ich tun, damit ihre Gedanken zur Ruhe kommen – Sie wissen schon, dass sie mit diesem Kapitel abschließen kann? Ich bin ein guter Mensch. Ich weiß nicht, warum sie sich Sorgen um meine Seele macht.«

»Wir glauben, dass es mehr braucht, als nur ein guter Mensch zu sein. Erlösung ist eine persönliche Entscheidung und diese Entscheidung kann niemand für einen anderen treffen. Erst wenn Sie sich entschließen, Ihre Sünden vor Gott zu bekennen, um Vergebung bitten durch das Blut, das Jesus vergossen hat, und ihn als Herrn und Retter annehmen, erst dann wird dieses ›Kapitel‹, wie Sie das nennen, abgeschlossen sein. Jetzt und für immer.«

»Das ist mehr, als ich im Moment tun kann.«

»Was wäre, wenn Sie ihr sagen, dass Sie sich Gedanken über die Sache machen? Vielleicht würde das helfen, sie zu beruhigen, oder?«

»Ja, das werde ich tun. Also, was wollten Sie jetzt mit mir besprechen?«

»Ich habe über unser letztes Gespräch nachgedacht.«

Sie grinste ihn an. »Sie meinen Streit.«

Er schüttelte den Kopf und lachte. »Unstimmigkeit.«

Ihre Augen tanzten beinahe, als sie lächelte. »Wie auch immer. Was ist damit?«

»Also, ich hatte den Eindruck – korrigieren Sie mich, wenn ich falschliege –, dass Sie sich große Sorgen machen, dass niemand mehr an Jeff denkt. Dass sein Vermächtnis in Vergessenheit gerät. Habe ich recht?«

Sie zog ihre Augenbrauen hoch und die Mundwinkel nach unten. »Sehr aufmerksam.«

Jakes Puls raste. *Okay, dein Verdacht hat sich bestätigt. Sie ist darauf gefasst, dass jetzt irgendeine Verurteilung kommt; mache vorsichtig weiter.*

Denk an das, was du sagen willst. Warum war es so viel schwerer, als er erwartet hatte? *Tief einatmen. Leg los.*

»Die Kids aus der Jugendgruppe mochten Jeff alle sehr gerne. Er hat das Leben von mehreren in einer Art und Weise verändert, von der Sie vielleicht gar nichts wissen. Ich möchte gerne einen Gedächtnisgottesdienst planen.«

Ihr Gesicht hellte sich auf und sie beugte sich in ihrem Sitz nach vorne.

Sie findet es nicht aufdringlich – sie mag die Idee. »Die meisten aus unserer Collegegruppe haben die Beerdigung verpasst, weil sie wieder an der Uni waren. Wenn wir es während der Frühjahrsferien planen, werden viele von ihnen zu Hause sein. Wir könnten den Gottesdienst am Strand stattfinden lassen. Ich würde mir wünschen, dass Sie kommen und einfach hören, welches Vermächtnis Ihr Sohn hinterlassen hat. Ich glaube, Sie werden staunen.«

»Das würden Sie wirklich tun?«

»Ein Wort von Ihnen und ich treffe die Vorbereitungen. Ich denke, dass das für alle Beteiligten gut sein wird, aber ich muss jetzt damit anfangen. Collegestudenten, Sie wissen schon. Die verplanen ihre Frühjahrsferien immer schon weit vorher.«

Sie schien ihren leeren Becher zu studieren und als sie aufsah, waren ihre Augen gerötet. »Das würde mir wirklich viel bedeuten.«

»Betrachten Sie es als beschlossen.«

Sie stand auf. »Ich muss zurück. Sarah braucht vielleicht Hilfe bei ihren Schulaufgaben.«

Jake begleitete sie zu ihrem Auto. »Danke, dass Sie gekommen sind.«

Sie startete den Motor. »Danke, dass Sie mich nicht aufgegeben haben.«

Jake sah zu, wie die Scheinwerfer die Auffahrt hinunter und auf die Straße entschwanden. Nein, die würde er nicht aufgeben. Er würde weiterkämpfen.

Christi fuhr durch das Tor zu Andies Haus. Was würde sie heute vorfinden?

Die erweiterte Klage war Blair gestern zugestellt worden – und obwohl Scott sagte, dass das zu erwarten gewesen sei, so würde es sich wie ein weiterer Schlag anfühlen. Es würde ein schlechter Tag werden.

Es schien, als hätte Andie in den vergangenen Wochen wirklich Fortschritte gemacht – sie hatte immer wieder Abstand zu ihrer Trauer gewonnen, aber diese Momente waren so vergänglich gewesen. Ihre Stimmung konnte so schnell umschlagen –, von der kreativen Kämpferin, die ihre ganze Seele in ein Bild steckte, wurde sie zum verzweifelten, verwundeten Tier, das sich vor der Welt verkroch. Hoffentlich war heute die Kämpferin da.

Christi stieg aus dem Auto und sah in Richtung Küchenfenster. Dunkel. Sie würde an der Türe klopfen.

»Ich bin hier hinten.« Andies Stimme klang über den Rasen herüber. Christi drehte sich um und sah, wie Andie etwas hinter den Pavillon im Garten stellte. Sie trat zurück zu einem Stuhl und setzte sich einer großen Leinwand direkt gegenüber, die auf einer Staffelei stand.

Christi spürte, wie ihr ein Lächeln über das Gesicht huschte, als sie auf ihre Freundin zuging. »Malst du noch eins?«

Andie zuckte mit den Schultern. »Es hilft.«

Christi ging auf die andere Seite, um einen Blick auf die Leinwand zu werfen. Sie sah darauf und war beeindruckt von der Schönheit, die ihre Freundin geschaffen hatte.

Sie erkannte Elfensporn und Bergenien und Euphorbien und all die Blumen aus Andies Wintergarten, die, zu einer Girlande gebunden, um ein Fenster mit Blick auf den Pazifischen Ozean geschlungen waren. »Oh, Andie! Es ist so realistisch, ich könnte schwören, dass ich die Blumen und das Salz des Ozeans riechen kann.«

»Atme tief ein. Das ist nicht mein brillantes Gemälde. Du *kannst* diese beiden Dinge riechen.«

Sie ist gut drauf. Gut. Das sollte einfach werden. »Schön, dich hier draußen zu sehen, wie du mitten am Tag malst. Ich bin nämlich hier, weil ich genau darüber mit dir reden wollte – über dein Bild.«

Andie legte den Pinsel zur Seite und nahm sich einen Lappen, um ihre Hände abzuwischen.

»Mein Bild? Was ist damit?«

»Hab es einem Sachverständigen zur Schätzung gebracht.«

»Was hast du gemacht? Du hast mir erzählt, du würdest es als Werbung nutzen.«

»Hab ich auch. Aber was, wenn wir damit noch mehr anfangen könnten? Er hat gemeint, dass es an die 1 000 Dollar wert sei. Und dass du viel Talent hast und dass er von mehreren Galerien weiß, die sich freuen würden, Arbeiten dieser Qualität ausstellen zu können.«

»Warum hast du das getan?«

»Weil ich schon immer wusste, dass die Malerei etwas war, das du gerne gemacht, dir aber nie die Zeit dazu genommen hast. Ich weiß, dass Blair dich darin nie wirklich unterstützt hat – oder in irgendetwas anderem, was du je unternommen hast.«

»Er –«

»Lass mich ausreden. Ich dachte, wenn er sieht, dass du durch dein Hobby ein bisschen Geld für deine Ehrenämter verdienen kannst und es dich gleichzeitig glücklich macht, dann hört er vielleicht auf, sich so wie ein … Trottel aufzuführen.«

»Er wurde einfach von einer konservativen Mutter erzogen.«

»Du meinst, von einer Frau, die sich von ihrem Ehemann niederwalzen ließ und nur das tat, was er wollte. Einer Frau ohne Wahlmöglichkeiten, ohne Selbstwert. Deswegen hat sie wahrscheinlich auch einen Herzinfarkt gekriegt.«

»Christi!«

»Es stimmt, das weißt du. Unterdrückte Frauen leben kürzer.«

Andie nahm sich einen Pinsel und rollte ihn zwischen ihren Fingern. »Na ja, wenigstens hatte sie eine Begabung. Ich denke nicht, dass sie meinen Haushalt gutgeheißen hätte.« Sie tauchte die Borsten ein und versah den Ozean mit Spuren weißen Schaums.

Andies Selbstzweifel schafften es immer, Christi zu verärgern. Heute war das nicht anders. »Wenn Blair nicht so kritisch wäre, würdest du nicht so darüber denken.«

»Aber er hat recht. Ich bin nicht sehr häuslich.«

»Deswegen solltest du eine Haushaltshilfe einstellen.«

Andie schüttelte ihren Kopf. »Seine Mutter –«

»Ich weiß, ich weiß. ›Meine Mutter hat es ohne Hilfe geschafft und wir waren vier Kinder.‹ Ehrlich, Andie, wie viele Wohltätigkeitsgremien, wie viele Schulprojekte, wie viele Benefizaktionen hat Blairs Mutter organisiert?«

Andie zuckte die Schultern.

»Siehst du! Außerdem bist du in vielen Dingen gut: Du bist die beste Zuhörerin, die beste Unterstützerin und die liebenswerteste Person im Umkreis.«

Andie schüttelte ihren Kopf in ihrer sanften Weise. »Das sind alles Dinge, die jeder tun kann. Dafür muss man nur herumsitzen und zuhören. Ich möchte gut in etwas sein, was ich tue.«

»Du malst fantastisch. Schau dir doch nur einmal an, was du hier auf dieser Leinwand geschaffen hast.«

»Aber das ist wertlos. Ich sollte meine Zeit damit verbringen, etwas Produktives zu tun und nicht zu spielen.«

Christi schluckte den Kommentar herunter, der ihr auf der Zunge lag. Wenn sie jetzt die Beherrschung verlor, würde Andie nicht mehr zuhören. »Es ist ein Talent und es ist ein Fehler, Talent zu verschwenden. Ich werde dein Bild vom Jahrmarkt auf dem diesjährigen Jahrmarkt verkaufen. Es wird genug Geld bringen, um deine Art der Spielerei zu überdenken.«

Sie scheint es sich zu überlegen. Geh jetzt besser, bevor du die Beherrschung verlierst. »Ich muss noch ein paar Dinge erledigen. Du denkst darüber nach, was ich dir gesagt habe.«

»Klar.«

Christi sprang in ihr Auto und raste die Zufahrt hinunter. Als sie an deren Ende angelangt war, wurde ihr bewusst, dass Andie ihren Ehering nicht getragen hatte. Seltsam. *Vielleicht zieht sie ihn aus, wenn sie malt.*

20.

Andie setzte sich im Bett auf und rieb sich das Gesicht. Eine vage Vorahnung stieg in ihr auf. Heute würde etwas Aufregendes passieren. Nur was?

Ach ja. Der Jahrmarkt. Heute war das Treffen des Organisationskomitees.

Der Medienrummel um die Klage legte sich langsam und sie war zuversichtlich, dass heute die Entscheidung fallen würde, sie wieder in eine Leitungsposition zu holen. Ja, heute würde ein großartiger Tag werden.

Sie stieg gemächlich die Treppe hinunter in die Küche. Die Zeitung lag sauber gefaltet auf dem Tisch, ein Zeichen, dass Blair besonders früh aufgestanden und zur Arbeit gegangen war. Nach dieser turbulenten Woche schien auch er sich wieder gefangen zu haben.

Sie goss sich eine Tasse Kaffee ein und sah auf die Uhr. Noch 45 Minuten bis zu ihrem Lieblingsradkurs im Fitnessstudio – ausreichend Zeit, um hinzugehen. Aber irgendwie war sie dazu noch nicht bereit. Die Vorstellung, mit so vielen anderen in einem engen Raum zusammen zu sein und deren beobachtende Blicke zu spüren, sagte ihr nicht zu. Überhaupt nicht. Nein, heute würde sie auf dem Trimmrad zu Hause trainieren und die Zeitung lesen.

Ein paar Minuten später faltete sie die Zeitung auseinander und fing an, in die Pedale zu treten. Nachdem sie die lokalen und nationalen Tagesnachrichten aufmerksam gelesen hatte, übersprang sie wie immer die Sportseiten und sah sich dann die Sparte »Leben« an. Sie wollte die Zeitung gerade weglegen, als ihr ein paar Fotos ins Auge sprangen. Sie sah noch einmal hin.

Die Überschrift von Vanessa Phillips anmaßender Klatschkolumne »Santa Barbara Chic« lautete heute: «Unterwegs in der wunderbaren Welt der Reichen.« Unter der Überschrift waren Fotos von einigen der berühmtesten und reichsten Einwohnern Santa Barbaras, wie sie ihre teuren Autos fuhren, ihren skandalösen Schmuck trugen, extravagante Dinge unternahmen. Genau in der Mitte fanden sich zwei Bilder von Andie. Das eine war von Christi und ihr, als sie mit Taschen voller Spenden aus Saks herauskamen. In der Zeile darunter war zu lesen: »Offenbar nehmen Andie Phelps und Christi Baur die Sache (und mehrere Taschen voller Schätze) selbst in die Hand.« Das nächste Bild zeigte sie, wie sie in einem von Mattilda Plendors Kleidern aus der Kirche kam. Der Untertitel lautete: »Andie zeigte himmlischen Stil in der Kirche.«

Die Zeitung zitterte in ihren Händen. Wie konnte diese Frau es wagen, solche Bilder zu drucken? Wenn die Mitglieder des Komitees sie vor dem Treffen sahen, dann waren ihre Chancen vertan.

Sie sprang vom Fahrrad und ging zum Telefon. Die Seiten des Telefonbuchs klebten zusammen und schienen sich zu wehren, als sie sie durchblätterte. Schließlich fand sie die Nummer, tippte sie ein und wartete. Am anderen Ende klickte es nach dem zweiten Klingeln. »Vanessa Phillips.«

»Ja. Hier ist Andie Phelps –«

»Es wäre doch nicht nötig gewesen, dass Sie mich anrufen und sich bei mir bedanken. Ich sollte diejenige sein, die sich bei Ihnen bedankt – für die genialen Bilder, meine ich.«

»Ich rufe nicht an, um mich bei Ihnen zu bedanken. Ich möchte wissen, woher Sie die Bilder haben.«

»Die haben Sie mir geschickt.«

Andies finsterer Zorn schlug in hellen Schrecken um. »Was habe ich getan? Mrs Phillips, ich habe diese Bilder noch nie in meinem Leben gesehen.«

»Das ist komisch. Sie kamen letzte Woche in einem Umschlag, auf dem Ihre Adresse als Absender angegeben war. Ehrlich gesagt haben mich diese Bilder erst auf die Idee für diese Kolumne gebracht. Nun ja – es ist ja nichts passiert. Der Artikel ist großartig geworden, nicht wahr?«

»Diese Bilder wurden aus dem Kontext herausgerissen. Eines davon zeigt mich, wie ich Spenden von Saks abhole, bei dem anderen habe ich Mattilda Plendor einen Gefallen getan. Sie haben es so dargestellt, als sei ich seit dem Tod meines Sohnes nur noch am Einkaufen. Ich möchte, dass Sie einen Widerruf schreiben.«

»Ich habe überhaupt nichts herausgerissen. Die Bilder wurden in keiner Weise verändert. Mrs Phelps, wenn Sie nicht möchten, dass die Leute Sie sehen, wie Sie einkaufen gehen und Designerkleidung tragen, dann schlage ich vor, dass Sie einfach nicht mehr einkaufen gehen und keine Designerkleidung tragen. Wie es scheint, haben Sie sich diese verfängliche Situation selbst zuzuschreiben. Ich werde für Bilder kein Dementi veröffentlichen.«

Andie schäumte vor Wut. »Danke für all Ihre Hilfe.«

»Sehr gerne.« Ein Klicken war am anderen Ende zu hören, dann war die Leitung tot.

Das Telefon klingelte erneut, als sie es noch in der Hand hatte. »Ja?«

»Andie, hier spricht Carolyn Patterson. In Anbetracht der heutigen Zeitungsausgabe hat das Komitee beschlossen, die endgültige Abstimmung bis zu unserem Treffen in zwei Wochen zu verschieben.«

»Aber das sind nur zwei Wochen vor dem Jahrmarkt.«

»Möchten Sie lieber gleich zurücktreten?«

»Ich schätze mal, dass du heute wieder mittagessen gehen willst?«, rief Melanie den Gang hinunter, während sie auf Sarahs Zimmer zuging.

»Ja.« Sarahs Stimme klang erstickt.

Sie stand an der Wand, ihre Finger fuhren über das Bild von Juanita. Die dunklen Augen lächelten unter dem langen Pony zurück. Sarah schniefte einmal und schüttelte den Kopf. »Sie war so ein tolles Mädchen.«

Melanie nickte. »Ich erinnere mich an all die Geschichten. Hört sich nach einem richtigen Wirbelwind an.«

»Ja.«

Melanie legte ihre Hand auf Sarahs Schulter. »Ich hoffe wirklich, dass alles gut wird für euch.«

Sarah drehte sich zu ihr um und lächelte. Ihre Augen waren rot. »Ich weiß.« Sie berührte ein mit Buntstiften gemaltes Bild von Kindern auf einem Fußballfeld und schüttelte ihren Kopf. »Ich weiß nicht, wie ich überhaupt noch in den Spiegel sehen kann, wenn wir nicht gehen.«

Der Duft von Knoblauch und frisch gebackenem Brot erfüllte den Parkplatz vor Lorenzo's. Melanies Magen knurrte.

»Ich muss mich nicht fragen, ob Sie Hunger haben oder nicht.« Trish lachte und eilte voraus, um der Gruppe die Tür aufzuhalten.

Während das Treffen in der vergangenen Woche etwas reserviert und angespannt gewesen war, fühlten sich die Frauen diese Woche langsam wohl miteinander. Und mit Melanie. Sie fragten nach ihrem neuen Arbeitsplatz, wie es ihr jetzt nach Jeffs Tod ging und wie Sarah mit allem zurechtkam. Sie waren gerade mitten im Mittagessen, als sogar die Klage thematisiert wurde.

Neben Melanie und Trish waren es vier weitere Frauen. Zwei von ihnen waren Mütter von Sarahs Freundinnen, die anderen beiden kannte Melanie noch nicht.

Rennie Micheel hatte kurzes braunes Haar und ein vollkommen unscheinbares Gesicht. Sie war nicht unattraktiv, hatte keinesfalls ein unangenehmes Äußeres, sie hatte eben nur nichts Besonderes an sich. Melanie vermutete, dass sie in einem Raum voller Menschen sitzen konnte und es eine Stunde später nur sehr wenigen von ihnen gelingen würde, sie zu beschreiben oder sich überhaupt an ihre Anwesenheit zu erinnern. Melanie kannte das. Auch sie gehörte zu den »unsichtbaren Leuten«. Zumindest bis zu der Klage.

Margaret Foreman andererseits konnte nur als streng beschrieben werden. Von ihrem eng zusammengebundenem Haar bis zu der gestärkten Steifheit ihrer Kleidung entsprach alles an ihr dem altmodischen Stereotyp »Kirchenfrau«. Dennoch hatten ihre Augen eine Wärme, die fast einer Sanftheit gleichkam. Melanie wunderte sich über diesen offensichtlichen Widerspruch und war sich nicht ganz sicher, ob sie Margaret mochte.

»Hast du die Bilder von dieser Phelps in der Zeitung gesehen? Kannst du dir vorstellen, dass sie einfach so weitermacht?« Trish zog schmatzend an ihren Spaghetti und fuhr dann fort. »Man könnte meinen, sie würde etwas mehr Diskretion zeigen.«

Rennie setzte ihre Gabel ab und sah Trish direkt an. »Sie ist nicht ›diese Phelps‹. Ihr Name ist Andie Phelps und da du noch nie um jemanden getrauert hast, kannst du ihr Handeln auch nicht verdammen. Du sprichst von ihr, als sei sie nicht einmal ein echter Mensch.«

So viel zur Mrs Durchschnittlichkeit. Rennie hatte eine große Klappe und setzte sich für die falsche Sache ein, soweit das Melanie betraf.

»Sie ist nicht wirklich einer, wenn du mich fragst. Ein echter Mensch, meine ich.« Trish sah zu Melanie hinüber, um offensichtlich ihre Reaktion auf diese Aussage zu beobachten.

Melanie bemühte sich, unbeteiligt zu wirken. Diese Frauen sprachen aus, was sie dachten. Wenn sie jetzt irgendeinen Hinweis darauf gab, dass sie nicht zustimmte, dann würden sie verstummen und sie würde nie ihre wahren Gedanken erfahren.

»Darüber hast du nicht zu entscheiden.« Rennie nahm ihre Gabel und fing an, Nudeln aufzudrehen.

»Du hast recht, das habe ich nicht. Das Gericht wird entscheiden.« Trish hob ihr Wasserglas und spreizte ihren kleinen Finger dabei triumphierend ab.

»Das sollte nicht so sein.« Rennie stopfte die Gabel voll Pasta in ihren Mund und wandte den Blick ab. Ihr Gesicht glühte allmählich in einem hellen Rosaton.

Vielleicht wünschte sie sich jetzt, sie hätte ihren Mund gehalten. Sie war nicht die Einzige.

»Entschuldigung – und warum sollte das nicht so sein?« Trish stellte ihr Glas so heftig auf dem Tisch ab, dass Wasser auf das rote Tischtuch spritzte.

»Christen sollten einander nicht vor Gericht ziehen.«

»Sagt wer?«

»Paulus im ersten Korintherbrief. Er sagte, dass Christen andere Christen nicht vor ein weltliches Gericht bringen sollen. Er hat gesagt, dass man Gläubige aus der Gemeinde ernennen soll, die Streit schlichten sollen.«

Trishs Gesicht lief rot an und sie nickte in Richtung Melanie, als wollte sie versuchen, Rennie daran zu erinnern, dass sie anwesend war. »Nun gut, die Zeiten waren früher eben anders.«

Margaret strich sich eine imaginäre Haarsträhne glatt. »Außerdem hat die Gemeinde der Phelpsfamilie gar keine richtige Kirche. Das ist eher ein Freizeitzentrum. Hast du die Kirche jemals gesehen?«

Obwohl Melanie sich vorher nicht sicher war, was sie über Margaret denken sollte, so betrachtete sie sie jetzt als Schwester. Ja, das war eine Frau, die sie kennenlernen wollte.

Ihre Neugierde zwang sie an dieser Stelle, sich in die Unterhaltung einzuschalten. »Wirklich? Wie ist es da?«

»Sie liegt im Herzen von Montecito. Sie haben ein Fitnessstudio, eine wunderschöne Außenanlage und einen Gottesdienstraum, der erst kürzlich umgestaltet wurde. All die – sogenannten – ›Reichen und Schönen‹ gehen dorthin. Wenn du an einem Sonntagmorgen dort vorbeifährst, wette ich mit dir, dass du kein einziges Auto einer amerikanischen Marke auf dem Parkplatz findest. Außerdem hast du ja die Bilder in der Zeitung gesehen. Du weißt, welche Sachen diese Leute tragen.«

Trish nickte. »Selbst der Name der Gemeinde ist hochnäsig.«

»Ein Name kann nicht hochnäsig sein. Die ›United Church of Montecito‹ – was soll daran eingebildet sein?« fragte Rennie.

»Hast du jemals gehört, dass eines der Mitglieder sie ›United Church of Montecito‹ genannt hat? Sie nennen sie alle ›Uni-Mon‹. Als wäre es eine Studentenverbindung.«

Margaret schmetterte ihre Hand auf den Tisch. »Oder noch besser: Das erinnert mich an diese komischen japanischen Comics, die alle Kinder heute so mögen. Frugy-Mon … oder Pokemon. Na ja, ihr wisst schon, was ich meine.«

Beths Mutter, Christine, meldete sich zu Wort: »Das ist nicht ganz richtig. Ich war dort zu verschiedenen Veranstaltungen. Es stimmt, in dieser Kirche ist viel Geld im Spiel, aber schau doch mal, wo sie sich befindet: Die Leute, die in dieser Gegend wohnen, haben eben viel Geld. Meinst du, irgendeiner von ihnen würde sich um einen Gott kümmern, der in einer kleinen Hütte mitten in ihrem Paradies gepredigt wird? Ich denke, es gibt verschiedene Arten der Anbetung für verschiedene Leute und ich glaube nicht, dass wir das Recht haben, darüber zu urteilen. Ich bin mir sicher, dass einige von ihnen sich über unsere normalen Sonntagsgottesdienste empören würden, aber die Arbeiterfamilien und die Surferkids würden nicht zu uns kommen, wenn wir versuchen würden, total schick zu sein. Vielleicht gilt ihr Auftrag dem Jetset. Weißt du, diese Leute brauchen Jesus genauso wie jeder andere. Wir alle haben unseren Platz in Gottes Plan.«

Margaret hob ihre linke Schulter und gab sich teilweise geschlagen: »Vielleicht.«

Melanie beendete ihr Essen und stand dann auf, um zu gehen. Sie nickte Rennie zu: »Ich nehme an, dass ich nichts Falsches tue, selbst Ihrer Meinung nach. Sie haben gesagt, dass zwei Christen einander nicht vor Gericht bringen sollten. Ich bin kein Christ und habe das auch nie behauptet.«

Sie sah, wie Rennie den Mund aufriss, und genoss den Sieg. Das würde ihr eine Lehre sein. »Bis nächste Woche, meine Damen.« Sie warf das Geld für ihre und Sarahs Rechnung auf den Tisch, ging an den fassungslosen Gesichtern vorbei und nahm ihre Tochter mit sich. Als sie die Tür aufdrückte und ins Freie trat, fragte sie sich, ob am nächsten Sonntag jemand aufkreuzen würde.

21.

Blair stützte die Ellenbogen auf seinem Tisch ab und starrte auf die geschlossene Tür. Glücklicherweise hatte er es durch das Haus und ins Büro geschafft, ohne Andie zu treffen. Ihre Fragen verschlimmerten seine Schuldgefühle nur. Außerdem schien auch sie ihn nicht sehen zu wollen. Im Moment war es besser für beide, ihre Zeit getrennt zu verbringen.

Er griff hinüber zu den Schlössern seiner überladenen Aktentasche. Sie sprangen auf und gaben den Blick frei auf etwa ein Gigabyte Papierkram, der seine Aufmerksamkeit forderte. Die Arbeit würde ihn wenigstens von weiteren Grübeleien abhalten.

Das Telefon klingelte. Das Lämpchen am Hörer blinkte im Gleichtakt mit dem Klingelton.

Während der letzten paar Tage hatte er sich immer wieder vor den Anrufen eines paranoiden Mike Daniels zu drücken versucht. Er würde sie doch nicht zu Hause anrufen, oder doch? Höchstwahrscheinlich war es eine von Andies Freundinnen. Sollte sie doch rangehen; er hatte zu arbeiten.

»Blair«, rief Andies Stimme vom Gang her. »Blair. Telefon.«

Oh nein.

Sie öffnete die Bürotür. »Es ist Sam Campbell.«

Machten Anwälte nie Pause? Sam rief mindestens dreimal die Woche an. Was konnte er denn jetzt noch wissen wollen?

Wenigstens war es nicht Mike.

Andie blieb im Büro stehen. Ein Anruf so spät am Abend bedeutete, dass etwas passiert war, und sie würde nicht eher gehen, bis sie wusste, um was es ging. Sie lehnte sich an die Wand und beobachtete ihn.

Die Dokumente von Parsons Bank and Trust fanden sich ganz oben auf dem Papierstapel. Beiläufig warf Blair einen leeren Ordner darauf, bevor er antwortete. »Hallo, Sam.«

»Abend, Blair. Tut mir leid, dass ich so spät anrufe, aber es gibt etwas, das ihr wissen solltet.«

Blair sah zu Andie. Ihre Ohnmacht lag etwas mehr als eine Woche zurück; er bemühte sich, sich seine Beunruhigung nicht anmerken zu lassen, und rang sich einen beiläufigen Ton ab: »Wirklich? Was denn?«

»Die Polizeidirektion hat bis jetzt nicht jede Information, die sie über Chad hatten, offengelegt. Wohlgemerkt, sie verheimlichen nichts. Sie sind nur nicht damit hausieren gegangen. Verstehst du, was ich meine?«

Blair wusste, was jetzt kam. Er sank zurück in den Sessel, der hinter ihm stand. Immer wenn er dachte, dass es jetzt nicht schlimmer kommen konnte, kam es schlimmer.

Sam räusperte sich. »Es wurde heute bekannt, dass Les Stewarts Ermittler aufgedeckt haben, dass Chad zweimal von der Polizei angehalten worden war, bevor ihm der Führerschein entzogen wurde. Da ich Stewarts Arbeitsmethoden kenne, würde ich mich nicht wundern, das in den nächsten Tagen in der Zeitung wiederzufinden. Vielleicht sogar morgen schon. Ich dachte, ihr solltet darauf vorbereitet sein.«

»Sie werden eine Lüge drucken und wir werden sie wegen übler Nachrede verklagen. Chad wurde vorher nicht zwei-, sondern nur einmal angehalten. Es passierte im November, kurz nachdem er seinen Führerschein bekommen hatte. Alles, was sie sonst noch behaupten, ist Lüge.«

Auf der anderen Seite des Raumes glitt Andie die Wand hinunter auf den Boden und zog die Knie an die Brust. »Er wurde zweimal angehalten.«

»Sam, ich ruf dich gleich zurück.« Er legte auf, ohne die Antwort abzuwarten. »Was hast du gesagt?«

»Kyle Ledger hat mich im Dezember angerufen und mir erzählt, dass er Chad erwischt hat, wie er zu schnell gefahren ist. Ich habe versprochen, dass ich mit ihm reden würde, und das hab ich auch gemacht.«

Wie hatte sie ihm das verheimlichen können? Es betraf seinen eigenen Sohn! »Du willst mir also sagen, dass es ein zweites Mal gegeben hat, von dem ich überhaupt nichts wusste? Warum hast du mir nichts davon erzählt?«

Andies Augen verengten sich. Sie sah ihn an und in ihren Augen sah Blair bloße Verachtung: »Ich wusste, dass du in die Luft gehen würdest. Chad hatte in dieser Zeit genug andere Probleme und konnte das nicht auch noch brauchen.«

Er stand auf und nur durch reine Willenskraft konnte er verhindern, dass er sie packte und schüttelte. »Wenn ich davon gewusste hätte, hätte ich den Unfall vielleicht verhindern können.«

Ihre Augen glänzten feucht, doch es waren nicht die Tränen der Trauer, von denen er so viele gesehen hatte. Es waren Tränen des Hasses. »Wirklich? Du hättest doch nur eine Woche lang geschimpft, was hätte das gebracht? Nur wenige Wochen danach hat er den Bußgeldbescheid bekommen, der ihn seinen Führerschein gekostet hat – weil du dich geweigert hast, ihm vor dem Verkehrsgericht zu helfen, erinnerst du dich? Du meintest, dass sechs Monate Führerscheinentzug seiner Sturm-und-Drang-Phase ein Ende setzen würden.« Sie stemmte sich an der Wand hoch. »Deine Methoden haben nichts gebracht. Ich bin es so satt, dass alles meine Schuld sein soll.«

Sie rannte aus dem Zimmer; der Klang ihrer Tritte auf der Treppe hallte durch das Haus. Schließlich tat es einen lauten Knall, dass die Wände wackelten. Sie hatte die Tür zum Schlafzimmer zugeschlagen.

Blair wusste, wo er heute Nacht nicht willkommen war. Auch gut.

Er griff nach dem Telefon.

Sam antwortete beim ersten Klingeln. »Ich schätze mal, es hat einen zweiten Vorfall gegeben.«

»Ich kann nicht glauben, dass sie mir das verheimlicht hat. Hätte ich es gewusst, hätte ich etwas unternehmen können.«

»Vielleicht. Es tut mir leid, dass ich euch noch mehr Schwierigkeiten gemacht habe.«

»Nein, es war ganz richtig, dass du angerufen hast. Besser, es jetzt von dir zu hören, als es morgen in der Zeitung zu lesen.«

»Das dachte ich auch. Blair, kann ich dir einen Vorschlag machen?«

»Klar.« Was konnte es schon schaden?

»Ich habe viele ähnliche Fälle erlebt. Eine solche Situation kann auch die gesündeste Beziehung auseinanderreißen. Ich weiß, dass ihr eine Ehe habt, um die es sich lohnt zu kämpfen. Kümmere dich jetzt schon darum – bevor es zu spät ist.«

Blair antwortete nicht, er hängte einfach auf. Wie konnte man eine Ehe nach so etwas wieder aufbauen? Andie gab ihm die Schuld an Chads Tod. Wie konnte er sie ansehen, wo er doch wusste, wie sie fühlte?

Dunkle Leere umgab ihn. Vielleicht hatte Sam recht, aber an diesem Punkt hatte er keine Kraft mehr weiterzukämpfen. Er hatte seinen Sohn verloren. Er war dabei, sein Haus zu verlieren. Dann war es nur folgerichtig, dass er auch noch seine Frau verlieren würde.

Andie hörte das Klopfen. Es war nicht sehr nah, aber nah genug, um sie zu stören. Sie riss sich aus den Tiefen des Schlafes und lauschte.

Die Hintertür.

Höchstwahrscheinlich Christi, da sie die Kombination für das Gartentor kannte. Sie würde die Tür verschlossen vorfinden und davon ausgehen, dass Andie nicht zu Hause war, wenn ihr Klopfen unbeantwortet bliebe. Das kam Andie sehr entgegen. Sie schloss die Augen und sank zurück in die Dunkelheit.

Das Klopfen war jetzt näher – hartnäckiger.

Andie öffnete erneut die Augen und sah sich im Raum um. Licht strahlte durch ihr kleines Wohnzimmer und ließ alles in einem freundlichen und gemütlichen Licht erstrahlen. Was war das für ein Klopfen?

Als sie durch die Tür in das große Schlafzimmer blickte, tauchte ein Schatten an der Tür der Hinterveranda auf. Das Klopfen hielt an und obwohl es das Letzte war, was Andie tun wollte, so spähte sie doch ganz langsam um die Ecke:

Christi stand auf der Veranda und klopfte an die Glastüren, die zum Schlafzimmer führten. Sie machte ein verärgertes Gesicht. Wenn Andie sich jetzt nicht zeigte, würde Christi wahrscheinlich die Tür einschlagen.

Andie seufzte. Sie schlurfte hinüber und schob die Tür auf. »Wie viel Uhr ist es?«

Christi schaute sie prüfend an und Andie wusste, dass sie diese Prüfung nicht bestehen konnte. Sie hatte immer noch die Kleider vom Vortag an, die Haare waren ungekämmt, das Gesicht nicht gewaschen.

Christi war zumindest so freundlich, ihre Zunge im Zaum zu halten. »Zehn. Was ist los mit dir?«

Andie schüttelte den Kopf: Sie war immer noch ganz erschreckt. »Hatte Streit mit Blair. Ich hab die ganze Nacht in unserem Wohnzimmer mit der Fernbedienung verbracht. Ich muss irgendwann heute Morgen auf der Couch eingeschlafen sein.«

»Männer.« Christi kam herein. »Die Hintertür ist verschlossen. Ich hab ganz schön lange gebraucht, dich zu finden. Wo ist dein Fensterreiniger? Ich habe Flecken auf das Glas gemacht.« Ohne eine Antwort abzuwarten, verschwand sie im Haus. Mehrere Minuten später tauchte sie wieder auf, den Glasreiniger in der Hand. Während sie die winzigen Flecken wegwischte, sah sie zu Andie hinüber. »Das sollte dich aufheitern: Ich bringe gute Nachrichten.«

»Gute Nachrichten?«

»Jawohl.« Sie lächelte vor Befriedigung. Andie konnte nur nicht sagen, ob aufgrund der gereinigten Scheibe oder wegen der Wichtigkeit der Nachrichten.

»Komm mit in mein Zimmer.« Andie führte Christi in ihren Lieblingsraum im Haus – neben ihrem Atelier wohlgemerkt. Das Zimmer war in hellem Lorbeer und Grau gestrichen und hatte einen winzigen offenen Kamin, um den ein Zweiersofa, ein Stuhl und ein kleiner Tisch angeordnet waren. Es war schon immer ihr privater Raum gewesen. Selbst Chad hatte sie hier alleine gelassen. Vielleicht erschien ihr das Zimmer deshalb jetzt wie ein Hafen; es war der einzige Ort in diesem Haus, in dem sie die Erinnerung an ihn nicht verfolgte.

Christi setzte sich auf das Sofa, Andie an den Tisch. »Okay, ich bin bereit für ein paar gute Neuigkeiten.«

»Wir können wieder zu Alfords gehen.« Christi lächelte triumphierend und wartete. Sie bereitete sich, wie es schien, mental auf Andies Freudenschreie vor.

Andie zuckte zusammen und verspürte etwas wie Übelkeit in ihrem Magen. »Was?« Obwohl sie sich anstrengte, war ihre Stimme nur ein heiseres Flüstern.

Christi riss die Augen ein wenig auf und beugte sich nach vorne. »Ich sagte, wir können jetzt wieder zu Alfords gehen. Diese Mrs Johnston wurde in eine andere Filiale versetzt. Ich wollte sichergehen, bevor ich es dir erzähle. Es stimmt. Alle sind ganz aufgeregt. Siehst du, was passiert, wenn wir alle zusammenhalten?«

Andie presste ihre Finger gegen die Lippen und konzentrierte sich darauf, tief einzuatmen. *Das haben sie für mich gemacht. Sie haben dieser anderen Frau den Job genommen, für mich.* »Das sind … tolle Neuigkeiten.«

Christi starrte Andie stumm an. Die Uhr an der Bürowand schlug, ein Vogel zwitscherte irgendwo vor dem Fenster und Andies Puls schlug ihr in den Ohren.

Als Christi aufstand, spielte um ihre Lippen ein finsterer Ausdruck. »Muss jetzt los. Ich hab Scott versprochen, dass ich ihn früh zum Mittagessen treffe.« Sie sah demonstrativ auf ihre Uhr, obwohl Andie wusste, dass das nur eine Ausrede war.

»Dann lass ihn nicht warten. Das mögen Männer nicht.« Sie lächelte steif und war froh, dass Christi gemerkt hatte, dass sie sie besser alleine ließ.

Christi nickte. »Ich werde den Hinterausgang nehmen.«

»In Ordnung.« Andie fiel der Länge nach aufs Sofa, noch bevor Christi die Tür hinter sich geschlossen hatte.

Andies Freundinnen hatten diese arme Frau von ihrem Arbeitsplatz gejagt. Nein. Andie hatte es getan. Weil sie nicht den Mut gehabt hatte, aufzustehen und zu sagen: »Nein, das ist nicht richtig.« Weil sie gelächelt hatte und sie weitermachen ließ. Weil sie ein Fußabstreifer war – schon immer.

22.

Noch nie hatte sich Andie beim Einbiegen in den Parkplatz der Kirche elender gefühlt. Blair verpasste den Gottesdienst selten und dass sie jetzt alleine kam, würde ihr mit Sicherheit Nachfragen bescheren. Oder schlimmer noch: wissende Blicke. Vielleicht sollte sie einfach die Wahrheit sagen. Aber irgendwie dachte sie, dass »Wir haben seit Mittwoch nicht mehr miteinander gesprochen« bei den Damen nicht gut ankommen würde.

Der Parkplatz befand sich an der Längsseite der Kirche und verfügte über vier Reihen. Sie wählte den allerletzten Platz in der allerletzten Reihe und parkte ihr Auto rückwärts ein. Sie wollte später so schnell wie möglich hier rauskommen.

Als sie aus dem Auto stieg, um zur Kirche zu gehen, erkannte sie ihren ersten Fehler: Den Parkplatz würde sie zwar schnell verlassen können, aber sie hatte eine weite Strecke in ihrem neusten Kleid à la Mattie zurückzulegen. Dieses Kleid reichte ihr fast bis zu den Knöcheln und bestand aus einem neuen Modestoff, der so dick und schwer wie Jeans war. Trend oder nicht, die Gehfalte klebte zusammen, wenn sie ging, und sie musste winzige Schritte tun. Doch selbst dann peitschte der Stoff gegen ihre Beine und rieb ihr die gesamten Waden wund.

»Andie! Andie!« Christis Rufe stellten sicher, dass jeder auf dem Parkplatz, dem ihre Gegenwart und ihre unkontrollierte Art der Fortbewegung bislang verborgen geblieben war, nunmehr bestens informiert war. Christi spurtete herüber. Sie sah frisch aus und ihr roséfarbener Rock mit passendem Oberteil saß wie angegossen. »Da bist du ja. Hab dich gesucht.«

Großartig! Das passte ja, dass Christi gerade heute ihren monatlichen Gottesdienstbesuch machte.

»Hab jedem von deinem Bild und der Schätzung erzählt. Alle sind so aufgeregt. Sie möchten alle mit dir darüber reden.«

Andie wollte nicht darüber sprechen. Sie wollte mit niemandem über irgendetwas reden. »Vielleicht ein anderes Mal.«

»Komm schon, sei doch nicht so bescheiden. Hier entlang.« Christi packte ihren Arm und zog sie in Richtung Foyer. Andie stolperte bei ihren Bemühungen, Schritt zu halten.

Erst jetzt drehte Christi sich um und sah sie genau an. »Was hast du da eigentlich an?« Sie blieb lange genug stehen, um Andie von Kopf bis Fuß zu inspizieren. Ein Lächeln spielte um ihre Mundwinkel und sie biss sich auf die Unterlippe. Auch wenn sie sich beherrschte und nach außen hin ruhig blieb, so konnte Andie das Lachen doch in ihren Augen sehen.

»Ach, du weißt schon. Eine von Mattilda Plendors Klamotten.«

Christi schien den Atem anzuhalten. »Ich hätte nie gedacht, dass du Avantgardemode magst.«

»Tu ich auch nicht.« Andie sah sich um, um sicherzugehen, dass keiner auf dem Parkplatz ihre Unterredung mithören konnte. »Ich hasse sie. Aber was soll ich denn machen? Sie ist so glücklich, helfen zu können, dass ich einfach nicht Nein sagen konnte.«

Christi brach in Lachen aus: »Du machst doch Scherze, oder? Du ziehst etwas an, das du hasst, weil du die Gefühle von jemandem nicht verletzen willst?«

Die Worte saßen. »Ich dachte, das wäre höflich. Sie trauert doch auch noch, weißt du. Ich dachte, dass ich ihr helfen könnte, indem ich ihre Hilfe annehme.«

Christi schüttelte den Kopf und verdrehte die Augen. Ihr Lachen wurde lauter. Plötzlich schien ihr bewusst zu werden, dass Andie nicht mitlachte. Sie atmete tief ein und räusperte sich. Alle paar Schritte kicherte sie weiter in sich hinein. »Du solltest dich von ihr wirklich nicht so herumschubsen lassen.«

Als ob Christi das Recht hätte, so etwas zu sagen. Es schien, als wolle jeder, dass Andie sich wehrte, außer man war selbst betroffen.

Immer mehr erkannte Andie, dass sie, seit sie erwachsen war, immer versucht hatte, anderen zu gefallen. Sie tat oder gar sagte nie das, was sie wirklich wollte.

Hier müssen sich ein paar Dinge ändern. Sie fühlte sich, als sei eine Bestie in ihr gefangen, die sie nicht weiter zurückhalten konnte.

Sie näherten sich den Frauen, die beisammen standen. Als sie näher kamen, verstärkte sich das aufgeregte Stimmengewirr, bis sich eine Stimme über die Menge erhob. »Andie, Christi hat uns gerade die aufregenden Neuigkeiten erzählt. Das ist so toll.«

»Ist es das?«

Das Gemurmel verstummte. In Andies Stimme hatte mehr Wut mitgeklungen, als sie beabsichtigt hatte. Die nunmehr verstummte Gruppe starrte sie mit großen Augen an. *Ich sollte diese neue Unabhängigkeit wohl sorgsamer einsetzen.* Vielleicht sollte sie das Tier für den Moment erst einmal anleinen. »Ich meine, finden Sie wirklich?«

Die Gesichter der Frauen entspannten sich und das aufgeregte Gemurmel ging wie in Wellen wieder durch die Gruppe. Ein Chor von »Ja« und »Wundervoll« folgte.

»Dieses Outfit ist fantastisch.« Weitere Zustimmung kam aus der Gruppe. Carissas abgewandter Blick und Kendras hochgezogene Augenbrauen sagten Andie, dass ihnen das Outfit vielleicht gefiel, aber nicht an ihr. *Ich bin völlig ihrer Meinung.* Der Käfig musste sich öffnen, und zwar bald.

»Wie läuft es mit dem diesjährigen Jahrmarkt? Ich bin mir sicher, dass Sie sich wie immer übertroffen haben.«

»Ich –«

»Die Orgel spielt schon.« Christi packte ihren Arm. »Wir sollten besser reingehen.«

Die Frauen machten sich auf in Richtung Kirche und das Thema wurde fallen gelassen. Andie würde sich bei Christi später bedanken.

Carissa blieb vor der Tür zum Foyer stehen. »Wo ist Blair?«

Andie rang sich ein freundliches Lächeln ab: »Er hat ein wichtiges Projekt bei der Arbeit. Er hat sich geärgert, dass er nicht kommen konnte, aber er hat erkannt, dass er es einfach nicht schafft.«

Wissendes Nicken ringsum. Die meisten in der Gruppe kannten das; sie besuchten Veranstaltungen oft alleine, wenn die Arbeit den Ernährer rief. Andie fragte sich, wie viele schon dasselbe wie sie gesagt hatten und dabei genauso gut wussten, dass es nicht wahr war. *Es ist Zeit für Veränderungen.*

»Ich werde es nicht hinnehmen, nicht mehr.«

»Verzeihen Sie? Ich habe Sie nicht richtig verstanden.«

Andie wirbelte herum und ließ die Schüssel fallen, die sie gerade geschrubbt hatte. Sie schepperte auf den Boden und verteilte Schaum und Wasserspritzer. »Tut mir leid, Silas. Ich habe nur mit mir selbst geredet.« Sie bückte sich, um die Schüssel aufzuheben. Sie war froh, dass sie aus Plastik war.

»Das dachte ich mir. Dürfte ich Ihnen den Vorschlag unterbreiten, dass Sie Ihre Worte vielleicht besser an Gott richten?«

»Ich bin sicher, Sie haben recht.« Warum musste er immer so überheblich klingen? Er stand an der Schwelle zur Obdachlosigkeit, war schmutzig und seine Art zu sprechen nervte.

Warum konnte er sie nicht einfach in Ruhe lassen? Sie wollte seinem Unsinn nicht zuhören.

Unsinn? War das Gespräch mit Gott für sie unsinnig geworden?

Sie fing an, die nächste Schüssel zu bearbeiten. *Okay, Gott, das gilt jetzt dir. Ich werde es nicht mehr weiter hinnehmen. Ich bin es müde, mir von Menschen »helfen« zu lassen. Ich bin es müde, einen Mann zu haben, der mich wie eine Hausangestellte oder einen Teenager auf Abwegen oder wie ein Nichts behandelt. Ich bin es müde, herumgeschubst zu werden.*

So. Bist du glücklich? Als sie die Schüssel abtrocknete, merkte sie, wie lächerlich ihr Gebetsleben geworden war.

23.

Melanie holte die Wäsche aus der Waschmaschine. Selbst die Kleider fühlten sich heute schwerer an als sonst. Ihre Knochen schmerzten vor Erschöpfung, aber was noch schlimmer war: Sie fühlte sich innerlich hohl. Der Stress des neuen Arbeitsplatzes, das ständige Mobbing sowie die eineinhalb Stunden Fahrtzeit forderten ihren Tribut.

»Mama, sind meine Shorts schon trocken? Das Spiel fängt in einer Stunde an.« Sarah steckte ihren Kopf zur Garage herein, ihr Gesicht voll der Sorge eines Teenagers.

Melanie spürte, wie in ihr Wut aufstieg. »Vielleicht hättest du früher daran denken und sie selber waschen sollen, hm?«

»Vielleicht hätte ich das tun sollen. Vielleicht hätte ich das tun sollen, statt das Abendessen für dich vorzubereiten!« Sie schlug die Tür zu und verschwand wieder im Haus.

Melanies Wut verpuffte in einer Wolke von Schuldgefühlen. Sarah hatte schon immer ihren Beitrag im Haushalt geleistet. Das gehörte dazu, wenn man alleinerziehend war. Jetzt, da Melanies Pendelei bis zu drei Stunden am Tag in Anspruch nahm, hatte Sarah sogar noch mehr von der Last zu tragen. Melanie warf das letzte Kleidungsstück in den Trockner, schaltete ihn an und machte sich auf die Suche nach ihrer Tochter.

Sie fand Sarah im Badezimmer, wo sie verzweifelt versuchte, sich französische Zöpfe zu flechten. Bisher war das Ergebnis ein klumpiges Durcheinander. »Ich hasse meine Haare.«

Melanie trat heran. »Komm, lass mich das machen.« Sie löste das Durcheinander, kämmte es durch und fing zu flechten an. »Es tut mir leid, Liebes. Ich weiß, dass du deinen Beitrag leistest. Ich bin nur ausgeflippt, weil ich müde bin, das ist alles.«

Sarah zuckte die Schultern. »Mir tut es auch leid. Ich weiß, dass es für dich besonders schwer ist mit der neuen Stelle.« Sie seufzte. »Mit dem Spendensammeln läuft es auch nicht wirklich. Die letzten beiden

Autoputzaktionen fielen ins Wasser und der Kuchenverkauf brachte nicht so viel, wie wir gehofft hatten.« Sie schniefte und wischte sich über das linke Auge. »Juanita wird mich hassen.«

Melanie flocht den Zopf auf der einen Seite zu Ende. Bevor sie mit dem anderen anfing, berührte sie ihre Tochter an der Schulter. »Sie wird dich nicht hassen. Dieses Mädchen versteht vielleicht besser als du und ich, wie das ist, wenn Geld fehlt.« Sie kämmte Sarahs Haar und teilte es in drei Stränge. »Es tut mir leid. Ich weiß, dass du für mein Handeln bezahlen musst. Das ist nicht fair.«

Eine Träne floss Sarahs Gesicht hinunter. »Es ist auch nicht fair, dass mein Bruder gestorben ist. Es ist nicht fair, dass Juanita in einer heruntergekommenen Hütte wohnt. Die Dinge werden nie fair sein, also können wir auch einfach das Beste daraus machen.«

Melanie nickte. Sie hasste es, dass ihre Tochter diese Wahrheit schon so früh lernen musste.

Andie hielt vor dem Laden inne. *Erinnere dich an deinen Entschluss.* Sie stieß die Tür auf und ging hinein. Sie würde es dieses Mal nicht zulassen, dass sie herumgeschubst würde.

»Andie, Schätzchen. Da sind Sie ja. Wir haben Ihnen schon die Kleider in das Umkleidezimmer gehängt. Kommen Sie mit nach hinten und dann geht es los.« Mattie, die einen cremefarbenen Hosenanzug und hochhackige Schuhe trug, schwebte mit ausgebreiteten Armen über den Boden.

Andie ließ die kurze Umarmung zu. »Mattie, ich muss mit Ihnen reden. Ich … äh … kann nicht weiter Kleider aus Ihrem Laden nehmen.«

»Nicht nehmen, meine Liebe, vorführen. Wussten Sie, dass wir mehrere Anfragen hatten, seit Sie damit angefangen haben? Vor allem nach diesem Artikel in der Zeitung. Alles sieht so gut an Ihnen aus, vor allem seit Sie abge… nun ja, sagen wir einfach, dass jede Frau in

Santa Barbara genauso aussehen möchte wie Sie. Sie sind das perfekte Model.«

»Ja, aber Mattie, ich –«

»Aber, aber, meine Liebe, Sie müssen mir doch nicht danken. Kommen Sie, wir suchen den nächsten großartigen Look für Sie aus.«

Zwei andere Frauen befanden sich im Laden: Chantal, die leitende Angestellte, und eine Kundin mittleren Alters. Andie konnte sehen, dass beide ihr Gespräch unterbrochen hatten, um das Spektakel zu beobachten, das sich ihren Augen bot. Sie senkte die Stimme: »Mattie, könnten wir bitte unter vier Augen sprechen?«

»Natürlich, folgen Sie mir.«

Sie führte sie an den Umkleidekabinen vorbei durch eine Reihe von Türen und in ihr Büro. Der schwarz-weiße Raum war mit einer interessanten Mischung aus modernen und antiken Möbeln ausgestattet und ließ keinerlei Platz für auch nur einen Tupfen Farbe. Mattie führte Andie zu einem Stuhl aus Chrom. »Farbe lenkt mich ab, wenn ich Entwürfe mache – das Gleiche gilt, wenn ich den Einkauf mache. Sie sind Künstlerin, ich bin mir sicher, Sie verstehen das.«

Andie war nicht hier, um ihren Status als Künstlerin zu diskutieren, und wollte sich nicht durch bloßes Gerede weichklopfen lassen. »Mattie, ich werde keines Ihrer Kleider mehr annehmen.«

Mattie schnappte nach Luft. Andie merkte, dass ihre Worte wohl etwas schärfer ausgefallen waren als beabsichtigt. Das bekannte Prickeln legte sich um ihren Hals und auf ihr Gesicht und sie wünschte die Worte zurück. *Bleibe auf Kurs.* »Danke für alles, was Sie getan haben. Es war wundervoll, die schöne Kleidung aus Ihrem Laden zu tragen. Ihr herzliches Wohlwollen bedeutet mir mehr, als ich sagen kann. Ich denke aber, dass es an der Zeit ist, wieder zu meinem eigenen Stil zurückzukehren.«

»Wenn Sie sich sicher sind, dass es das ist, was Sie möchten, meine Liebe. Sie haben immer großartig ausgesehen. Ich wollte Sie nur ein bisschen aufmuntern.«

»Und das schätze ich sehr. Mehr als ich je sagen kann. Ich glaube, dass ich einfach im Moment gewohnte Dinge brauche. Ich habe Chad verloren; ich kann mich selbst nicht auch noch verlieren.«

Matties Augen wurden feucht, aber der hohe Bogen ihrer kürzlich gelifteten Augenbrauen machte es unmöglich festzustellen, ob sie verletzt war oder einfach Heuschnupfen hatte. Sie klimperte mit ihren roten Nägeln auf dem weißen Lack des Tisches. »Ich bin froh, dass Sie mir das gesagt haben, meine Liebe.«

»Ich habe meine Kreditkarte dabei. Ich möchte gerne für die drei Kleider bezahlen, die ich schon getragen habe.«

»Unsinn. Ich habe die Kosten als Werbung abgeschrieben.« Mattie lächelte; zum ersten Mal schien es echt zu sein. »Und das Geld war gut investiert.« Sie erhob sich und wies in Richtung Tür. »Danke, dass Sie einer alten Frau den Gefallen getan haben, eine Zeit lang in ihren Fantasien zu schwelgen.«

Andie verließ den Laden. Immer noch nagten die Schuldgefühle an ihr, aber die Aufregung, ihre Gedanken ausgesprochen zu haben, überdeckte das Unbehagen. Zum ersten Mal seit Langem hatte sie Nein zu jemandem gesagt, sich behauptet und sich geweigert, einfach alles mitzumachen. Es fühlte sich gut an. Als nächste Aufgabe für diese neu gewonnene Stärke war Christi dran. Dann Blair.

Melanie sah auf die klebrige Schweinerei, die rings um ihren Schreibtisch auf dem Boden verteilt war. Sie atmete tief ein, rollte mit den Schultern und dehnte ihren Nacken. Mit einem langen Atemzug atmete sie langsam aus und hoffte, einige Spannung abzubauen. Es funktionierte leider nicht.

Diese Woche waren um sie herum viele kleine »Unfälle« passiert. Fehlende Unterlagen, unkorrekte oder fehlende Preisschilder, »Unfälle«, die sich scheinbar nur in ihrem Arbeitsbereich abspielten. Nur ihre persönlichen Sachen waren unberührt geblieben und das lag höchstwahrscheinlich daran, dass sie mit Candace ein Schließfach teilte.

Sie merkte, wie sie sich ständig umsah und fragte, woher der nächste Angriff kommen und wer ihn ausführen würde. An der Oberfläche schienen alle sehr freundlich zu sein. Aber sie hatte gesehen, wie mehrere Angestellte wissende Blicke austauschten, wenn sie sich unbeobachtet fühlten. Candace war nie dabei.

Was war Candaces Antrieb? Von allen Angestellten hatte sie am meisten zu gewinnen, wenn Melanie ging, dennoch bot sie weiterhin ihre Unterstützung an. Offen jedenfalls. Vielleicht war das alles Teil eines Plans – jeglichen Tadel von ihr fernzuhalten, während der Rest der Kollegen die schmutzige Arbeit für sie erledigte. Melanie wollte das nicht glauben, aber das Leben hatte ihr schon vor Langem gezeigt, dass Menschen nicht immer so waren, wie sie oberflächlich betrachtet erschienen.

Sie schnappte sich einen Mob, schrubbte die Schweinerei weg und setzte sich an ihren Schreibtisch, um den Papierkram für den Tag abzuarbeiten. Sicherlich würde sich alles bald wieder beruhigen. Wie viele elende Tage konnten sie ihr denn noch auferlegen, bevor sie der Anstrengung überdrüssig wurden oder zumindest meinten, dass sie genug gebüßt hatte? Es waren jetzt mehr als zwei Wochen. Es war jetzt schon genug.

Sie sah den Stapel Schilder für die Preisänderungen des nächsten Tages durch. Ein weiterer Tag voller Verantwortung tat sich vor ihr auf.

Nach 40 Minuten harter Arbeit beendete sie die letzte ihrer Tagesaufgaben. Sie schleppte sich von ihrem Schreibtisch in den Umkleideraum und holte ihr Sachen – sie waren glücklicherweise unversehrt.

Die kühle Luft erfüllte sie mit neuer Energie, als sie über den Parkplatz ging. Ihr kleines Auto befand sich in der Ecke des Parkplatzes und wartete darauf, sie heimzubringen. Sie lächelte über den kleinen Haufen Metall, dann blieb sie stehen. Irgendetwas sah komisch aus: Ihr Auto schien niedriger zu sein als gewöhnlich. Sie eilte näher, bis sie den Grund sehen konnte. Dann blieb sie erstarrt stehen: Alle vier Reifen waren aufgeschlitzt.

Andie ging im Eingangsbereich auf und ab und sah wieder einmal auf ihre Armbanduhr. Es waren nur fünf Minuten seit dem letzten Mal vergangen. 18.30 Uhr. 22. März.

Wo war Blair?

Er fand einfach keinen Abstand zu seiner erdrückenden Arbeitslast, zu seinem immer noch schwelenden Ärger, seinem – was auch immer es war, auf das er so viel Zeit verschwendete.

Dieser Gedanke wühlte sie auf. Ihre Wege hatten sich so weit voneinander entfernt seit ihrer Hochzeit – heute vor 18 Jahren.

Im Verlauf der letzten paar Tage hatte sich die Spannung zwischen ihnen mehr oder weniger auf das Niveau vor dem letzten Streit abgesenkt. Andie hatte angenommen, dass sie wenigstens den Schein wahren und wie jedes Jahr an ihrem Hochzeitstag zusammen Hummer essen würden. Mittlerweile waren die stachligen Tiere in ihren Schachteln sicher gestorben.

In den Anfangsjahren ihrer Ehe hatte sich Blair den Tag immer freigenommen und sie waren an den Hafen gefahren, um sich dort an den Fischerbooten frischen Hummer auszusuchen. Das machten sie zweimal im Jahr – an ihrem Hochzeitstag und an Heiligabend. Nachdem Chad geboren war, hatten sie ihn immer mitgenommen.

Sie konnte immer noch sein von kurzem blondem Haar eingerahmtes Gesicht sehen, wie es in die tragbaren Becken spähte. *»Der dort ist es, genau der. Der hat genau meine Größe.«*

Der Fischer hob den Hummer hoch. *»Genau der hier?«*

»Ja.« Chads Stimme klang unsicher. Er blickte zu Andie hinüber und blinzelte.

Der Fischer ging in die Knie, sodass er Nase an Nase mit Chad war. *»Du hast ein gutes Auge, kleiner Mann. Genau den hatte ich mir selber ausgeguckt, um ihn mit nach Hause zu nehmen. Es ist der Beste der ganzen Bande.«*

Chad strahlte. *»Habt ihr das gehört, Mama und Papa? Er hat gesagt, ich hab ein gutes Auge!«*

Dieses Jahr hatte Andie den Hummer alleine gekauft. Dennoch hatte sie erwartet, dass Blair auftauchen und ihr kochen helfen würde. Sie machten das immer gemeinsam. Sie sank in einen Stuhl.

Ein weiterer Blick aus dem Fenster brachte nichts Neues. Sie entschloss sich, ihren Stolz hinunterzuschlucken und in seinem Büro anzurufen. Sie wollte ihn nicht anflehen heimzukommen, aber vielleicht war ihr Hochzeitstag der richtige Abend, um sich ein bisschen stärker um ihn zu bemühen.

Neil Parker antwortete beim zweiten Klingeln. »Nein, Mrs Phelps, er ist nicht hier.«

»Sind Sie sicher, dass er nicht in seinem Büro ist?«

»Ich habe gesehen, wie er ungefähr um 14 Uhr gegangen ist. Ich bin der letzte im Gebäude und gerade dabei abzuschließen.«

»Oh, na dann, äh … danke, Neil.«

Andie legte das Telefon auf und ging schnurstracks zu ihrem Auto. Sie musste eine Weile aus dem Haus.

Sie fuhr an der Küste entlang, nahm aber kaum die Welt um sich her wahr. Sie sah die Lichter draußen auf dem Ozean, die von den Offshoreölplattformen herüberfunkelten. Von ihrem Aussichtspunkt aus sahen sie aus wie glitzernde Türme und nicht wie die Realität aus Stahl, Schmiere und Rost. Genau wie ihre Ehe. Blair hatte sie seit Chads Tod praktisch alleinegelassen. Seit der Entdeckung des Umschlags im Cachuma-See war aus ihrer Beziehung eine leere Hülle geworden, traurig und verdorrt.

Sie zwang sich schließlich, zurückzufahren zu ihrem leeren Haus. Vielleicht würde sie eine DVD herauskramen und den Abend auf der Couch verbringen.

Als die Garagentür sich öffnete, stand Blairs Auto auf seinem Platz. Welche Entschuldigung würde er dieses Mal haben? Sie rüstete sich, bereit, ihn wissen zu lassen, dass sie die Wahrheit kannte. Dieses Mal würde er sich mit keiner Erzählung von irgendwelchen Recherchen herauswinden können.

Das Geräusch von fließendem Wasser kam von oben. Er nahm womöglich eine Dusche. Ein weiteres schlechtes Zeichen. Wovon meinte er denn, sich reinigen zu müssen? Bei den Bildern, die diese Frage in ihr aufwarf, wurde ihr ganz schlecht. Es war an der Zeit, ihn geradewegs zu konfrontieren. Doch wie? Vielleicht sollte sie sich zunächst dumm stellen und von da aus weitermachen.

Sie stieg die Treppe nach oben, setzte sich auf den Stuhl neben dem Bett und wartete. Sie hörte, wie die Dusche abgedreht wurde und wie das Wasser am Waschbecken lief. Rasierte er sich? Putzte er sich die Zähne?

Die Tür ging auf und Blair kam in ein Handtuch gewickelt herein. Er blieb stehen, als er sie sah. »Da bist du ja. Wo bist du gewesen?«

Bin herumgefahren und hab mich gefragt, wo du bist, aber dieses kleine Eingeständnis wird uns der Wahrheit nicht näherbringen, oder? »Ein bisschen einkaufen. Und du?«

Er schlenderte in seinen begehbaren Kleiderschrank. »Ein bisschen arbeiten.« Sein Versuch, einen Witz zu machen, drehte ihr den Magen um.

»Bist du erst jetzt rausgekommen?«

Blair tauchte aus dem Kleiderschrank auf und steckte seine Beine in ein Paar braune Hosen. Als er sie ansah, sah Andie seine Augen beunruhigt aufblitzen. Die Frage hatte ausgereicht, um ihn in Alarmbereitschaft zu versetzen. »Ich hatte viel zu tun.« Er sah ihr weiter geradewegs in die Augen und wartete offensichtlich darauf, dass sie reagierte.

»Das hat Neil auch gesagt.«

Das saß.

Sein rechter Unterkiefer fing an zu zucken – ein eindeutiges Signal, dass er unter Druck stand. Er starrte sie einen weiteren Moment an und ging dann zurück in den Kleiderschrank. »Wann hast du mit Neil gesprochen?«

Sein Tonfall klang beiläufig – etwas zu beiläufig jedoch. Er wusste, dass sie ihn ertappt hatte.

»Ich habe im Büro angerufen. Er sagte mir, dass er der Einzige dort sei und gerade abschließen wolle. Er hat gesagt, du wärst schon mehrere Stunden weg.«

Blair tauchte wieder aus seinem Kleiderschrank auf. Er zog sich dabei einen Pulli über seine feuchten Haare. »Ich werde ein Wörtchen mit Neil sprechen. Es wird in der letzten Zeit immer schwieriger meine Frau zu überraschen.«

Oder sie anzulügen? »Das glaube ich dir gerne.«

Er ging aus dem Zimmer. Der Klang seiner Schritte wurde leiser, als er die Treppen nach unten ging, dann quietschte die Tür zur Garage, als sie geöffnet wurde.

Einfach so. Er war einfach gegangen.

Andie war zu betäubt, um noch irgendetwas zu fühlen. Sie starrte einfach an die Wand. Die Erkenntnis dessen, was gerade passiert war, schwebte irgendwo außerhalb ihres direkten Bewusstseins.

Dann quietschte die Tür erneut und die Schritte nahmen den gleichen Weg zurück. Blair kam in den Raum und stand vor ihr, die Hände hinter dem Rücken. »Ich hatte vor, dir das später zu geben, aber da du mich auf frischer Tat ertappt hast, ist es jetzt vielleicht besser.«

Er zog eine kleine rechteckige Schatulle hinter seinem Rücken hervor, die das für Tiffany's typische Hellblau zeigte. »Ich bin früher gegangen und war selber ein bisschen einkaufen. Hier, das ist für dich.«

Andie nahm sie in die Hände, aber öffnete sie nicht. Die weiße Schleife verschwamm durch den Tränenschleier vor ihren Augen zu einem Tropfen. »Das wäre doch nicht nötig gewesen.«

Er ging zu ihr und setzte sich neben sie auf das Bett. »Doch, wäre es. Ich weiß, dass es schwer war, mit mir die letzten Monate zu leben. Ich habe Chad verloren; ich möchte nicht auch noch dich verlieren.«

Andie warf sich an seine Brust. Wie sehr hatte sie sich nach ein paar

Worten des Trostes – der Liebe – von ihm gesehnt. Dieser Augenblick war so süß, sie wollte ihn nicht zerstören, indem sie das Geschenk aufmachte.

Er schlang die Arme um sie und küsste sie auf den Kopf. »Mach es auf. Wenn du zu deinem nächsten Teamtreffen gehst, werden deine Freundinnen so beeindruckt sein, dass sie heimgehen und ihre Ehemänner fragen werden: ›Warum kannst du nicht mehr wie Blair sein?‹«

Andie lachte und wischte sich über die Augen. »Irgendwie bezweifle ich das.« Sie öffnete die Schatulle.

Reflexe funkelten durch den Raum, als das Armband das Licht zurückwarf. Goldene Kreuze, miteinander verbunden und an den Ecken mit viereckigen Diamanten besetzt, sodass jedes Kreuz von Steinen umgeben war.

Blair hob es aus der Schatulle. »Welcher Arm?«

Andie streckte ihm ihr rechtes Handgelenk hin und sah zu, wie er den Verschluss zumachte. Er drehte es einmal um ihren Arm. »Hier. Wunderschön.«

»Wirklich wunderschön.« Scham dämpfte die Freude über dieses unerwartete Geschenk. »Blair, es tut mir leid. Ich hätte nicht gleich Vermutungen anstellen sollen.«

»Die letzten Monate waren für uns beide schwer. Ich weiß, dass ich nicht viel dazu beitrage, dass es besser wird. Dieses Armband ist mein Versprechen, dass ich mich mehr anstrengen werde.«

»Das werde ich auch.« Sie hielt ihre Hand hoch und beobachtete, wie das Licht von den farblosen Steinen reflektiert wurde. Das Gold sah so glatt aus, dass sie ihre Hand ausstreckte, um es zu berühren. »Wir sollten besser mit den Hummern anfangen.«

Blair schlug sich gegen die Stirn: »Die Hummer! Wie konnte ich die vergessen? So viel zum Thema ›mehr anstrengen‹, hm?« Er fuhr mit seinen Fingern durch sein feuchtes Haar. »Denkst du, sie leben noch?«

»Vielleicht.«

»Ich habe eine Idee.«

Er führte sie hinunter in die Garage, öffnete den Deckel der Kühlbox und spähte hinein. »Jawohl, sie bewegen sich noch.«

»Was ist also deine großartige Idee?«

Er lächelte und zeigte in die Kühlbox. »Lass uns unseren Hochzeitstag feiern, indem wir den Jungs die Freiheit zurückgeben. Was denkst du? Vielleicht sind sie zu stark mitgenommen, um es zu packen, aber wenigstens geben wir ihnen die Chance – das ist mehr, als sie erwarten konnten.« Er sah sie an, in seinen Augen blitzte der Übermut.

Andie lächelte und spürte, wie ein kleiner warmer Hoffnungsschauer langsam durch sie sickerte. Sie hieß diese Erholungspause von der Kälte willkommen. »Tolle Idee.«

Sie fuhren hinunter zum East Beach. Die Beachvolleyballplätze standen stumm und leer im Schein des Mondes und der frühen Sterne.

Blair deutete mit seinem Kopf in Richtung Ozean. »Komm, wir lassen unsere Schuhe im Auto.« Er zog Schuhe und Socken aus und krempelte sich dann die Hosenbeine hoch. »Ich bring die Jungs ins Wasser. Wir müssen ja nicht beide Erfrierungen bekommen.«

Sie gingen beide zum Rand des Wassers, dann watete Blair bis zu den Knien hinein. Er hob die Krustentiere hoch über seinen Kopf. »Ihr kleinen Hummer, möget ihr lange in Harmonie und in Freiheit leben.« Er ließ sie ins Wasser fallen und kehrte zum Strand zurück, dann hob er seine rechte Hand zum Ozean: »Gehet hin in Frieden.«

24.

»Melanie, ich glaube nicht, dass wir das Problem noch länger ignorieren können.«

Melanies Arm hielt auf halbem Wege durch den Ärmel ihrer Jacke an. Anscheinend konnte sie jetzt noch nicht nach Hause gehen. »Welches Problem?«

Sie hatte Carl nichts von den Schwierigkeiten erzählt, die sie im Laufe der letzten Wochen gehabt hatte. Sie hatte gehofft, dass sie irgendwann nachlassen würden, und wollte ihn nicht mit den Streitereien der Angestellten belasten.

»Die Preisänderungen, die Beschilderungen. Ich habe bis jetzt nichts gesagt, weil ich davon ausging, dass Sie einfach nervös und in der Eingewöhnungsphase sind. Ich hatte gehofft, dass sich das irgendwann einrenken würde. Nach Ihren Referenzen zu urteilen, waren die Beschilderungen bei Ihrer vorherigen Stelle tadellos.«

»Und das sind sie auch dieses Mal. Ich überprüfe sie immer dreimal. Welche Fehler haben Sie gefunden?«

»Kommen Sie in mein Büro.«

Melanie folgte dem Mann in sein Büro und fragte sich, welcher Art von Sabotage sie dieses Mal zum Opfer gefallen war.

»Ich habe gerade einen Rundgang durch den Laden gemacht. Mehrere Schilder befanden sich an den falschen Produkten und mehrere Produkte waren mit den falschen Preisen gekennzeichnet. Ich weiß, dass wir mehrere Kundenbeschwerden hatten, weil Preise nicht richtig angezeigt waren.«

Er hob ein Schild von seinem Tisch auf. »Sehen Sie. Das hier fand sich vor dem Kaffee. Hier steht 99 Cent pro Pfund.«

Melanie beugte sich nach vorne. »Und da steht auch ›Rote Delicious‹ unten drauf. Mr Brown, ich habe dieses Schild vor nicht mehr als zwei Stunden am korrekten Ort angebracht. Fragen Sie Freddy – er hat gerade die Äpfel aufgefüllt, als ich es aufstellte.«

»Warum, meinen Sie, habe ich das Schild dann vier Gänge weiter gefunden? Hat es sich dorthin gezaubert?«

»Ich weiß es nicht. Genauso ...« Sie unterbrach sich. Sie wollte jetzt nicht all die anderen Dinge vorbringen. Es würde wie eine Ausrede klingen.

»Genauso, was?« Er ließ sich in seinen Stuhl sinken. »Genauso wie jemand in Ihr Schließfach eingedrungen ist? Genauso wie jemand Ihre vier Reifen mit einem Messer aufgeschlitzt hat?«

»Woher wissen Sie das alles?«

»Ich mag nicht viel reden, aber ich bin nicht taub und ganz sicher nicht dumm. Ich habe gesehen, was hier los ist, seit Sie angefangen haben. Sie haben sich bei mir nie darüber beschwert, deshalb habe ich das Thema nie angesprochen.«

»Wissen Sie, wer es ist?«

»Nein. Das ist der andere Grund, warum ich es nicht erwähnt habe. Ich habe wiederholt Ermahnungen an alle ausgesprochen, aber bevor ich nicht weiß, wer dafür verantwortlich ist, kann ich nicht viel tun.«

»Wenn Sie das alles wissen, dann verstehen Sie sicher, dass ich nicht die sein kann, die die Schilder an den falschen Stellen aufstellt.«

»Als es zum ersten Mal passiert ist, hatte ich sofort den Eindruck, dass etwas nicht stimmte. Ich habe Mr Mortensen in Ihrer früheren Filiale angerufen und er hat mir bestätigt, dass ihre Arbeit immer fehlerfrei gewesen ist. Das sagt mir, dass wir es hier mit einem anderen Problem zu tun haben. Ich weiß nur nicht genau, was wir tun können.«

»Ich hoffte, dass der Verantwortliche es irgendwann müde ist und sich um seine eigenen Sachen kümmert.«

»Das war auch meine Hoffnung, aber ich sehe nicht, dass das passiert. Und Sie?«

Melanie schüttelte den Kopf. »Mr Brown, als mein Sohn starb, ist mir das Schlimmste zugestoßen, was es gibt. Den Arbeitplatz zu wechseln, eine weite Strecke pendeln zu müssen, mit den grausamen Streichen eines anderen zurechtzukommen – das macht keinen Spaß, aber ich komme damit klar. Vielleicht finden wir heraus, wer hinter alldem steckt, wenn ich lange genug hier gewesen bin und Freundschaften aufgebaut habe. Ich bin jedenfalls darauf vorbereitet, das durchzustehen.«

Carl nickte und senkte den Blick. »Das sind Sie sicherlich. Ich weiß, dass die letzten Monate ein Albtraum für Sie gewesen sind. Und die Art und Weise, wie Sie von einigen Ihrer Arbeitskollegen behandelt worden sind, war nicht sehr hilfreich. Aber ... ich kann es mir nicht leisten, dass meine gesamte Filiale leidet. Ich habe mit dem Management über unsere Situation gesprochen. Alfords eröffnet nächsten Monat einen nagelneuen Laden in Orange County. Ich habe ihnen empfohlen, Sie als Abteilungsleiterin einzustellen. Es wurde bewilligt.«

Er sah Melanie erwartungsvoll an. Die Stelle, die ihr angeboten wurde, bedeutete Beförderung und mehr Geld. Natürlich hatte er erwartet, dass sie erleichtert oder sogar begeistert reagieren würde. Aber das tat sie nicht. »Ich weiß nicht, was ich sagen soll.«

»Mir fehlen auch immer die Worte angesichts guter Neuigkeiten.«

»Mr Brown, ich schätze es wirklich sehr, dass Sie sich für mich umgeschaut haben. Aber ich kann diese Stelle nicht annehmen.«

Er seufzte. »Sie sind überrascht, das ist alles. Treffen Sie jetzt keine Entscheidungen. Nehmen Sie sich etwas Zeit und denken Sie darüber nach. Das Gehalt wäre besser; Alfords würde Sie bei den Umzugskosten unterstützen. Es gibt dort ein exzellentes öffentliches Schulsystem. Ich denke, das ist die Chance Ihres Lebens.«

»Aber ich kann nicht umziehen.«

»Veränderung ist hart, aber manchmal ist es besser so.«

»Manchmal auch nicht.«

Sein Kopf fuhr hoch. Er sah ihr geradewegs ins Gesicht und fing dann an, beruhigend auf sie einzureden: »Natürlich will niemand, dass seine Kinder im Schulalter umziehen müssen, aber manchmal kann man es einfach nicht ändern. Ich möchte, dass Sie es sich durch den Kopf gehen lassen. Die Situation hier kann sich noch verschlimmern. Irgendwann bleibt mir vielleicht keine Wahl mehr und ich muss etwas unternehmen. Tun Sie den Schritt jetzt, wo Ihnen eine aussichtsreichere Stelle offensteht. Hm?«

Als Melanie aufstand, schienen sich die Wände des Zimmers um sie herum zu drehen. Sie stützte sich Halt suchend auf die Stuhllehne. »Ich … ich denke darüber nach.«

»Gut. Wir reden dann in ein paar Tagen weiter. Ich wünsche Ihnen einen guten Abend.«

Melanie zweifelte stark daran, dass sie den haben würde.

Die lange Fahrt nach Hause war eine willkommene Erholung. Sie gab Melanie Zeit nachzudenken. Alleine.

Sie konnte nicht umziehen.

Es wäre Sarah gegenüber nicht fair. Es wäre Jeff gegenüber nicht fair – was auch immer Jake und die anderen dachten. Jeff war immer noch in Santa Barbara und genau da musste sie auch sein. Bei ihrem Sohn. Sie hielt ihre Versprechen!

Trotzdem hatte sie ihre Zweifel, dass sie ihre Stelle in Thousand Oaks lange behalten würde, so wie die Dinge standen. Es würde nicht lange dauern, bis sie gezwungen wäre wegzugehen, ob sie das wollte oder nicht. Es war besser, jetzt zu handeln, wo ihr noch die Wahl blieb.

Wenn sie durchhalten könnte, bis der Prozess entschieden war, dann hätte sie finanziellen Spielraum, um abzuwarten und die Dinge zu durchdenken. Aber was würde sie in der Zwischenzeit tun? Was hatte ihr Les gesagt? Es sei ein beschleunigtes Verfahren und dass die Gerichtsverhandlung innerhalb eines Jahres stattfinden würde. Nun, dann blieben immer noch die nächsten zehn Monate.

Sie griff nach ihrem Handy und wählte eine Nummer, die sie mittlerweile auswendig konnte. Das überraschte sie, aber das taten viele Dinge in der letzten Zeit.

Les nahm nach dem zweiten Klingeln ab. »Melanie, ich wollte Sie gerade anrufen.«

»Wollten Sie?«

»Ja. Die Dinge setzen sich langsam in Bewegung.«

»Wirklich? Ist etwas passiert?« Erleichterung durchströmte sie. Vielleicht waren es nicht einmal mehr zehn Monate. Vielleicht würde ihre Freiheit viel früher kommen.

»Ja. Der Anwalt der Phelps hat heute Gegenklage eingereicht.«

»Gegenklage? Was ist das denn?« Komisch, dass sich das nicht wirklich nach Fortschritt anhörte.

»Es ist ein Teil des Rechtswegs.«

Die Tatsache, dass er mit schwammigen Begriffen antwortete und nicht mit spezifischen, sagte ihr, dass das etwas war, was ihr nicht gefallen würde. »Sie haben meine Frage nicht beantwortet. Was bedeutet das, eine Gegenklage?«

»Na ja, im Grunde sagen sie, dass ihr Sohn nicht schuld war.«

Eine Autohupe dröhnte hinter ihr. Erst jetzt merkte Melanie, dass sie auf die Bremse getreten war.

»Wie können sie so etwas sagen? Natürlich war er schuld. Was denken die denn, was passiert ist – dass ein Erdbeben die beiden Autos zusammengeschoben hat?«

»Nun, das ist eben eine Gegenklage. Sie sagen, es wäre nicht die Schuld ihres Sohnes gewesen; sie sagen, es war Jeffs Schuld.«

Der silberfarbene Corolla setzte zum Überholen an. Als er auf ihrer Höhe war, schrie ein Mann mittleren Alters im kurzärmligen Anzughemd etwas durch sein geschlossenes Fenster. Sein Gesicht war glühend rot und seine Lippen bewegten sich selbst dann noch weiter, als er schon fast an ihr vorbei war.

Melanie war dankbar für das Fenster, das sie voneinander trennte. Sie wusste nur zu gut, was er sagte, aber so musste sie es zumindest nicht hören.

Sie zog auf die Standspur, knallte den Automatikhebel in die Parkstellung und stieß die Tür auf. »Jeff?« Sie ging um das Auto herum, fand einen großen Stein und schleuderte ihn gegen die steile Böschung. »Jeff? Sie wollen Jeff das anhängen?« Sie hob einen anderen Stein auf. Dann noch einen und jedes Mal stellte sie sich als Ziel ein schickes Haus vor, das der Phelps-Familie gehörte.

Nach ungefähr dem fünften Stein hatte sie ihrem Ärger ausreichend Luft gemacht und realisierte, dass Les ja immer noch am Telefon war – und das Telefon immer noch im Auto. Sie stieß mit dem Fuß eine Wolke von Staub und kleinen Steinen auf und schrie Worte, die den Worten des Corollafahrers nicht unähnlich waren. »Wie können sie so etwas tun?« Sie stieg wieder ins Auto und griff nach dem Telefon. »Les, sind Sie noch dran?«

»Melanie? Sind Sie verletzt? Soll ich Hilfe rufen?«

»Nein, es gab keinen Unfall. Ich bin stehen geblieben und habe ein bisschen Dampf abgelassen.« Sie schlug ihre Hand gegen das Lenkrad. »Wissen Sie, bis jetzt hatte ich für die Familie sogar ein bisschen Mitgefühl übrig. Jetzt möchte ich sie vor Gericht bringen und ihnen alles nehmen, was sie jemals besessen haben. Wie können sie wagen, überhaupt anzunehmen, dass Jeff einen Fehler gemacht hat?«

»Sie müssen sich beruhigen. Ich habe Ihnen ja gesagt, dass das Spiel so gespielt wird.«

»Sie wollen also sagen, dass das nur ein Bluff ist? Sie wollen nicht wirklich behaupten, dass Jeff schuld ist?«

»Es ist mehr oder weniger ein Bluff. Sie werden aber hoch qualifizierte Experten haben, um einen Teil ihrer Gegenklage zu stützen. Es ist einfach Teil des Prozesses.«

Melanie atmete ein letztes Mal tief ein. »Dieser Prozess stinkt. Wenn Sie mich fragen, dann hatte der Wilde Westen ein besseres System. Sie haben die bösen Jungs einfach geschnappt und aufgehängt.«

»Ja, aber was meinen Sie, wie viele unschuldige Menschen aufgehängt wurden, bevor die Leute erkannten, dass sie vielleicht ein bisschen länger hätten diskutieren sollen? Machen Sie sich keine Sorgen. Wir schlagen uns da schon durch. Wir werden am Ende siegen. Bis dahin müssen wir einfach auf Kurs bleiben.«

»Na gut, ich muss wieder zurück auf die Straße. Ich spreche in ein paar Tagen wieder mit Ihnen.« Melanie fuhr wieder auf die Autobahn. Sie zitterte immer noch. Sie konnte es nicht glauben, auf welche Abwege die Klage geraten war.

Sie näherte sich den Stadtgrenzen von Santa Barbara. *Die Verset-*

zung. Sie hatte vollkommen vergessen, Les nach dem Zeitrahmen zu fragen. Vielleicht würde diese neue Entwicklung ihr die finanzielle Unabhängigkeit ein wenig eher bescheren.

Melanie schnaubte bitter. Finanzielle Unabhängigkeit?

Es ging hier nicht ums Geld.

25.

Der 24. März dämmerte klar und warm. Andie streifte durch die Gänge ihres leeren Hauses. Alleine. Das Haus war so groß, dass die Stille ringsumher hallte. Sie fand schließlich den Weg in ihr kleines Atelier und ließ sich auf einen Stuhl fallen.

Das Versprechen, das Blair ihr an ihrem Hochzeitstag gegeben hatte – zwei Tage zuvor –, hatte nur wenige Stunden gehalten. Er hatte gestern bis spät in den Abend gearbeitet und heute, am Samstag, war er wieder arbeiten gegangen. Am Donnerstag hatte er ihr versprochen, sie heute Abend zu einem schönen Abendessen auszuführen, um sie für den Hummer zu entschädigen. Sie fragte sich, ob er auch dieses Abendessen vergessen würde.

Sie starrte blind auf ihre Malsachen, die an der Wand aufgereiht waren. Sie dachte an vergangene Jahre und fing an zu weinen: Blair war ihr entglitten. Schließlich trottete sie in die Küche.

Der sich stapelnde Papierkram ihrer zahlreichen Ehrenämter war genug Ablenkung. Sie griff sich einen Stapel, der den Jahrmarkt betraf, aber er deprimierte sie nur. Der Jahrmarkt war das Einzige, das ihr überhaupt noch etwas bedeutete, und doch war es ihr untersagt, in irgendeiner Art mitzuwirken. Sie konnte jetzt nicht einmal Chad oder ihre Mutter ehren. Das hatten sie ihr genommen.

Mehrere Stunden später lenkte ein nagender Hunger ihre Aufmerksamkeit auf die Tatsache, dass sie den ganzen Tag noch nichts gegessen hatte. Sie blickte auf ihre Armbanduhr. 14.30 Uhr.

Blair war am Morgen aus dem Haus gegangen, ohne zu frühstücken oder sich ein Mittagessen einzupacken. Er musste hungrig sein. Sie würde Sandwichs machen, ein bisschen Obst schneiden und eine kleine Decke mitnehmen. Sie konnten ein Picknick zu zweit auf dem Boden seines Büros machen. Vielleicht wäre das genau das Richtige, um eine erste Bresche in die Mauer zwischen ihnen zu schlagen. Vielleicht würde er sich an sein Versprechen erinnern.

Vielleicht musste sie sich selbst einfach beweisen, dass er wirklich dort war.

Als sie bei seinem Büro ankam, überraschte sie der leere Parkplatz nicht. Es war ja schließlich Samstag. Die Tür war verschlossen – wie sie erwartet hatte.

Sie klopfte. Dann wieder. Die Tür wackelte unter ihren Schlägen, aber immer noch tat sich nichts.

Vielleicht konnte Blair sie oben in seinem Büro nicht hören. Sie nahm ihr Handy aus der Handtasche und wählte die Durchwahl zu seinem Schreibtisch. Der Anruf wurde umgeleitet zur Mailbox.

Vielleicht arbeitete er im Computerraum oder im Konferenzzimmer. Sie wählte die Hauptnummer. Dieses Mal konnte sie das Läuten des Telefons auf der anderen Seite der Tür hören. Immer noch keine Antwort.

Sie ging die Außentreppe hinunter und spähte durch das Gitter der Tiefgarage. Leer.

Die Metallstangen des Tores schienen sich mit ihrem Puls auszudehnen und wieder zusammenzuziehen. Sie konzentrierte sich darauf, tief einzuatmen, und sah weg. *Denk nach.* Okay, dieses Missverständnis hatten sie schon einmal gehabt und sie wusste, dass es dafür eine logische Erklärung geben musste. Blair würde sie nicht anlügen.

Sie wählte sein Handy an und wartete angespannt auf Antwort. Er nahm nach dem zweiten Klingeln ab. »Andie, hallo. Gut, dass du anrufst. Hör mal, warte mit dem Abendessen nicht auf mich, ich wühl mich gerade durch den Berg auf meinem Schreibtisch. Ich glaube, ich werde erst spät zu Hause sein.«

»Dann bist du immer noch bei der Arbeit? In deinem Büro?«

»Natürlich in meinem Büro. Wo sollte ich sonst sein?«

Im Hintergrund hörte Andie eine kokette weibliche Stimme. »Mit wem sprichst du denn?«

Blair unterbrach schnell: »Ich muss weitermachen.« Er legte auf.

Jake beugte sich tief hinunter und bemühte sich, den Besen weiter unter seinen Schreibtisch zu schieben.

»Wie oft willst du denn den Boden heute noch fegen?«

Er zuckte beim Klang von Tonys Stimme hinter ihm zusammen, sodass der Besenstiel gegen die Unterseite seines Schreibtisches schlug. Er fiel ihm aus den Händen. »Autsch.«

»Jeffs Mutter kommt wohl, was?«

Jake griff nach dem Besen und sah ihn finster an. »Ich weiß nicht, wovon du sprichst.«

»Ach, komm schon. Jedes Mal, wenn du weißt, dass sie kommt, dann machst du alles zehnmal sauber und setzt eine Kanne frischen Kaffee auf. Letztes Mal hast du sogar das Hemd gewechselt. Du kannst dir das Ich-weiß-nicht-wovon-du-sprichst-Theater für einen anderen Trottel aufsparen. Ich weiß es besser.«

Jake lehnte sich gegen seinen Schreibtisch. Die Papiere darauf schienen plötzlich seine volle Aufmerksamkeit zu fordern. »Raus hier! Ich hab zu arbeiten.« Er lehnte den Besen gegen die Wand und zwang sich, den Kehricht in der Mitte des Fußbodens in Ruhe zu lassen. Er ließ sich in seinen Schreibtischstuhl plumpsen und starrte seinen Gegenüber an, forderte ihn heraus weiterzusprechen.

Tony entfernte sich von der Tür, aber das Geräusch seines Lachens hallte noch lange nach. *Dieser verflixte Junge!* Erst als er sicher war, dass Tony außer Sichtweite war, nahm Jake den Mülleimer, kehrte den Schmutzhaufen auf und nahm den Besen, um ihn an seinen Platz in der Werkstatt zu hängen.

Noch bevor er wieder in seinem Büro war, kam sie herein. Sie sah müde aus.

»Gehen wir nach hinten in mein Büro. Möchten Sie Kaffee? Ich mache um diese Zeit am Nachmittag immer eine Kanne koffeinfreien.«

Da sie in der Mitte der Werkstatt standen, wurde Tony unglücklicherweise Zeuge ihres Gesprächs. Er hatte ihnen den Rücken zugewandt und arbeitete an irgendeinem Motorteil, aber Jake konnte sehen, wie seine Schultern zuckten und wie rot seine Ohren waren.

»Tony, warum gehst du nicht nach hinten und machst dort sauber?«

Tonys Gesicht war knallrot, als er sich umdrehte. Er nickte, aber antwortete nicht. Jake wusste, dass er den Atem anhielt, um sein Lachen zu unterdrücken. Er hoffte, dass der Junge es bis in die hintere Werkstatt schaffen würde, bevor er wegen Sauerstoffmangels umfiel.

Melanie ging in das Büro und setzte sich. »Haben Sie einen neuen Stuhl?« Sie lehnte sich gegen die gepolsterte Rückenlehne und fuhr mit ihrer Hand über den strukturierten Stoff.

»Nee, der stand nur irgendwo in einer Ecke herum – da hab ich beschlossen, ihn da rauszuholen.« Jake war dankbar, dass Tony für diese kleine Flunkerei außer Hörweite war, und schwor, sich von jetzt an an die Wahrheit zu halten. »Sarah hat mir erzählt, dass Sie ein paar Probleme bei der Arbeit haben.«

Melanie seufzte und sah mit einem Mal zehn Jahre älter aus. »Ja. Sie wollen mich in eine Filiale in Orange County versetzen.«

»Echt? Möchten Sie denn gehen?«

»Ich kann nicht. Ich muss versuchen, etwas anderes hier in der Gegend zu suchen, schätze ich.«

»Warum? Vielleicht wäre es gut, noch einmal ganz neu anzufangen – für Sie und auch Sarah. Sie wird neue Freundinnen finden. Ihre Trauer wäre vielleicht nicht so stark, wenn Sie nicht –«

Ihr Kopf zuckte in Richtung Tür.

»Tut mir leid. Ich wollte das nicht wieder ansprechen. Ich wünschte nur, ich könnte Sie besser verstehen.« Seine Beinmuskeln spannten sich, bereit, ihr hinterherzujagen.

Die Sekunden verstrichen, während sie weiterhin auf die Tür starrte. Dann lehnte sie sich im Stuhl zurück und verschränkte die Arme. »Ich wurde ausgesetzt.« Die Worte hingen in der Luft, schwer und rau. Sie drehte sich ihm mit erhobenen Augenbrauen zu und wartete auf eine Reaktion.

Er spürte, wie sein Kopf nach vorne fiel und seine Augenbrauen sich zusammenzogen, aber er konnte weder das eine noch das andere verhindern. »Wie bitte?«

Sie beugte sich vor zu ihm. »Als ich zwei Jahre alt war. Ich wurde auf den Stufen zum Tennessee-Waisenhaus zurückgelassen. Sie haben nie herausgefunden, wer meine Eltern sind.«

Er ließ ihre Worte in seinem Kopf umherfliegen und hoffte, dass das Drehen irgendwann aufhörte und die Worte sich in eine sinnvolle Reihenfolge ordneten. Er hoffte, ein paar weise Worte zu finden, die alles in Ordnung erscheinen ließen. »Oh.« Das war das Einzige, was herauskam.

Ihr linker Mundwinkel verzog sich ironisch. »Sprachlos? Das ist ja was ganz Neues.«

Ihr leichter Tonfall half ihm, sich wieder so weit aufzurappeln, dass er die nächste Frage stellen konnte. »Das ist wirklich schlimm – aber ich kann nicht verstehen, was das mit Jeffs Grab zu tun hat.«

Ihr blieb der Mund offen stehen und sie schüttelte den Kopf, als wäre er ein totaler Vollidiot. »Ich werde meine Kinder nie, niemals alleinlassen. Ich möchte, dass Jeff weiß, dass ich immer noch für ihn da bin.« Sie lehnte sich zurück und verschränkte die Arme. »Jetzt wissen Sie es. Zufrieden?«

»Melanie, er ist nicht allein. Er ist bei Gott.«

»Das sagen Sie.«

»Es stimmt! Lassen Sie mich Ihnen erzählen –«

»Zeit, das Thema zu wechseln.« Sie zog ein Knie nach oben und schlang ihre Hände darum. »Ich habe Ihnen meine Geschichte erzählt, jetzt lassen Sie mich Ihre hören. Sie erwähnen andauernd Ihre schlimme Vergangenheit, aber ich sehe überhaupt keine Hinweise bei Ihnen – außer der Tatsache, dass ich erwartet hätte, jemand wie Sie wäre verheiratet und hätte Kinder.«

»Hm, ich …« Er schüttelte den Kopf. »Das ist eine lange Geschichte.«

»Recht muss Recht bleiben. Erzählen Sie schon.« In ihren Augen war kein Spott zu sehen. Sie prüfte, ob er ihr gegenüber genauso offen sein würde, wie sie es zu ihm gewesen war. Wenn er jetzt versagte, wäre ihr Vertrauen dahin.

»Ich war's. Verheiratet … meine ich.« Er sah sie an, dann auf seine

Hände. »War das Gleiche wie bei Ihnen, schätze ich mal – wir waren jung und wild. Ich wurde ein paar Jahre ins Folsom-Gefängnis geschickt. Sie hat ihr Leben geordnet, hat jemand andern kennengelernt. Sie wollte die Scheidung und …« *Gut, wir müssen jetzt hier nicht ins Detail gehen.*

»Und was?«

Er wusste, dass er ihr die Wahrheit sagen musste, aber seine Kehle war so ausgetrocknet, dass er nicht glaubte, sprechen zu können.

»Wir machen alle Fehler in unserem Leben. Ich hab ein paar richtig große gemacht.«

»Und was?«

»Es ging ums Sorgerecht.«

»Kinder? Sie haben Kinder?« Er sah, wie ihre Augen schnell zu seinem Schreibtisch blickten, dann an die Wände und nach Hinweisen suchten. Sie würde keine finden. Es gab nichts zu sehen.

»Ja. Als ich noch über ein Jahr abzusitzen hatte, habe ich zugestimmt, dass ihr Stiefvater sie adoptierte. Ich wusste, dass ich mein Leben total verpfuscht hatte, und hoffte, dass vielleicht dieser neue Typ besser für sie wäre. Das war, bevor ich von Gnade und Vergebung gehört habe. Bevor ich mir selbst vergeben konnte.«

Sie stand auf, ihre Arme hielt sie steif an der Seite. »Sie haben Ihre Kinder im Stich gelassen?«

»Ich habe getan, was ich als das Beste für sie hielt.«

Tränen quollen ihr aus den Augen. »Ich kann nicht glauben, dass ich Sie einmal bewundert habe.« Sie riss ihre Handtasche vom Fußboden und stürmte aus der Tür. Sie schlug sie so fest zu, dass die ganze Werkstatt wackelte.

Jake vergrub sein Gesicht in den Händen. Dieses Mal hatte er es endgültig vermasselt. *Gott, warum? Warum schickst du sie mir immer wieder vorbei, nur damit ich jedes Mal alles ein bisschen mehr vermassle?*

Das erdrückende Gefühl, etwas verloren zu haben, lastete jetzt noch schwerer auf ihm. Er konnte sich dieses Mal nicht mehr selbst daraus befreien. Er sank. *Gott, ich kann nicht mehr.*

»Schätze mal, es lief nicht so gut, was?« Tony stand lächelnd in der

Tür. Er warf einen Blick auf Jakes Gesicht und drehte sich um. »Ich geh mal wieder die Werkstatt aufräumen.«

»Tu das.«

Melanie konnte es nicht fassen, dass sie Jake tatsächlich bewundert hatte. Was für ein Betrüger! Der Mann hatte seine eigenen Kinder verlassen, genau wie ihre Eltern sie vor vielen Jahren vor einer fremden Tür zurückgelassen hatten.

Sie fuhr auf den Friedhof und parkte an der üblichen Stelle. Als sie auf Jeff zuging, verschleierten ihr Tränen die Sicht. Sie sank auf den Boden neben dem Grabstein ihres Sohnes. »Wie geht's dir, Kumpel?«

Sie streckte die Hand aus und berührte den kalten Granit. »Ach, Jeff. Wie ich dich vermisse. Wie ich –« Ein Schluchzen bahnte sich seinen Weg aus ihrem Herzen und aus ihrer Kehle. Sie hatte sich immer bemüht, nicht vor ihm zu weinen. Dieses Mal konnte sie sich einfach nicht bremsen.

»Es tut mir leid, Jeff.« Die Tränen flossen weiter und nahmen ihr die Sicht. Sie sah nur noch einen grünen Fleck, der genauso gut eine Wiese an einem Frühlingstag hätte sein können. Aber sie befand sich nicht auf einer Wiese. Sie schniefte. »Ich bin schwach, Jeff – ich war es schon immer, wenn du die Wahrheit wissen willst. Ich habe versucht, das vor dir zu verbergen, als du noch gelebt hast und sogar seit du tot bist. Aber jetzt kannst du es genauso gut wissen. Deine Mutter ist ein Schwächling und ein Feigling.«

Sie wischte sich die Augen, aber die Tränen flossen einfach weiter. »Mach dir aber keine Sorgen. Ich kämpfe immer noch für dich. Ich bring diese Sache vor Gericht, um das Leben eines anderen Kindes zu retten. Das würdest du wollen, nicht wahr? Dass dein Tod etwas Gutes für jemand anderen bewirkt?«

Sie fuhr die Buchstaben der Inschrift mit ihrem Zeigefinger nach. JEFF JOHNSTON. Sie sah auf die Daten – das Geburts- und das

Todesjahr lagen viel zu nahe beieinander. Ihr Blick wanderte weiter hinunter zu dem eingravierten Vers. Obwohl sie ihn schon viele Male gesehen hatte, hatte sie nie wirklich über die Worte nachgedacht. Für sie war es einfach Jeffs Lieblingsvers und das, wofür er gerne in Erinnerung bleiben wollte. *Gott mache euch für das Leben bereit, zu dem er euch berufen hat. Er erfülle eure guten Absichten und das, was ihr aus dem Glauben heraus tut, mit seiner Kraft. (2. Thessalonicher 1,11)*

Eure guten Absichten und das, was ihr aus dem Glauben heraus tut. »Was wäre das für dich, Jeff? Warum sollte Gott, wenn es wirklich einen Gott gibt, dich aus dieser Welt nehmen, bevor du Gelegenheit hattest, sie zu erfüllen?«

Sie stand auf und stolperte zurück zu ihrem Auto. Es gab keine Antworten auf ihre Fragen.

Andie fuhr von Blairs Büro weg und dachte an all die Zeiten, an denen er sie ausgeschimpft hatte, weil sie seine Abwesenheit wegen »Recherchen« hinterfragt hatte und selbst die Zeit überprüft hatte, in der er angeblich für sie einkaufen war. Einkaufen. Sie sah hinunter auf das Armband an ihrem Handgelenk und es wurde ihr bewusst, was es wirklich war: ein Schuldopfer. Sie fasste hinunter, um es von ihrem Handgelenk zu reißen.

Sie hielt das Lenkrad mit den Ellenbogen fest und fingerte am Verschluss herum. Ein Teenager auf einem Skateboard schoss vor ihr über die Straße. Sie trat mit dem Fuß kräftig in die Bremse und umklammerte das Lenkrad mit beiden Händen. Die Szene entfaltete sich langsam vor ihr, als ihr Auto dem nichts ahnenden Jungen immer näher und näher kam. Ihre Reifen kamen quietschend nur ungefähr 15 Zentimeter vor ihm zum Halten. Erst jetzt sah er sie an, erst jetzt waren die Kabel seiner Ohrhörer sichtbar.

Er streckte seinen Mittelfinger hoch und schrie sie an: »Passen Sie auf, Frau! Sie bringen noch jemanden um, wenn Sie so fahren.«

Sie wäre beinahe für den Tod eines weiteren Jungen verantwortlich gewesen. *Oh mein Gott, hilf mir.* Sie fuhr auf den nächsten Parkplatz, den eines Baumarktes, und legte ihren Kopf auf das Lenkrad. Sie musste sich erst fassen, bevor sie weiterzufahren wagte.

Ah, ja. Das Armband. Sie hob den Kopf und entfernte es endgültig. Es gab keinen Zweifel mehr. Sie hatte Blair ertappt. Jetzt musste sie nur noch entscheiden, wie sie damit umging.

Sie erinnerte sich an ihren Entschluss, nicht mehr weiter als Fußabstreifer zu leben, und beschloss, ihn direkt zu konfrontieren. Sie würde die ganze Wahrheit fordern. War Blair in jemand anderen verliebt oder benutzte er eine andere Frau, um seine Trauer zu betäuben? Gab er Andie die Schuld und wollte sie bestrafen?

Sie fuhr nach Hause. Ihre Augen suchten unentwegt den Straßenrand nach Fußgängern ab – den Fastunfall wollte sie nicht wiederholen. Als sie in ihrer Garage parkte, war sie so dankbar wie nie, sicher daheim angekommen zu sein.

Die Sonne ging unter und der Vollmond erschien am sternenübersäten Himmel. Dieser Anblick hätte sie normalerweise dazu inspiriert, etwas zu malen. Heute Abend schrie er ihr wie eine Lüge entgegen. Heute Abend sah sie nur, wie winzig die Sterne waren. Winzige Fünkchen Hoffnung in einer so unermesslichen Leere, dass ihr schwindelig wurde. Sie hatte diese Leere nie zuvor so wahrgenommen, aber heute Abend erkannte sie sie wieder. Das war sie. Ihr zu Hause. Ihre Ehe. Ihr Leben. Leer und kalt und nicht einmal das Fünkchen von Blairs Geschenk konnte es erwärmen.

Irgendwann nach zwei Uhr morgens schlief sie vor dem Fernseher im Wohnzimmer ein. Um sechs Uhr erwachte sie durch das Geräusch einer Bewegung. Die Tür der Garage öffnete sich quietschend. Andie drehte dem Gang den Rücken zu. Sie hörte das Geräusch von Blairs Schritten, die die Treppe nach oben gingen. Nach ein paar Minuten kam er zurück. »Andie?«

Sie antwortete nicht. Sie hörte ihn näher kommen. Er berührte ihre Schulter. »Da bist du. Muss ja ein guter Film gewesen sein.«

Als sie die Augen öffnete und zu ihm aufschaute, fuhr er mit seinen

Händen über seine blutunterlaufenen Augen. »Tut mir leid, dass ich so spät heimkomme. Ich habe bis fast zwei Uhr gearbeitet und bin dann auf der Couch in meinem Büro eingeschlafen. Ich geh ein bisschen schlafen. Du kannst nachher doch ohne mich zur Kirche gehen, oder?«

»Klar.«

Er stolperte aus dem Zimmer, ohne zu bemerken, dass sie wütend war – oder vielleicht war es ihm auch egal. *Na gut, Zeit für eine neue Strategie.*

26.

»Du beeilst dich besser und ziehst dich an, sonst kommen wir zu spät.« Sarah sah mit hoffnungsvollem Blick über den Frühstückstisch.

Melanie nahm einen Schluck von ihrem Kaffee. »Ich bin irgendwie müde. Ich glaube, ich lass den Gottesdienst heute ausfallen.«

»Ma-a-ma-a.« Sarah zog das Wort in vier Silben hin, um ihrem Missfallen voll Ausdruck zu verleihen.

»Sa-r-rah.« Melanie hob die Zeitung, um nicht sehen zu müssen, wie das Leuchten in den Augen ihrer Tochter verblasste. Das würde nur ihre Schuldgefühle weiter anfachen. Die Geschichte über die letzte Naturkatastrophe in Afrika sah interessant aus, aber Sarahs trauriges Gesicht trat an deren Stelle.

»Du bist schon seit drei Stunden wach. Wie kannst du plötzlich zu müde sein, um dich für den Gottesdienst fertig zu machen? Du bist in Wirklichkeit gar nicht müde.«

»Ich habe gesagt, ich bin müde. Punkt, aus.«

»Na klar.« Sarah stieß ihren Stuhl vom Tisch, ließ ihr nur halb aufgegessenes Müsli zurück und stürmte aus dem Zimmer.

Melanie verbiss es sich, ihre Tochter dazu aufzufordern, an den Tisch zurückzukehren, ihr Frühstück zu beenden und das Durcheinander in Ordnung zu bringen. Sosehr sie das auch tun wollte, so ließ sie das Gefühl, dass sie irgendwie im Unrecht war, stumm bleiben. Trotzdem gab es gewisse Verhaltensregeln. Regeln des Anstands. Und Melanie hatte zu oft schon gesehen, was passierte, wenn man Kindern alles durchgehen ließ.

Sie stand auf und ging zu der geschlossenen Tür von Sarahs Zimmer. Sie hob ihre Hand, um anzuklopfen, brachte es aber nicht fertig. Die nagenden Schuldgefühle ließen sie einfach nicht los. Man konnte doch nicht jemanden bestrafen, weil er die Lügen eines anderen aufdeckte, und Melanie wusste, dass es nicht Erschöpfung war, was sie vom Gottesdienst fernhielt. Sie zog sich zurück. Resigniert drehte sie sich um und ging zurück in die Küche, wo sie Sarahs Schüssel nahm, sie auswusch und in die Geschirrspülmaschine räumte. Ein Friedensangebot. Zufrieden damit, ihren Teil beigetragen zu haben, setzte sie sich wieder zurück an den Tisch und bemühte sich, in die Zeitung zu schauen, als Sarah ein paar Minuten später vorbeiging.

Das unverkennbare Hupen des Autos von Beths Mutter war in der Zufahrt zu hören. Sarah musste sie von ihrem Zimmer aus angerufen haben.

»Viel Spaß.«

Die Tür öffnete sich quietschend. »Ja, wie auch immer.«

Melanies Mund öffnete sich, aber sie sorgte dafür, dass er sich wieder schloss. Eine Sache, die sie im Umgang mit Teenagern gelernt hatte, war, dass es manchmal besser war, die Dinge erst einmal eine Zeit lang ruhen zu lassen. Sie würde Beleidigungen nicht tolerieren, aber sie würde die nötige Mutter-Tochter-Unterredung auf später verschieben, wenn Sarah wieder nach Hause kam.

Nachdem Sarah gegangen war, ging sie eine Zeit lang ziellos im Haus umher und fühlte sich elend aus Gründen, die sich ihr nicht völlig erschlossen. Der Wäschehaufen, der aus dem Wäschekorb hervorquoll, holte sie wieder zurück in die Realität. Es gab viele Dinge, die angepackt werden mussten. Eine Sache, die sich eine alleinerziehende Mutter nie nehmen durfte, war Zeit für Selbstmitleid.

Sie trug den Wäscheberg ab, putzte die Badezimmer und die Küche und saugte Staub. Zuletzt nahm sie sich einen Staubwedel und ging in Jeffs Zimmer. *Zwei Monate.* Genauer gesagt waren es zweieinhalb Monate, seit ihr Sohn zum letzten Mal einen Fuß in sein Zimmer gesetzt hatte. Dennoch waren die Erinnerungen so stark, dass sie immer noch darauf wartete, dass er jede Minute heimkommen und durch die Tür treten würde und sich dann alles als schlechter Witz oder vielleicht Albtraum erklären würde.

Seine schlaksige Gestalt würde jeden Augenblick hereinschlendern, genau wie er es an Weihnachten gemacht hatte.

Sie konnte immer noch die Kerzen mit Zimtduft riechen, immer noch das jungenhafte Gesicht sehen, die Freude in seiner Stimme hören. *»Frohe Weihnachten, Mama!«* Er streckte ihr ein Paket hin, das in rotes Papier gewickelt war. *»Tut mir leid, dass ich kein Geld hatte, um dir ein richtiges Geschenk zu kaufen.«* Die Lichter am Baum hinter ihm funkelten.

»Ach, Jeff, du weißt doch, dass ich nichts brauche.« Sie hatte das längliche Paket geöffnet und darin ein großes gerahmtes Foto von Jeff und Sarah in der Brandung am Strand von Goleta gefunden. Tränen traten ihr in die Augen. *»Oh, ist das schön.«* Das war es wirklich.

Jeff umarmte sie und flüsterte dann laut genug, dass Sarah es hören konnte: *»Es wäre viel besser gewesen ohne diese Tussi da, aber ich bin sie nicht losgeworden. Du weißt, was ich meine?«*

Sarah hatte ein Plüschrentier nach ihm geworfen – ein Überbleibsel aus ihrer Kindheit, das sie in der Weihnachtszeit immer noch mit sich herumschleppte. Das Ganze war zu einer richtigen Kissenschlacht ausgewachsen, bis alle drei vor Lachen zusammengebrochen waren.

Melanie sah das Bild auf Jeffs Schreibtisch, das sie drei in einem Freizeitpark im letzten Sommer zeigte. So viel Freude und Hoffnung. So viel Liebe. So viel Glaube.

Das Wort verwirrte Melanie, weil ihr klar wurde, welch ein großer Teil von Jeffs Leben es gewesen war. Und sie hatte es vergessen.

Das Geräusch eines Autos in der Auffahrt zwang Melanie, das Zimmer zu verlassen. Sie schloss die Tür sorgfältig hinter sich und ließ den Staubwedel auf dem Wäscheberg in ihrem Schlafzimmer zurück. Sie richtete sich innerlich auf den bevorstehenden Kampf mit Sarah ein.

Die Türglocke läutete. Die Eingangstür war nicht abgeschlossen und selbst wenn sie es gewesen wäre – Sarah hatte einen Schlüssel. Das war zu viel. Melanie hatte ihr Raum gegeben, sich zu beruhigen, aber jetzt trieb es ihre Tochter zu weit. Melanie hastete den Gang entlang und riss die Tür auf, ihr Gesicht glühte. »Sarah Johnston, das ist nicht –«

Trishs Augen sahen erschrocken in Melanies wutentbranntes Gesicht, aber sie gewann ihre Fassung rasch wieder.

Melanies Gesicht lief heiß an, dieses Mal vor Scham. »Trish. Ich dachte, es wäre Sarah.«

Trishs Mundwinkel verzogen sich. »Das habe ich gemerkt.« Sie stand da und wartete.

»Was bringt Sie hierher?«

»Das Mittagessen.«

»Was?«

»Das Mittagessen. Die anderen Frauen treffen sich im Restaurant. Ich habe ihnen meine Bestellung mitgegeben und da Sie immer dasselbe essen, bestellen sie auch für Sie schon mit. Hopp, hopp! Wir müssen uns in Bewegung setzen, sonst wird unser Essen kalt.«

»Trish, ich war heute nicht in der Kirche.«

»Ach was. Ich würde nicht hier auf Ihrer Veranda stehen, wenn Sie da gewesen wären, oder? Abgemacht ist abgemacht. Wir haben versprochen, bis zur Gerichtsverhandlung jeden Sonntag mit Ihnen zu verbringen, und ich für meinen Teil habe die Absicht, meine Seite der Abmachung einzuhalten. Jetzt kommen Sie schon! Sie können mit mir fahren.«

Melanie sah hinunter auf das T-Shirt und die alte Jogginghose, die sie trug. »Ich bin nicht angezogen.«

»Ich gebe Ihnen eine Minute. Danach ziehe ich Sie hier ohne Rücksicht heraus.«

»Aber ich –«

»55 Sekunden.« Trish stemmte die Hände in die Hüften und klopfte mit dem Fuß.

»Aber, Sarah –«

»Ist schon mit ihren Freundinnen im Restaurant. 50 Sekunden.«

»Schon gut, schon gut. Kommen Sie rein und nehmen Sie Platz, ich zieh mich um.« Trish folgte ihr ins Haus, während Melanie in ihr Zimmer eilte auf der Suche nach einer Jeans und einem angemessenen Oberteil. Sie zog sich eine Bluse und ihre liebste Levis an. Was hatten diese Leute nur, dass sie ein Nein nicht als Antwort akzeptierten? Sie tauchten einfach immer wieder auf und versuchten zu helfen, egal, was sie tat. Gaben die nie auf?

Eine Erkenntnis traf sie: Sie waren wie Jeff. Er sah immer das Gute im Menschen. Scheute keine Mühe, um jemanden zu unterstützen, bei dem er spürte, dass er Hilfe benötigte. Vielleicht steckte ja doch etwas hinter diesem Glauben.

Blair wachte erschlagen und mit Augenlidern auf, die so schwer wie Granit waren. Sein Gesicht fühlte sich an, als hätte jemand mit dem Hammer hineingeschlagen, seine Zunge klebte ausgetrocknet an seinem Gaumen und bei der kleinsten Bewegung drehte es ihm den Magen vor Übelkeit um. Ein kleiner Witz aus seinen Tagen in der Studentenverbindung kam ihm in den Sinn; wenn sie völlig verkatert waren, fragten die Jungs immer: »Hast du dir das Kennzeichen von dem LKW aufgeschrieben, der mich überfahren hat?« In seinem Magen rumorte es. Wie hatte er das damals witzig finden können?

Er setzte sich auf und rieb sich den Kopf. Wie viel Uhr war es? Er sah auf den Wecker auf dem Nachttisch. 13.15 Uhr.

Andie musste mittlerweile wieder vom Gottesdienst zurück sein. Er hängte seine Beine über die Bettkante und hatte vor, zu ihr zu gehen und mit ihr zu sprechen.

Nein. Warte. Besser erst mal duschen. Zwei unsichere Schritte und sein Fuß blieb in dem Hemd hängen, das er mitten auf dem Fußboden fallen gelassen hatte. Er stolperte und dieses Mal war die Bewegung zu viel. Er rannte ins Badezimmer und entleerte den Inhalt seines Magens, während er betete, dass Andie nicht auf einmal beschließen würde, nach ihm zu sehen.

Nach ein bis drei Minuten auf dem Fußboden stand er auf, spritzte sich kaltes Wasser ins Gesicht und putzte sich dann die Zähne. Als er in den Spiegel sah, erschrak er über sein eigenes Spiegelbild. Er war blass und unrasiert und sah aus, als gehöre er auf den Bürgersteig mit einem Becher in der Hand, ein Schild im Schoß. Er stolperte unter die Dusche und ließ das kalte Wasser über sich fließen. Langsam wurden seine Gedanken wieder klar, gleichzeitig verschlimmerte sich aber auch der pochende Schmerz in seinem Kopf. Vielleicht war es ein Fehler gewesen aufzustehen.

Schließlich verließ er das Badezimmer, schaffte es, sich eine Jeans und ein T-Shirt überzuziehen, und ging langsam die Treppe hinunter, indem er eine Stufe nach der anderen nahm und sich Halt suchend ans Treppengeländer klammerte. Der Boden unter ihm schien beinahe flüssig und wogte wie die Wellen am Strand.

Als er das Erdgeschoss erreicht hatte, tat er einen vorsichtigen Schritt. Fest. Gut. Er legte sich seine Entschuldigung für Andie zurecht und ging in Richtung der Kaffeemaschine. Die Küche lag wie der Rest des Hauses im Dunkeln und war scheinbar leer. Andie musste mit einigen Freundinnen aus der Gemeinde Mittagessen gegangen sein. Auch gut. Das würde ihm ein bisschen mehr Zeit geben, sich zu sammeln. Er würde sich einfach übrig gebliebenen Kaffee in der Mikrowelle warm machen und bis sie zurückkam, wäre er bereit.

Er griff nach der Kanne. Sie war leer. Komisch. Andie ging nirgendwo hin ohne mindestens eine Tasse Kaffee.

Ein Motor heulte die Auffahrt hinauf und verschlimmerte Blairs Kopfschmerz nur noch. Nur eine Person brachte ihr Auto so zum Kreischen.

Großartig. Andie brachte wohl Christi vom Gottesdienst mit nach Hause. Endlosem Frauengetratsche zuhören zu müssen, war genau das, was er jetzt brauchte. Vielleicht würde er sich eine Entschuldigung ausdenken, dass er zur Arbeit musste oder dergleichen.

Er sah, wie Christis Auto rutschend vor dem Küchenfenster hielt, sein Fluchtplan setzte sich langsam in seinem Kopf zusammen. Sie stieg aus dem Auto. Alleine.

Blair stand unbemerkt in der dunklen Küche und beobachtete, wie sie in großen Schritten auf die Hintertür zuging. Sie ging so schnell, dass ihr Schal hinter ihr herflatterte. Sie sah aus wie der Rote Baron in seiner fliegenden Fokker. Ja, das passte. Selbst das Auto hatte die richtige Farbe. Sie versuchte den Türknopf zu drehen und klopfte dann mit ein bisschen zu viel Enthusiasmus an die Tür. Das Geräusch jagte ihm Stiche durch seinen Schädel.

Er hätte ihr Klopfen ignoriert und sich weiter in der Dunkelheit versteckt gehalten, aber er wusste es besser. Christi würde an jedes Fenster und jede Tür klopfen, bis entweder jemand reagierte oder sie sich damit zufriedengab, dass tatsächlich niemand zu Hause war. Es war besser, sie schnell wieder loszuwerden. Er trat vorsichtig vor und öffnete die Tür.

»Oh«, sagte sie voller Missfallen. »Da bist du ja.«

»Ja, hier bin ich. Was möchtest du?«

»Bin gekommen, um nach Andie zu sehen. Ist sie krank?«

»Sie ist noch nicht vom Gottesdienst zurück. Ist vielleicht Mittagessen gegangen.«

»Ist noch nicht vom Gottesdienst zurück? Sie war gar nicht dort. Deshalb bin ich hier. Ich hab mal wieder in der Gemeinde vorbeigeschaut und Andie war nicht da. Geht's ihr gut?«

Darauf war er nicht gefasst. Sein Magen, der an diesem Morgen sowieso nicht stabil war, zog sich in schlimmer Vorahnung zusammen. Er verzog schmerzvoll das Gesicht.

Währenddessen stellte sich Christi auf die Zehenspitzen und versuchte angestrengt, über seine Schultern zu sehen. Sie war wirklich aufdringlich. »Christi, ich hab dir doch gesagt, dass sie nicht da ist.«

Christi versuchte weiter, an ihm vorbeizuspähen. »Na gut, aber wo ist sie?«

»Ich weiß nicht genau.«

Zum ersten Mal seit Beginn ihrer Unterhaltung sah Christi ihn wirklich an. Ihre Lippen verzogen sich und ihre Augen verengten sich. »Bist du krank?«

»Ich habe lange gearbeitet.« *Nicht, dass es dich etwas angeht.*

Sie zog eine Augenbraue nach oben und verschränkte die Arme vor der Brust. »Mh-hm. Sag ihr, dass sie mich anrufen soll, wenn sie nach Hause kommt.«

»Ja.«

Sie drehte sich auf einem Fuß um und stolzierte zurück zu ihrem

Auto. Der Motor heulte auf und sie fuhr quietschend die Auffahrt hinunter.

Blair ging zurück in die Küche, nahm das Telefon und wählte Andies Handynummer. Er wurde sofort mit ihrer Mailbox verbunden. Er legte auf, ohne eine Nachricht zu hinterlassen.

Er ging hinüber zur Pinnwand. Wie bei den meisten ihrer Sachen herrschte hier ein solches Durcheinander, dass er nicht einmal sagen konnte, ob sie eine Nachricht für ihn hinterlassen hatte oder nicht. Er blätterte mit seinem Daumen durch die vielfältigen Notizen, die an die Korkwand geheftet waren. Mit jeder Schicht erlosch seine Hoffnung ein Stück mehr. Nichts.

Ihr Atelier. Er hastete den schmalen Gang entlang, während seine Vorahnung wuchs, und blickte in den Raum. Leer. Das übliche Chaos gab keine Informationen preis. Er durchsuchte jedes Zimmer des Hauses. »Andie?« Die Tür zum Gästebadezimmer im Gang war zu. Er klopfte. »Andie?«

Keine Antwort. Er versuchte die Tür aufzumachen, aber sie war verschlossen. Panik durchschoss ihn mit voller Wucht. Was hatte sie getan?

»Andie!« Er rüttelte an der Tür, vergebens. Er rannte in die Küche, nahm sich ein Messer und löste damit den Riegel. Er stieß die Tür auf, sein Herz klopfend vor Angst vor dem, was ihn erwartete.

Leer.

Erst dann erinnerte er sich, dass Andie Anfang der Woche eine Bemerkung über das defekte Schloss gemacht hatte. Sein Herz raste, das Blut schlug gegen seinen Kopf wie ein Hammer. Aber zumindest brachte das Adrenalin endlich sein Gehirn in Gang.

Wenn sie nicht hier ist und sie nicht im Gottesdienst war, wo ist sie dann?

Ein einzelner Gedanke begann irgendwo in seinem Hinterkopf zu nagen. Seine Füße bewegten sich wie von selbst die Treppe hinauf, zurück in ihr Schlafzimmer. Er öffnete die Tür zu Andies Kleiderschrank. Auf jedem Zentimeter Boden lagen Schuhe, Oberteile hingen schief an Bügeln, Handtaschen quollen vom oberen Brett – Andies übliche Unordnung. Wie konnte sie es aushalten, so zu leben?

Ein einzelner leerer Fleck erregte seine Aufmerksamkeit – ein Platz, der gerade groß genug war für ihren kleinen Koffer. Ein leerer Platz.

Andie hatte ihn verlassen.

27.

Andie hatte keine Ahnung, wohin sie fuhr. Die Tatsache, dass sie Blair im Moment nicht sehen wollte, war ihr einziger klarer Gedanke. Wohin sollte sie gehen?

Alle größeren Hotels in der Umgebung von Santa Barbara waren an so einem wunderschönen Frühlingswochenende sicher fest ausgebucht. Aber es war schon Sonntag. Vielleicht konnte sie doch etwas finden. Nur welches Hotel?

Sie wollte vor allem Zeit alleine haben, um nachzudenken. Dazu war es nötig, aus der Stadt zu fahren. Trotzdem wollte sie nicht zu weit weggehen.

Was war mit den gemütlichen kleinen Hütten, die sie einmal draußen am El-Capitán-Strand gesehen hatte? Sie könnte sich eine der Hütten mieten, lange Spaziergänge am Strand machen und darüber nachdenken, was als Nächstes kam. Das würde ihr die Rückzugsmöglichkeit bieten, die sie so nötig hatte.

Sie fuhr nördlich auf den Highway 101 und betete, dass etwas frei war. Zwanzig Minuten später kam sie an und ging die Holztreppe zur Rezeption hinauf. »Ja, wir haben ein wunderschönes Haus am Bach verfügbar für die nächsten drei Nächte. Mrs –«

»Smith. Andrea Smith. Ich zahle bar im Voraus, wenn das in Ordnung ist.«

Das Mädchen um die 20 hinter der Theke lächelte. »Bargeld ist kein Problem.« Sie tippte etwas in ihren Computer, legte das Geld dann in eine Schublade, die sich geöffnet hatte. »Gut, hier ist Ihr Schlüssel. Es gibt einen kleinen Laden, wo es Kaffee gibt. Sie können dort auch alles an Kleinkram kaufen, was Sie vielleicht brauchen. In unserem Restaurant bieten wir Frühstück, Mittagessen und Abendessen. Fahren Sie über die Brücke und parken Sie Ihr Auto auf dem Parkplatz am Bach. Sie werden dort bald mit einem Golfauto abgeholt. Ich wünsche Ihnen einen guten Aufenthalt, Mrs Smith.«

»Danke.« Andie fuhr ihr Auto über die Brücke und zog ihren Koffer vom Beifahrersitz. Noch bevor sie die Tür geschlossen hatte, tauchte ein Golfauto hinter ihr auf. Der junge Mann hinter dem Steuer schien nur ein paar Jahre älter zu sein als Chad und hatte die gleichen klaren blauen Augen. Ob er wohl Baseball spielte? Und die Dodgers mochte? Schulbälle hasste?

Zu schnell fuhr?

Ein stechender Schmerz schoss ihr durch die Brust. *Wie viele Verletzungen braucht es, bis man nichts mehr fühlt?*

»Ich bin Bruce. Ich bringe Sie zu Ihrer Hütte.« Er nahm ihr den Koffer aus der Hand, ohne um ihren Gemütszustand zu wissen, und lud ihn hinten auf. »Wir fahren hier die ganze Zeit mit den Dingern herum. Wenn Sie einmal zu Ihrem Auto gefahren werden wollen oder ins Restaurant, dann winken Sie einfach einem von uns.« Andie setzte sich auf den Passagiersitz neben ihm. Der Wagen machte einen Satz nach vorne und wand sich über einen Pfad aus festem Schlamm durch ein bewaldetes Tal.

Eine oder zwei Minuten später hielten sie vor einer kleinen Holzhütte. Nur die Räder hinter einem Gitter am unteren Rand verrieten die Wahrheit: Die Hütten waren hübsch verkleidete Wohnwagen.

Bruce trug ihren Koffer die Treppe nach oben und öffnete die Tür zu ihrer Wohnhütte. »Hier ist Ihre Kaffeemaschine und der Kühlschrank. Der Thermostat befindet sich an der Wand. Die Feuerstelle hier vorne ist bereit. Sie brauchen nur ein Streichholz anstreichen und schon können Sie loslegen. Zusätzliches Holz können Sie im kleinen Gemischtwarenladen kaufen, wenn Sie es brennen lassen möchten.«

»Danke.«

»Gerne. Einen schönen Aufenthalt.« Bruce hüpfte wieder in den Wagen und raste davon.

Andie fiel in einen der rustikalen Holzstühle auf ihrer Veranda. Sie lauschte dem Gurgeln des Bachs irgendwo weiter unten, hörte das Vogelgezwitscher und fragte sich, was sie jetzt tun würde.

Sollte sie Blair für immer verlassen? Sie hatte nichts, wohin sie gehen konnte. Und wenn sie ihn verließ – womit würde sie ihren

Lebensunterhalt bestreiten? Ihre letzte bezahlte Stelle hatte sie vor 17 Jahren gehabt.

Was konnte sie in ihren Lebenslauf schreiben? Drei Jahre in einem Versicherungsbüro, direkt nach dem College? Sie hatte diese Stelle mehr als ein Jahr vor Chads Geburt aufgegeben und hatte nicht die leiseste Ahnung von der Versicherungswelt heutzutage.

Sie konnte bei Blair bleiben. Ausharren. Beratung suchen.

Nein. Sie würde nicht einfach bleiben, damit die Rechnungen bezahlt wurden. Sie kannte zu viele Ehefrauen – Frauen von Geschäftsmännern in der Stadt, Frauen von Politikern im Fernsehen –, die sich mit untreuen Männern abfanden – für Sicherheit und das Versprechen gezahlter Rechnungen. Nein, das würde sie nicht tun.

Sie brauchte Zeit, um alle Aspekte abzuwägen. Und sie wollte im Moment nicht mit Blair sprechen. Sie würde die nächsten zwei Tage in ihrem Versteck verbringen. Nachdenken. Beten.

Beten? Was hat Gebet jemals Gutes bewirkt? Sie hatte für Chad jeden Tag seines Lebens gebetet – dieses Leben war viel zu früh beendet worden. Sie hatte für ihre Beziehung mit Blair gebetet und er hatte eine Affäre. Ganz langsam kam sie zu der Erkenntnis: Sie war wütend auf Gott. Vielleicht schon die ganze Zeit über.

»Ich schätze mal, dass ihr zwei besser ohne mich abendessen geht.« Christis Ausspruch verärgerte sie selbst nicht wenig. Der Sonntagabend war der Abend, an dem sie als Familie zusammen ausgingen, und es war genauestens geregelt, wer wann das Restaurant auswählen durfte. Sie hatte die letzten beiden Wochen in Kellys Sushibar und Scotts Steakhaus durchgestanden – heute Abend sollte sie an der Reihe sein.

Wenn sie nur an »Tupelo Junction« dachte, lief ihr das Wasser im Mund zusammen. Das Gourmetrestaurant mit den Spezialitäten der Südstaaten war ihr Lieblingsrestaurant in Santa Barbara. Gebratene grüne Tomaten, Kürbishush Puppies und Brathähnchen aus Freilandtierhaltung! Während ihres streng eingeschränkten Speiseplans unter der Woche freute sich Christi schon immer auf ihren Sündenfall alle drei Wochen. Sie seufzte.

Kellys Gesicht erhellte sich. »Heißt das, wir können Sushi essen gehen?«

»Mach das mit deinem Vater aus. Aber nächste Woche bin ich dran.«

Kelly schüttelte den Kopf. »Ich denke nicht. Als ich wegen meines Skiurlaubs eine Woche verpasst habe, kam ich auch nicht später dran.«

»Das war Vergnügen. Das hier ist etwas anderes.«

Scott nahm ein paar Trauben aus der Obstschale und warf sich zwei davon in den Mund. »Ich würde wetten, dass sie im Bacara eingecheckt hat und sich gerade einer Gesichtsbehandlung unterzieht. Ich weiß nicht, warum du dir Sorgen machst. Es ist ja nicht so, dass Andie der wilde, abenteuerliche Typ wäre.« Er schob sich drei weitere Trauben in den Mund. »Entweder das oder sie ist mittlerweile wieder zu Hause und sie und Blair sind schon damit beschäftigt, sich wieder zu vertragen, und sie haben einfach vergessen, uns Bescheid zu sagen.«

»Nein. Blair ist außer sich. Er hat mich mindestens fünfmal angerufen. Er weiß, dass ich ihn umbringen würde, wenn sie auftaucht und er mich nicht anruft.«

Scott nahm seine Jacke von dem Stuhl vor ihm. »Was meinst du, Kel? Sollen wir uns ein paar California Sushi Rolls genehmigen?«

»Juhu!« Kelly tanzte aus der Tür ihrem Vater hinterher.

Christi nahm das Telefon und wählte Andies Handynummer, erneut. Und wie zuvor ging die Mailbox ran. Sie musste etwas tun – in ihr Auto steigen und anfangen, nach ihrer Freundin zu suchen. Aber wo sollte sie beginnen?

Sie schnappte sich ihre Schlüssel, entschlossen, systematisch die wahrscheinlichsten Orte abzufahren. Sie würde mit dem Strand anfangen und dann über die Parkplätze der schönsten Hotels der Gegend fahren. Das war eine Unannehmlichkeit, die ihr erspart geblieben wäre, wenn die Angestellten an den Rezeptionen entgegenkommender gewesen wären. Dieses ganze Blabla von Diskretion machte sie ganz krank.

Wie dem auch sei. Andies Auto auf dem Parkplatz würde sie schon verraten.

Christi war bereits eine Stunde lang auf der Suche und fuhr gerade in Richtung Bacara-Ressort, als ihr Handy klingelte. Sie klappte es auf und sah auf die Nummer. »Andie, wo bist du? Ich habe mir solche Sorgen gemacht. Ich hab auf meinen Tupelo-Junction-Abend verzichtet, um dich zu suchen.« Obwohl der letzte Satz fröhlich klingen sollte, merkte sie, wie oberflächlich er schien.

»Ich … ich habe Blair verlassen. Magst du kommen und reden?«

»Ja, ich mag kommen und reden. Wo bist du? Ich brauche vielleicht ein bisschen – ich bin ganz weit draußen beim Bacara und hab nach dir gesucht.«

»Dann bist zu ziemlich nahe.«

Andie beschrieb ihr den Weg und legte auf. Wenigstens etwas lief gut. Sie musste nicht weit fahren. Fünf Minuten später fuhr Christi auf den Parkplatz. Bevor sie einen Fuß aus dem Auto setzen konnte, hielt ein gut aussehender junger Kerl in einem Golfwagen an ihrer Seite. »Darf ich Sie ein Stück mitnehmen?«

Christi klimperte mit den Augen, eine Angewohnheit seit ihren Tagen in der Kappa-Phi-Studentenverbindung, und glitt auf den Sitz neben ihm. »Zu Ihnen oder zu mir?«

Er lachte, antwortete aber nicht.

»Also eigentlich bin ich hier, um eine Freundin zu besuchen. Sie wohnt in Nr. 113.«

»Ah, Mrs Smith. Ich habe sie vor einiger Zeit zu ihrer Hütte gefahren. Sie schien etwas melancholisch.«

Mrs Smith? Offenbar ist sie unglücklicher, als ich dachte. »Melancholisch? Also, Sie sind vielleicht ein Poet. Wie dem auch sei – ich bin hier, um sie aufzumuntern.«

»Das ist gut. Sie scheint mir eine feine Frau mit Stil zu sein.«

Fein. Mit Stil. Diese Worte beschrieben Andie ganz gut. Obwohl sie sich selbst nie so sah. »Keine Sorge – eine Stunde mit mir und sie wird Sie anflehen, sie in Höchstgeschwindigkeit um die Hütten zu fahren.«

Er lächelte und brachte den Wagen quietschend zum Stehen. »Ich freue mich darauf.« Christi stieg ab und die Erscheinung entschwand in die Nacht. Das leise Summen des Elektromotors verklang, als er sich entfernte.

»Hast du geflirtet?«

Christi fuhr erschrocken herum. Ihre Augen passten sich der Dunkelheit an und sie konnte Andie auf der Veranda sitzen sehen, schaukelnd. Trotz der spöttischen Worte waren die Tränen in ihrer Stimme unverkennbar.

»Was hätte ich anderes tun sollen? Er ist entzückend.« Christi stieg die Stufen hinauf und setzte sich neben ihre Freundin. »Also … was ist los?«

»Ich habe Blair verlassen.«

»Das hast du schon gesagt. Willst du mir sagen, warum?«

Andies Stuhl knarrte, als sie wieder zu wippen anfing. »Er hat eine Affäre.«

»Blödsinn.«

»Verzeihung?«

»Du hast mich schon verstanden. Blödsinn. Blair würde dich niemals betrügen. Jede Frau in der Stadt beneidet dich darum, wie sehr er dich liebt.«

Der Stuhl hörte auf zu wippen. »Komm, wir gehen spazieren.« Andie polterte die Stufen hinunter und ließ Christi keine andere Wahl, als ihr zu folgen.

Als sie den dunklen Kiesweg entlanggingen, bemühte sich Christi, ihre Füße hochzuheben, sodass sie nicht über die größeren Steine fiel. Und wer wusste, welche Unwesen nach Einbruch der Dunkelheit hier herumkrochen? »Willst du nicht zurück zu deiner Hütte?«

»Ich bin heute fast den ganzen Tag herumgelaufen. Habe mit Gott geredet. Ihm Fragen gestellt. Ich verstehe überhaupt nichts davon, aber ich habe die ganze Zeit das Gefühl, dass er mir sagt, dass ich ihm vertrauen soll.«

»Du verstehst von solchen Sachen mehr als ich. Erzähl mir, was mit Blair los ist.«

Andie erzählte von den unbegründeten Abwesenheiten, die späten Abende, die offene Lüge. »Ich habe die Stimme einer anderen Frau gehört. Er kam um sechs Uhr morgens nach Hause und hat dann gemeint, er wäre die ganze Zeit im Büro gewesen. Es gibt jemand anderen.«

Andies Stimme schien von demselben Kies bedeckt zu sein, der die Straße säumte. »Ich bin sowieso nie das gewesen, was er brauchte. Ich bin schrecklich als Hausfrau, ich bin nicht sehr organisiert, ich bin nicht wirklich gut in irgendwas.«

Christi blieb stehen und grub ihre Fersen in den Boden. Sie schnappte sich Andies Arm und drehte sie herum. »Das ist eine Lüge! Das will ich nie wieder von dir hören.«

Andie zog an ihrem Arm. »Jedes Mal, wenn du in mein Haus kommst, putzt du oder sortierst irgendetwas. Ich weiß, dass ich noch nie den Ansprüchen anderer entsprochen habe.«

»Du hattest ganz allein die Idee mit dem Jahrmarkt. Du sitzt in jedem Komitee der Schule, der Gemeinde und jeder Wohltätigkeitsorganisation, in der niemand sonst sein will. Du bist die Erste, die vorbeischaut und mir Hühnerbrühe bringt, wenn ich krank bin.«

»Hast du es immer noch nicht kapiert? Ich bringe dir Dosensuppe. Du machst mit selbst gezogenen Kräutern eine Gourmet-Hühnerbrühe. Da kann ich nicht mithalten.«

»Andie Phelps, morgen werde ich leugnen, dass ich das jemals gesagt habe, aber, na ja, wir beide wissen, dass ich viel zu penibel bin. Ich brauche jemanden wie dich, der mich daran erinnert, dass ich mir nicht über Kleinigkeiten den Kopf zerbreche, weil für dich fast alles Kleinigkeiten sind. Wenn ich etwas mache, um jemand anderem zu helfen, dann denke ich normalerweise daran, was ich stattdessen lieber tun würde. Aber du schenkst jedem deine ungeteilte Aufmerksamkeit, der etwas braucht.«

»Du würdest stattdessen lieber etwas anderes tun, wie zum Beispiel bei Tupelo Junction essen?«

Christi wusste, dass sie sich dieser Wahrheit schämen sollte, aber es war, wie es war. »Genau. Siehst du, wie oberflächlich ich bin?« Sie lachten beide und es fühlte sich gut an, die Spannung loszulassen. »Hast du Blair angerufen und ihm gesagt, wo du bist?«

»Nein. Ich möchte nicht mit ihm reden. Ich muss ein paar Dinge mit mir alleine klären.«

»Er sollte wenigstens wissen, dass es dir gut geht. Er hat sich den ganzen Nachmittag wie ein Verrückter benommen und überall in der Stadt angerufen.«

»Das glaube ich gerne.«

»Andie, er hat mich ein halbes Dutzend Mal angerufen und wollte wissen, ob ich irgendwas gehört hätte. Ich bin nicht wirklich diejenige von deinen Freundinnen, die er am liebsten mag, du weißt also, dass er wirklich verrückt vor Sorgen ist, wenn er bei mir anruft.«

»So wie ich heute Morgen um zwei Uhr, was?«

»Lass ihn wenigstens wissen, dass du am Leben bist.«

»Damit würde ich ihm mehr entgegenkommen als er mir.«

»Ja, und du bist ein besserer Mensch als er.«

Die nächste halbe Stunde über gingen sie spazieren und redeten. Sie waren schon fast zurück bei der Hütte, als Andie schließlich nachgab. Sie öffnete die Schiebeglastür und ging hinein. Christi blieb diskret auf der Veranda.

Andie lehnte sich nach draußen. »Komm doch rein. Ich werde nicht lange mit ihm reden.«

Während Andie die Nummer wählte, konnte Christi sehen, wie ihre Hände zu zittern anfingen. Sie hob das Telefon an ihr Ohr und starrte an die Wand. Der Blick in ihren Augen jagte Christi Angst ein. Es war derselbe tote, stumpfe Ausdruck, den sie nach dem Unfall gehabt hatte.

Andie zuckte zusammen. »Ich bin's.«

Wie auf einen Schlag flackerte in ihren Augen ein Feuer auf. Andie schüttelte ihren Kopf über alles, was an der anderen Seite gesprochen wurde. Christi war froh, das zu sehen. Es war besser für sie, gegen ihren Ehemann zu wüten, als sich zusammenzurollen und innerlich zu verwelken.

»Du hast dir nicht wirklich Sorgen gemacht, wo ich gestern war, oder?«, spuckte Andie aus. Sie wickelte sich ihr Haar um den Finger. »Wirklich? Im Büro beschäftigt? Dort war ich auch. Als ich dich nämlich gestern anrief, stand ich genau vor deinem Büro.«

Sie sah Christi an, verdrehte die Augen und schüttelte den Kopf. »Dazu ist es ein bisschen spät. Ich nehme mir ein paar Tage, um nachzudenken.« Sie drückte heftig auf den Knopf und klappte das Telefon zu. Es fing praktisch sofort wieder zu klingeln an. Sie schaltete es aus.

Wow. Das war eine neue, selbstbewusste Andie. »Das war fabelhaft! Lass ihn ruhig ein bisschen schmoren.«

Christi sah sich in der Hütte um. Mancher mochte so etwas reizend finden, sie bevorzugte eher den Reiz der Fünf-Sterne-Version.

»Hör mal, wenn du ein paar Tage von zu Hause weg sein willst, warum bleibst du dann nicht in unserem Gästehaus? Das steht leer.«

»Blair würde dort vielleicht nach mir suchen. Außerdem habe ich schon für drei Tage bezahlt.«

»Willst du jetzt nicht mit mir zurückkommen?«

Andie schüttelte den Kopf. »Nein. Danke. Geh du nach Hause. Ich brauch ein bisschen Zeit allein.« Sie setzte sich gebeugt auf das Bett. »Bitte erzähl niemandem, wo ich bin.«

»Wenn ich etwas kann, dann ein Geheimnis für mich behalten. Ich komme morgen wieder und schaue, wie es dir geht, in Ordnung?«

»Musst du nicht.«

»Ich weiß. Aber ich möchte.« Christi umarmte ihre Freundin mit mehr Gefühl, als sie seit Langem gespürt hatte. Sie hatte vor, sofort nach Hause zu gehen und das Gästehaus einer spontanen kleinen Putzaktion zu unterziehen. Sie würde morgen zurückkommen und erst wieder gehen, wenn Andie sich einverstanden erklärt hatte dortzubleiben.

28.

Melanie warf einen kurzen verstohlenen Blick über ihre Schulter auf die versammelten Angestellten, die in vier Reihen auf Klappstühlen saßen. Keiner von ihnen wusste, was jetzt verkündet werden würde, außer ihr. Ihr graute es vor dem, was jetzt gleich passieren würde, aber sie begrüßte es auch.

Carl Brown ging trat vor die Reihen. Er glättete seine Krawatte und räusperte sich. »Hallo miteinander. Danke, dass Sie alle früher als sonst zu diesem Treffen gekommen sind. Wir haben ein paar wichtige Details zu besprechen.

Mittlerweile kennen Sie alle Melanie Johnston. Sie ist seit ein paar Wochen hier bei uns und hat ihre Sache großartig gemacht. Sie hat ihre Sache sogar so großartig gemacht, dass Alfords ihr eine Beförderung angeboten hat auf eine andere Stelle in Orange County.«

Ein Raunen ging durch die Menge. Waren sie sauer, dass ihr die Beförderung angeboten worden war, oder froh über den Gedanken, sie loszuwerden? Sie hätte gerne über die Schulter geschaut und die Gesichter gesehen, aber ihr Stolz ließ es nicht zu. Nein. Sie würde so tun, als sei alles völlig in Ordnung.

Carl bat die Gruppe wieder um Aufmerksamkeit. »Ich war traurig, als ich gehört habe, dass sie sich entschlossen hat, dieses Angebot nicht anzunehmen.«

Das Raunen war dieses Mal deutlich lauter. Melanie gestattete sich einen kurzen Blick nach hinten. Candace saß direkt hinter ihr und lächelte. Sie klopfte Melanie auf die Schulter. »Gut. Ich bin froh, dass Sie uns nicht verlassen werden.«

»Leute, wenn Ruhe einkehren würde, dann könnten wir weitermachen.«

Carl wartete darauf, dass sich die Menge beruhigte. »Ich muss allerdings schweren Herzens mitteilen, dass sie ihre Kündigung eingereicht hat. Sie hat vor, sich nach einer Stelle umzusehen, die ihrem zu

Hause näher liegt, und ich wünsche ihr bei diesem Bestreben alles Gute. Sie hat vorgeschlagen, dass Candace ihre Stelle übernimmt, und ich habe vor, diese Empfehlung zu teilen. Also, herzlichen Glückwunsch, Candace. Melanie wird Ihnen während der nächsten drei Wochen alles zeigen und dann werden Sie es allein übernehmen.«

Melanie wandte sich um, um zu gratulieren, aber Candace sah nicht erfreut aus. Sie stand mit ernstem Gesichtsausdruck auf. »Ich werde diese Stelle nicht annehmen.«

Carl glättete seine Krawatte. »Wir werden später darüber sprechen, Candace.«

»Nein! Ich möchte jetzt reden. Der einzige Grund, warum Melanie diese Stelle aufgibt, ist die Schikane, der sie hier bei uns ausgesetzt ist. Ich werde eine Beförderung aus keinem anderen Grund annehmen, als dass ich am besten dafür qualifiziert bin. Ich möchte ganz sicher keine Stelle, von der meine Vorgängerin weggemobbt wurde.«

»Candace, du bist überqualifiziert.«

Melanie sah in die Richtung, aus der die Stimme kam. Eine Frau mit hartem Gesicht, die drei Reihen weiter hinten saß, verschränkte die Arme vor der Brust und starrte Melanie an. »Jeder weiß, dass das sowieso deine Stelle gewesen wäre, wenn sie nicht angefangen hätte, in dem anderen Laden Schwierigkeiten zu machen. Jetzt kriegst du die Stelle, die du verdient hast.«

»Falsch.« Candace schüttelte ihren Kopf. »Sie hat niemandem Schwierigkeiten gemacht. Sie hat einem Haufen Leute den Job gerettet, indem sie hierhergewechselt ist. Sie ist für diese Stelle qualifizierter als ich es bin, und es war nur fair, dass sie sie bekommen hat.«

Candace blickte sich im Raum um und sah jeden ihrer Kollegen an. Dann ließ sie ihren Blick auf Melanie ruhen. »Ich finde, sie hat großartige Arbeit geleistet, trotz all der Bemühungen, es ihr schwer zu machen. Ich weiß, dass ihr alle denkt, dass ihr mich unterstützt, indem ihr ihr diese Dinge antut, aber das stimmt nicht.«

Sie sah Carl Brown an. »Mr Brown, wenn Melanie ihre Kündigung nicht zurücknimmt, dann werde ich meine auch einreichen. Ich werde auf gar keinen Fall in einem Laden arbeiten, in dem eine so nette Frau so schlecht behandelt wurde, und in einer Position, die auf solche Weise frei wurde.«

Ein scharfes Einatmen ging durch die Menge – nicht weniger laut als das, das aus Melanies eigenem Mund kam. Sie fasste nach hinten und drückte Candaces Hand. »Das können Sie nicht tun. Ich komme schon zurecht. Sie brauchen diese Stelle.«

Candace schüttelte ihren Kopf. »Sie auch.«

Melanie konnte nicht fassen, was gerade passiert war. Noch nie hatte sie etwas so Selbstloses gesehen oder vielleicht einfach vollkommen Verrücktes. Was ging Candace durch den Kopf?

Carl rief das Treffen wieder zur Ordnung. »Mir scheint, der Rest der Gruppe braucht ein bisschen Bedenkzeit. Wie sieht es aus, Leute? Verlieren wir diese beiden tollen Frauen oder ist der Rest von Ihnen bereit, Melanie als Preiskoordinatorin zu akzeptieren und diesen ganzen Unfug zu beenden?« Er sah Melanie und Candace an. »Meine Damen, wenn Sie beide so nett wären und vor die Tür gingen, damit wir offen reden können. Wir rufen Sie in ein paar Augenblicken wieder herein.«

Die beiden Frauen gingen durch die Schwingtür ins Hinterzimmer. Melanie drehte sich auf dem Absatz um. »Was denken Sie sich nur? Das ist die Chance Ihres Lebens. Sie sind alleinerziehende Mutter. Das höhere Einkommen macht eine Menge aus.«

»Sie sind auch alleinerziehende Mutter. Eine, die vor Kurzem ein Kind verloren hat. Wie könnte ich mir vergeben, wenn ich das nehmen würde, was rechtmäßig Ihnen gehört? Jesus würde nie wollen, dass ich so etwas tue.«

Melanie erwiderte: »Sie sind also Christ?«

»Na ja, ich versuche es zu sein. Ich weiß nur, dass man immer versuchen sollte, das Richtige zu tun, was auch passiert. Ich möchte das nicht verraten für ein bisschen mehr Geld.«

»Deswegen haben Sie mich die ganze Zeit so unterstützt. Das war wegen Ihres Glaubens.«

Die Tür hinter ihnen schwang auf. Carl Brown tauchte auf. »Meine Damen, würden Sie bitte hereinkommen?«

Die zwei Frauen gingen zurück in das Zimmer und sahen sich mit den Blicken jeder einzelnen Person konfrontiert. »Es wurde einstimmig beschlossen, dass wir Ihre Kündigungen nicht annehmen werden. Wir möchten, dass Sie beide in Ihrer aktuellen Position bleiben, solange dieser Laden steht.«

Melanie trat einen Schritt zurück. Sie blickte ringsum auf die Gesichter. Manche waren immer noch voll Feindseligkeit. Welch großen Respekt hatten sie vor Candace, wenn sie bereit waren, Melanie ihretwegen zu akzeptieren? Das überstieg ihr Vorstellungsvermögen.

Andie erwachte durch die Sonne, die in die Fenster strahlte. Sie vergrub ihren Kopf unter dem Kissen und rollte sich herum. Mit dem Erwachen kam auch der Schmerz wieder. Sie musste aufstehen und sich bewegen.

Sie schwang ihre Beine über die Bettkante und zwang sich aufzustehen. Sie stolperte hinüber zur Kaffeemaschine und folgte den Instruktionen zur Zubereitung von etwas Koffein. Während sie wartete, dass die Maschine ihre Arbeit tat, zog sie sich rasch alte Jogginghosen an und setzte sich. Schon bald begann der Raum sich mit dem Aroma frischen Kaffees zu füllen. Sie nahm sich eine weiße Keramiktasse, füllte sie und ging dann hinaus Richtung Strand. *Okay Gott, wo waren wir gestern stehen geblieben?*

Mehrere Stunden später sah sie eine Frau, die ihr vom weit entfernten Ende des Strandes zuwinkte. Christi. Sie seufzte und ging auf ihre Freundin zu.

Christi stemmte ihre Hände in die Hüften. »Wird aber auch Zeit. Ich habe eine gute halbe Stunde gesucht, bis ich dich gefunden habe. Hast mir einen Schrecken eingejagt. Dachte schon, du wärst weggelaufen.«

»Hab nur nachgedacht.«

»Pack deine Sachen zusammen. Von jetzt ab denkst du in meinem Gästehaus nach. Selbst Scott war einverstanden.«

»Er wird Blair erzählen, wo ich bin.«

»Oh, bitte. Scott kann ein Geheimnis besser als irgendjemand sonst auf diesem Planeten für sich behalten.«

Die beiden Frauen gingen wieder zurück zur Hütte, obwohl Andie lieber am Strand geblieben wäre. »Das mag stimmen, aber wenn Blair nach mir sucht, dann würde er genau bei euch anfangen.«

»Selbst wenn er das tun würde, was will er denn machen – die Tür einschlagen? Komm schon, Blair ist nicht der Typ. Irgendwann musst du ihn ja sowieso wissen lassen, wo du bist.«

»Vielleicht.«

»Vielleicht nichts. Ich habe recht und du weißt es. Schnapp deine Koffer und lass uns losfahren.«

Christi ging ein paar Schritte weiter, bevor sie merkte, dass Andie ihr nicht folgte. Sie drehte sich erstaunt um.

Etwas in der Art, wie Christi ihren Gehorsam eingefordert hatte, war Andie schließlich zu weit gegangen: »Nein.« Sie atmete tief ein und straffte ihre Schultern. »Danke für dein Angebot. Aber ich habe für drei Tage gezahlt und ich habe vor, sie zu nutzen.«

Christi legte ihren Kopf schief. Obwohl sie ihre Lippen zusammenpresste, verzogen sie sich immer noch an den Mundwinkeln nach oben. »Hör sich das einer an. Wer sind Sie denn und was haben Sie mit Andie gemacht?«

Andie lächelte. Sie mochte diese neu gefundene Unabhängigkeit. »Danke, dass du vorbeigeschaut hast. Ich melde mich wieder. Komm gut nach Hause.«

Christis Mund blieb in der Tat offen stehen. »Ich glaube wirklich, ich bin gerade ausgeladen worden. Mannomann!« Sie hob ihre Hand, um sich einen näher kommenden Golfwagen heranzuwinken. »Hallo, Bruce! Wie schön, Sie wiederzusehen.« Sie lächelte zurück über ihre Schulter. »Ruf mich an, wenn du bereit bist.«

Andie sah zu, wie ihre Freundin abfuhr. Sie konnte ihr helles Lachen über dem Summen des Elektromotors hören. Das neu strömende Adrenalin konnte am besten zum Einsatz gebracht werden, indem sie jetzt ein paar Anrufe erledigte. Vielleicht konnte sie auch ein paar andere Dinge in Ordnung bringen. Sie wählte Carolyn Pattersons Nummer.

»Hallo, Carolyn, hier spricht Andie.«

Am anderen Ende der Leitung war es nur ein Sekunde zu lange ruhig. »Oh. Andie. Ich hatte vor, Sie später anzurufen.«

»Nun, hier bin ich.«

»Ja, da sind Sie.« Sie machte eine Pause. »Der Ausschuss hat sich heute Morgen getroffen und es wurde beschlossen, dass Sie die Aufgaben, die Sie beim Jahrmarkt haben, niederlegen sollten – nur für dieses Jahr natürlich. Nächstes Jahr hoffen wir, Sie wieder bei uns zu haben.«

»Aber, Carolyn, ich –«

»Ich weiß, dass Ihnen der Jahrmarkt eine Herzensangelegenheit ist, Andie, aber gerade Sie sollten verstehen, dass wir nichts tun sollten, was unseren Bemühungen entgegensteht. Die Mehrheit der Leute, die den Jahrmarkt besuchen, sind Familien mittleren Einkommens. Diese Bevölkerungsgruppe steht auf der Seite der Familie Johnston und wird ihre Unterstützung auf jede mögliche Art zeigen. Das verstehen Sie doch, oder?«

Andie spürte, wie der Morgenkaffee in ihrem Magen rebellierte. Sie stieg die Veranda hoch und ließ sich in einen Stuhl fallen. »Ja. Ich verstehe. Danke, Carolyn.« Sie schaffte es, ihr Handy zusammenzuklappen, und sprang dann gerade noch rechtzeitig auf die Füße, bevor sie sich über das Geländer übergab.

Die Mailbox antwortete vor dem ersten Klingeln. Wie üblich. »Andie, mach dein Handy an!« Blair warf das Telefon gegen die Wand und sah zu, wie ein Plastikstück ausbrach und über den Boden flog.

Er trat die Hocker um, die um den Küchentresen standen. Sie würde ihm nicht so einfach davonlaufen. Was glaubte sie denn, wer sie war?

Er stieß die Tür zur Garage auf, ließ sein Auto aufheulen und fuhr mit durchdrehenden Reifen die Zufahrt hinunter. Er hatte die letzten zwei Tage demütige Nachrichten voller Entschuldigungen hinterlassen und sie hatte es nicht einmal für nötig empfunden, seine Anrufe zu beantworten. Das musste aufhören. Und zwar jetzt.

Er überquerte den Marina Drive und fuhr beinahe einen idiotischen Touristen an. Der Blödmann war rückwärts auf die Straße getreten, mit der Kamera im Gesicht, dem Ozean zugewandt. Blair hupte. Warum sie nicht die gesamte Nachbarschaft einzäunten, konnte er nie verstehen. Touristen machten alles kaputt.

Er nahm die nächste Abzweigung und dann die nächste, bis er die Auffahrt der Baurs erreichte. Er kannte die Kombination für das Tor nicht. Er würde klingeln müssen.

»Ja?«

»Christi, ich bin's. Ich muss mit dir sprechen.«

»Worum geht's?«

»Ich muss mit dir unter vier Augen sprechen. Und zwar jetzt!«

»Ich glaube nicht, dass das so eine gute Idee ist. Du klingst ein bisschen verärgert.«

»Natürlich bin ich verärgert. Ich weiß, dass du weißt, wo Andie ist. Sag es mir oder ich walze dieses Tor platt!« Kaum waren die Worte raus, schon erkannte er, dass er gerade seine beste Chance verspielt hatte, ihre Hilfe zu gewinnen. Sie würde es ihm nun aus bloßem Groll verheimlichen. »Hör mal, Christi, es tut mir leid. Ich mach mir nur Sorgen, das ist alles. Alles, was ich will, ist, mit ihr zu sprechen.«

»Vielleicht hättest du darüber am Samstagabend nachdenken sollen, hm? Hättest du es getan, dann hättest du dieses Problem nämlich jetzt nicht. Oder?«

Kontrollfreak.

Er war nicht bereit, ihrem herablassenden Tonfall auch nur eine weitere Minute zuzuhören. Er legte den Rückwärtsgang ein und trat auf das Pedal. Er hatte sowieso zu arbeiten.

Er fuhr zu seinem Büro. In seinen Adern brannte immer stärker die Demütigung durch seine undankbare Frau und deren Schickimicki-Freundin. Ja, er hatte vergessen anzurufen, aber war das ein Verbrechen, das so bestraft werden musste? Er hatte sich abgerackert, hatte versucht, seine Firma zu retten, ihr Haus, das, was von ihrem Leben übrig geblieben war, und das war der Dank, den er dafür bekam. Er steckte seine Schlüsselkarte in das Lesegerät der Tiefgarage, aber als das Tor sich zu öffnen begann, hatte er schon den Rückwärtsgang eingelegt.

Arbeit war nicht das, was er jetzt brauchte. Er brauchte etwas Trost – und er wusste genau, wo er ihn finden konnte. Er riss das Auto herum und fuhr davon.

29.

Jake saß am Schreibtisch in seinem Büro und überlegte, was er den Jungen am Abend sagen konnte. Er sollte ihr geistlicher Mentor sein, sie auf den rechten Weg führen. Und doch hatte er seine eigenen Kinder verlassen. Sie ausgesetzt.

Ja, er hatte zu dieser Zeit gedacht, dass es das Beste gewesen war – und vielleicht war es das auch. In Wahrheit hatte er aber keine Ahnung.

Er hatte sein Vatersein mit einer Unterschrift abgegeben, ohne zu wissen, wo seine Töchter hinkommen würden oder welcher Mann in ihr Leben treten würde. Er hatte die Jahre über für sie gebetet. War das nicht alles, was er tun konnte?

Brennende Schuldgefühle zeigten ihm, dass er mehr tun konnte, dass er sie suchen sollte. Aber eine andere Stimme sagte ihm: »Nein, sie sind jetzt über 18 – sie können dich finden, wenn sie wollen.«

Da merkte er, dass er seinen Gebeten eine neue Richtung geben sollte. Nicht nur dafür zu beten, dass Gott seine Kinder schützen und sie zu sich ziehen möge, sondern auch für eine Antwort auf die Frage, ob er den Kontakt zu ihnen suchen sollte oder nicht. Konnte er ihre Adresse überhaupt herausfinden, wenn er wollte?

Er sah hinunter auf seine Notizen für die Gruppe und erkannte, dass es nichts mehr gab, was er den Jungen in seiner Gruppe geben konnte. Es war an der Zeit, dass er von seiner Aufgabe zurücktrat. Er war zu alt.

»Hey.«

Die Stimme hinter ihm erschreckte ihn und nur eine Sekunde lang hoffte er, es könnte Melanie sein. Als er herumfuhr, merkte er, warum: Sarah Johnston lehnte am Türrahmen, die Arme über dem XXL-Sweatshirt verschränkt, das sie oft trug. Er war sich nicht bewusst gewesen, wie ähnlich Mutter und Tochter klangen. »Tag, Mrs Johnston. Was bringt dich her?«

Sarah ließ sich ohne Aufforderung in einen Stuhl plumpsen. »Meine Mutter.«

Ein Hoffnungsschimmer leuchtete auf. »Deine Mutter hat dich geschickt, um mit mir zu reden?«

Sarahs Lippen verzogen sich schief und sie machte den Eindruck, als würde sie mit aller Kraft versuchen, die Augen nicht zu verdrehen. »Soll das ein Witz sein? Du kennst meine Mutter offensichtlich nicht sehr gut.«

»Hm, das stimmt. Über was willst du denn sonst sprechen?« Er bemühte sich, sein bestes Sonntagmorgen-Gottesdienst-Lächeln aufzusetzen. Er war Leiter der Jugendgruppe – sie durften ihm nicht ansehen, wie er mit Zweifeln und Schmerz zu kämpfen hatte. Wenn sie erfuhren, wie schlecht er mit manchen Dingen umging, wie konnte er dann das Vorbild sein, das sie brauchten?

»Ich weiß, dass ihr beide Streit hattet. Sie sagt mir nicht, worum es ging, aber ich bin mir sicher, dass es etwas zu tun hat mit ›Jeffs Vermächtnis‹.« Sie schrieb Anführungszeichen in die Luft, als sie die Worte sagte, als wäre sie es müde, diesen Ausdruck zu hören.

»Jeffs Vermächtnis?«

»Ja, das ist alles, an was sie denken kann. Sie hat diese fixe Idee im Kopf, als ob die einzige Möglichkeit, Jeffs Leben einen Sinn zu geben, diese bescheuerte Klage ist.«

»Ich höre, dass du nicht zustimmst.«

»Nein, tu ich nicht.« Sie biss sich auf die Unterlippe und starrte auf den Boden. »Ehrlich gesagt, ich glaube, dass Jeff es hassen würde, dass sie das alles macht. Ich glaube, er würde ihr sagen, dass sie mit ihrem Leben weitermachen und sich an die guten Zeiten erinnern soll. Er würde ihr sagen, dass sie nicht in der Vergangenheit leben sollte, weil das nichts ändern wird.«

»Ich verstehe, was du sagst, aber was hat das denn mit mir zu tun?«

»Sie mag dich. Sie wird auf dich hören.«

»Mag mich? Das glaube ich kaum. Sarah, es war mehr als nur ein Streit. Ich habe ihr ein paar Sachen aus meinem Leben erzählt und sie hasst mich jetzt.«

Sarah schüttelte den Kopf. »Das kauf ich dir nicht ab. Sie hätte in den letzten drei Tagen nicht so eine schlechte Laune gehabt, wenn sie dich hassen würde. Nee. Sie mag dich, aber sie ist verrückt.«

»Wie auch immer, ich versteh nicht, was das alles mit mir zu tun hat. Sie spricht nicht mit mir – sie wird nicht auf mich hören.«

»Du planst die Gedenkfeier für die Frühlingsferien, stimmt's?«

»Ich weiß nicht. Ich saß gerade hier und hab darüber nachgedacht, sie abzusagen. Ich dachte, das wäre vielleicht leichter für sie.«

»Wage es ja nicht. Sie muss von den anderen Teens hören, was Jeff ihnen bedeutet hat. Sie sagt dauernd, dass er vergessen werden wird, aber wir beide kennen Dutzende von Menschen, die das nicht könnten, selbst wenn sie es wollten.«

Jake sah prüfend in die Augen ihm gegenüber, die vor Ernsthaftigkeit angespannt waren und immer noch feucht glänzten, weil der Name ihres Bruders gefallen war. Sarah brauchte seine Hilfe und er würde ihr helfen, so gut er konnte. »In Ordnung, ich sag die Feier nicht ab. Denkst du immer noch, dass deine Mutter kommen wird?«

»Machst du Witze? Sie würde doch nichts verpassen, das Jeff zu Ehren stattfindet – und wenn Jack the Ripper dazu einladen würde. Wie sauer sie auch immer auf dich sein mag, ich würde sagen, dass du immer noch eine oder zwei Stufen über ihm stehst.«

»Da bin ich mir nicht so sicher.«

Sarah sprang auf ihre Füße. Sie war augenscheinlich von dem Gedanken an die Gedenkfeier aufgemuntert. »Danke. Du bist der Beste.«

»Wo rennst du denn hin?«

»Zur Mädchengruppe. Wir treffen uns heute ein bisschen früher.«

»Warum das?«

Sie grinste und sah ihn mit schiefem Kopf an. »Versprichst du, nichts zu verraten?«

Jake legte die Hand auf seine Brust. »Großes Indianerehrenwort.«

»Wir verstecken uns und bewerfen die Jungs mit Wasserbomben, wenn sie zu ihrem Treffen kommen.« Sie kicherte, als sie sich umdrehte und ging.

Jake sah ihr zu, wie sie aus der Tür stolzierte, und dachte an die armen Jungs, die in den nächsten 45 Minuten in seiner Werkstatt aufkreuzen würden. Okay, er hatte versprochen, nichts zu verraten, aber das hieß nicht, dass er ihnen nicht beim Gegenschlag helfen konnte.

Er ging in den hinteren Teil der Werkstatt, schloss den Schrank auf und begann das Arsenal an Wasserspritzpistolen zusammenzusuchen, das er über die Jahre hinweg angehäuft hatte. Er würde diese Schönheiten laden und für das Gefecht bereithalten. Die erste Runde würden die Jungs wie echte Gentlemen ertragen, dann aber würden sie vorbereitet sein für den gnadenlosen Gegenschlag. Er trug die erste Waffe zum Waschbecken und fing an, sie zu füllen.

Es gab möglicherweise einige Kirchenmitglieder, die erschüttert wären, dass die Zeit der Jugendgruppe für solchen Unfug genutzt wurde, aber er glaubte, dass ein bisschen Unfug einer der Gründe war, warum die Jugendlichen immer wiederkamen. Es ging nicht nur um Spiel und Spaß, aber es ging auch nicht nur um Lernen und Regeln. Er schämte sich plötzlich seiner vorherigen Gedanken, diese Aufgabe aufzugeben, die er so liebte. Eine Aufgabe, zu der ihn Gott berufen hatte.

Bruce verstaute Andies Koffer im Kofferraum. »Das war's?«

»Ja.« Sie reichte ihm einen gefalteten Geldschein. »Vielen Dank.«

»Ich danke Ihnen, Mrs Smith. Ich würde mich freuen, wenn Sie uns bald wieder besuchen.«

Andie nickte und stieg in ihr Auto. Das Drehen des Schlüssels fühlte sich so endgültig an. Dieser Ort war kein Paradies gewesen – das konnte kein Ort unter diesen Umständen sein –, aber es war ein Hafen gewesen, ein sicherer Rückzugsort für ein paar Tage. Sie wusste, dass die ganze Last wieder zurückkommen würde, wenn sie jetzt wieder in die Welt zurückkehrte. Wahrscheinlich stärker, sobald Blair sie gefunden hatte. Sie hatte ihren Aufenthalt bereits verlängert und war eine Nacht länger geblieben als geplant und es wäre zu leicht, einfach zu bleiben. Sie hatte in den Tagen ihres Rückzugs unter anderem erkannt, dass sie für sich selbst eintreten musste – und das bedeutete, dass sie nicht länger weglaufen konnte. Es war Zeit für den nächsten Schritt.

Sie fuhr südlich auf die Autobahn 101. Der Pazifische Ozean lag ruhig und glatt da. Der Himmel spiegelte sich in ihm und die Sonne warf ihre Strahlen wie eine Decke über das Blau. Doch unter der Oberfläche gab es viele Dinge, die verletzen, ja, sogar töten konnten. Weiße Haie, die gelegentlich Surfer jagten. Quallen, die einen Schwimmer weit weg vom Strand mit ihren Tentakeln lähmen konnten. Selbst Stachelrochen wie der, der 2006 den Krokodiljäger Steve Irwin getötet hatte. Dinge, die an der Oberfläche ruhig und friedlich erschienen, konnten jemanden trotzdem tief verletzen. Gerade wie Blair und seine Entschuldigungen.

Sie wählte die Nummer von zu Hause, obwohl sie wusste, dass Blair schon bei der Arbeit sein musste. Sie wollte sichergehen. Keine Antwort. Gut. Sie konnte zu Hause anhalten, ein paar Kleider mitnehmen und ohne Konfrontation zu Christi gehen. Sie hatte vor, die nächste Woche in ihrem Gästehaus zu verbringen und dort die Dinge neu zu ordnen. 30 Minuten später bog sie in ihre Auffahrt ein, froh, das Haus still vorzufinden. Es sollte nicht lange dauern. Sie mied die Garage für den unwahrscheinlichen Fall, dass Blair heimkommen sollte, während sie im Haus war.

Während der letzten vier Tage hatte sie nur kurz mit ihm gesprochen. Es würde ihm ähnlichsehen, ihr Auto mit seinem zu blockieren und sie damit zu zwingen, zu bleiben und sich seine Ausflüchte anzuhören – Ausflüchte, die sie sowieso nicht glauben würde.

Sie stieg die Treppe nach oben, ohne das Licht anzumachen – das Sonnenlicht, das durch die Fenster drang, bot genug Licht. Als sie ihr Zimmer erreichte, ging sie geradeaus auf die andere Seite zu ihrem Kleiderschrank, dann blieb sie stehen. Dort, ausgestreckt auf dem Boden, lag Blair.

Er bewegte sich nicht.

30.

Als Melanie am Samstagmorgen in Les' Büro kam, traf sie ihn an, wie er gerade ein großes flaches Rechteck betrachtete, das in braunes Papier gewickelt war. Er schloss das Papier schnell und lehnte es gegen die Wand, als er sie sah. Er räusperte sich und sah hinunter auf seinen linierten Schreibblock.

»Also, dann schauen wir mal, wo wir stehen geblieben waren.«

Als er seine Notizen durchging, sah Melanie auf das große Objekt, das an die Wand gelehnt war – offensichtlich etwas Gerahmtes. Sie wusste, dass er nicht mehr verheiratet war, dass er aber eine oder zwei Ehen hinter sich hatte. Vielleicht war das ein Familienbild von seinen Kindern und Enkeln – gekleidet in weiße Hemden, blaue Jeans, barfuß, am Strand. So sahen scheinbar alle Familienbilder in Santa Barbara aus.

»Ah, ja, die Fallbesprechung vor Gericht. Die wird in der übernächsten Woche sein.«

Melanie nickte. »Und das ist –«

»Du Trottel! Geh mir aus den Augen, bevor ich dir eine runterhaue!« Durch die offenen Balkontüren drangen laute Rufe in Les' Büro.

Er sprang auf, warf einen Blick auf die Straße hinunter und schlug dann die Tür zu. Ein Windstoß fuhr durch den Raum, sodass sich die Verpackung aus braunem Papier hob. Sie fiel zurück und blieb etwas verschoben liegen.

Melanie sah die Worte »Los Angeles« am oberen Rand. Sie erinnerte sich daran, dass er von einem Interview vor ein paar Wochen mit einem Magazin erzählt hatte. Trotzdem hatte er es jetzt nicht erwähnt. Zurück zum Thema. »Also … in der Fallbesprechung vor Gericht legen sie den Termin für die Gerichtsverhandlung fest, richtig?«

Er nickte. »Und andere Dinge. Sie werden uns in der Zwischenzeit zu Schlichtungsgesprächen schicken. Sie werden auch den Termin für die außergerichtlichen Vergleichsgespräche bestimmen.«

»Außergerichtliche Vergleichsgespräche? Nichts da. Ich mach das nicht alles durch, nur um einen Vergleich zu schließen.«

»Das ist alles Teil des Verfahrens. Das Treffen wird sowieso erst kurz vor der Gerichtsverhandlung stattfinden. Der Richter wird alle hereinrufen und versuchen, jede Seite davon zu überzeugen, dass sie möglicherweise nicht gewinnen wird und dass wir uns alle besser auf einen Vergleich einigen.«

»Aber –«

»Machen Sie sich keine Sorgen. Er kann uns dazu zwingen, an dem Treffen teilzunehmen. Aber er kann uns nicht zu einer Einigung zwingen.«

»Muss ich also an diesem Fallbesprechungsding teilnehmen?«

»Nein. Ich rufe Sie an und teile Ihnen Ihre Termine mit. Danach beginnt dann die Beweisaufnahme. Ich erkläre Ihnen alles im Laufe der Zeit.«

Melanie nickte und sah auf das braune Paket. »Gibt es sonst noch etwas, worüber wir sprechen sollten?«

Er schüttelte den Kopf. »Das war's für den Moment.«

Sie verließ das Büro und ging den Gehweg entlang in Richtung Parkplatz. Ein kleiner Zeitschriftenladen weckte ihre Aufmerksamkeit. Sie ging hinein und suchte nach der neuesten Ausgabe des Los-Angeles-Magazins. Sie blätterte die Porträts von Kinostars und Restaurantkritiken durch bis Seite 27, wo sie ein Bild von Les neben dem von drei anderen Männern fand, die gleichermaßen distinguiert aussahen – oder aufgeblasen, je nach Sichtweise. »Powerplayer von heute« war der Artikel überschrieben. Les' Bild zeigte ihn in Kakihosen und einem Button-Down-Hemd, wie er an der Reling einer Jacht stand. »Anwalt mit Herz« lautete die Unterschrift unter seinem Namen.

Les Stewart zog im vergangenen Jahr nach Santa Barbara. Eigentlich, um zu segeln, zu reisen und seinen Ruhestand zu genießen. Dann jedoch bat ihn eine Mutter um Hilfe, die um ihren Sohn trauerte, und er verschob seinen verdienten Ruhestand bereitwillig.

Im restlichen Artikel ging es um sein Leben und seine Karriere und der Fall wurde grob skizziert.

Etwas, das dem Gefühl eines Verrats ziemlich ähnlich war, machte sich in Melanie breit. Nichts, was in diesem Artikel stand, war unwahr – die Zeitschrift stellte Jeff in einem guten Licht dar. Aber bei der Klage sollte es eigentlich nur um Jeff gehen. Irgendwie erweckte der Artikel den Eindruck, als wäre Les Stewart die Hauptperson.

Andie ging den langen Korridor in der Entzugsabteilung des Krankenhauses entlang und stellte fest, dass der starke Geruch von Desinfektionsmitteln es nicht vollkommen schaffte, den anderen Geruch zu überlagern – den nach Erbrochenem.

Als sie die vorletzte Tür auf der rechten Seite erreicht hatte, sah sie in dicken weißen Lettern »Kathleen Griffin, Dipl.-Psychologin« auf dem Namensschild an der Tür. Ja, das war das Zimmer. Sie klopfte sachte an.

Vielleicht konnte sie sich, wenn niemand öffnete, einfach wieder umdrehen und gehen. Sie konnte dann sagen, sie hätte es versucht und niemand hätte geantwortet. Ihre Hoffnungen schwanden, als die Tür geöffnet wurde.

»Andie? Ich bin Kathleen Griffin. Vielen Dank, dass Sie gekommen sind.« Sie streckte ihr die Hand entgegen und Andie schüttelte sie. Die Wärme von Kathleens Hand machte ihr bewusst, wie kalt ihre eigene geworden war. »Bitte, kommen Sie herein und setzen Sie sich.« Sie wies auf einen Stuhl, der mit einem ausgeblichenen grauen Vinyl überzogen war. »Wir haben uns in den letzten beiden Tagen um Ihren Mann gekümmert.«

»Gut.« Sie sah sich im Raum um.

Kathleen Griffin schien um die 50 zu sein. Sie hatte breite Schultern, war stark gebaut und hatte einen schwarz-grauen Wuschelkopf. Sie sah wie ein bekehrter Hippie aus, der zwar eine feste Anstellung gesucht hatte, aber die 60er nicht wirklich hinter sich lassen konnte. Andie sah sich im Büro um und suchte nach Postern von Woodstock oder etwas Ähnlichem. Stattdessen fand sie eingerahmte Verse: *Denn alles ist mir möglich durch Christus, der mir die Kraft gibt, die ich brauche (Philipper 4,13)*. Und *Ich habe euch das alles gesagt, damit ihr in mir Frieden habt. Hier auf der Erde werdet ihr viel Schweres erleben. Aber habt Mut, denn ich habe die Welt überwunden (Johannes 16,33)*.

Kathleen räusperte sich. »Das hört sich fast ein bisschen pessimistisch an, oder? Ihr habt Schweres erlebt; ihr werdet auch weiterhin Schweres erleben.« Sie war offensichtlich Andies Blick gefolgt.

»Warum hängt das dann an Ihrer Wand?«

»Mrs Phelps, die Menschen, die in dieses Gebäude kommen, müssen verstehen lernen, dass ihr Problem nicht durch ein paar Wochen Aufenthalt bei uns gelöst wird. Es ist ein Problem, das sie ihr Leben lang begleiten wird. Eines, mit dem Ihr Ehemann die letzten 20 Jahre sehr erfolgreich umgegangen ist, nehme ich an.« Sie klappte eine Tabelle auf ihrem Tisch auf. »In dieser Hinsicht haben Sie Glück. Viele unserer Patienten müssen durch einen langwierigen Prozess der Entgiftung gehen, bevor sie überhaupt an diesen Punkt gelangen. Ihr Mann musste nur wieder nüchtern werden.«

»Da haben wir ja noch mal Glück gehabt.«

Kathleen klopfte mit einem Stift auf ihre Schreibtischplatte und sah Andie mit gerunzelter Stirn an. »Mrs Phelps, der Rückfall eines Alkoholkranken ist ein ernst zu nehmendes Problem.«

Andie dachte zurück an den Selbstmord ihres Vaters. »Ich möchte ihm helfen – das will ich wirklich. Aber außer Blairs Rückfall gibt es viele andere Probleme.«

Kathleens Gesicht wurde weich. »Ich weiß, dass Ihre Familie durch eine schwere Zeit geht. Ein Kind zu verlieren – das ist mehr, als ein Mensch erleiden sollte. Es ist trotzdem wichtig, dass Sie beide an die tatsächlichen Wurzeln Ihrer Probleme gehen, nichts zurückhalten, sich mit all der Hässlichkeit auseinandersetzen. Wenn Ihr Mann versucht, seine Gefühle zu verbergen, dann wird er ganz sicher wieder einen Rückfall erleiden. Der Heilungsprozess kann erst einsetzen, wenn er vollkommen ehrlich ist.«

»In Ordnung.« Kein Wort über die Gefahr, Andies Gefühle zu ersticken. Ihr wurde bewusst, zu was sie sich da bereit erklärt hatte.

Im Namen der Heilung würde Blair hereinkommen und an ihr für unbegrenzte Zeit seine Wut auslassen. Und von ihr wurde erwartet, eine gute Ehefrau zu sein, alles zu schlucken und dann um Vergebung für ihre Fehler zu bitten. Das nannte man dann Therapie. Wenn das Therapie war, dann war ihr Alltag Therapie genug. Was war mit ihr? Wie sah es mit ihrem Heilungsprozess aus? Ein Funke Wut glomm in ihr auf.

Kathleen ging zu einer Seitentür und öffnete sie. »Sie können jetzt reinkommen.«

Blairs Gesicht war blass, seine Augen geschwollen und dunkel. Er trug ein T-Shirt und eine Jeans. Er sah Andie nicht an, als er zu einem Stuhl schlurfte und auf den Boden starrte, wie ein Verurteilter vor dem Henker.

Kathleen schloss die Tür und kehrte zu ihrem Stuhl hinter dem Schreibtisch zurück. »Blair, fangen wir mit Ihnen an. Was haben Sie Andie zu sagen?«

Andie spürte, wie sich ihre Nackenmuskeln anspannten. *Jetzt geht's los.*

Blair bewegte sich und legte seinen linken Fuß auf das rechte Knie. »Es tut mir leid.«

Andie blinzelte. Diese Worte hatte sie in ihrer Ehe erst selten gehört. Trotzdem … ihre Wirkung war schwach. Es gab zu viele andere Faktoren. Die Worte zögerten nur den Moment heraus, zu dem die Verurteilungen anfangen würden.

Er räusperte sich. »Ich weiß, dass ich noch nie etwas getan habe, was gut genug war für dich. Ich habe immer versucht, ein guter Ehemann zu sein und dich mit dem zu versorgen, was du gebraucht oder gewollt hast, aber irgendwie habe ich dich in allen Punkten enttäuscht.«

Die Worte trafen Andie wie ein Schlag ins Gesicht. Der Zorn loderte auf. »Was meinst du damit, du hast nie etwas getan, was gut genug war? Du stellst das so hin, als wären meine hohen Erwartungen an allem schuld. Ich habe nie irgendwas von dir verlangt, Blair. Na ja, außer vielleicht, als dass du hin und wieder von der Arbeit nach Hause kommst.«

Blairs Kopf fuhr hoch. Er sah zu Andie hinüber und war offensichtlich überrascht.

Sie konnte ihre Gefühle nicht länger zurückhalten, die sie so lange unterdrückt hatte. Worte sprudelten aus ihr heraus, obwohl sie merkte, dass sie sie zurückhalten sollte. »Ich war nie gut genug für dich!«

Blairs Kiefer klappte herunter. Er blickte zu Kathleen. Kathleen blätterte eine weitere Seite ihrer Tabelle um. »Mrs Phelps, ich denke –«

»Was denken Sie? Blair ist derjenige, der sich entschlossen hat, seine Probleme zu ertränken, und mir alles andere überlässt, damit ich mich darum kümmere. Aber da er ja derjenige mit einem Problem ist, muss ich hier sitzen und mir von ihm anhören, welchen Druck ich ihm angeblich all die Jahre gemacht habe? Nun, das werde ich nicht tun.«

Andie sprang auf. »Ich habe mir in den letzten 20 Jahren seine ständige Kritik angehört, weil ich nicht so war, wie er mich gerne gehabt hätte. Ich habe ihn genau so angenommen, wie er war, aber er konnte nie das Gleiche für mich tun.«

»Das stimmt nicht.« Blair stand ebenfalls auf.

»Ach, ja? Wie viele Male habe ich dich ausgeschimpft, weil du mal hin und wieder eine Runde Golf gespielt hast? Wie viele Male dich eine halbe Stunde fertiggemacht wegen der zwanghaften Ordnung in deiner Sockenschublade? Hä? Aber meine Malerei und mein unordentlicher Kleiderschrank waren Hunderte Male Grund für deine Tobsuchtsanfälle.«

Sie konnte die Kränkung in Blairs Gesicht sehen – ein Gesicht, das jetzt so verletzt und zerbrochen war – aber sie nahm nichts zurück.

»Jeden einzelnen Tag unserer Ehe habe ich mir das angehört. Das Einzige, was ich mache, einfach weil es mir Spaß macht, ist Malen. Und du sagst mir, dass das egoistischer Zeitvertreib sei. Alles muss immer so sein, wie du es willst, und wie ich es will, ist es falsch, und das habe ich satt.«

Kathleen stand auf und beugte sich über ihren Schreibtisch. »Würden Sie beide sich bitte wieder setzen? Das hier bringt uns nicht weiter.«

Blair ließ sich zurück in seinen Stuhl fallen. Andie setzte sich auch, blieb aber auf der Stuhlkante sitzen und wandte ihren Ärger Kathleen zu. »Was bringt uns denn weiter? Dass ich hier sitze und alles herunterschlucke? Dass ich Blair zuhöre, wie er das ausspricht, für das er bisher nicht den Mut hatte? Dass er mir sein ganzes Handeln ins Gesicht wirft?«

Kathleen nahm ihren Stift und kritzelte etwas in ihre Tabelle. Zweifellos eine Anmerkung über Blairs verrückte Frau, die ihn in den Alkohol und die Arme der anderen Frau gedrängt hatte. »Was genau hat er denn bisher noch nicht ausgesprochen?«

»Dass Chads Tod meine Schuld ist.«

»Deine Schuld?« Blair beugte sich in seinem Stuhl nach vorne und sah aus, als würde er jeden Moment zum Angriff übergehen.

»Ja. Ich bin diejenige, die hätte sicherstellen sollen, dass seine Noten tadellos waren. Es war meine Verantwortung und ich habe versagt. Ich muss damit jeden einzelnen Tag meines Lebens leben. Ich sehe, wie du mich anschaust. Ich trage genug Schuld mit mir herum und muss mir nicht auch noch anhören, wie du mir mein Versagen ins Gesicht schlägst.« Andie stand auf und ging zur Tür. »Es tut mir leid. Ich möchte, dass du dich erholst, aber ich kann nicht der ›Sandsack‹ sein, nur damit es dir besser geht. Ich kann das einfach nicht.« Sie drückte die Klinke und rannte aus dem Zimmer.

»Mrs Phelps.« Kathleens Stimme klang irgendwo am Ende des Ganges hinter ihr her, aber Andie würde sich nicht umdrehen. Sie floh aus der Entzugsklinik, sprang in ihr Auto und fuhr davon.

Gott, ich habe es vermasselt. Ich meine, es gibt keinen Grund, dir das zu sagen – du weißt es ja schon –, aber vielleicht geht es mir dann besser, wenn ich es gesagt habe. Andie fuhr die Autobahn hinunter, ohne ein klares Ziel im Kopf zu haben.

Warum war ich so sauer auf Blair? Er braucht mich jetzt. Er braucht meine Hilfe, damit er wieder gesund wird. Und was mache ich? Ich trete ihn mit Füßen, wenn er an seinem Tiefpunkt steht. Ich habe mich ihm gegenüber nicht besser verhalten als meinem Vater gegenüber.

Sie fuhr einige Minuten weiter in Richtung Süden, bis sie ein neues Gefühl beschlich und nicht mehr losließ. Schließlich gab sie ihm nach, drehte an der nächsten Ausfahrt um und fuhr in Richtung Stadtmitte. Sie ahnte, wohin sie gehen musste, aber nicht, warum. Immer noch unsicher parkte sie auf dem Parkplatz und klopfte an der Hintertür der Suppenküche.

Silas öffnete sie. »Mrs Phelps, was bringt Sie heute erneut hierher?«

»Ich … äh … ich hatte ein schlechtes Gewissen, weil ich bei meinem letzten Dienst früher gegangen bin und dachte, ich schau mal nach, ob ich jetzt ein bisschen Extraarbeit tun kann.«

Er nickte und die Falten seiner ledrigen, sonnenverbrannten Haut knitterten noch mehr. »Also, ich war gerade dabei durchzuwischen. Ich könnte Hilfe gebrauchen.«

Sie nickte und war dankbar für die Ablenkung.

Er reichte ihr einen Mopp. »Ich nehme einmal an, dass Ihr Treffen nicht gut verlief?«

Ihre Finger klammerten sich Halt suchend um den Griff. »Nein.« Sie tauchte den Mopp in den Eimer mit Seifenlauge. »Ich bin weggerannt.«

»Sie, Mrs Phelps? Weggerannt? Ich habe Sie nie wegrennen sehen.«

»Na ja, heute bin ich weggerannt.« Sie fuhr mit dem Mopp über den Boden. »Es ist nicht meine Schuld. Wenn er mich nicht all die Jahre immer so kritisiert hätte … Aber trotzdem, es tut mir leid, dass ich es getan habe.«

Er warf seine Dreadlocks über die Schulter. »Vielleicht nicht leid genug.«

»Bitte?«

»Mein Vater sagte immer: ›Es tut einem nicht wirklich leid, wenn man immer noch jemand anderem die Schuld gibt für das, was man getan hat.‹« Er hob seinen Mopp in den Putzeimer und drückte ihn aus.

Andie sah den Exobdachlosen an, der immer noch nicht duschte oder seine Kleider wusch. Warum sollten seine Worte – irgendwelche Worte – ihr Schuldgefühle verursachen? Er wusste nicht, wovon er sprach.

Aber irgendwie, selbst Stunden, nachdem sie die Suppenküche verlassen hatte, klangen seine Worte immer noch in ihren Gedanken nach. *»Es tut einem nicht wirklich leid, wenn man immer noch jemand anderem die Schuld gibt für das, was man getan hat.«*

Sie fuhr an den Strand und setzte sich in den Sand, der von der späten Märzsonne aufgewärmt war. Sie sah zu, wie die Gischt hin und her gepeitscht wurde. Sie wusste, wie sich das anfühlte.

Ein erdrückendes Gewicht schien sich auf ihre Brust zu legen. Eine Erinnerung stieg in ihr hoch, die noch so deutlich war, dass sie das verkohlte Brot riechen konnte.

Blair war wieder einmal spät von der Arbeit gekommen und hatte sich nicht die Mühe gemacht anzurufen. Chad, der vielleicht fünf Jahre alt war, hatte eine Stunde lang geschrien, dass er Hunger habe. Sie umarmte ihn. *»Ich schätze, wir essen heute Abend ohne Papa. Wieder einmal.«* Sie gab ihrem Sohn eine Banane und steckte ein Brot in den Ofen.

Vielleicht konnte sie kurz in ihr Atelier gehen, während das Brot braun wurde. Ihr Kurs am Kunstmuseum von Santa Barbara, der einmal die Woche stattfand, stand bevor und an ihrem Landschaftsbild war noch ein bisschen was zu tun. Als sie es dieses Mal sah, war die Antwort eindeutig: Es fehlte ein Hauch Rot. Sie nahm den Pinsel.

Blair kam gerade durch die Tür, als der Geruch von verbranntem Brot die Küche füllte. Er warf einen Blick auf das matschige, verkochte Gemüse und das zähe Schmorfleisch und sein Gesicht glühte in stärkerem Rot als ihr Gemälde. *»Andie, ich hab den ganzen Tag über wie ein Tier geschuftet. Wenn ich nach Hause komme, ist das Mindeste, was* *ich erwarten kann, ein schönes Abendessen und ein aufgeräumtes Haus. Deine Malerei ist nichts als egoistischer Zeitvertreib. Schau dir doch mal die Vorratskammer an – die müsste mal wieder sauber gemacht werden. Und auf der Küchenablage stapelt sich der Papierkram für eine deiner Wohltätigkeitsveranstaltungen. Es ist unhaltbar, dass ich so hart arbeite und dann so leben muss.«*

Chad hatte den Tumult gehört und kam ins Zimmer. »Mama, ich hab Hunger.«

»Du bist im Atelier und malst, während dein Sohn hungrig durchs Haus wandert? Andie, das muss aufhören. Ich möchte, dass du aus diesem Kurs austrittst und dich wieder auf das Wesentliche besinnst.«

Die Tatsache, dass sein Sohn hungrig durchs Haus wanderte, weil er eine Stunde zu spät nach Hause gekommen war, schien ihm völlig zu entgehen. Die Tatsache, dass das auch der Grund für das verkochte Gemüse und das zähe Fleisch war, ebenfalls.

Erneut packte sie die Wut. Sie hatte genug von Blair und seiner Kritik.

»Es tut einem nicht wirklich leid, wenn man immer noch jemand anderem die Schuld gibt für das, was man getan hat.«

Die Stimme in ihrem Kopf kam aus dem Nichts und fachte ihren Ärger noch mehr an. »Warum sollte es mir leidtun? Er ist derjenige, der so gemein war.«

Eine Frau in kurzen Hosen und Top, die den Strand entlangjoggte, warf einen Blick zur Seite und rannte schneller. Da merkte Andie, dass sie laut gesprochen hatte. Es war ihr gleichgültig. Zum ersten Mal, soweit sie sich erinnerte, war es ihr gleichgültig, was irgendjemand über sie dachte.

Warst du denn nicht auch schuld?

»Okay, ich habe gemalt, aber nur eine Sekunde lang. Na ja, lange genug, dass das Brot angebrannt ist. Aber … danach habe ich nie wieder richtig gemalt. Ich habe mehr dafür gebüßt, als notwendig war.«

Sie rief sich die Tage vor Augen, die sie damit verbracht hatte, Küchenschränke auszuwaschen, Türdichtungen zu schrubben, Regale neu zu ordnen. Dann war Blair durch die Tür gekommen mit einem süffisanten Lächeln auf den Lippen. *»Wir werden ja sehen, wie lange das anhält.«*

Warum konnte er nicht einmal auf sie stolz sein? Das Einzige, das ihm wichtig war, war seine Arbeit.

Warum arbeitet er so hart?

Stolz.

Oder vielleicht seine Familie?

Andie stand auf und lief bis zu den Knien in die Brandung. Sie mochte die Fragen nicht, die sich in ihren Gedanken formten. Sie musste aufstehen und sich bewegen.

In Ordnung, ich gehe zurück und entschuldige mich bei Blair. Aber nicht heute.

Nutze deine Talente.

»Ich hab keine.«

Malen.

»Es kommt nichts Gutes von der Malerei. Das ist Zeitverschwendung.« Ein Gedanke begann sich in ihrem Hinterkopf festzusetzen. Ihre Bilder konnten für etwas gut sein. Sie glaubte mehrere Wohltätigkeitsorganisationen und Missionen zu kennen, die Bilder für ihre Öffentlichkeitsarbeit nutzen konnten. Sie dachte an das Bild, das sie nie aus ihrem Kopf bekam. »Ich … ich versuche es.«

Chad.

»Chad? Was kann ich tun …?« Die Antwort lag tief in ihr vergraben. Doch je mehr sie sie verdrängte, desto näher rückte sie. Sie wusste, dass jeder, der ihr nahestand, wütend auf sie sein würde. Aber sie wusste auch, dass der Friede erst wieder bei ihr einkehren würde, wenn sie das tun würde, was sie die ganze Zeit schon hatte tun wollen.

31.

Sarah schlüpfte durch die Haustür, ohne ein Wort zu sagen. Ihr Gesicht war voll Traurigkeit.

Melanie sah von dem Stapel Wäsche auf, die sie gerade zusammenlegte.

»Na, Süße?«

»Es ist offiziell. Unser Einsatz wurde gestrichen. Die Anzahlung ist fällig und wir haben nicht annähernd genug zusammen.« Sarah warf ein neongelbes Blatt mit der rechten Hand auf den Boden und wischte sich mit der linken über die Augen. »Arme Juanita.«

Melanie hob das Blatt auf.

Da unser Budget nicht ausreicht, wird unser Missionseinsatz nach Mexiko abgesagt. Wir werden das Geld, das bisher eingenommen wurde, auf ein Sonderkonto einzahlen und hoffen, dass die Reise nächsten Sommer stattfinden wird.

»Es tut mir leid, Sarah. Ich weiß, ich bin schuld.« Sie rieb sich mit den Händen über die Stirn und wünschte, sie könnte die Hoffnungslosigkeit wegwischen, die an allem um sie herum haftete.

»Jake sagt, dass das nicht so ist.« Sarah klang nicht so, als würde sie ihm glauben, aber sie sank neben Melanie auf die Couch. »Er hat uns einen langen Vortrag darüber gehalten, dass Menschen Gottes Pläne nicht aufhalten können, und wenn Gott gewollt hätte, dass wir auf diesen Einsatz gehen, dann wären wir auch gefahren.« Sie starrte an die Wand, während sie diese Informationen wiedergab, und langsam nahm ihr Gesicht einen weicheren Ausdruck an, als ob sie sich selbst überzeugen könnte, nur indem sie die Worte wiederholte. »Er hat gemeint, dass wir das Ganze nicht sehen und wir Vertrauen haben müssen oder so was.«

»Das hat Jake gesagt?«

»Ja.« Sarah griff in den Wäschekorb und zog ein Handtuch heraus. Sie vergrub ihr Gesicht darin. »Es gibt nichts Schöneres als warme

Handtücher, die gerade aus dem Trockner kommen.« Sie begann, es zusammenzulegen. »Ich liebe auch den Geruch.«

Melanie schüttelte erstaunt den Kopf. Wie konnte Sarah so schnell von der Enttäuschung zur Freude über den warmen Geruch von Wäsche wechseln? Wie konnte sie weitermachen unter der Last von allem, was ihr genommen worden war? Ihre Tochter besaß eine innere Stärke, von der Melanie wusste, dass sie ihr selbst fehlte. Woher kam sie?

Sie kannte die Antwort, aber sie würde sich die Wahrheit nicht eingestehen. Solange sie sie nicht zugab, solange musste sie sich auch nicht mit ihr auseinandersetzen.

Am Samstagmorgen fuhr Melanie auf den Parkplatz am East Beach. Sie steckte zwei Dollar in den Schlitz der Parkuhr und ging auf die vielen Teenager zu, die schon herumwuselten. Sie wollte Sarah finden, die mit ihren Freundinnen früher gekommen war, aber gleichzeitig war es ihr noch wichtiger, Jake zu meiden. Am Ende wählte sie sich eine der Bänke am Bürgersteig als Sitzplatz aus.

»Hallo.« Tony ließ sich neben ihr auf die Bank plumpsen und stützte seine Ellenbogen auf seine Knie. Er drehte den Hals, um sie ansehen zu können. »Wie ist es Ihnen so ergangen? Wir haben Sie in der Werkstatt vermisst.«

»Ich hab dich auch vermisst. Ich hatte einfach so viel zu tun und …« Sie unterbrach sich selbst, um nicht noch weiterzulügen.

Er stieß sie mit seinem Ellenbogen an. »Ja. Jake war auch ganz schön beschäftigt. Ich denke mal, dass Sie beide heute vielleicht einmal klären, was auch immer Sie an Problemen hatten, und dann können Sie wieder vorbeischauen, na?«

»So einfach ist das nicht.«

»Ist es nie. Zumindest denken wir das immer. Die Wahrheit ist – in der Regel ist es so einfach.«

Melanie lachte. »Ich wusste gar nicht, dass du so ein Philosoph bist.«

»Was soll ich dazu sagen? Wir alle haben unsere verborgenen Talente.« Er stupste sie erneut und stand auf. »Ich sehe gerade jemand, mit dem ich reden muss. Ich komm später wieder.« Er ging über den Sand auf ein junges, hübsches Mädchen zu. Die beiden redeten Schulter an Schulter und legten sich dann die Arme um die Schultern.

»Da bist du ja. Ich hab dich gesucht.« Sarah streckte ihren Fuß aus und stieß damit gegen den ihrer Mutter. »Was schaust du?« Sie drehte sich um, um es selbst sehen zu können.

»Ich wusste nicht, dass Tony eine Freundin hat. Ich schätze, ich habe nie so viel mit ihm geredet, wenn ich zu Besuch war.«

Sarah setzte sich auf die Bank. »Das ist nicht seine Freundin.«

»Und warum umarmen sie sich dann?«

»Sie umarmen sich nicht, Mama, sie beten.«

Melanie spürte, wie ihr Gesicht rot anlief. Sie würde wohl lernen müssen, wie man Dinge in der Kirche tat, wenn sie weiterhin an dieser Art von Veranstaltungen teilnehmen wollte.

»Okay, alle miteinander, fangen wir an.« Jakes Stimme erhob sich über das Geräusch der Brandung und die Stimmen von den nahen Volleyballplätzen. Sie sammelten sich zu eine Menge, die mehr oder weniger die Form eines Kreises hatte. Melanie setzte sich in den Sand in die Mitte der Gruppe.

Ein paar der Jungen holten ihre Gitarren hervor und die Jugendlichen fingen an, Anbetungslieder zu singen. Es waren Lieder, die Melanie an das »Dreckige Dutzend« erinnerten. Die musikalische Auswahl erstaunte sie. Das hier war ein Gedenkgottesdienst – warum sangen sie so schwungvolle Lieder? Verstanden diese Jugendlichen nicht, warum sie hier waren?

Endlich stand Jake auf. »Danke, dass ihr alle gekommen seid. Wie ihr alle wisst, ist es jetzt schon fast drei Monate her, dass Jeff seine Adresse geändert hat.«

Einen Augenblick lang hatte Melanie keinen blassen Schimmer, was Jake meinte, aber es dämmerte ihr, als er fortfuhr:

»Ich weiß, dass sein neues zu Hause wunderschön und perfekt ist. Aber wahrscheinlich geht es uns allen so: Wir wünschen uns ganz eigennützig, dass er wieder hier wäre, an diesem weniger perfekten und nicht immer wunderschönen Ort. Heute wollen wir uns noch einmal an ihn erinnern und ihn feiern. Uns Zeit nehmen, darüber nachzudenken, wie sein Leben unseres berührt hat. Gott zu danken, dass er uns Zeit mit ihm geschenkt hat. Wer möchte zuerst etwas sagen?«

Tony sprang auf seine Füße. »Ich fang an.« Sein Adamsapfel hüpfte hoch und runter und als er schluckte, schien er fast zu ersticken. Er sah zu Boden und bohrte seine Zehen in den Sand.

»Manche von euch kennen mich schon sehr lange. Ihr wisst schon, was für ein Versager ich war. Ich schätz mal, dass es an der Zeit ist, dass der Rest von euch das auch erfährt.«

Was für eine komische Art und Weise, einen Tribut an Jeff anzufangen. Melanie lehnte sich zurück und ließ ihre Hände in den Sand sinken.

»Ich habe in der sechsten Klasse angefangen, Jeff das Leben schwer zu machen. Ich weiß nicht genau, warum es mir so viel Spaß gemacht hat, ihn so zu drangsalieren, aber aus welchem Grund auch immer, er wurde das Hauptziel meiner Angriffe. Ich bin zum Beispiel auf dem Gehweg an ihm vorbeigegangen und habe versucht, ihn in den Matsch zu drücken.«

Melanies Magen begann zu rebellieren. Sie erinnerte sich an all die Tage, an denen Jeff verschmutzt nach Hause gekommen war. Wenn sie gefragt hatte, was passiert sei, war die Antwort nie »Tony«. Es hieß immer »Ich bin gestolpert« oder »Wir haben einfach Quatsch gemacht und ich bin hingefallen«. Ihr eigener Sohn war Opfer eines brutalen Kerls gewesen und sie hatte es nie mitbekommen.

Tony sah Melanie an, dann wieder auf seine Füße. »Später habe ich sogar einmal sein Referat zerrissen.«

Eine weitere Erinnerung. Das war das Jahr, in dem sich Jeffs Note von einer Eins zu einer Drei verschlechtert hatte, weil er seine Arbeit zu spät abgegeben hatte. Sie hatte gewusst, dass er daran arbeitete und hatte ihn zur Rede gestellt. *»Ich habe einfach vergessen, sie einzureichen.«*

Sie hatte ihm 20 Minuten lang einen Vortrag über Nachlässigkeit gehalten und wie sie sich negativ auf seine Zukunftspläne auswirken würde, wenn er sich nicht besser organisierte. Hätte sie nur die Wahrheit gekannt. Dann hätte sie ihn getröstet, ihm geholfen. Wäre zu seinem Lehrer gegangen und hätte es erklärt.

Hätte dafür gesorgt, dass dieser Rabauke Tony von der Schule geflogen wäre.

Als sie ihn erneut ansah, begann sich in ihr Bitterkeit breitzumachen. Er war überhaupt nicht so, wie sie ihn sich vorgestellt hatte. Er war ein riesengroßer Schwindler. Genau wie Jake.

»Dann, eines Morgens, kam ein Abschleppwagen zur Schule. Alle Schüler hingen auf dem Parkplatz ab, bevor der Unterricht anfing, und vor den Augen aller schleppte er meine Karre ab, weil ich meine Raten nicht mehr bezahlen konnte.« Er sah sich um und fuhr sich mit der Zunge über die Lippen. »Es war demütigend.«

»Am Nachmittag bekam ich einen Anruf vom Abschleppdienst. Sie sagten, ich könnte mein Auto wieder abholen. Jemand hatte meine Schulden beglichen. Sie wollten mir zuerst nicht sagen, wer es war, aber dann habe ich herausgefunden, dass es Jeff war.

In der Schule bin ich zu ihm hingegangen und habe ihn gefragt, was er im Schilde führe.

›Ich weiß, dass du gerade echt zu kämpfen hast. Ich habe gesehen, dass ich dir helfen kann, und hab's getan‹, sagte er.

›Aber warum?‹ fragte ich.

›Weil Jesus das getan hätte.‹

Das war's für mich. Ich hob meine Faust, bereit, sein kleines Gutmenschengesicht zu zerschmettern, aber meine Muskeln froren an Ort und Stelle ein. Ich konnte meinen Arm nicht bewegen. Jeff stand da, sah mich an und wartete auf den Schlag. Ich ließ schließlich meinen Arm fallen, schrie ihn an, er solle bloß abhauen, und machte mich aus dem Staub.

Ich konnte nicht aufhören, an das Geschehene zu denken. Irgendetwas an diesem Schwächling ließ mich nicht los. Dann merkte ich, was es war: Er hatte etwas, das ich nicht hatte – Frieden.

In der nächsten Woche wartete ich jeden Tag nach der Schule auf ihn und wir redeten. Die Dinge fingen an, sich zu verändern. Eigentlich änderten sich die Dinge überhaupt nicht – ich habe mich verändert. Ich habe drei Monate gebraucht, bis ich das Geld zusammenhatte und es ihm zurückzahlen konnte. Er wollte es nicht haben, aber ich brachte ihn dazu.« Tony lächelte schief. »Mit weniger Gewalt, als ich vorher gebraucht hatte, ihn von etwas zu überzeugen.

Bei mir zu Hause ist es immer noch bescheuert. Mein Alter sitzt im Gefängnis und um ehrlich zu sein, ich würde mir wünschen, dass er dort bleibt. Meine Mama jedenfalls ist wirklich froh, dass Jeff mich beeinflusst hat. Sie sagt, sie dankt Jesus jeden Tag für Jeff.« Seine Stimme brach ihm weg. »Und ich auch.«

Er rieb sein Gesicht an der Schulter und sah auf. »Das ist alles, was ich sagen wollte.«

Er ging zurück, um sich wieder in den Sand zu setzen. Die Jugendlichen um ihn herum klopften ihm auf den Rücken und flüsterten ihm ermutigende Worte zu. Er drehte sich kein einziges Mal um, um Melanie anzusehen.

Ein blondes Mädchen stand auf. »Ich bin in der siebten Klasse in Geometrie durchgefallen. Jeff hat mir stundenlang geholfen. Er wollte nie etwas dafür. Er war in diesem Jahr oft krank und ich wusste, dass er nie richtig Lust hatte, mir zu helfen, aber er beklagte sich nie.« Sie schniefte kurz. »Ich werde ihn nie vergessen.«

Melanie erinnerte sich schemenhaft daran, dass Jeff einer Klassenkameradin geholfen hatte, aber dass er in diesem Jahr oft krank gewesen war? Jeff war in der siebten Klasse nicht oft krank gewesen. Wovon sprach dieses Mädchen?

Jeffs Freund Dan stand auf. »Hm, äh, Kathy, der Grund für seine

Krankheit warst du. Er hat das gesamte Semester nach dem Mut gesucht, um dich zu fragen, ob du mit ihm ins Kino gehst. Er musste sich nach jeder einzelnen Nachhilfestunde übergeben.«

Die ganze Menge brach in Gelächter aus. Kathy bedeckte ihr Gesicht mit den Händen – ob sie lachte oder weinte, konnte Melanie nicht sagen.

Dan steckte seine Hände in die Taschen. »Wo ich jetzt schon mal stehe, kann ich euch gleich sagen, dass Jeff einer der besten Typen war, die ich je kennengelernt habe. Ich vermisse ihn jeden Tag. Er ...« Dan starrte auf den Boden und schüttelte den Kopf. »Er war einfach super, das ist alles.« Er plumpste in den Sand, seine Schultern zuckten.

Ein blonder Junge stand auf und erzählte, dass Jeff sich neben ihn gesetzt hatte, als er neu in der Schule gewesen war. Zwei Mädchen, die sich aneinanderlehnten, sprachen davon, wie sehr sie zu ihm als Leiter der Jugendgruppe aufgesehen hatten. Eine von Sarahs Freundinnen erzählte, dass er der einzige große Bruder war, dessen Anwesenheit die Freundinnen nie gestört hatte. Ein dünnes Mädchen versuchte ein Gedicht vorzulesen. Einer nach dem anderen standen sie auf und Melanie hörte ihnen zu, wie sie ihre Geschichten erzählten, wie Jeff sie beeinflusst hatte. Manchmal auf eine lebensverändernde Art. Meistens einfach mit kleinen Freundlichkeiten oder einem netten Wort. Aber Freund um Freund, Schüler um Schüler, Junge um Mädchen – alle sagten dasselbe, bis Melanie schwören konnte, dass sie es in ihrer Seele widerhallen hörte:

»Ich werde ihn nie vergessen.«

Als der letzte Schüler seinen Beitrag beendet hatte, sprach Jake ein Abschlussgebet und die Gruppe begann sich aufzulösen. Melanie wusste, dass sie aufstehen und ein paar Worte des Dankes sagen sollte an die Jugendlichen, die gesprochen hatten, und an Jake, der alles organisiert hatte. Aber die Wahrheit war, dass sie selbst dann nicht hätte sprechen können, wenn ihr Leben davon abhängig gewesen wäre.

Sie stolperte den Gehweg entlang und weg von der Menge. Sie ging am Stearns Wharf vorbei und konnte plötzlich nicht weitergehen. Sie setzte sich auf eine Steinmauer, die den Fußweg vom Strand abtrennte, und starrte wie blind auf den Ozean.

Wie passte das alles zusammen? Sie griff in ihre Handtasche, um ein Taschentuch herauszuholen, und sah das gelbe Blatt, das Sarah ihr vor ein paar Tagen gegeben hatte. Sie zog es hervor.

Wie konnten dieselben Leute, die den Missionseinsatz nicht unterstützten, solch eine Liebe lehren, wie sie sie heute gehört hatte? Das alles ergab überhaupt keinen Sinn.

Andie erwachte am Samstagmorgen und hatte nur einen einzigen Gedanken: Der Jahrmarkt hatte gestern ohne sie stattgefunden. Erste Berichte deuteten auf einen Erfolg hin. Sie wartete, bis es neun Uhr war, und fuhr dann zu Christis Haus.

Christi sah müde aus; sie hatte eine lange Arbeitswoche hingelegt, während Andie gezwungen gewesen war, sich zu verstecken. »Hey, wie lief es?«

»Ein Erfolg, wie immer. Ich habe gestern Abend noch mit Carolyn gesprochen. Den ersten Zahlen nach zu urteilen, scheint das unser bisher erfolgreichstes Jahr gewesen zu sein.«

Wie konnte das sein? Ohne ihre Mithilfe?

Christis Bericht hätte eine gute Nachricht sein sollen. Die Spendenaktion für Andies liebsten gemeinnützigen Zweck hatte gerade ihr erfolgreichstes Jahr hinter sich gebracht. Menschen würde geholfen werden, Familien getröstet, weiterführende Behandlungen durchgeführt. Doch Andie hatte die letzten paar Jahre ihres Lebens in dem Glauben verbracht, dass diese Aktionen sie brauchten. Sie war der Motor, der alles am Laufen hielt. Jetzt war sie mit der Realität konfrontiert. Niemand, kein Mensch brauchte sie.

»Andie, alles in Ordnung? Du siehst nicht so gut aus.« Christis Stirn zog sich besorgt zusammen. Die kaum sichtbaren dunklen

Kreise unter ihren Augen verrieten ihre Erschöpfung. Der Jahrmarkt war viel Arbeit.

Das war nicht der Zeitpunkt, um sie mit Andies egoistischen Gedanken zu belasten. »Es geht mir gut. Ich hab ein paar Dinge zu erledigen, ich fahr dann mal weiter. Ich wollte nur kurz vorbeischauen.«

»Kein Problem. Bis morgen.«

Ostersonntag. Alleine. Irgendwie schien der Gedanke nicht verlockend.

Als sie ins Auto stieg, fiel Andie auf, dass schon eine Woche vergangen war, seit sie am Strand gesessen und ihr Leben überdacht hatte. Bis jetzt hatte keiner ihrer Pläne funktioniert. Ihr Ehrenamt funktionierte fabelhaft ohne sie, um ihre Ehe stand es schlimmer denn je und sie hatte keinen einzigen Strich gemalt, seit sie erkannt hatte, wie wichtig das für sie war. Während sie aus Christis Auffahrt fuhr, beschloss sie, dass das Einzige, was sie gerade ändern konnte, die Sache mit der Malerei war. Sicher, das war einfach, aber kleine Schritte waren wichtig.

Andie fuhr nach Hause und ging zielbewusst in ihr Atelier, bereit, ein neues Bild anzufangen, das sie spenden konnte. Aber was? Mattie Plendors Reise nach Afrika kam ihr in den Sinn und Andie erinnerte sich an ihren eigenen missionarischen Kurzzeiteinsatz in Kapstadt vor vielen Jahren. Sie konnte sehen, wie sich in ihr ein Bild formte. *Ich weiß nicht, ob ein Bild dazu beitragen würde, sie glücklich zu machen oder nicht, aber ich muss es einfach versuchen.* Sie schloss die Augen und erinnerte sich an die Gerüche, die Farben, die Menschen ihrer Zeit dort.

Bevor sie beginnen konnte, musste sie in die Innenstadt zu einem Laden für Künstlerbedarf fahren und sich eine größere Leinwand und ein paar neue Farbtuben besorgen. Eine halbe Stunde später staunte sie über ihr Glück, als sie einen Parkplatz auf dem Cabrillo Boulevard fand, nur vier Blöcke vom Laden entfernt. Ein gutes Zeichen für einen guten Tag. Sie ging die Straße entlang und versuchte sich selbst zu überzeugen, dass es so war.

»Andie, wie lange ist es schon her?« Judy Frist stand hinter der

Theke des Geschäfts, ihr hüftlanges graues Haar floss über ihre Schultern und sah aus wie ein Umhang.

»Zu lange. Ich habe mir vorgenommen, wieder anzufangen.«

»Bravo! Ich werde meinen Teil dazu beitragen, dass Sie dabeibleiben. Was brauchen Sie denn?«

»Eine Leinwand, eine Tube Ocker und eine Tube Kadmiumgrün sollten für heute reichen.«

Judy machte ein langes Gesicht. »Das ist alles? Schauen Sie sich doch einmal dieses neue Pinselset an, das uns erst gestern geliefert wurde. Ich sag Ihnen, die Borsten sind wie ein Traum von van Gogh.«

Andie schüttelte den Kopf. »Meine Pinsel sind in Ordnung. Nur eine Leinwand und die Farben, bitte.«

»Ja, ja.« Judy packte die Gegenstände in eine große Plastiktasche mit Griffen. »Sonst noch etwas?«

»Nein, danke. Es war schön, Sie mal wiederzusehen.« Nachdem sie gezahlt hatte, stieß Andie die Tür auf und trat mit ihrem Packen auf die Straße. Sie ging um die Ecke Richtung Cabrillo Boulevard und hielt einen Moment inne, um einen Blick auf eines der berühmtesten Wahrzeichen Santa Barbaras zu werfen – den Delfinbrunnen am Eingang zum Stearns Wharf. Dieser Platz diente Touristen und Einheimischen gleichermaßen als bevorzugtes Fotomotiv. Andie, Blair und Chad hatten in einem Jahr das Bild ihrer Weihnachtskarten dort gemacht. Die Erinnerung traf sie schwer.

Chad war ein Kleinkind gewesen und Blair hatte sich den Tag freigenommen. Sie hatten den Tag am Pier verbracht, sich wie Touristen verhalten, einen Passanten gebeten, ein Bild von ihnen vor dem Springbrunnen zu machen, und frischen Hummer gekauft. Da Hummer eigentlich ausschließlich für den Weihnachtsabend und Geburtstage reserviert war, erklärte Blair das Bild des Tages kurzerhand zur Weihnachtskarte des nächsten Jahres, und so war das Essen absolut legal.

Tränen traten ihr in die Augen und sie riss ihren Blick vom Springbrunnen los und den Erinnerungen, die er hervorrief. Sie sah eine Gruppe Collegestudenten, die auf Rollerblades den Fahrradweg hinunterkamen, lachten und Witze machten, dann betrachtete sie die Leute, die auf der Betonmauer zwischen Fahrradweg und Fußweg saßen. Eine Bewegung erregte ihre Aufmerksamkeit. Dort, auf der Mauer. Da saß …

Der Kopf der Frau fuhr herum und wandte sich wieder dem Ozean zu, aber Andie hatte sie gesehen. Sie hatte Andie gesehen. Schon wieder mit einer Tüte in der Hand.

Es war besser, schnell zurück zum Auto zu gehen.

Feigling. Gibt es jetzt nicht etwas, was du tun solltest?

Andie blieb stehen. Konnte sie sich wirklich überwinden, das zu tun? *Gott, wenn das wirklich das ist, was ich jetzt tun soll, dann will ich es tun. Aber es fällt mir sehr schwer und ich möchte nicht noch mehr durcheinanderbringen. Bitte zeig mir den Weg.*

Die Ampel an der Ecke wurde grün und sie überquerte die Straße. Sie hatte das Gefühl, jeden Moment einen Herzinfarkt zu bekommen. Sie ging zu der Frau, die ihren Kopf weiterhin abwandte, und setzte sich neben sie. Die Frau sah sie an. Ihr Gesicht zeigte keinerlei Regung.

Mittlerweile konnte Andie richtig fühlen, wie das Blut von der oberen in die untere Herzkammer floss. »Es … es tut mir leid.«

Melanie Johnston wandte sich wieder dem Ozean zu und zuckte die Schultern.

Andies Instinkt befahl ihr, aufzustehen und wegzulaufen. Sie hatte ihren Teil erledigt, aber sie schaffte es nicht, sich zu bewegen. »Ich hatte keine Ahnung, dass Chad an diesem Abend Auto fahren wollte. Ich hätte es ihm niemals erlaubt.« Sie lehnte ihre Tasche gegen die Mauer und sah über ihre Schulter hinaus auf den Ozean. »Ich hätte die Schlüssel verstecken sollen … irgendwie … ich weiß es nicht. Vielleicht hätte ich an diesem Abend zu Hause bleiben sollen. Es gibt so viele Dinge, die ich jetzt sehe und die ich anders hätte machen sollen.«

Ein gurgelndes Geräusch entfuhr Melanies Kehle, aber sie sagte nichts und sah Andie nicht an.

Andie packte die Griffe ihrer Tüte, bereit, die Flucht zu ergreifen.

»Was ich sagen wollte, ist, dass es mir leidtut, dass mein Versagen Ihnen den Sohn genommen hat. Das ist nicht gerecht. Warum hat mein Versagen nicht mein eigenes Leben gekostet und unsere beiden Jungs in Ruhe gelassen?«

Sie stand auf, war aber noch nicht ganz fertig. »Das wollte ich Ihnen seit dem Unfall immer sagen, aber alle haben gesagt, ich soll nicht. Ich weiß nicht, wie, aber irgendwie war es auf einmal wichtiger, sich selbst zu schützen, statt das Richtige zu tun. Jetzt, denke ich, macht es so oder so keinen Unterschied.«

Endlich sah Melanie Johnston sie direkt an. Sie wischte sich mit der rechten Hand über die Augen und sprang auf die Füße. Ein Blatt Papier fiel von ihrem Schoß und schwebte zu Boden. Sie drehte sich um und floh.

Andie sah zu, wie sie ging, aber versuchte nicht, sie aufzuhalten. *Ich schätze mal, ich hab das hier vermasselt, oder, Gott?*

Sie wandte sich ab, aber das grelle Gelb weckte ihre Aufmerksamkeit. Sie hob das Papierstück auf, las es und steckte es dann in die Tasche zu den Leinwänden.

Melanie drängte sich an Touristen vorbei, fiel über einen kaputten Stein im Gehweg und stolperte vorwärts, ohne nachzudenken, wohin sie ging. Sie musste rennen, fliehen, aber hatte das Gefühl, dass sie niemals weit genug kommen würde. Ein dichter nasser Schleier nahm ihr die Sicht und bahnte sich einen Weg ihre Wangen hinunter.

Sie zwang sich selbst weiterzugehen, bis sie zum Ledbetter Beach kam, wo sie sich in den Sand fallen ließ. Die Freudenschreie und das Lachen von Menschen, die am Wochenende an den Strand gekommen waren, drangen von überall her, aber sie schienen weit weg zu sein. Hier, wo sie war, war nichts.

Der Ausdruck auf Andie Phelps Gesicht ging ihr nach. Die ganze Zeit über hatte sie sie nie als trauernde Mutter gesehen – sondern nur als die schuldige Gegenseite. Aber der Ausdruck auf ihrem Gesicht war unverkennbar: Es war markerschütternde, lähmende Trauer.

Melanie kannte sie nur zu gut. Sie legte ihren Kopf auf ihre Knie und weinte.

So viel Verlust. So viel.

Der Augenblick spielte sich in ihrem Kopf immer und immer wieder ab. Sie sah Andie auf der anderen Straßenseite. Spürte, wie sie näher kam. Hörte die Angst in ihrer Stimme. »Es tut mir leid.«

Die Worte veränderten überhaupt nichts. Jeff war immer noch weg.

Nicht wahr?

Das Gesicht dieser anderen Frau war gespenstisch blass gewesen, die Augen vor Furcht geweitet. Sie hatte keinen herzlichen Empfang erwarten können, was sie auch gesagt hätte. Dennoch hatte sie es gesagt. War den ganzen Weg auf die andere Straßenseite gekommen und hatte es gesagt.

Melanie sah aufs Meer, es war heute sehr bewegt, aufgewühlt von drängenden, unregelmäßigen Brechern. Genauso hatte sich dieser ganze Tag für sie angefühlt. »Oh, Jeff, es ist alles so durcheinander. Alles. Ich versteh überhaupt gar nichts mehr. Ich weiß nur, dass ich dich vermisse.«

Als sie sich sicher war, dass genug Zeit verstrichen war, dass sie den Weg wieder zurückgehen konnte, ohne Andie Phelps oder Jugendliche von der Gedenkfeier zu treffen, ging Melanie zu ihrem Auto zurück.

Ohne ein bestimmtes Ziel im Kopf zu haben, fuhr sie los und bog auf die südliche 101.

Plötzlich wusste sie nur zu gut, wohin sie unterwegs war. Sie wusste nur nicht, was sie dann tun würde, wenn sie dort angekommen war. Oder ob sie dort überhaupt willkommen war.

32.

Als der Abend hereinbrach, zwang Andie sich, ihre Aufmerksamkeit der Leinwand zuzuwenden. Sie musste sich auf ihre Arbeit konzentrieren. Vergessen, was zuvor an diesem Tag passiert war.

Sie drehte die Lautstärke ihres alten Kassettenspielers auf. Die afrikanischen Gesänge, die sie vor 20 Jahren aufgenommen hatte, halfen ihr, sich auf die richtigen Gedanken zu bringen, und machten die Szene vor ihr lebendig. Sie schattierte die krumme Wand der kleinen Hütte etwas mehr. Ja. Das war besser. Vielleicht noch ein klein wenig.

Sie tauchte ihren Pinsel wieder in die Farbe auf ihrer Palette und drückte ihn dann langsam gegen die Leinwand. Ein feiner Strich und sie lehnte sich wieder zurück. Das genügte.

»Ich hatte vergessen, wie talentiert du bist.«

Andie ließ den Pinsel fallen. »Blair. Was machst du hier? Ich dachte …«

»Was dachtest du? Dass ich mich für einen zweiwöchigen Aufenthalt in die Klinik verabschiedet habe, sodass du weitere sieben Tage sorglos zu Hause verbringen kannst?« Die Anklage in seiner Stimme traf sie und dennoch klang da auch etwas anderes mit. Als Andie ihn ansah, meinte sie, ein Gefühl von Niederlage zu spüren. Dennoch gab es keinen Grund, ihm zu widersprechen. Er sprach die Wahrheit.

»Ich packe nur noch ein paar Dinge, dann bin ich weg.«

»Andie, bitte. Bleib doch.«

Andie trug ihren Pinsel hinüber zum Waschbecken. Sie wollte den Konflikt nicht, der unausweichlich war, wenn sie nicht jetzt sofort ging. Sie wollte Frieden und Ruhe.

Dennoch erinnerte sie sich an ihren Entschluss.

Sie wusch sich die Hände und versuchte etwas Mut aufzubringen. Es musste doch noch ein wenig übrig geblieben sein, irgendwo tief in ihr. »Es tut mir leid, wie ich dich letztes Wochenende angefahren habe. Ich weiß, dass du dich mit vielen Dingen auseinandersetzen musst, und meine Unterstützung würde es einfacher für dich machen, aber auch ich habe einiges zu verarbeiten.«

Er lehnte sich gegen die Wand und sah sie an. »Und ich werde es dir nicht leichter machen, oder?« Seine Stimme war sanft. Fast gebrochen.

Sie war auf dem Weg nach draußen, fasste aber mit der Hand nach dem Türrahmen und hielt sich daran fest. Ihr Körper zwang sie vorwärts, aber die Hand ließ nicht los. »Das hast du noch nie gemacht.«

Sie blickte zurück über ihre Schulter, um zu sehen, ob der Pfeil ins Ziel getroffen hatte. Blair hatte sich vornübergebeugt, die Hände auf die Knie gestützt. Er hob sein Gesicht zu ihr hoch. »War es so schlimm? Die ganze Zeit über?«

»Ich möchte das jetzt hier nicht besprechen. Nein, es war nicht alles schlimm, aber es war schlimm genug. Vielleicht sollte dir die Tatsache, dass du dich mit einer anderen Frau abgegeben hast, ein Hinweis darauf sein, dass auch du nicht so glücklich gewesen bist. Vielleicht wolltest du mir unbewusst einen Grund geben, dich zu verlassen. Hast du daran schon mal gedacht?«

Ihre Hand löste sich endlich vom Türrahmen. Sie ging aus dem Zimmer, den Gang hinunter und auf die Treppe zu. Sie hörte Blairs Schritte hinter sich. Er packte sie am Arm und drehte sie herum, so dass sie ihm ins Gesicht sah. »Was meinst du ›mit einer anderen Frau abgegeben‹?«

»Eine Affäre haben, eine Liebschaft, wie auch immer du es nennen willst.« Andie spürte, wie die Wut wieder in ihr hochkochen wollte. »Und fass mich nie wieder so an!«

Blair trat erschrocken einen Schritt zurück. »Andie, ich hab dich nie betrogen.«

»Komm schon, Blair. Lass uns wenigstens ehrlich zueinander sein. Du warst die halbe Nacht weg und als ich dich am anderen Tag anrief, habe ich ihre Stimme im Hintergrund gehört.«

Blair streckte seinen Kopf nach vorne und zog die Augenbrauen zusammen. »Du hast Ruby gehört, die 65-jährige Bardame – niemals jemanden sonst. Ich war nie bei einer anderen Frau. Ich war alleine. Habe getrunken. Aber alleine.«

»Warum kommst du dann heim und riechst nach Parfüm?«

»Rauch, vielleicht. Aber Parfüm? Du musst gedacht haben … Nein, halt mal. Nur einmal, richtig?«

»Vielleicht ist das Problem für dich weniger schwer, weil es nur einmal war, aber ich sehe das anders.«

»Du verstehst nicht. Ich habe Ruby in dieser einen Nacht meinen Sakko geliehen. Es war kalt und sie hat den Müll rausgebracht. Nach ein paar Martinis hielt ich mich selbst für einen unwiderstehlichen Gentleman und bot ihr meine Jacke an. Als ich am nächsten Tag wieder nüchtern war, habe ich realisiert, dass ich ihr meinen Armani-Anzug gegeben hatte, um den Müll zur Mülltonne zu bringen.«

»Ich finde, deine Geschichte ist ein bisschen simpel.«

Blair löste seinen Griff. »Ich kann verstehen, warum du das denkst. Aber ich schwöre, dass es die Wahrheit ist. Ich habe bisher noch keine Frau getroffen, die es mit dir aufnehmen kann.«

»Sicher.« Sie wandte sich um und begann die Treppe hinaufzusteigen.

»Bitte. Bleib hier. Ich schlafe im Gästezimmer. Ich gebe dir Raum, damit du dich mit den Dingen auseinandersetzen kannst, aber ich möchte dich nicht so kampflos verlieren.«

»Ich bin es müde zu kämpfen. Ich bin es müde zu trauern. Ich bin es müde, von allen gesagt zu bekommen, was ich zu tun habe. Ich bin es müde, nicht ich sein zu können, alle anderen glücklich machen zu müssen.«

»Geh zurück zu deinem Bild. Ich geh und hol uns was beim Chinesen und einen Film. Wir müssen nicht einmal miteinander reden – wir gewöhnen uns einfach nur wieder daran, gemeinsam in einem Raum zu sein. Okay?«

Hatte er ihr tatsächlich gesagt, dass sie zurück zu ihrem Bild gehen sollte? Meinte er das wirklich ernst? Er war verzweifelt und würde in diesem Moment alles sagen, um sich durchzusetzen, und sie verstand das, aber sollte sie ihm nicht wenigstens einen Versuch zugestehen?

»Chinesisch hört sich gut an.« Sie rang sich ein Lächeln ab, das sie nicht fühlte.

Blair fuhr herum. »Super. Ich bin gleich wieder zurück. Also, geh jetzt wieder da rein und arbeite an deinem Bild.« Er folgte ihr zur Tür des Ateliers. »Du hast wirklich Talent. Du hast mich in meinen Träumen immer unterstützt; es tut mir leid, dass ich nicht auch dasselbe für dich getan habe.«

»Das sagst du jetzt, aber was ist mit nächster Woche? Nächsten Monat? Es wird wieder mein egoistisches Hobby sein, wenn sich alles beruhigt hat.«

Er schüttelte den Kopf. »Nein. Als ich das Bild sah, das du für den Jahrmarkt gemalt hast, habe ich gemerkt, dass es falsch von mir war, dich nicht mehr zu ermutigen.«

Sie drehte sich um, um sein Gesicht zu sehen, aber er war schon in die Garage verschwunden. Sie schaltete die Musik ab und starrte auf das Bild. Und dann kam ihr die beste Idee überhaupt. Sie griff nach dem Pinsel und fügte genau das hinzu, was dem Bild fehlte: Menschen.

Zwei Menschen, die eine eingestürzte Hütte wieder aufbauten – ob sie verfallen war, schon lange leer stand oder schlecht gebaut worden war, konnte sie nicht sagen. Tatsache war, dass beide daran arbeiteten, aus den verbleibenden zerbrochenen Mauern etwas Gutes entstehen zu lassen.

Der Junge, der die Tür öffnete, sah aus wie zwölf, vielleicht sogar ein bisschen jünger. Sein schwarzes T-Shirt, über dessen Vorderseite quer ein Surfboard abgedruckt war, war zwei Größen zu groß für seine hagere Gestalt. Melanie bemühte sich um ein Lächeln, aber ihre Lippen schienen angespannt und schwer zu sein. »Ist deine Mutter zu Hause?«

Er antwortete nicht, sondern drehte den Kopf: »Mama!« Er hielt die Tür weiter fest, als erwarte er, dass Melanie sich plötzlich ihren Weg nach innen erzwingen würde und nur er würde allein zwischen ihr und der totalen Zerstörung seines zu Hauses stehen.

»Wer ist es?«, rief eine Stimme von weiter hinten in der Wohnung.

»Ich weiß nicht. Irgendeine Frau.« Er drehte seinen Kopf gerade lang genug, um seiner Mutter antworten zu können, dann wandte er sich wieder um, um den potenziellen Eindringling zu bewachen.

Candace kam herbei und stellte sich neben ihn hin, während sie ihre Hände an einem Geschirrtuch abtrocknete. »Melanie. Was für eine schöne Überraschung! Bitte kommen Sie doch herein.«

Der Junge trat von der Tür zurück, aber er schien es nur widerwillig zu tun. Er nahm auf dem verblichenen Tweedsofa Platz, verschränkte die Arme vor der Brust und sah zu.

Candace glich seine fehlende Gastfreundschaft aus. »Kommen Sie doch mit mir in die Küche. Ich schneide gerade ein paar Zwiebeln für meinen Hackbraten und ich muss ihn gleich in den Ofen schieben.«

»Schon wieder Hackbraten? Igitt!« Der Junge hatte die Worte nur leise gesprochen. Er wollte gehört werden, aber nicht so laut, dass seine Mutter es ihm vorwerfen konnte. Melanie kannte diesen Tonfall sehr gut. Sie zwinkerte dem Jungen zu, als sie Candace in die Küche folgte. Er erwiderte es mit bösem Blick.

Candace nahm ihre Arbeit in der Küche beiläufig wieder auf. Wenn die Tatsache sie überraschte, dass ihre Kollegin, die 70 Meilen weit weg wohnte, zufällig an einem Samstagabend, wenige Stunden vor Ostern, hereingeschneit kam, so zeigte sie es nicht. »Also, wie Sie gerade gehört haben, gibt es heute Abend Hackbraten. Es gibt reichlich, wenn Sie bleiben möchten.«

»Danke, aber ich muss zurück. Aber, na ja, ich wollte mit Ihnen sprechen.«

»Klar, worum geht's denn?«

»Gott. Vergebung. Ich weiß nicht. Viele Dinge.«

Candace sah von ihrer Arbeit am Schneidebrett auf, betrachtete Melanies Gesicht prüfend und nickte dann. »In Ordnung. Warum fangen Sie nicht ganz am Anfang an?«

Melanie erzählte ihr in der folgenden Stunde alles. Die Geschichte von Tony. Jake. Andie Phelps Entschuldigung. »Das verwirrt mich einfach alles so. Diese Sache mit der Vergebung hört sich toll an, aber, um die Wahrheit zu sagen, meine Wut ist berechtigt und ich möchte nicht anfangen, Freischeine an die Leute zu verteilen, die mir am meisten Unrecht getan haben.«

»Okay. Gegen wen haben Sie in Ihrem Leben die längste Zeit Ärger empfunden?«

Melanie musste darüber nicht einmal nachdenken. »Meine Eltern. Sie haben mich auf der Treppe zum Waisenhaus zurückgelassen, als ich zwei Jahre alt war. Kein Brief. Nichts.«

Das Messer klapperte auf das Schneidebrett. Candace stützte sich mit beiden Händen auf der Arbeitsfläche ab, holte Luft und griff dann wieder nach dem Messer. »So etwas sollte kein Kind durchmachen müssen.«

»Ich.«

»Aber erreicht Ihr Zorn sie in irgendeiner Art und Weise?«

»Nein. Sie wissen nicht einmal davon.«

»Wie ist es mit Ihnen? Beeinflusst er Sie?«

»Ein bisschen, glaube ich.«

»Wie sieht es mit Sarah aus?«

»Ganz bestimmt nicht. Ich habe immer darauf geachtet, dass sie davon nichts merkt. Ich habe mir große Mühe gegeben, dass sie sich nie im Stich gelassen fühlt. Ich bin immer da für sie.« Die Worte klangen anders, als sie sie laut aussprach. »Das hört sich fast so an, als würde ich sie überbehüten, nicht wahr?«

Candace gab die gehackten Zwiebeln in die Schüssel. »Was würde Sarah dazu sagen?«

»Sie sagt, dass ich sie bemuttere. Manchmal.«

»Dann hat sich Ihr Zorn vielleicht doch auf sie ausgewirkt, oder?«

»Ja. Aber diese Sache ist anders. Der Sohn dieser Familie hat meinen Jeff umgebracht. Wenn Zorn je berechtigt gewesen ist, dann dieser.«

»Ich bin auch Mutter. Ich kann Ihnen nicht widersprechen.« Sie fing an, die Zwiebeln mit dem Fleisch zu vermischen. »Hey, Gott kann das verstehen – sein Sohn wurde ermordet. Die Sache ist nur, dass er es zugelassen hat, damit er den Mördern und Menschen wie ihnen Vergebung anbieten kann. Das ist unglaublich.«

»Vielleicht ist das so, aber das ist Gott. Ich bin ein Mensch und ich bin wütend.«

»Okay. Denken Sie, dass Ihr Zorn irgendetwas zum Positiven verändert?«

»Ja. Ich hoffe, dass ich in der Öffentlichkeit ein Bewusstsein für die Verantwortung der Eltern schaffen kann. Und damit vielleicht das Leben eines anderen Jugendlichen wie Jeff retten kann. Dann hätte Jeff wenigstens eine Art Vermächtnis.«

Candace fing an, den Fleischteig zu einem Laib zu formen. »Warum sollte Ihre Wut dazu beitragen, dass solch ein Bewusstsein geschaffen wird?«

»Indem ich gegen diese Eltern prozessiere, sende ich eine Botschaft an andere Eltern. Wissen Sie, dass sie eben verantwortlich sind für ihre Kinder.«

»Ist der Sohn dieser Eltern denn nicht auch gestorben?«

»Ja.«

»Was denken Sie, ist eine stärkere Botschaft: ›Passen Sie auf Ihre Kinder auf, sonst verlieren Sie ziemlich viel Geld‹ oder ›Passen Sie auf Ihre Kinder auf, sonst verlieren Sie Ihre Kinder‹? Denken Sie, dass Menschen durch diese Klage stärker erschüttert werden oder durch die Vorstellung von zwei Teenagern, die einen Tag noch lebendig und gesund waren und am nächsten Tag für immer verschwunden? Denken Sie nicht auch, dass die meisten Eltern durch Letzteres stärker bewegt sein werden?«

Nichts ergab mehr irgendeinen Sinn. Wo war die Wahrheit? »Ich möchte, dass Jeff ein Vermächtnis hat. Das ist wichtig für mich.«

»Wenn ich mir das anhöre, was Sie mir über den Gedenkgottesdienst erzählen, dann würde ich sagen, dass er schon eines hat.«

Blair fasste nach oben zur Sonnenblende, drückte den Knopf der Fernbedienung und hielt den Atem an. Warum nur hatte er freiwillig angeboten, Essen zu holen, wenn sie dadurch doch nur eine weitere Möglichkeit bekam wegzulaufen? Was für ein Dummkopf er war. Das Garagentor schien Ewigkeiten zu brauchen, als es sich Zentimeter um Zentimeter höherschob und ihn seiner Dummheit wegen zu verspotten schien. Schließlich hob es sich so weit, dass es den Blick auf ihr Auto freigab, das an der üblichen Stelle geparkt war. *Uff.*

Als er im Haus war, stellte er fest, dass Andie den Tisch gedeckt hatte und sich ein neues Oberteil ohne Farbflecken angezogen hatte. Er sah sie an, sah auf die Teller, die sie gedeckt hatte, und machte dann mit seinem Kopf eine Bewegung in Richtung Wohnzimmer. »Warum essen wir nicht direkt aus der Schachtel? Auf der Couch. Vor dem Fernseher.«

Andies Gesicht erhellte sich vor Überraschung. Am Anfang ihrer Ehe war das eine ihrer Lieblingsgewohnheiten gewesen. Warum hatte sie damit aufgehört? Erinnerungsfetzen stiegen in ihm auf und gaben ihm die Antwort – er war die Ursache. Jahrelang hatte es geheißen »Nicht auf dem neuen Sofa« und »Du ruinierst den Teppich« und »Lass uns wie zivilisierte Menschen essen«. Wenn er jetzt zurücksah, sich die Szene vor Augen rief, sah er, wie das Funkeln in ihren Augen bei diesen Worten stumpf geworden war. Damals war er so davon überzeugt gewesen, im Recht zu sein, dass er sich nicht die Zeit genommen hatte, das zu bemerken.

»Bist du sicher?« Ihre Schultern strafften sich, als vermutete sie eine Falle.

»Ja. Ist doch lustig.«

Sie nickte. »Klar.«

Sie gingen ins Wohnzimmer und Blair stellte die Schachteln auf den Wohnzimmertisch. Andie brachte zwei Gläser Cola light und stellte sie auf Untersetzer auf jede Seite des Sofas. Blair setzte sich und Andie tat es ihm gleich, wählte aber den von ihm am weitesten entfernten Platz. Sein Verstand sagte ihm, dass sie das tat, um ihr Getränk auf dem Beistelltisch abstellen zu können, während sie aß. In seinem tiefen Inneren aber schrie es, dass seine eigene Frau nicht mehr in seiner Nähe sein wollte.

Er zeigte auf die DVD, die er ausgeliehen hatte. »Ich habe nicht viel gefunden, was sich interessant anhörte. Ich hab einen alten Western ausgeliehen. ›Faustrecht der Prärie‹. Kennst du den schon?«

»Ich glaube nicht. Schwarz-weiß?«

»Ja.«

Sie nickte. »Das sind immer die Besten.«

Blair legte den Film ein und sie aßen und sahen stumm zu, wie Henry Fonda als Wyatt Earp den Tod seines Bruders rächte. Komisch, dass sich die Stille zwischen ihm und der Frau, mit der er fast 20 Jahre verheiratet war, plötzlich so seltsam anfühlte. Und doch war es so. Er wollte etwas sagen … nein, nicht nur etwas, das *Richtige*. Ihm fehlten die Worte. Er wusste einfach nicht, was.

Stattdessen sah er sich im Wohnzimmer um und fragte sich, was Andie wohl sagen würde, wenn sie wüsste, dass sie das Haus vielleicht verlieren könnten – die Terrakottaböden, die sie so mochte, die Borte mit Frühlingsblumen, die sie ringsum an die Decke gemalt hatte, die Zimmer, in denen sie mit Chad gelebt hatten. Sie würde ihn hassen, wenn er all das verlieren würde – wenn sie es nicht schon tat.

Als der Film zu Ende war, nahm Andie die Gläser und trug sie zum Spülbecken. Blair räumte die Schachteln in die Tüte, in der er sie nach Hause gebracht hatte, und ging dann in die Küche. Andie wandte sich ihm zu, als er eintrat. »Musst du nicht zurück in die Klinik? Ich befürchte, dass du sie wegen meines kleinen Gefühlsausbruchs verlassen hast, noch bevor du dazu bereit warst.«

Er schüttelte den Kopf. »Kathleen hat es so arrangiert, dass ich die nächsten zwei Wochen ambulant für Therapiestunden in die Klinik kommen kann. Danach muss ich auf unbestimmte Zeit jeden Abend an einem Gruppentreffen teilnehmen. Ich musste gehen – um zwischen uns alles wieder in Ordnung zu bringen.« *Und um meine Firma zu retten.*

»Blair, wenn wir versuchen, uns durch das alles hindurchzuarbeiten, dann darf es keine Geheimnisse zwischen uns geben.«

Sie kann doch gar nichts wissen. Außer … hat Mike Daniels hier diese Woche vorbeigeschaut? Er hätte sicher nichts gesagt. Besser, sich dumm stellen und sehen, was sie weiß. »Andie, ich schwöre es dir, ich habe dich nie betrogen.«

»Es ist nicht das.« Sie machte eine Pause. »Ich glaube, es gibt da etwas, was ich dir sagen muss.« Sie warf ihm einen Blick zu.

Erleichterung! Es ging nicht um sein Geheimnis; sie hatte selbst eins. Ihrem Gesichtsausdruck nach zu urteilen, rechnete sie mit einer negativen Reaktion auf das, was sie gleich sagen wollte. Er musste sicherstellen, dass es dazu nicht kam. Er warf die Tüte in den Müll. »Erzähl.«

»Ich habe mich entschuldigt.«

»Entschuldigt?«

»Bei Melanie Johnston.« Die Worte waren kaum mehr als ein Wispern. Sie lehnte sich gegen den Küchenschrank.

Sein Entschluss, ruhig zu bleiben, zerriss wie Papier in einem Aktenvernichter. »Du hast was getan? Wofür musstest du dich denn entschuldigen?«

»Weil es mir leidtut. Nach dem Unfall habe ich sie eigentlich gleich anrufen oder ihr eine Karte schicken wollen, aber jeder hat mir immer wieder erzählt, ich solle das nicht machen, weil sie dann gegen uns klagen würde. Aber das ist trotzdem passiert, oder nicht?«

Emotionale Frauen und gesunder Menschenverstand. Trafen sich die beiden nie irgendwo in der Mitte? »Was tut dir leid? Du hast doch gar nichts gemacht.«

»Chad war mein Sohn. Ich habe ihn allein zu Hause gelassen, während die Autoschlüssel im Haus waren. Ich wusste, dass er aufgewühlt war. Ich hätte zu Hause bleiben und das mit ihm klären sollen.«

»Andie.« Blair trat einen Schritt nach vorne, aber Andie drückte sich noch enger an den Schrank. Er blieb stehen. »Das war nicht dein Fehler – es war meiner.«

»Ja klar.«

»Ich war derjenige, der ihm den Ausflug verboten hat. Ich bin derjenige, der mit ihm gestritten hat und dann aus dem Haus gegangen ist, ohne alles richtig zu klären. Ich war es. Ich. Verstehst du?«

»Wäre ich eine bessere Mutter gewesen, dann hätte ich ihm Nachhilfe besorgt, bevor seine Noten so schlecht geworden waren, und dann wäre der ganze Streit überhaupt nicht passiert. Das weißt du auch. Ich sehe es in deinen Augen. Seit Chad gestorben ist, hast du mich kaum mehr angeschaut, und wenn du es tust, dann sehe ich darin Anklage.«

»Du siehst keine Anklage. Du siehst Schuld. Denk darüber nach, Andie. Was haben sie im Cachuma-See gefunden? Den Umschlag, den ich für Chad gemacht hatte, um ihm das Studium an einer Eliteuniversität zu ermöglichen. Ihn dafür zu drillen, trifft es wohl besser. Ich bin derjenige, der immer darauf bestand, dass er nach Perfektion strebte. Du bist diejenige, die ihn immer geliebt hat, einfach so, wie er war. Deswegen hat er zu dir gesagt, dass du der wunderbarste Mensch wärst, den er je gekannt hat, bevor er gestorben ist. Was hat er zu mir gesagt? ›Ich wollte ihn herausholen.‹ Als ob er alles bereute und er seine Noten wieder verbessern wollte. Was sind denn das für letzte Worte? Nicht die, die du einem guten Vater sagen würdest – das weiß ich.«

»Das heißt also, die ganze Zeit, die ich mich selbst gehasst und gedacht habe, du würdest mich auch hassen, hast du dir selbst Vorwürfe gemacht und gedacht, dass ich dich hasse?« Sie sah, wie er nickte, und ihr Gesicht nahm einen weicheren Ausdruck an. »Ich schätze mal, das zeigt, dass Kommunikation nicht gerade unsere Stärke ist, was?«

Blair fiel es schwer, die nächste Frage zu stellen, aber sein Bedürfnis, die Antwort zu kennen, war stärker als die Angst vor ihr. »Was hat sie gesagt? Melanie Johnston.«

»Nichts. Sie sprang auf und rannte weg.« Sie ging hinüber zum

Küchenschrank und reichte ihm das gelbe Blatt Papier. »Sie hat das fallen lassen. Komisch, dass ich nie daran gedacht habe, dass sie etwas mit Gemeinde und Missionseinsätzen zu tun haben könnte.«

Es gab vieles, was sie nicht wussten. Auch nicht, wie viel Schaden Andie mit ihrer Entschuldigung angerichtet hatte. *Halte deinen Mund. Raste jetzt nicht aus.*

Sie drehte sich weg, um ein paar Gläser in die Geschirrspülmaschine zu räumen. »Ich weiß, unsere Anwälte werden durchdrehen und mir sagen, dass ich das Falsche getan habe. Aber ich habe viel nachgedacht und gebetet und ich werde nicht mehr auf die Leute hören, die mir ständig sagen, was ich tun soll und was nicht. Ich muss meinem Herzen folgen und Gottes Führung – einer Führung, auf die ich die letzten zehn Jahre kaum gehört habe. Aber nicht mehr. Ich werde mich nicht mehr überreden lassen, irgendwelchen Teams beizutreten, in denen ich nichts verloren habe. Ich werde die Dinge tun, zu denen mich Gott berufen hat.«

»Welche zum Beispiel?«

»Der Jahrmarkt, meine Arbeit in der Suppenküche. Malen.« Sie sah zu ihm hinüber und wartete auf eine Reaktion. Er zeigte jedoch keine. Sie hob ihr Kinn um den Bruchteil eines Zentimeters. »Und der Versuch, zwischen uns alles wieder in Ordnung zu bringen.«

Blair streckte seine Hand aus und fühlte die Weichheit ihrer Wange. »Letzteres gefällt mir besonders.«

Sie zog sich nur so viel zurück, dass die Berührung unterbrochen wurde. Er war klug genug, sie nicht zu erzwingen. Sie würde etwas Zeit brauchen. Und er auch.

Er dachte zurück an den Beginn ihrer Ehe. Andie hatte recht. Am Anfang waren sie so auf Gott und seinen Willen für ihr Leben ausgerichtet gewesen, aber irgendwie hatte sich das mit der Zeit verändert zu immer mehr Arbeit und dem Versuch, an der Spitze zu bleiben. Sie mussten zurückkehren zu den Anfängen und sie konnten das auch. Gemeinsam, mit Gott und vielleicht einem wirklich guten Therapeuten.

Aber da war noch eine andere Sache, eine, von der Andie noch nichts wusste. »Andie.« Er sah ihr in die Augen und wusste, dass das, was er ihr jetzt sagen würde, den dünnen Faden des Vertrauens zerschneiden konnte, der sie zusammenhielt. »Ich muss dir auch etwas sagen.« Er trat einen Schritt zurück. »Es geht um die Arbeit. Ich wollte dich damit nicht belasten. Ich dachte, ich würde das schon in den Griff bekommen. Aber ich habe einen Riesenfehler gemacht, Andie. Und der könnte uns alles kosten.«

33.

Melanie fuhr auf den fast leeren Parkplatz hinter Les' Büro. Sie wusste, dass es kein guter Zeitpunkt war, aber sie war schließlich berufstätig. Es ging nur am Wochenende oder gar nicht.

Ja, okay. Sie wollte den Mann auch ein bisschen zappeln sehen. Sie erinnerte sich an seine Reaktion, als sie gestern Abend angerufen hatte: »Ein wichtiges Treffen? Morgen? Melanie, es ist Ostern. Ich bin zum Brunch verabredet.« Er sagte es unbekümmert, wie im Spaß, aber sie wusste, dass seine Verärgerung teilweise echt war.

»Dann treffen wir uns doch um sieben. Dann haben Sie genug Zeit.«

Als sie eintrat, las er gerade etwas auf seinem Schreibblock. Sie räusperte sich und er blätterte die Seite um.

»Danke, dass Sie sich mit mir treffen.«

»Ich bin Ihr Anwalt. Das tun Anwälte eben.« Er bot ihr sein charmantestes Lächeln an. Gerade in solchen Momenten vertraute Melanie ihm am wenigsten.

Sie setzte sich in den Stuhl ihm gegenüber und fragte sich, wie er wohl ihre Neuigkeiten aufnehmen würde. Nicht gut, ahnte sie. »Es sind zwei Dinge passiert. Ich weiß nicht einmal, wo ich anfangen soll.«

Die Ruhe und Zuversicht auf seinem Gesicht fanden sich nicht in seinen Augen. Es war ein einstudiertes professionelles Lächeln, das sich über seinen Mund zog. »Warum fangen Sie nicht einfach am Anfang an?«

»Ich habe gestern zufällig Andie Phelps getroffen.«

Seine Augen blitzten auf. Er griff nach einem Stift und beugte sich nach vorne. »Hat sie Sie bedroht, sich Ihnen gegenüber unverschämt verhalten?«

Melanie blickte ihm geradewegs in die Augen. »Nein. Nichts dergleichen.«

»Was ist dann passiert?« Der Stift wippte in seiner Hand hin und her.

»Sie … hat sich entschuldigt.«

Sein Kiefer klappte tatsächlich herunter. Es dauerte volle 15 Sekunden, bevor er wieder seine geschäftliche Miene aufgesetzt hatte. »Gut für sie.« Seine Stimme klang ruhig und mäßig, aber er rutschte in seinem Sessel hin und her, als wollte er aufspringen und seine Faust in die Luft stoßen. »Erzählen Sie mir genau, was sie gesagt hat. Alles, woran Sie sich erinnern können.«

Alles, was wir vor Gericht gegen sie verwenden können, meinen Sie. »Ich … ich habe mich unbehaglich gefühlt.«

Der Stift hörte auf sich zu bewegen. »Das ist doch ganz natürlich. Zweifellos hat sie das getan, um Ihr Mitleid zu erregen. Angeklagte, die wissen, dass sie in die Ecke gedrängt sind, würden alles sagen oder tun. Aber vergessen Sie nicht, dass es nicht darum geht, sie zu bestrafen. Es geht darum, dass der Tod Ihres Sohnes eine Bedeutung erhält.«

Irgendwie fühlten sich diese Worte nicht mehr wie der Schlachtruf an, der sie in der Vergangenheit gewesen waren. Dieses Mal fühlten sie sich hohl an. Leer. »Ich weiß nicht.«

Les lehnte sich in seinem Stuhl zurück. »Ich hatte einmal einen Klienten, Cedric Tims – ihm ist das Gleiche passiert. Es ging um einen Deal, der schiefgangen war. Sein Partner hatte ihn um einen ganzen Batzen Geld betrogen.

Kurz vor der Gerichtsverhandlung kam sein Partner auf Knien zu ihm gekrochen, versprach, alles zurückzuzahlen, hat ihn an ihre Freundschaft seit der Highschool erinnert, an ihre Kindheitsjahre auf dem Fußballfeld. Nur wenige Tage vor Beginn der Verhandlung ließ mein Klient die Klage fallen.«

Vielleicht verstand Les. Es würde letztlich wohl nicht so schwer werden. »Ist es gut für Ihren Klienten ausgegangen?«

Les schnaubte. »Nicht wirklich. Sein Partner, der an einem Tag noch so reumütig gewesen war, verließ die Stadt am Tag, nachdem wir die Klage zurückgezogen hatten. Er zog auf irgendeine karibische

Insel mit dem ganzen Geld, das er gebunkert hatte, und zeigte nie irgendwelche Absichten zurückzukehren. Mein Klient auf der anderen Seite …« Les glättete einige Papiere. »Er hatte natürlich Schulden – bei mir.«

»Schulden?«

»Unser Vertrag besagte eindeutig, dass ich einen Prozentsatz bekomme von dem, was wir gewönnen. Wenn wir nichts gewönnen, würde ich auch nichts bekommen. Weil er aber die Klage selbst fallen ließ – eine Klage, die wir gewonnen hätten –, war er gesetzlich dazu verpflichtet, mir jede Arbeitsstunde für all die Vorbereitungen zu bezahlen. Dazu kamen natürlich noch Bürokosten, Gerichtskosten und so weiter.«

Les schlug mit seinem Stift gegen den Schreibblock. »Ja, das war ein trauriges Ende. Er kam sehr viel schlechter aus der Sache heraus, als er hineingegangen war. Und alles, weil er einer Entschuldigung Bedeutung beigemessen hatte.« Er sah ihr in die Augen und ließ seine Worte wirken. »Mit solchen Entscheidungen müssen Sie sehr vorsichtig sein.«

Ein Schauer fuhr Melanie über den Rücken.

Les schenkte ihr ein gnädiges Lächeln. »Sie sagten, dass da zwei Dinge wären. Was war das andere?«

»Ich …« Sie konnte es sich nicht leisten, Sarahs Leben vollständig zugrunde zu richten. Und ihr eigenes Leben. »Ich habe es vergessen.«

Er nickte. »Kein Problem. Sie können jederzeit wieder vorbeikommen, wenn Sie sich daran erinnern, okay?«

»Klar.« Melanie verließ das Zimmer, ihre Schultern trugen schwer an der zusätzlichen Last.

Andie ging den Mittelgang der Kirche hinunter, Blair an ihrer Seite, und spürte die Blicke in ihrem Rücken. Mittlerweile musste jeder mitbekommen haben, dass sie getrennt gewesen waren. Die meisten wussten, dass Blair bis gestern eine Kurzzeittherapie gemacht hatte. Ziemlich viel Zunder, um das Getratsche im Kirchenfoyer an diesem Ostermorgen anzufeuern. Immerhin war die Sache mit seiner Firma immer noch ein Geheimnis – bis jetzt. Sie bereute den Entschluss beinahe, heute hierhergekommen zu sein. Aber diesen Gottesdienst ganz ausfallen zu lassen, erschien ihr vollkommen falsch. Und sie war sich immer noch nicht sicher, ob sie einen ganzen Tag mit Blair alleine zu Hause verbringen wollte.

»Andie, mein Schatz, Sie sehen einfach göttlich aus!« Mattie Plendor rauschte durch den Gottesdienstraum, um sie zu umarmen. Kein Luftkuss, sondern eine wirkliche Umarmung. Sie zog Andie am Arm, bis sie sie außer Blairs Hörweite gebracht hatte. »Ich habe wie verrückt für Sie gebetet. Ich weiß, dass alles gerade sehr schwer ist für Sie, aber halten Sie durch. Derselbe Gott, der mir durchgeholfen hat, wird dasselbe auch für Sie tun. Vergessen Sie das nicht.« Sie tätschelte Andies Arm und entfernte sich, aber Andie hatte das Glänzen ihrer feuchten Augen bereits gesehen.

»Andie, Blair, wie schön, euch zu sehen! Habt ihr zwei schon Pläne für das Mittagessen? Wir haben einen großen Braten, verbringt doch Ostern einfach mit uns.« Von allen Seiten näherten sich ihnen Menschen. »Andie, willst du morgen Tennis spielen?« Keiner weidete sich an ihrer Unterlegenheit oder warf ihnen verurteilende Blicke zu. Nein. Sie waren da, um ihr zu helfen. Sie beteten für sie.

Wie hatte sie sich so weit von ihren Wurzeln entfernen können? Die Menschen, die sie mit ihrer Liebe durch schwerste Zeiten begleiteten, dienten dem Gott, der sie mit seiner Liebe durch schwerste Zeiten begleitete. Der Gedanke entzündete in ihr einen Funken Hoffnung, der, so hatte sie gedacht, schon lange erloschen war. Sie sah Blair an und lächelte. Sie wusste, dass der Weg nicht leicht sein würde, aber sie hoffte dennoch, dass sie ihn gemeinsam gehen würden.

Sie hatte Schwierigkeiten, sich auf die Predigt zu konzentrieren – viel zu viele Gedanken gingen ihr durch den Kopf. Nach einigen Minuten kristallisierte sich ein Gedanke heraus, der sich nicht ignorieren ließ. Sie sah ihren Ehemann an und wünschte, der Gottesdienst wäre zu Ende.

Sie zwang sich zu warten, bis sie alleine im Auto saßen, bevor sie den Gedanken aussprach: »Blair, während des Gottesdienstes ist mir etwas klar geworden. Ich weiß, dass ich recht habe. Du hast Chads letzte Worte missverstanden.«

Er zuckte zusammen, als er den Gang einlegte. »Wie meinst du das?«

»Denk doch mal darüber nach. ›Ich wollte ihn herausholen.‹ Erinnerst du dich daran, in welche Richtung er fuhr, als der Unfall passierte? Aus der Stadt hinaus. Er war auf seinem Weg zurück zum Cachuma-See, um den Umschlag zu holen.«

»Warum sollte er –«

»Er hatte sich so weit beruhigt, dass er seinen Fehler einsah. Siehst du das nicht? Er hasste dich nicht dafür, dass du ihn gedrängt hast, er sah den Wert darin und ging, um den Umschlag wieder herauszuholen.«

»Wie auch immer, es ist eine ziemlich deutliche Anklage gegen mich als Vater.«

»Nein. Das zeigt, dass er deine Pläne für ihn respektierte und wusste, dass du das Beste für ihn im Sinn hattest.«

Blair stöhnte. »Ich wünschte, ich könnte das glauben.«

Sie fasste hinüber und drückte seine Hand. »Ich glaube es.«

Melanie saß in ihrem Auto auf dem Parkplatz, atmete tief ein und sammelte all ihren Mut zusammen. »Okay, Gott. Ich bin jetzt ganz Ohr. Jeff und Sarahs Freunde, Candace, Jake – sie haben alle einen Frieden, von dem ich weiß, dass ich ihn nicht habe. Ich weiß, dass du der Unterschied sein musst.

Aber diese Sache mit der Vergebung … ich meine, es klang einleuchtend für mich, als ich mit Candace gesprochen habe, aber jetzt

… ich weiß nicht. Ich möchte, dass diese Familie für das bezahlt, was sie getan hat. Ich will, dass sie genauso leiden müssen wie ich.« Wow! Das hörte sich so langsam gar nicht mehr nach Jeffs Vermächtnis an, sondern vielmehr nach persönlicher Rache. Jeff würde das nicht wollen.

»Okay, aber wenn ich das jetzt mache, dann kann uns das ruinieren. Was würde dann mit Sarah passieren?«

Obwohl Melanie weder eine richtige Stimme hörte noch eine in ihrem Kopf, flutete doch eine Ruhe und ein Frieden über sie wie nichts, was sie bisher erlebt hatte. »Besser ich mache das jetzt, bevor ich die Nerven verliere.«

Sie stieg aus dem Auto, schloss die Tür und machte sich erneut auf den Weg die Treppen nach oben. Es war schon fast eine Stunde vergangen, seit sie Les' Büro verlassen hatte – und vielleicht war er schon gar nicht mehr da. Tief innen hoffte sie das. Es würde ihr Zeit geben, sich selbst diesen verrückten Plan auszureden.

Sie erreichte die Tür seines Büros, als er gerade herauskam. »Melanie, was machen Sie denn schon wieder hier?«

Er redete in diesem galanten Tonfall, den sie noch nie hatte ausstehen können. Der Ärger darüber gab ihr den Mut, der ihr fehlte. »Ich muss mit Ihnen sprechen.«

34.

Andie starrte aus dem Fenster. Kaum waren sie zu Hause angekommen, hatte Blair verkündet, dass er eine Besorgung zu machen hatte. Er war aus der Tür verschwunden, ohne einen Blick zurückzuwerfen.

Sie stellte ihn sich an irgendeiner Bar vor, wie er einen Whiskey nach dem andern hinunterkippte. So viel zum Neuanfang.

Andie ging auf und ab, das hatte sie sich in letzter Zeit zu sehr angewöhnt. Es hatte sich nichts geändert.

Als sein Auto in die Garage fuhr, stürmte sie ihm entgegen. Die Tür öffnete sich und sie stürzte auf ihn zu. »Wo warst du?« Sie schnüffelte und achtete aufmerksam auf eventuelle verräterische Gerüche von Rauch oder Alkohol. Nichts.

Er zuckte die Schultern. »Du hattest die ganze Zeit recht. Ich habe beschlossen, dass es an der Zeit ist, dass ich mich auch entschuldige.«

»Entschuldigen. Bei wem?«

»Jeff Johnstons Mutter.«

»Du bist zu ihr hingegangen?«

»Nein. Ich habe mich auf meine eigene Art und Weise entschuldigt.« Er ging hinein und machte sich auf den Weg nach oben. »Warum ziehen wir uns nicht um und machen einen Strandspaziergang? Wir können da vorbeilaufen, wo wir die Hummer freigelassen haben, und ihnen noch mal viel Glück wünschen.«

Ein Leuchten war in Blairs Augen, das Andie seit langer Zeit nicht mehr gesehen hatte. Es schien, als wäre plötzlich eine große Last von ihm abgefallen. Sie fragte sich, was genau er wohl getan hatte, wusste aber, dass er es ihr zu seiner Zeit und auf seine Weise erzählen würde.

Mehrere Stunden später, als sie von ihrem Spaziergang zurückkehrten, klingelte das Telefon. Andie nahm ab. »Hallo?«

»Andie, hier spricht Sam Campbell. Ist Blair zu Hause?«

Oh nein. Konnten sie nicht einen Augenblick des Friedens haben?

Andie überlegte, ob sie lügen sollte, aber entschloss sich anders. »Ja, er ist hier.« Sie reichte Blair das Telefon. »Sam Campbell.«

Blairs Gesicht nahm einen angespannten Ausdruck an. Er atmete tief ein, bevor er das Telefon an sein Ohr hob. »Hallo, Sam.« Er ging ins Wohnzimmer, während er das Telefon an sein Ohr gedrückt hielt. »Ja. Wann? Okay, danke.« Er griff nach der Fernbedienung auf dem Tisch, richtete sie auf den Fernseher und drückte den Knopf.

»Blair, was ist los?«

Blair schüttelte den Kopf. »Sam hat gesagt, wir sollten Channel 3 einschalten. Er meinte, dass die andere Seite eine Pressekonferenz einberufen hätte.«

»Was bedeutet das?«

Das Regionalprogramm zeigte Les Stewart, der auf den Treppen vor dem Gericht stand. Sein Gesichtsausdruck war ernst. Neben ihm war Melanie Johnstons Gesicht so weiß, dass sie so aussah, als würde sie jeden Moment in Ohnmacht fallen. Sie ging auf ein großes Pult zu, an dem Mikrofone befestigt waren.

»Heute, am Ostersonntag, möchte ich bekannt geben, dass ich meine Klage gegen die Familie Phelps fallen lasse.« Sie machte eine Pause, schien zu zögern, richtete sich dann aber auf und sah in die Kamera. »Ich wünsche ihnen, dass sie in ihrer Trauer getröstet werden.« Sie trat zurück.

Einer der Reporter rief: »Denken Sie nicht mehr, dass das Ehepaar Phelps am Tod Ihres Sohnes schuld ist?«

Sie trat nicht nach vorne, sodass ihre Worte schwerer auszumachen waren: »Ich … ich vergebe ihnen. Das würde Jeff so wollen.«

Der Reporter stellte noch eine andere Frage, die das Mikrofon nicht einfing. Sie schüttelte den Kopf und blickte hinüber zu ihrem Anwalt. Er trat vor. »Mrs Johnston hat ihre Erklärung abgegeben. Das ist alles, was sie zu sagen hat.«

»Wie steht es mit Ihnen, Mr Stewart? Wie denken Sie darüber?«

Er sah nicht glücklich aus. »Mrs Johnston muss das tun, was sie für richtig hält.«

»Sie stimmen mit ihrer Entscheidung also nicht überein?«

»Meiner Meinung nach ist das ein Fehler. Aber sie hat das Recht, diesen Fehler zu machen.« Er sah zu ihr hinüber, dann zurück in die Kamera. »Keine weiteren Kommentare.«

Blair stieß hinter ihr einen Freudenschrei aus. Blair schrie vor Freude? Das hatte es noch nie gegeben. Er zog Andie in seine Arme und drehte sie im Kreis herum. »Kannst du das glauben? Eine unserer größten Sorgen ist weg, einfach so.«

Was war gerade passiert? Sie sah Blair an. »Okay, wie genau hast du dich entschuldigt?«

Er schüttelte den Kopf. »Das ist nicht mein Verdienst. Was ich getan habe, war anonym. Sie weiß überhaupt nichts davon.«

»Warum macht sie das dann?«

»Ich denke, das ist offensichtlich. Deinetwegen. Du hast das Richtige getan, das, was wir schon ganz am Anfang hätten tun sollen. Gott erkennt das an und ganz offensichtlich sie auch.«

Andie ließ ein Lächeln über ihr Gesicht huschen, doch plötzlich klingelte das Telefon und sie wusste, dass dieser eine wunderbare Moment ein Traum gewesen war. Die Frau hatte ihre Meinung geändert; es war alles ein Versehen gewesen. Doch stattdessen war es Sam, der zurückrief und ihnen gratulierte. Und dann die Baurs. Und den ganzen Nachmittag über klingelte das Telefon und klingelte und klingelte und klingelte und sie hörte nicht mehr auf zu lächeln.

Jake saß am Schreibtisch in seinem Büro. Vor ihm lag offen die Bibel, aber seine Gedanken waren anderswo. Es waren heute so viele Dinge passiert, dass es ihm schwerfiel, sich auf das Lesen zu konzentrieren. Er gab es schließlich auf, blickte hinauf zur Decke und sprach das aus, was er in diesem Moment in seinem Herzen am tiefsten empfand: »Danke, Gott.«

Hinter ihm rüttelte es an der Tür zur Werkstatt. Er ging vorsichtig auf sie zu. Wer sollte an Ostern um diese Uhrzeit unterwegs sein, wenn nicht jemand, der auf Ärger aus war? Er spähte durch den Spion und riss dann die Tür auf.

»Melanie, kommen Sie herein.« Er hielt ihr die Tür auf und schloss sie dann hinter ihr ab. »Ich war gerade in meinem Büro und habe nachgedacht. Möchten Sie ein Weilchen Platz nehmen?«

»Gerne.« Sie sah angespannter aus als je zuvor.

Er dachte, er könnte ihr helfen, indem er das Eis brach: »Ich habe die Nachrichten heute Nachmittag gesehen. Was Sie getan haben, war unglaublich.«

Sie sah ihn an, in ihren Augen die flehende Bitte: »War es das Richtige?«

»Was sagt Ihnen Ihr Herz?«

»Als ich gestern den Jugendlichen zugehört habe, vor allem Tony, habe ich verstanden, dass ich dabei war, etwas in Jeffs Namen zu tun, was er selbst nie getan hätte. Sein Vermächtnis, wenn Sie das so nennen wollen, war Güte. Und Vergebung. Am besten kann ich ihn ehren, indem ich so handle, wie er es gerne von mir gesehen hätte.«

»Das hört sich an, als ob Sie das Richtige getan hätten.«

Sie starrte an die Decke. »Ich … ich bin hergekommen, um mich zu entschuldigen. Bei Ihnen.« Sie senkte ihren Blick, bis er auf Jakes Augenhöhe war. »Ich habe mich danebenbenommen. Ich weiß, dass Sie getan haben, was Sie für das Beste für Ihre Kinder hielten. Vielleicht war es das sogar. Wer weiß? Und ich habe kein Recht, das zu beurteilen. Ich hätte Sie nicht so anfahren sollen.« Sie machte eine Pause. »Verzeihen Sie mir?«

»Da gibt es nichts zu verzeihen. Ein Teil von dem, was Sie gesagt haben, stimmt. Ich habe ein paar Nachforschungen angestellt und versuche gerade, ob ich sie ausfindig machen kann.«

»Also, ich wollte einfach sagen, dass es mir leidtut. Ich geh jetzt besser nach Hause, ich muss morgen arbeiten.«

»Sie halten sich hier nie lange auf, nicht wahr?«, scherzte Jake. »Hören Sie mal, wollen Sie Sarah ein paar gute Nachrichten überbringen, wenn Sie heimkommen?«

Sie sah überrascht aus. »Sicher, was denn?«

»Der Missionseinsatz wird doch klappen.«

Ihr Gesicht hellte sich auf. »Sie machen einen Scherz. Wie kam das?«

»Wir haben heute Nachmittag die Unterstützung bekommen, die wir gebraucht haben.«

»Wollen Sie mir sagen, dass innerhalb von drei Stunden nach meiner Ankündigung das ausstehende Geld schon eingetroffen ist?«

»Nein. Ich will Ihnen sagen, dass es eine Stunde vor Ihrer Ankündigung eingetroffen ist.« Er zögerte. Er war sich nicht sicher, ob er ihr alle Details verraten sollte. Aber er spürte, wie Gott ihn sanft drängte, also fuhr er fort: »Ich hatte heute Nachmittag Besuch von Blair Phelps. Er hatte einen dieser gelben Handzettel in der Hand. Er fragte mich, ob es geplant sei, dass Ihr Kind mitginge, und sagte, dass er gerne den Restbetrag für die ganze Gruppe zahlen würde. Haben Sie irgendeine Idee, woher er den Zettel hat?«

Melanie sah weg. »Ja, ich hab da so eine Idee.« Sie führte sie nicht weiter aus.

»Na ja, jedenfalls wollte er, dass das absolut anonym bleibt. Ich bin nicht sicher, warum ich es Ihnen gerade erzählt habe. Vielleicht hätte ich es nicht tun sollen, aber irgendwie schien es wichtig zu sein.«

»Und Sie wollen mir erzählen, dass er das vor der Pressekonferenz getan hat?«

»Ja.«

Sie schüttelte den Kopf. »Unglaublich.« Sie stand auf, um zu gehen. »Sarah wird ganz aus dem Häuschen sein, wenn sie nach Hause kommt.«

Jake wollte nicht zusehen, wie sie wegging. Er konnte den Gedanken nicht ertragen. »Wo ist sie jetzt?«

»Im Pizza Palace mit ein paar Jugendlichen aus der Gemeinde.«

»Warum gehen wir nicht einfach hin und erzählen es ihnen? Gemeinsam. Sie können bei mir hinten auf dem Motorrad mitfahren.«

»Also, ich …« Sie wand sich und sah über ihre Schulter. Als sie sich wieder umdrehte, leuchteten ihre Augen. »Ich bin in den letzten 15 Jahren nicht mehr hinten auf einem Motorrad gesessen. Ich würde sagen, es ist höchste Zeit, dass ich das mal wieder tue. Was meinen Sie?«

»Absolut.«

35.

Christi drängte durch Andies Hintertür herein. »Andie? Wo bist du?«

»Hier hinten im Atelier.«

Das klang gut. Langsam änderte sich manches zum Guten. Christi wandte ihren Blick ab, als sie durch die Küche ging. *Wenn ich das Durcheinander nicht sehe, macht es mir auch nichts aus.* Sie schaffte es, ohne stehen zu bleiben, bis ins Atelier. »Wie geht es dir?«

Andie stand an der hinteren Wand und strich einen weißen Stoff über einer kleinen Leinwand glatt. »Leichter.«

»Das denke ich mir.« Christi warf einen Blick in Richtung des verdeckten Quadrates. Komisch. Was versteckte Andie? Sie ging hinüber zu dem viel größeren Bild auf der Staffelei, eine ärmliche Dorfszene. »Südafrika?«

»Ja. Ich habe ein paar von Matties Bildern durchgesehen. Ich dachte, dass sie die hier vielleicht gebrauchen kann.«

»Ich bin mir sicher, dass sie ganz begeistert sein wird.« Sie sah erneut hinüber zu dem weißen Stoff. »Dann sieht es heute schon ein bisschen besser aus, oder?«

Andie nickte. »Ich weiß ehrlich gesagt gar nicht, wie ich mich verhalten soll. Es ging so lange nur abwärts.«

»Hört sich so an, als würde es bei Melanie Johnston noch ein bisschen weiter abwärtsgehen. Scott hat mir erzählt, dass ihr Anwalt ihr seine Arbeitszeit in Rechnung stellen wird. Es gibt Gerüchte, dass er einen anderen Klienten vor ein paar Jahren genau für die gleiche Entscheidung in den Bankrott getrieben hat.«

Andie beugte sich nach vorne und stützte die Hände auf den Knien ab. »Du nimmst mich jetzt auf den Arm! Sie muss dafür bezahlen, dass sie uns freigesprochen hat?« Sie schüttelte den Kopf. »Das ist nicht richtig.« Ein Weichei durch und durch. Andie würde das wirkliche Leben nie verstehen.

»So läuft es eben.«

»Nicht, wenn ich es verhindern kann.« Andie schritt zur Wand und zurück und biss sich dabei auf ihre Unterlippe. »Wie steht es denn mit deinem Reporterfreund?«

»Wer?«

»Ach, komm schon, Christi. Du hast doch diese Geschichten gestreut, das weiß ich. Was wäre, wenn wir eine über Les Stewart streuen? Erinnerst du dich an den flammenden Artikel, den das Los-Angeles-Magazin gedruckt hat? Die haben ihn praktisch zum Heiligen gemacht.«

Christi ließ sich auf einen Schemel fallen, lehnte sich zurück und verschränkte die Arme. Sie grinste in heller Freude. »Irgendwo unter deinem harmlosen Äußeren ist ein Pitbull vergraben.« Sie dachte über Andies Idee nach. *Genial.* »Vielleicht genügt allein die Drohung. Lass mich kurz anrufen.« Sie klappte ihr Handy auf und als sie aus dem Zimmer trat, hörte Andie sie sagen: »Mr Burridge, hier spricht Christi Baur. Ich möchte Ihnen gerne einen kleinen Auftrag erteilen.« Eine Minute später war sie zurück. Auf ihrem Gesicht lag ein geheimnisvolles Lächeln. »Les Stewart wird gleich einen anonymen Anruf erhalten. Der Anrufer wird ihm erzählen, dass die ›Los Angeles Times‹ dabei ist, ein neues Porträt von ihm zu drucken: ›Anwalt mit schwarzem Herzen.‹ Dann wird er es sich zweimal überlegen.«

»Christi, du bist brillant. Durch und durch verdorben, aber dennoch brillant.«

Christi nickte. »Vielen Dank! Also, an was hast du noch gearbeitet?« Sie sah demonstrativ in Richtung Wand.

Andie zuckte die Schultern und wandte ihren Blick ab. »Nicht viel.«

Bei einer solchen Antwort musste Christi nachschauen. Sie durchquerte das Zimmer und hob den Stoff.

Ihr fehlten die Worte.

Sie blickte zurück auf Andie, die dasaß und auf ihre Hände starrte. »Ich habe das Gesicht nicht mehr aus meinem Kopf bekommen. Ich dachte, wenn ich es male, dann hört es vielleicht auf, mich zu verfolgen.«

»Es ist unglaublich. Was hast du damit vor?«

»Nichts. Das ist einfach etwas, was ich malen musste.«

»Du solltest es ihr geben.«

»Nein. Ich … kann ihr nicht mehr gegenübertreten.«

»Also, ich kann es.« Christi schnappte sich die Leinwand und nickte Andie zu. »Wir sprechen uns später.«

Melanie schaffte es kaum, den Knopf zu drücken, bevor ihr das Telefon aus den Händen glitt. Sie rutschte an der Wand hinunter und landete auf dem Boden.

Sarah hastete durch die Küche und kniete sich vor ihr hin. »Mama, was ist los?«

»Das war Les Stewart.«

Sarah verzog ihr Gesicht, ihre Augen blitzten. »Was wollte der Dämon in Armani denn dieses Mal?«

»Er hat gesagt, er hätte … noch einmal nachgedacht.«

»Über was nachgedacht? Wie viele Millionen du ihm schuldest?«

»Geschuldet habe. Punkt. Er wird mir nachträglich doch nichts mehr in Rechnung stellen.«

Sarah plumpste auf den Boden. »Was ist passiert?«

Es läutete an der Tür und Sarah rappelte sich auf. »Ich geh schon.«

Melanie bewegte sich nicht. Was war denn passiert?

»Ist deine Mutter da?«

Etwas in der Stimme an der Tür kam ihr irgendwie bekannt vor … und war ihr unangenehm – obwohl sie nicht genau hätte sagen können, warum sie so reagierte. Melanie stemmte sich hoch. Als sie um die Ecke bog, verstand sie. Dort, an der Tür, stand die Frau, die sie an jenem Tag über die State Street hinweg angeschrien hatte. Sie hielt etwas in ihrer Hand. Melanie schob sich nach vorne, bereit für einen möglichen bevorstehenden Kampf. »Kann ich Ihnen helfen?«

Die Frau sah ihr voller Zuversicht direkt in die Augen. »Mrs Johnston, ich bin eine Freundin von Andie Phelps.«

»Ja, ich habe Sie wiedererkannt.«

Sie zuckte nicht zusammen. »Ich komme gerade von ihr. Andie ist … also, sie hat etwas gemalt. Ich meine, das sollten Sie haben.«

Wo war hier der Haken? »Meinen Sie oder meint sie?«

Der Gesichtsausdruck der Frau blieb stets derselbe; ihre Augen blinzelten nicht einmal. »Beides. Es ist nur – sie ist ein kleiner Feigling. Aber ich bin es nicht.« Sie hob ihre Hand und zeigte ein kleines Bild von Jeff.

Das Sonnenlicht reflektierte auf seinem Gesicht und in seinen Augen war ein Leuchten, das aus einer inneren Quelle zu kommen schien. Es war das Bild, das in allen Zeitungen gewesen war. Melanie hatte es ausgewählt, weil Jeff immer genau so ausgesehen hatte.

Als Melanie das Bild entgegennahm, fühlte sie, wie es ihr die Kehle zuschnürte. Sie würde vor dieser Frau nicht die Fassung verlieren. »Es ist unglaublich.« Sie traute ihrer Stimme nicht zu, noch mehr zu sagen.

»Es gibt viel Unglaubliches an Andie. Das ist nur eins davon.«

»Bitte richten Sie ihr meinen Dank aus.«

Die Frau nickte, drehte sich um, um zu gehen, und blieb dann stehen. »Was Sie getan haben, die Klage fallen zu lassen … das war sehr mutig.« Sie blickte über Melanies Schulter. »Ich glaube, Ihre Tochter hat wirklich Glück.« Sie schwebte die Auffahrt hinunter, hüpfte in ein kleines rotes Auto und raste davon.

Epilog

Melanie saß da und starrte auf denselben Grabstein, den sie so viele Male zuvor schon betrachtet hatte. Dieses Mal aber fühlte es sich anders an. »Also, Jeff, du wirst nicht glauben, was alles passiert ist.«

Sie sah in den Himmel. Das Dunkelblau des Tages war von dünnen weißen Schleiern durchzogen. Sah Jeff sie von irgendwo hinter diesen Wolken? Sie zweifelte nicht länger daran, dass er das konnte. »Ich glaube, du wärst stolz auf das Vermächtnis, das du hinterlassen hast. Ich freue mich auf den Tag, an dem ich dich wiedersehe, im Himmel, und wir darüber reden können.« Sie nickte mit dem Kopf. »Ja, du hast mich richtig verstanden. Im Himmel.«

Sie blickte wieder auf den Grabstein. Dieses Mal machte es ihr ein Knoten in der Kehle schwer weiterzusprechen. »Aber ich schätze, du siehst unser Problem. Ich verstehe jetzt, dass es für dich nicht wirklich notwendig ist, dass ich so oft hier rauskomme. Ich weiß, dass du an einem besseren Ort bist und nicht einfach hier liegst und auf den nächsten Besuch deiner Mutter wartest.«

Das Bild vor ihr verschwamm. »Deswegen, denke ich, komme ich ab jetzt nur hin und wieder mal vorbei.« Sie sah zum Himmel. »Ich hoffe, dass das für dich in Ordnung ist.«

Sie wischte sich über die Augen. »Ich weiß, dass es das ist. Aber warum fällt es mir so schwer loszulassen?«

Sie stand auf, ging zum Grabstein und küsste den Granit. Der Stein fühlte sich kalt an ihren Lippen an. »Tschüss, Jeff. Ich werde dich immer lieben.« Sie rannte den Hügel hinunter zu ihrem Auto.

Als sie wegfuhr, überkam sie ein plötzliches Gefühl von Frieden und trat an die Stelle der Schuldgefühle. Es war beinahe, als könne sie spüren, wie Jeff sie anlächelte.

»Drei Monate. Es sind schon drei Monate.« Andie drückte Blairs Arm. »Du schlägst dich tapfer.«

Beide wussten, dass das nicht ganz stimmte. Auch wenn er seit drei Monaten trocken war, auch wenn der Kauf durch Vitasoft abgeschlossen und Blairs Firma gerettet war, sie hatten dennoch ein Kind verloren, kämpften sich immer noch durch jeden einzelnen Tag und hofften, dass der nächste etwas leichter sein möge. Aber das war an vielen Tagen nicht der Fall. Sie stritten sogar mehr als je zuvor – obwohl Christi ihr versicherte, dass das eine gute Sache sei, weil Andie zuvor nie für sich selbst gekämpft hatte. Heute aber war ein sehr guter Tag.

Sie saßen im Sand am East Beach und verweilten ein paar Augenblicke, nachdem sie in einem kleinen Café gefrühstückt hatten. Vor ihnen, auf den Beachvolleyballplätzen, war ein Ferienkurs in vollem Gange. Etliche Jugendliche drängten sich um die Netze und lauschten den Ratschlägen ihrer Trainer im Highschool- oder Collegealter. Aufgeregte Schreie, Gelächter und ständiges Geplapper wehten über den Strand wie der Wind. Geräusche, die Andie erst seit Kurzem ertragen konnte, ohne in Trauer zu versinken.

Andie sah Blair an. »Musst du nicht zurück zur Arbeit?«

Er zuckte die Schultern. »Ich habe Neil gesagt, dass ich nach dem Mittagessen komme. Es gibt nichts, was nicht eine Weile warten kann.«

»Schön«, sagte sie und starrte ihren Mann an. Er hatte sich verändert. Sie wusste nicht, ob er alles ändern konnte, und er war nicht perfekt, aber sie sah, wie er sich bemühte. Er strengte sich an, ihre Ehe zu retten. Und so war es heute schon besser als gestern und vielleicht würde es morgen auch so sein.

Sie lächelte in sich hinein und wandte ihre Aufmerksamkeit einer Gruppe jüngerer Kinder zu, die gerade versuchten, den Ball in der Luft zu halten.

Ihre Trainerin, eine hübsche Blondine in Chads Alter, demonstrierte den Kleinen die richtige Technik der Ballannahme und des Zuspiels. Sie sah auf, bemerkte Andie und Blair und blieb regungslos stehen. Sie starrte sie ein paar Sekunden an und wandte sich dann ihrer kleinen Gruppe zu. »Okay, jetzt übt jeder mit einem Partner. Ich bin gleich zurück.« Sie kam herüber und ließ sich vor Andie in den Sand fallen. »Sie sind Mr und Mrs Phelps, stimmt's?«

Andie sah das Mädchen an und versuchte sie zuzuordnen. Eine Klassenkameradin von Chad? Nein. Aus der Jugendgruppe? Vielleicht – die Gruppe war groß genug und wechselte ständig, sodass sie es nie geschafft hatte, alle Mitglieder kennenzulernen.

»Ja, wir sind die Phelps.« Zum Glück war Blair geistesgegenwärtig genug zu antworten.

Das Mädchen nickte. »Ich bin Sarah Johnston.« Sie machte eine Pause und sah auf den Sand, bis sie die Worte aufgenommen hatten. Schließlich sah sie wieder zu ihnen auf. »Wie geht es Ihnen?«

Andie rang um eine Antwort. Sie steckte in ihrem Hals fest, aber sie zwang sie heraus. »Ich … wir … halten durch.«

Sarah nickte und starrte hinaus auf den Ozean. »Das ist gut.« Sie fuhr mit ihren Fingern durch den Sand. »Wir auch.«

Andie hatte sich schließlich wieder einigermaßen gefasst. »Wie geht es … deiner Mutter?«

»Es ist schwer. Ich meine, das muss ich Ihnen nicht sagen. Sie wissen, wie es ist.« Sie atmete tief ein. »Sie mag das Bild wirklich sehr – sie hat es in Jeffs Zimmer aufgehängt. Sie hat mir erzählt, dass Sie zum Filialleiter von Alfords gegangen sind und darum gebeten haben, dass sie wieder zurück nach Santa Barbara versetzt wird. Sie ist dafür sehr dankbar.«

Andies Gesicht brannte, es fühlte sich wie Scham an. »Ich wünschte, ich hätte meine Freundinnen von diesem Boykott abgehalten. Das hätte ich tun sollen.« Dieser 16-Jährigen gegenüberzustehen, die den Preis für ihre Feigheit gezahlt hatte, tat weh.

Sarah zuckte mit den Schultern. »Sie hat eine ganz tolle Freundin in Thousand Oaks gefunden. Das war gut für sie.«

Andie nickte, hätte aber um keinen Preis ein Wort herausbringen können.

Sarah zog ihre Knie zum Kinn. »Alfords eröffnet nächstes Jahr einen neuen Laden im Norden von Goleta. Mama ist die Erste, die dorthin versetzt wird. Dann muss sie sich wegen der Pendelei keine Gedanken mehr machen.«

»Da bin ich froh.« Andie rutschte hin und her und suchte ein Gesprächsthema. Da kam es ihr in den Sinn: »Gehst du nicht bald auf einen Missionseinsatz?«

Sarahs Augen leuchteten überrascht auf. »Ja. Wir gehen nächste Woche nach Mexiko. Mama kommt sogar mit als Begleitperson.« Sie vergrub ihre Hand im Sand. »Sie war kein Christ. Vor … dem Ganzen. Jeff hat sich wegen ihr immer Sorgen gemacht.«

Blair räusperte sich, streckte seinen Arm aus und berührte Sarahs freie Hand. »Dann wäre er sicher sehr glücklich gewesen, das zu sehen.« Seine Stimme klang belegt.

Sarah Johnston sah Blair an, dann Andie, ihre Augen waren feucht. »Er wäre dafür gestorben.«

Sie blinzelte schnell, sprang dann auf und joggte zurück zu ihren Schülern. »So, jetzt lernen wir, worauf es wirklich ankommt.«

Danksagung

Es gibt so viele Menschen, denen ich zu Dank verpflichtet bin. Ich weiß kaum, wo ich anfangen soll. Aber ich versuche es einfach …

Zuallererst, danke, Gott, dass du mich mit dem Traum meines Herzens gesegnet hast.

Lee – für deine Unterstützung, die Liebe und das Lachen. Du bist wirklich der Mann meiner Träume!

Melanie – dass du es mit solch einer verschrobenen Mutter aushältst.

Caroline – für all die Umarmungen und die Kuscheleien und einfach deine Freude am Leben.

Papa – ich weiß, ich schulde dir immer noch mehrere Millionen Seiten Druckerpapier und mehrere Liter Tinte. Ich schick sie dir per Post … bald.

Carl, Alisa, Katy, Lisa und Leah – euer Enthusiasmus inspiriert mich.

Gary und Katie Horwald – dass ihr willige Erstleser und auch tolle Nachbarn seid!

Lori Baur – du hast mir Laptops ausgeliehen, mich in meinem Traum ermutigt und dich für mich abgerackert. Das Wort »Danke« ist nicht stark genug.

James Scott Bell – dass du mich gelehrt, begleitet und aufgemuntert hast. Ich möchte wie du sein, wenn ich groß bin.

Michael Berrier und Shawn Grady – ihr ermutigt mich, immer, tiefer zu graben.

Allen meinen fleißigen Kritikern – Kathleen Rouser, Susan Falck, Kris Jensen, Bonnie Engstrom. Lois Carlson, Tom Macy, Diana Campbell – dass ihr den Traum so lange unterstützt (und geheim gehalten) habt. Außerdem Scott Campbell – dass du mir tausend rechtliche Fragen geduldig und freundlich beantwortet hast.

Terry Foil, Christine Charlton und Joy van Wickle – für die Gebete und die Unterstützung. Besonderer Dank gilt Rick van Wickle – dass du meine Fragen zu den inneren Abläufen eines Supermarkts beantwortet hast.

Austin Boyd – für deinen Enthusiasmus und deine Ermutigung.

Les Stobbe – dass du mich durch den Prozess begleitet hast.

Ein ganz besonderer Dank gilt meinem supercoolen Herausgeber, David Long – danke, dass Sie an diese Geschichte geglaubt haben.

Dave und dem Lektorat von Bethany House Publishers – dass Sie das Buch so viel besser gemacht haben.

Steve und dem ganzen Marketingteam von Bethany House – ihr Enthusiasmus überwältigt mich. Besonderen Dank an Brett, Debra und Tim, die mir wirklich das Gefühl gegeben haben, willkommen zu sein.

Dem ganzen Team bei Bethany House – ich kann es immer noch nicht glauben, dass ich das Privileg habe, mit Ihnen zusammenzuarbeiten.

Tracie Peterson

Gib mir ein Versprechen

Paperback, 13,5 x 20,5 cm, 288 S.
Nr. 395.147, ISBN: 978-3-7751-5147-4

Drei Schwestern. Drei Schicksale. Ein gemeinsamer Traum
Nach dem Tod ihres Vaters führen die drei Schwestern Gwen, Beth und Lacey Pension alleine weiter. Doch es gibt viele Feinde, denen sie damit in die Quere kommen. Die unglaublichen Anschuldigungen eines Fremden werden für Gwen, die Älteste, zur Bewährungsprobe. Erster Band der dreiteiligen Reihe.

Kim Vogel Sawyer

Bleibe bis zum Frühling

Paperback, 13,5 x 20,5 cm, 304 S.
Nr. 395.080, ISBN: 978-3-7751-5080-4

Kansas 1874: Als Geoffrey seine Braut Emmaline nach fünf Jahren Trennung endlich am Zug abholen kann, begegnet ihm eine Fremde. Ihre Liebe ist erloschen. Geoffrey ist verzweifelt, doch er kann Emmaline ein Versprechen abringen: Bleibe bis zum Frühling …

Bitte fragen Sie in Ihrer Buchhandlung nach diesen Büchern!
Oder schreiben Sie an: SCM Hänssler, D-71088 Holzgerlingen;
E-Mail: info@scm-haenssler.de